論創ミステリ叢書 64

水上幻一郎探偵小説選

論創社

水上幻一郎探偵小説選　目次

創作篇

評論・随筆篇

凡　例

一、「仮名づかい」は、「現代仮名遣い」（昭和六一年七月一日内閣告示第一号）にあらためた。

一、漢字の表記については、原則として「常用漢字表」に従って底本の表記をあらため、表外漢字は、底本の表記を尊重した。ただし人名漢字については適宜慣例に従った。

一、難読漢字については、現代仮名遣いでルビを付した。

一、極端な当て字と思われるもの及び指示語、副詞、接続詞等は適宜仮名に改めた。

一、あきらかな誤植は訂正した。

一、今日の人権意識に照らして不当・不適切と思われる語句や表現がみられる箇所もあるが、時代的背景と作品の価値に鑑み、修正・削除はおこなわなかった。

一、作品標題は、底本の仮名づかいを尊重した。漢字については、常用漢字表にある漢字は同表に従って字体をあらためたが、それ以外の漢字は底本の字体のままとした。

創作篇

Sの悲劇

いいか、すべて眼に見える事物は厚紙の仮面の如きものに過ぎないのだ。だが、それぞれの事件――生きた行動、偽りない行為――となると、そこには正体は判らぬが何か推理するあるものが、推理を知らぬ仮面の背後からその容貌の形を現わし示すものだ。

――ハーマン・メルヴィル『白鯨』より――

一、二人の被害者

東京地方検事局の自動車が麹町平河町の芥川検事の自邸を出て、深夜の凄寥たる街路を疾駆して目黒躑躅《つつじ》ケ丘の殺人事件現場に向ったのは、事件当夜の――昭和二十二年四月十日も大分夜更けた、十一時に間近い時刻であった。

座席に膝をならべているのは、鬼検事と仇名された、その仇名にふさわしいような秋霜たる風丰《ふうぼう》を持った芥川鯉七検事と、名古屋Q大医学部の法医学教授、園田郁雄博士、それに教授の研究助手である私を加えた三人であった。しばらくの間は身じろぎもせず、自動車の動揺に身をまかせていたが、やがて園田教授は咥えた煙草に火を点けると、

「――で、僕は事件については、まだ何も聞いていないが殺人現場を検分する前に一応概念的な予備知識を得ておきたいと思うが」

と隔意のない語調で芥川検事に訊ねたが、それは教授と検事が丁度フィロ・ヴァンスに対するマーカム検事、あるいは法水麟太郎に対する支倉検事のような親しい間柄にあったからである。芥川検事はいまこそ、東京地方検事局の次席検事として錚々たる手腕を謳われているが、終戦直前まで前後七ケ年の長時日を名古屋地方検事局に奉職していて、Q大医学部の法医学教室とは常に密接な交渉を保っていたのである。殊に、園田教授とは特別な関係があって――というのは教授と検事は高等学校在学当時の旧友であり、教授の令妹が検事に嫁しているのだが――そうした親密な関係から教授の犯罪捜査に対する

特殊な才能、鋭い直観的な分析力、明確な帰納推理を知悉していて、迷宮的な難事件が起ると、証拠物件の鑑定、死人解剖などといった純法医学的な問題ばかりでなく、犯罪現場に同行して教授から捜査上の意見を聞くのが年来の習慣になっていたのである。今夜も——教授は二、三日前に開催された終戦後、初の法医学会総会に出席して検事邸に滞在していたが——芥川検事の招請に応じて、快く殺人事件の現場検証に赴くことになったのである。

「実は、僕もいま先刻、強力犯係長の鹿村警部から電話で概略的な報告を受けたばかりで、詳細は現場で聴取するつもりなんだがね」と、芥川検事は精悍な眼を光らせ、「それがちょっと意外な、変った事件で、殺人容疑者が知名の人物であるばかりでなく、殺人動機が変態的な同性愛——Uranismus に胚胎していてね、Passive Päderasten とその愛人の女が、二人とも Aktive Päderasten に射殺されたという事件なんだ」

「ほう、Uranismus……」

と呟いて教授が眉を顰めると、検事ははっきり肯定して、

「そうなんだ。いかにも変態的で、——その上、殺された Passive Päderasten というのが場末の三流歌舞伎の女形役者なんだからね」

「女形役者？ 女形と Uranismus——なるほど、変態的な事件らしいね。生理学的に見ると、典型的な女形は、大体女性体質者なんだ。江戸時代の女形は有名、無名を問わず殆んどすべてが、Passive Päderasten だったと云われている。女形の四天王の一人と謳われた水木辰之助にしても、芳沢あやめ等も男娼同様だったと伝えられている位だからね」

園田教授が得意の註釈を加えると、検事は頷いて、

「ふむ、そうした例証があると、この事件は気色が変っているが、まんざら非現実的な事件でもないんだね。殺された女形役者は芸名を水木胡蝶といって、躑躅ケ丘に近いD坂上の駒木座の市川紋十郎一座の若女形だったそうだ。しかし、胡蝶とともに殺された女は身許不明で、何者だか判らない。十八歳から二十歳位までの妙齢期の女で、芸人の愛人のことだから、最初はまア簡単に附近のD坂花柳界の芸妓ではないかと考えられたんだが、所轄警察署の嘱託医は水商売の女ではない、歴とした中流家庭以上に育った、労働したことのない女と鑑定している。しかし、処女ではないそうだ、妊娠しているんで

――この事実から推すと、胡蝶と女は相当以前から深い関係にあったものと推定してよいわけなんだが……」

「しかし、女の身許は判らんというわけだね？」

「うん、全然手掛りがなくて、薩張《さっぱり》なんでね。というのは犯人は女の死体に残虐な作為を加えて、頭髪を切ったり、顔面や両手の指を滅茶苦茶に毀損して、人相や指紋を判らぬようにしているので始末が悪いんだ……」

処置なし――といった悲痛な表情を芥川検事は泛べると園田教授は口辺に微笑を漂わせて、

「ふむ、その点にちょっと興味を感ずるね。加害者は女を射殺してから、そうした残虐な作為をわざわざ加えたわけなんだね？」

「そうらしい。現場には血塗れの裁鋏が遺留してあったそうだが、頭髪を切断してから、切先の方を持って殴打を加えたという推定でね。一方、兇器の拳銃は邸内を隈なく捜索しているが、まだ発見されないそうだ」

「で、加害者は？　話の模様では逃走したらしいが――」

「うむ、しかし逮捕は時間の問題と見られているんだ。犯人は――それが意外な人物で、僕も最初報告を受けた時は耳を疑った位だったが――極端な女嫌いとして有名でね。多分に変質的な性格の所有者だという噂は以前から聞いていた――」

「すると、加害者はミソジニーなんだね。それでAktive Päderastenとしての色情倒錯がはっきり説明される」

「ミソジニーというと……？」

検事は話題の核心をついて、逆に教授に質問を発した。

ここに筆者が一言しておかなければならないのは、前述のように、園田教授と芥川検事の関係がフィロ・ヴァンスに対するマーカム検事、法水麟太郎に対する支倉検事の関係に髣髴しているといっても、思想上に根本的に相違している点があるという一事である。ヴァンス、法水の両人は園田教授と同様に該博な例証、論拠を挙げて推理を進めて行く性癖がある。それに対して、マーカム、支倉両検事は非文化人的、非科学的な態度で峻拒嘲笑するのが常例となっているが、芥川検事は園田教授を深い教養を持つ文化人として、高い尊敬をはらっているので、かりそめにも嘲罵するというような不遜な態度や言辞を弄したことは曾って一度もないのである。それは、芥川検事が近代人としての教養を身につけ、一般科学や文学にディレッタント的な関心を寄せているからであるといえる。

園田教授は煙草を深く喫い込むと、講述するような口調で検事に説明した。

「ミソジニーは嫌女症のことでね。嫌女症としては、まず第一にはオイレンブルグが精神的性的小児型体と名付けた特異体質者で、先天性精神障碍に基く性欲の欠乏者。第二は宗教的な信仰信念や生活環境を原因として女性との性的交渉を絶った者。この例証には哲学者ショーペンハウエル、文豪ストリンドベルグ等がある。それから仮性半陰陽などの身体異常者。最後は、同性愛的な性欲の顚倒に起因するものを挙げられるが、歴史的にも、文献学的にも嫌女症はこの色情倒錯に原因するのが殆んど大部分を占めているといっていい。欧洲では希臘《ギリシャ》時代、支那では宗朝期、我国では元禄の頃から宝暦、天明にかけて最も隆盛を極めたUranismus の風潮……この時代には嫌女症患者が輩出したものだ。これからみても判るように、Uranismus と嫌女症は楯の両面みたいなものなんだね」

「なるほど――」と芥川検事は釈然として、「で、問題の殺人容疑者なんだが、それを誰だと思う？　戦争前までHセメント礦山を背景にして新興財閥として、五指のうちに屈せられた花隈家の当主なんだ」

「ほう、花隈家の？」

さすがに冷静な園田教授も、この検事の一言には異常な感銘を受けたらしかった。

花隈のセメント――といえば、浅野、秩父と併称されて普通セメントでさえ欧洲製の高級セメントに匹敵すると云われ、特殊セメント、例えばアルミナ・セメントは多量に礬土《ばんど》を含む、耐水性で硬化も早い鉄セメント（酸化鉄の含量多く防波堤等に用う）、高炉セメント（粘塊状に製鉄溶鉱炉の鉄滓を加える）あるいは珪酸質粘土を混じた混合セメント（地下や海水中の工事に適す）などは戦前、我国でも随一の品質と生産量を誇っていたのである。

「花隈家の当主は、たしか花隈聡一郎といったね？　戦争前に、新聞に掲載された写真を見たことがあるが、齢の割合に若々しい美男子だったように覚えているが――」

教授が回想するような口吻を洩すと、検事は大きく頷いて、

「そうだ『万年御曹子』とか云われて柳橋あたりで宴会があると、若い妓に大分騒がれたらしいんだが、しか

し前に云ったように無類の嫌女症でAktive Päderastenだったから、全然女に触れたこともないし、三十六歳の今日まで、妻を娶ろうともしなかったんだ。その上、厭人癖とでもいうのか、社交的な交際には全然無関心だったらしい。特にそれが嵩じたのは、独裁的に事業を切り盛りしていた先代の嘉治郎氏――聡一郎の父親なんだ――が病逝してからでね。太平洋戦争が勃発してから間もなくのことだったと記憶しているが、突然、事業界から引退する旨を声明して、花隈財閥を解体し、一切の事業を二億円かでM財閥に肩替りしてしまったのだ。これは当時、世間をあッと云わせた一事なので君も覚えているだろうと思う。財界雀は聡一郎が極端な反戦論者なので、それで軍部の強圧を受けて無理強いに花隈財閥を解体させられたのだ、などとまことしやかに取沙汰したものだった。それも一面の真理だと云えないこともない。それに、戦争が長期拡大化するに伴って、セメント事業に対する政府の石炭割当が極度に減少して、経営に亀裂を生じていたこと、これも大きな原因ではないかと考えられるが、とにかく聡一郎は綺麗さっぱり事業を断念して、爆撃にもビクともしないような堅固な鉄筋コンクリート建の洋館を新築して隠栖してしまったのだね。僕のようなボンクラは、聡一郎が戦争の帰着するところを見透していたのだ、やはり名家の御曹子ともなれば我々とは眼識が違うものだ、と感心したものだったが、実のところは変態的なAktive Päderastenで、妖しい淫慾に酔いしれるためだったのだ。先刻この事件の報告を、鹿村警部から受けて聡一郎の秘密が判り、なるほどと思った次第だが――」

と云って、芥川検事は苦笑いを洩したが、園田教授は黙然として煙草を喫っていた。暫くの間、沈黙がつづいてから、教授は座席から身を起すと、

「――では、兇行の推定状況を聞きたいが、まず、花隈聡一郎が場末の三流歌舞伎の女形役者にすぎない水木胡蝶などと、いつ頃から交渉を持つようになったのだね？」

「それは終戦の半年位前だろうと云われているんだが、隠栖後の聡一郎が新築した本館にたった一人で生活していたのではっきりしたことは判らない。勿論、匹田甚五郎とかいう老僕の夫婦者が本館の裏手の家屋に住んでいるが、食事時間に仕度をしに行くだけなので、女装の胡蝶の姿を見かけるようになった正確な時日は記憶していないのだ。また、本館の南側に離家があって聡一郎の妹

にあたる花隈登志子――というのは『蛆虫』という詩集を出した女詩人の花隈白蘭の本名なんだがね――その白蘭女史が住んでいるが、本館には出入りしたこともないので、胡蝶については何事も知らなかったと云っているそうだ。更に、聡一郎の甥に当る詩田蘭川という詩人も住んでいるが、同じようなことを云っているんだ」

「花隈白蘭といえば、終戦後、息を吹き返した悪魔派の笙右門の一派だったね？　若々しい容色の女だったと思うが――」

「そうなんだ。それから、その笙右門という男も離家に寄寓していて、この事件に関係があるんだが、それは追々説明するとして、――まず、水木胡蝶のことだが、胡蝶は前にも云ったように、Ｄ坂上の駒木座の若女形で、所謂村山髷に結んで紫帽子もなまめかしく、裾模様の中振袖に緋縮緬の蹴出しを駒下駄にからませる――といった、いまどきには珍らしい純粋な女形だ。芸もしっかりしていて、割合女のファンも多かったそうだが、その水もしたたる艶やかな舞台姿を見染めた――と云っては変だが、とにかく変態的な愛慾を燃やしたのが花隈聡一郎なんだ。元来、聡一郎は殆んど本館に閉じこもって読書に過していたそうだがね。それでも、たまさか夜になるとぶらりと散歩に出る。偶然近くのＤ坂上の駒木座には入《い》って胡蝶を見染めたというのが段取りらしい。最初はＤ坂花柳界の待合に胡蝶をよんで逢っていたということだ。しかし、昭和二十年五月二十四日の爆撃で駒木座が焼失してしまうと、市川紋十郎一座は根城を失って、ひとまず解散する破目になってしまった。その上、胡蝶が本所の借家から焼出されて行先きに困っているのを知ると、聡一郎は胡蝶を本館に住まわせて、まるで夫婦のような変態的な同棲生活をはじめたわけなのだ。胡蝶は日常生活でも洋髪や日本髪の鬘をかぶって、女装していたので、老僕の匹田甚五郎などは女装した男とは思わず、聡一郎が芸妓を落籍して囲っているのだと信じていたんだ」

「胡蝶というのは、すっかり女になり切っていたんだね……？」

教授が相槌を打つと、検事は頷いて、

「うん、そうらしい。で、今晩の事件の情況だが、花隈聡一郎は妹の白蘭女史や甥の詩田蘭川の証言によると、上野駅発の夜行列車で北海道の花隈家の農園に、何か管理上の問題が起って出かけることになっていたそうだ。農園というのは、旭川の郊外にあって、殿木善四郎という花隈家の家令みたいな地位にある男が一切を委任されて管理しているのだそうだがね。とにかく、聡一郎は汽車の上野駅発時刻よりずっと早目に六時ごろ本館を出たのは事実なんだ。その頃、D坂上の交番に、『僕は花隈聡一郎という者だが』とわざわざ姓名を名乗って『これから汽車に乗らなければならないのだが、懐中時計が止ってしまったので何時か正確な時間を教えてくれませんか』と立番の巡査に訊いた者がある。薄暗かったので人相ははっきり判らなかったが、中折帽に鼠色のスプリング・コートを着て、中型のスーツケースを右手に携げていたという。しかし、聡一郎は八時頃、ひょっこり帰ってきて、白蘭女史の離家に現れ、『気分が悪くなったので、今夜は北海道行を中止することにした』と云い残して、本館に帰って行った。実際には誰も、その後をつけて行ったわけではないのだが、聡一郎が本館に行きついてから間もなく――五、六分後ということだが――パンパンと連続した二発の銃声を聞いたのだ。丁度、この時、白蘭女史の離家には笙右門が主宰する悪魔派の詩人が集まって雑誌『悪の華』を発刊する打合会を開いていたが、時ならぬ銃声に驚いて、一同が時を移さず本館に駈けつけてみると、玄関の扉は開け放ったままになっている。不審に思う暇もなく、本館内の各部屋を調べて、中庭に面した寝室で水木胡蝶と女の射殺死体を発見したんだが、帰邸したばかりの花隈聡一郎の姿が館内のどの部屋にも見当らなかったのだね。結局、情況から判断して、聡一郎が北海道に旅行すると云って出発した直後に水木胡蝶が愛人の女を引き入れて逢曳していた、それを途中から戻った聡一郎が発見して、嫉妬にかられて胡蝶と女を射殺して逃走したと推定されているんだが――」

二、男装の麗人

いちめんに垂れ罩めた夜靄の中に、紅暈をつけた朧月が白々と空に懸り、黒ぐろと盛り上った木々の繁みを透かして、花隈邸の本館の屋根が仄白く夜空に泛んでいた。自動車を降りて、殺風景なコンクリート塀の正門をは入《い》って行くと、すぐに細い岐路があったが、これは花隈白蘭女史の離家の玄関に達する道で、木立の中を玉川砂利を敷いた道を真直ぐに行って前庭に達すると、そこに小ぢんまりとした、鉄筋コンクリート二階建の洋館が建っていた。これが花隈聡一郎と水木胡蝶が変態的な同棲生活を続けていた本館であった。

既に鹿村警部が現場に出張して、本館の書斎を臨時捜査本部として一通りの現場調査、関係者の訊問を終って戦場のような慌だしさは去っていたが、それでも連絡や報告をもって急ぎ足で出入りする私服刑事や制服巡査の動きに異常な緊張を感ぜずにはおれなかった。

芥川検事の来着を書斎で待っていた強力犯係長の鹿村警部は瘦身長軀の検事とは反対に小柄な体つきをしていて、眼、鼻、頤、首、すべてが強い線でがっしり描かれ、一見したところでは近づきにくいような感じを持っていたが、話し合うと案外に優しい女性的な声の持主であった。

まず、検事は簡単に教授を警部に紹介したが、紹介がすむと、一同は桃花心木《マホガニー》製の円卓子に向い合って椅子に腰を下ろした。注がれた渋茶を無雑作に、ガブリと飲みほすと検事は早速、椅子から身を起して、警部に顔を向け事務的な句調で切り出した。

「先刻の電話では花隈聡一郎を犯人として指名手配したそうだが、その後失踪してからの足取りについて、何か有力な聞込みがなかったかね？」

「は、遠くへは立廻らぬ見込なんですが、今のところは踪跡不明で、全然手掛りがありません」

「特に東北、常磐線方面の列車を警戒する必要があるだろう。ひょっとすると、北海道の農園に立廻らぬとも限らんからね」検事は提議するように云ったが、ふと思いついたように、「それにしても可怪しいな、北海道行を中止した聡一郎が打合会でごたごたしている離家に行って白蘭女史にわざわざその旨を話す心要はないと思うが——人嫌いな聡一郎だから、電話で話してもいいんだからね」

「そうですな。しかし、離家では女史が直接、聡一郎に会ったのではありません。会ったのは笙右門なんです」

「笙が——？」

「そうです。呼鈴が鳴ったので、同人が遅刻して訪れてきたのではないかと思って、玄関に出迎えたのだそうですが、それが聡一郎だったんです。笙右門は牛込のアパートに独居していたんですが、戦争中に焼出されて昨夏以来、女史の好意で離家の二階に寄寓しているんです。聡一郎に会ったのは、今晩がはじめてだそうですが——」

「白蘭女史はどうしていたね？」

「子供が急に熱を出しましてね、奥の八畳間で大騒ぎしている際中だったんです」

「子供……？　へえ、女史に子供があったとは初耳だね。文士だ、映画俳優だ、との色々な男と関係があったそうだが、子供があるとは今まで知らない」

「いや、実子じゃありません。養子なんです。でも血のつながりがあるせいか、眼に入れても痛くないほどに本当の子供のように可愛がっていますね。峰夫という十一歳になる児で、もともと女史の死んだ姉の一人息子なんですが父親も死んでいるんでして」

「その死んだ白蘭の姉はなんでも悠紀子とかいう名前だったと思うが？」と検事。

「そうです。聡一郎より二つ年下で、白蘭女史とは一つ違いです。聡一郎と女史が独身であったのに、悠紀子は野々村家に嫁して、峰夫を生んだわけです。しかし、夫君の野々村海軍中佐はミッドウェー沖海戦で戦死してしまいその後、未亡人となって麻布に住んでいた悠紀子も、例の空襲中、直撃弾を受けて死亡したんです。峰夫は幸い北海道の花隅家の農園に疎開していて助かったわけですが、野々村家というのは全く親戚縁者のない家だそうですし、聡一郎も結婚する意志がなかったので、峰夫を養子にして白蘭女史が教育しているという話でしてね。峰夫は現在では聡一郎の長男として入籍されています。しかし、顧問弁護士は、どういう理由か、最近聡一郎から峰夫を廃嫡して欲しいと依願されたそうです」

検事と警部の問答を興味深く聞いていた園田教授は、この時、煙草を灰皿にもみ消すと、警部に向って、

「今夜、悪魔派の機関誌の出版打合せ会があったそうですが、どういう人が集ったのですか？　それに会はどうなったんですか？」

鹿村警部は突然、教授が口を挟んで、しかも一見事件に関係ないような質問を発したので、ちょっとあきれたように眼を瞠った。

「会に集まったのは、離家に同居している詩田蘭川、竹村珊瑚郎、江河乱人、銭川魔利夫、氷室鴉片の五人の詩人です。大体、定刻の七時頃に集って詩田蘭川が応待していたそうですが、笙右門は外出していて七時半頃に帰宅して遅れて席につらなったそうです。また、白蘭女史は峰夫少年が急病を発して、小児科医を呼ぶ、氷も買わなければならないと大騒ぎをしている際中だったので、席に顔を見せませんでしたが、会もこの殺人事件が起ったので、流会となってしまいました。それから、集まっ

た同人は、遅くなったので、今晩は離家に泊ってもらうことにしました」

「そうですか。それから、水木胡蝶の愛人の、殺された女の身許は判明しましたか?」

園田教授の質問に、警部は参考人として水木胡蝶の元の座主だった市川紋十郎を召喚して、胡蝶の情婦関係を調査した事実を語ったが、それによると、胡蝶は芸人に似合わない、身持ちの正しい男で、女との間には泛いた噂の一つもなく、花隈家の本館に起居するようになってからも、全然女との関係はなかった模様である。また老僕の匹田夫婦も若い女が胡蝶を訪ねて来た姿を一度も見かけなかった旨を、証言しているのであった。

「それで、二、三日待って、失踪届中から該当する女を探し出すよりほか方法がありませんのでね。しかし、不思議な事実があるんですよ。御存知のように、本館には聡一郎と胡蝶が住んでいただけなんですがそのほかにもう一人女が常住していたのではないかと思われる節もあるんです」と警部は煙草を一息喫って、「老僕の匹田甚五郎が『たしかに女を見た』と証言しているんです。それはこういう次第でしてね。一ケ月ほど前の夕方のことです。匹田が本館の裏手にある火力発電室のガソリン・タンクの栓を修繕しようと、タンクに上っていたんですが、その時本館の浴室で入浴している女の姿を瞥見したんです。タンクと浴室との距離は十米位で、浴室の窓を通して豊満な女の下半身をはっきり見たばかりでなく、盛り上った女の乳房さえはっきり見たと証言しているんです。その時、匹田が別段、不思議に思わなかった理由は、水木胡蝶が女装した男である事実を知らなかったので、入浴している女を胡蝶だと信じてしまったからなんです」

「ふむ、すると殺されたのはその女にちがいないね。容貌はどういう女なんだ?」

芥川検事が思わず意気込むと、警部は残念そうに、

「ところが匹田は生憎と女の顔を見ていないんでしてね。窓枠に隠れて見えなかったそうなんで――」

「それじゃしようがないな」と検事はがっかりした口調になって、「しかし、妙だねえ。聡一郎と胡蝶――男ばかりの家に女を見たという話は、匹田の見間違いじゃないのか」

「そうかもしれません。でも、もう一つ解せない事実があるんでしてて。それは、衣服部屋を兼ねた納戸に聡一郎の下着類を入れておく押入れがあるんですが、そこか

ら、女ではなくては使わない月経帯を発見したんです。数枚あって新しいのもありますが、大抵は使い古したものでした」

「なるほど、それで女が常住していたのではないかと推定するわけなんですね？」

と訊ねた園田教授は月経帯に特別な興味を惹かれたように見えた。

「まア、そうなんですが――」

「すると、その女は十四、五歳から四十五歳前後の年齢の女ということになりますね。大体、月経の初潮は十四、五歳で、閉止するのは四十五歳前後ですから」

「しかし、くどいようだが、女は住んでいなかったんだ」と検事は気短かに遮って、「僕は聡一郎が節片淫乱症で、月経帯を蒐集して秘密な快楽に耽っていたんだと思うね。とにかく、現場を検分しようじゃないか」

検事の結論的な断定に一同は腰をあげると、鹿村警部の案内で惨劇の現場となった寝室には入《い》って行った。

寝室は十畳間位の広さで、床には燃えるような緋絨氈が敷いてある。窓際に華やかな色彩の羽布団を敷いた二人寝台が据えられ、部屋のほぼ中央に桃花心木《マホガニー》製の低い卓子と皮張りの安楽椅子が二脚、卓子の上には飲みかけのコーヒー・セットに、金銀をちりばめたシガレット・ケースが置いてあった。窓にはいずれも鉄の鎧扉が装置されていたが開け放ったままになっている。中廊下と書斎に通ずる扉は閉っているが、鍵はかけられずに、合鍵は煖炉の上に置いてあるのである。情況は自動車の中で検事が園田教授に説明したとおりであった。

教授は一通り寝室の内部を丹念に点検すると、警部に、

「兇器の拳銃は捜索中とのことでしたが、発見されましたか？」

「はア、それが無駄骨に終ってしまいましてね」と答えた鹿村警部は溜息を吐いて、「それこそ草の根を分けて、捜索し中庭の瓢箪池もすっかり浚ってみたんです。それで偶然に、血染め裁断鋏を発見したんですが、その他には、腹の破けた缶詰の空缶が二個、沈んでいましたが、それ以外には何も発見されませんでした」

「空缶が二個……？」と教授は呟いて、ちょっと首をかしげたが、「いやいや思い過しにすぎないかもしれない――すると、拳銃は犯人が所持して行ったにちがいないですね」

そう云いながら、教授は桃花心木《マホガニー》製の卓子の傍らに仆れた女装の水木胡蝶の死体に眼を移したのであった。

胡蝶は水々しい島田髷の鬘をかぶり、古浜縮緬納戸地に花模様のある派手な着物を着、同じ地色に裾模様のある羽織を着て、卓子と煖炉の間に俯向きになって仆れていたのである。右胸をただ一発に射ちぬかれ、即死したと見えて月形の半四郎眉毛をひいた蒼白な死顔には殆んど苦痛の痕はなく、はだけた着物の裾からは曾つて、若女形が常用した古風な赤絹の股引がのぞいていた。しかし、教授は胡蝶の死体には強直の模様を調べただけで、格別の興味を惹かれなかったらしく、死体には手を触れようともせず、窓際に仆れた女の死体の前に屈み込んだ。女はやはり右乳下を射たれて仰向けになって仆れていたが、残酷にも顔面を鈍器ようのもので滅茶苦茶に殴打されて、その顔容を推知することすらむずかしかった。両手も無残に打ち砕かれ、奇怪なことに長く房々と垂れていたと思われる頭髪は根元からフッツリ切断されていたのである。

「ふーむ、残酷なことをしたもんだ。どういうわけで頭髪を切り取ったのだろう?」

教授が思わず呟くと、検事は事もなげに、

「それは犯人が毛髪性節片淫乱症か、女子断髪狂だったからだろう。切り取った黒髪は持ち去っているんだからね」

「そう一概には云えないね。死後、顔面を毀損したり、指紋を消してしまった——こうした作為を犯人が加えたことから推すと、突発的な事件じゃないね。かなり計画的な犯行で、表面的な事実から判断して行くと、狡猾な犯人の詭計に嵌って、とんでもない岐路に踏み迷うことになる。いや、現に間違った道を歩かされていると云った方が適切かもしれない」

「しかし、加害者は逃走した花隈聡一郎以外にはない。殺人動機もはっきりしているからね」

教授の一見奇矯とも思われる言葉に検事はそう云って反駁したが、教授は微笑を泛べ、女の着ている男物のマンダリン色の部屋着を調べながら、

「女が、男物の部屋着を着ている……これをどう解釈するね?」

「どうッて、別に——。女は着物を脱いで聡一郎の部屋着を無断で、借用に及んだんだろう……?」

「芥川さん、それじゃ可怪しいですよ。女が脱いだ着物も履物も、探したんですが、どこにも見当らんのです」と鹿村警部が口を挟んだ。

「それは犯人が持ち去ったのさ」

「ふむ、すると君は犯人が肌着まで脱がせて、持ち去ったという意見かね？」と、教授は死体の部屋着の胸をはだけて、「男物のメリヤス・シャツを着ているんだ。履いているのも男物の猿股だし……とにかく、この二つの死体の外面的な表出は頗る逆説的ではないか。男が女装していて、女が男装しているんだから——フィロ・ヴァンスなら『余りにも幻想的だ。余りにも牽強附会だ。血みどろのお伽噺畸矯変態の世界……』と云って、慨嘆するところだがねえ」と教授は息吐くと、おだやかに笑って、「それから、この男装の麗人だが、柔軟な弾力ある肢体から十八歳から二十歳位までの若い女のように判断される。ところが、死体の皮膚や頭髪に現われた化学的症候を見ると胸腺腫大症なんだ。だから、死亡年齢を確定するのは危険だと思う」

「どうしてなんだね？」と検事は不審そうに訊ねた。

「胸腺は普通、成年期に達すると、萎縮してしまうものなんだ、が特異体質者の中に幼児時代の腫大した胸腺をそのまま残留している者がいる。こういう者は外貌も少年少女のように見えるものなんだ。更に加えて云えば、これに罹っている者は変質者が多い、正常な社会環境に生活するのが困難なんだ。アメリカの例だが『美貌少年』とか『赤ん坊顔』と仇名されたギャングは大体、腫大胸腺の残留者だと報告されている位なんだからね。きっと、この女も少女のような顔をしていたにちがいないよ」

教授はそう云いながら、更に女の死体を綿密に点検していた。着ている男物シャツの釦を外し、腹部の形、妊娠線、腹壁、乳房の形、乳嘴、モントゴメリー氏腺などを仔細に調べ、最後に強直した大腿部を開いて産婦人科的な双合診を試みた。

三、女性仮性半陰陽

鑑識課員が残していった消毒薬をみたした洗面器で手を洗うと、園田教授は暫くの間、凝と何事かを沈思していたが、しばらくすると、急に興味をそそられたかのように、卓子の上のコーヒー・セットに観察の眼をそそいだ。受皿に置かれた茶碗が二つ。今まで飲んでいたかのようにスプーンが傍らに添えられていて、飲み残されたコーヒーが冷たく澱んでいた。

「これは水木胡蝶と女が飲んでいたにちがいないと思

うがどうだね？」

「実は我々もそう考えたんです」と答えたのは鹿村警部だった。「それで、鑑識技師に茶碗の指紋を検出させましたところが、片方から聡一郎の指紋、もう一つから胡蝶の指紋をそれぞれ検出しまして、女の指紋と思われるものは全然検出しませんでした」

「では兇行直前に注がれたものではなかったんですね？」

「夕食の時に使用した茶碗は匹田の妻が洗ってしまいましたので、これは聡一郎が夕方旅行に出発してから胡蝶が女を迎えて整えたものにちがいないと思うんです。しかし、女の指紋が無くて聡一郎の指紋が附着しているんですからどうも辻褄が合わんと思っていたところです。兇行後、聡一郎が一口飲んだと仮定しても、どっちかの茶碗に女の指紋が附いていなければならんはずですからね」

「いや、かえってそれで、すべての辻褄が合うように考えますね」と園田教授は検事を振り返った。

「辻褄が合う……？　どうして？」

鸚鵡《おうむ》返しに検事が訊ねると、教授ははっきりした語調で云った。

「では、今までに見聞した事実に基いて、改めてこの事件を考察しなおしてみたいと思うが——。そして犯人が設けた怖るべき陥穽《かんせい》から一時も早くぬけ出さなければならないと考える。いいかね、殺された男装の女——即ち胡蝶の愛人とみられる女は、肌着まで男物を着用している。衣類も履物も発見されない。殺される直前まで、飲んでいたと思われるコーヒー茶碗には謎の女の指紋はなく、聡一郎と胡蝶の指紋だけしか附着していなかったが、しかし、納戸の押入れから発見された月経帯から女が常住していたことは推知される。老僕の匹田老人も歴とした乳房を持った女の入浴姿を垣間見ているが、先入観念からその女を胡蝶と誤認してしまった。一方、女の死体の顔面、頭髪、手指に加えられた残忍な作為的な創痕は何を物語るものだろうか？」

「勿論、女の身許を不明にするためさ」と検事が答えた。

「そうだ、加害者は男装の麗人を花隈聡一郎と思われたくなかったんだよ」

「すると、女が聡一郎……えッ、冗談じゃない……聡一郎は男性で、年齢も三十六歳の男盛りなんだからね」と検事は唖然として反駁した。

「いや僕は出多羅目《でたらめ》を云っているんではない。年齢は胸腺腫大症で年増盛りの女が妙齢の女に見えたんだ。実際は男装した三十六歳の女なんだよ」

「しかし、妹の白蘭女史は子供の頃、一緒に入浴したこともあったろうし、……だから、聡一郎が女なら、それに気付かないはずがないじゃないか」

反駁するような検事の言葉に、教授はまず、煙草に火を点けて深く喫いこんだ。

「聡一郎は Pseudoherma Phroditismute Fmireius（女性仮性半陰陽）だったんだ。生来は女性でありながら、卵巣の発育が不完全でホルモンの分泌が乏しく、したがって第二次性徴が現出せず、男性的な外形を呈するようになったのだ。外陰部は云うまでもなく、筋骨も逞しく、音声、行動、思想、感情なども男性的となって、しかも本人自身が男性と信じて、他性変装症的な変性生活をつづけたわけだ。こうした実例は珍らしくなくて、中には妻を娶って一生を終る者もある位だ。けれど、未発育状態に止っていた卵巣が成人期あるいは、その後に至って何等かの刺戟を受けて、初めて発育し、ホルモンの分泌が始まると、外陰部の形態、第二次性徴も変化を来たして、本来の女性固有の形質状態を現出するようになる。

この実例もさほど珍らしくはないのだね。例えば、『和漢三歳図会』に、

――越後の人、年十八にして出家……江州島郡枝村の旅泊に寓す。霜雨留ること二三日、ある夜自ら化して女となるを夢むや、果して陽根縮まり、音声容儀、女となり、家主と婚して子を生む。

というような記事がある。また『桂林漫録』に、

――慶長年中、一老僧、弟子を従えて某処に宿す。その弟子僧、腹痛甚しく朝に及び、男根没入して女子となる……顔色身体共に女の如くなりて遂にその家の妻となり、子を生みしと。

と記録されているが、これはわが国ばかりではない。支那の『堅瓠集』にも、

――隆慶二年、山西の李良南、京師に寓す。元旦の宵一女子を留宿せしめてより腹痛をおぼえ、四月中、腎萎退縮し、化して婦人となる。

というような記事がある位で、女性仮性半陰陽の文献は幾らでもあるんだ。で、花隈聡一郎の場合だが、あの花隈財閥を解体させ、財界から引退してしまった当時に、身体の変成が起ったのだと思われる。勿論、本人の聡一郎が殺されてしまっているから、確然たる時期を言明出

来ない。しかし、反軍閥的な反戦主義だけで、事業界を引退したというのでは論拠が薄弱のような気がしないかね？　男から女へ――その変成に激しい精神的な打撃を受けて隠遁したと考えた方が妥当じゃないか？　当時はハワイ海戦だ、シンガポール陥落だと軍閥の笛に躍らされて、何もしらない国民は戦勝気分で有頂天になっていたんだからね。それにも拘らず、聡一郎が戦局の帰趨を見透して、この堅固なコンクリート建の洋館を新築して空襲に備えた――という事実は、細心な女性心理の表出だったのだ。誰にも打明けられない肉体の秘密を胸に秘めて、彼女はこの洋館に独り淋しく隠栖していたのだが、しかし性的な欲望を制禦し得ない爛熟した女になっていたんだからね。結局、水木胡蝶を知って妊娠したことになるが、依然として秘密を守って男装を続け、胡蝶には女装させていたわけなのだ」

四、茶室の事件

殺された女が花隈聡一郎である――という意外な園田教授の推論に、芥川検事も鹿村警部もしばらくは呆然として女の死体を見下ろして溜息を吐くばかりだった。ただひとり、無頓着に静かに煙の輪を吐いていたのは当の園田教授であったが、やがて十二時を指す煖炉の置時計に視線を移すと、再び穏やかな声音でつづけた。

「それから、前後したかもしれないが、情況に符合しない点があるので、注意しておきたいと思うが、――それは死亡時間の点なんだがね」

「死亡時間――？」

検事は鸚鵡返しに呟いて、怪訝の眼を瞠った。

「そうだ。花隈聡一郎も、水木胡蝶もほぼ同時刻に射殺されたものだが、両死体とも、死後五、六時間以上を経過しているんでね。その点が問題だと思うが――」

検事はチラリと炉棚の置時計に眼をやって、

「死後五、六時間――？　すると、七時以前に殺されたことになるじゃないか――？」

と呆れたように叫んだが、それが教授が剔抉した第二の霹靂だったのである。しかし、教授は鉄のように冷然として顔色一つ変えなかった。

「うん、だから、聡一郎がD坂の交番や離家に現われたとすれば、幽霊が歩き廻ったことになるね」教授は微笑を口辺に漂わせた。

「しかし、この合理主義の世界に幽霊が出現するとは考えられない。エラリイ・クイーンも云っているが、実証的に説明されない事象は存在しないのだ。だから、聡一郎が死後現われたとしたら、何者かが聡一郎に変装して立廻ったのだと考えてよいわけだ」

「なるほど、すると聡一郎に変装した男が犯人ということになるね」

検事が思わず、身を乗り出した時であった。

突然、耳を劈《つんざ》くような銃声が築山の方から聞えてきたのである。一瞬、恟然《きょうぜん》とした検事は鋭い、突くような語気で、

「白蘭女史の離家じゃないか、あの銃声は……?」

「そうです。たしかに離家の方から聞えてきました」

確証するように答えた鹿村警部、その警部が先頭に立って、書斎のフランス窓から、慌だしく中庭に降り立ち、瓢箪池を渡って、木立の間の小径を辿り爪先上りに築山を上って行くと、真暗な木立闇の中にぽッと紅い火が妖しい鬼火のように泛んでいるのが見えた。人の気配を感じて、警部が直ちに、

「誰だ、そこにいるのは?」

と誰何《すいか》して、懐中電燈を向けると、その蒼白い光圏の中に泛び上ったのは、黒っぽい和服を着ながした男がひとり、口付煙草を咥え、悠々と懐手をして佇立している姿であった。浅黒いメフィスト的な容貌をしていて、薄い頭髪をオールバックにしている。への字に結んだ唇、陰険な鋭い眼、鷲のような鼻、そうしたものから何か魁《かい》奇《き》的な印象を受けないではいられなかった。

「あ、笙さんですね、今頃どうして、ここに――?

銃声を聞いたでしょう?」

畳み込むような警部の質問から察すると、その男は白蘭女史の離家に寄寓している悪魔派の主宰者、笙右門なのである。

「はあ、聞きました。宵の兇変で、妙に神経が昂奮して眠れんもんですから、朧月を賞でながら離家を出て築山に上って来ると、不意に茶室の方から銃声がしたもんですからね。茶室に行ってみようか、どうしようかと考えていたところです」

「茶室から――?」

警部が意外そうに答えた時、離家のほうから小径を駈け上ってくる人々の、乱れた足音がした。

「おや、笙さんじゃありませんか?」

その中の一人が呼びかけてきたが、それは離家に泊る

ことになった、悪魔派の同人たちにちがいなかった。

「ああ、詩田君か。離家に変りはないかね？」

「ありません。銃声がしたんで、何事かと思って見にきたんです」

と答えた詩田蘭川は二十七、八歳の弱そうな体質の男だったが、その詩田と笙との問答から察すると、やはり離家には異常がないらしかった。それで小径を右折して三十メートルさき、築山の頂上と思われる辺に深い木立に囲まれて建っている、数寄屋造りの侘びた茶室に向い、中門を潜ってゆくと、躙《にじり》口の戸が半ば開け放ったままになっているのであった。

「おや、戸が開いている……？」

と呟いた鹿村警部は沓脱石の上に立って、半開きの戸の隙間から真暗な茶席をのぞき込み、懐中電燈を正面の真床《まとこ》から左へ、利休堂に移すと、茶道具を置いた亭主畳に果して仰向けになって一人の男が仆れていた。

「あッ……」と思わず叫んで、躙《にじり》口からまだ硝煙の臭いを罩めた茶席に這い上って見ると、男は既に絶命していて、驚愕したような表情を泛べて、じっと天井を睨んでいる。薄い紺系統のスプリング・コートと、同色系統の合服を着ている四十歳位の男である。右手に拳銃を軽く握りしめて半ば開いた口や頭蓋頂から溢れ出た鮮血は青畳を毒々しい朱紅色に染めているのだった。芥川検事は懐中電燈を近づけて、死体の口腔をのぞき込むと、

「ふーむ、自殺だな。銃口を口に咥えて頭蓋頂を狙って接触発射をしたものらしい」

一見したところでは、たしかに死体が表出しているものは、すべて完全な拳銃自殺の徴候だった。星芒状の弾丸の射入孔が口蓋にあり、右頬に軽微な裂傷が見られたが、これは接触発射の火薬の爆発で両頬が風船玉のように膨らんで出来た裂傷である。更に、頭蓋頂に裂けた柘榴のような射出孔が見られたが、そのほかには外傷はなく、瞳孔にも皮膚にも毒薬や催眠剤を嚥んだような特別な症候は見当らなかった。

「拳銃自殺にしては珍らしい箇所を射ったもんですね」

警部も珍らしそうに死体の口腔をのぞき込んだが、普通、拳銃自殺といえば前額部か左右の頭蓋、あるいは心臓部を狙うのが定型だったからである。しかしながら、口腔から頭蓋を狙う自殺方法は稀有な実例ではなく、欧洲あたりでは却って普通型に加えられている位である。というのは歯間に銃口を咥えてしっかり銃身を支えているので、某Ａ級戦犯者のように狙いを誤って見苦しい自

決の失敗をするというようなことが絶対になかったからである。警部はなおも死体の外貌を調べていたが、はっとして顔を上げると、

「うむ、この男にちがいありません。鼠色のスプリング・コートを着ていて、鼻柱に黒子があります。人相風体は花隈聡一郎と自称してD坂の交番や離家に現れた男にそっくり一致しているじゃありませんか？」

「なるほど、そう云えばそうだが、――すると、この男が犯人かな？　自殺とすれば遺書を残しそうなもんだね」

検事はそう応えて、茶席の内部をぐるりと見廻すと、真床に中型のスーツ・ケースと中折帽が置いてあって、スーツ・ケースの上に一通の封書があるのに眼がとまった。封書の上書きには万年筆で、

遺　書　　殿木善四郎

と記してある。

「殿木善四郎――？」

封書を取り上げて、検事が頸をひねると、警部はすかさず、

「殿木――といいますと、先代の花隈嘉治郎氏の秘書をしていましたが、現在は北海道の花隈家の農園の管理をしている男です。白蘭女史をよんで、確めてもらいましょうか」

と答えて警部が茶席を出て行くと、入れちがいに水屋に通じる茶道口の襖がすッと開いて、鉄柄杓《びしゃく》を持った園田教授がは入《い》って来た。

「笙右門や詩田蘭川などは外で待ってもらっているが、――まず、電燈を点けたらどうかね？」

教授はそう云うと、水屋に戻って電燈のスイッチを入れたが、ぱっと夢からさめたようにともった明るい光の中に立つと、死体には眼もくれずに、手に持った鉄柄杓を仔細に点検した。

「これは偶然、眼についたもので、中門の露地を入ったところにある蹲踞《つくばい》（註、手水鉢）のところで発見したものでね。前石の上に、茶道の道具の置附《おきつけ》に反して、投げ出したままになっているので拾って来たんだが――」

教授に云われて注意して見ると、鉄柄杓の合《ごう》（註、水の入る所）の裏底の円型の一角に血痕らしいものがこびりついていた。

「ふーむ、血痕だね。何につかったもんだろう？」検

事は不審そうに呟いたが、「あ、そうだ。犯人が花隈聡一郎の顔面や手指を毀損するのに用いたものにちがいない。裁鋏は頭髪を切るのに使っただけなんだ」

検事の結論に教授は別段異論をさしはさまなかったが、棒のように佇れた殿木の死体に近づくと、無言のまま熱心に死体を調べはじめた。

「遺書があってね、自殺した男が犯人という見込みなんだが――」

「自殺？」

と教授が呟いて立上ったときに、茶道口に二十歳台としか思えぬ、美しい女を伴った鹿村警部が現われた。

「御子さんの御病気のところをお呼び立てしまして、――どうぞ、おは入《い》りになって下さい」

検事の鄭重な言葉にうながされて、茶席には入《い》って来たのは、終戦後の詩壇に女ボードレールと云われて特異な地位を占めた閨秀詩人――花隈白蘭女史だった。痩せぎすですらりとした背恰好。若々しい雪花石膏のような白い肌、切れ長の睫毛、黒燿石の眸、官能的な薄い紅い唇……こうした美貌の中に、三十女の理智、情熱、艶冶といったものを藤色滝縞のお召の袷《あわせ》、同じ地色の羽織と、草色無地に秋草模様を染めぬいた羽二重の帯にそっくり押し包んでいたのである。

「この男は殿木善四郎に相異ありませんでしょうな？」

と検事は穏やかな声音で切り出した。

「はい、殿木さんですが、どうしてここに？　北海道にいるとばかり存じておりましたが――」

と答えた白蘭女史の白蠟のような顔には、一瞬審《いぶ》かし気な表情が走った。

「殿木というのはどういう男なんですか？」

「当家の家令みたいな人なんですけど、財閥を解体してから、ずっと農園の管理をしてもらっております。兄の聡一郎は殿木さんに上京してもらい、本来の家令としての役目をしてもらいたいと度々申し送りましたが自分の子供が病死してから世捨人のような気持になったのでしょう。上京するのは嫌だと、ずっと農園に暮していたので御座います。どうして、こんなところで自殺などしたのでしょう？」

「それは我々にも判りません。しかし、ここに遺書があるんですが、この遺書を見れば、すべての疑問が氷解すると思うんです。で、これは殿木の筆蹟に間違いないでしょうな」

「はア、殿木さんの筆蹟でございます」

「では、とりあえず、読んでみますが、御一緒にお聞き下さいますか？」

「はい……」

女史が答えると、検事は早速、封筒の上部を無雑作に破って、便箋をとり出した。検事はそれをはっきりした語調で読みはじめたのである。

（1）

兇行後、秘かに邸内に潜入して捜査状況を窺っていたが、綿密に樹立した犯罪計画も、園田とかいう法医学者の綿密な観察と推理によって、思いがけない多くの弱点を暴露し遂に瓦解するのやむなきに至った。こうなれば、自分が加害者として追求されるのは火を見るよりも炳《あき》らかである。以下に事件の真相を述べて、いさぎよく自決したいと考える。ただ一つ、憂慮される一事は吾が子、貞雄の将来のみである。

と云っても、わが子、貞雄は既に病死した如くになっているので、疑義を生ずるにちがいない。実は、現在聡一郎氏の長男として入籍されている峰夫少年がわが子、貞雄なのである。その取替子の事情から説明するのが順序であろうと考える。

（2）

人性の不思議、と云ってよいであろうか、自分が初めて北海道の花隈家の農園に疎開してきた峰夫少年を一見して、わが子、貞雄と眼鼻といい、背恰好といい双生児のように酷似しているのに内心驚いたが、同時に花隈家の財産に対する秘かな野望がはじめて胸裡にはっきりとした形をとって具体化されたのである。

元来、花隈家の当主、聡一郎氏は白蘭と同様、胸腺腫大の特異体質者である、また女性を嫌悪する情の強いことは側近者の周知の事実である。その故、花隈家の男系嗣子としては、佐倉秀二を除いては峰夫少年があるのみである。したがって峰夫を聡一郎の長男として入籍聡一郎氏が死去すれば、遺産は峰夫少年が相続することになる。入籍後に峰夫少年を毒害して、貞雄を峰夫少年の替玉とするという計画は最も容易な手段であった。こうしていよいよ峰夫少年を殺害する段になったわけだが、元来気の弱い自分には殺人などという大罪を犯し得ない。それ故、一日々々と峰夫少年殺害の時日が延び延びとなっていたのであるが、終戦直前の八月上旬のこと、当の峰夫少年は疫痢を発して急死してしまったのである。病死——とは意外ではあったが、ここにも運命の不思議をつくづく味わった次第である。自分はかねての計画に従って、わが子、貞雄が病死したかの如くに葬儀をいとなみ、峰夫少年の死去届を貞雄名儀で届出たのである。

そこまで読んできた芥川検事は視線を白蘭女史に向けると、

「驚きましたな、峰夫少年は殿木の息子の貞雄が替玉になっていたんですね」

「でも、そんなことが——」

「信じられんでしょうな。しかし、はっきり告白しているんですから、事実に相違ありません。殿木は自分の息子を替玉につかって、花隈家の財産を横領しようと計画していたんですね」

検事は再び遺書に眼を移して、三枚目をめくった。

（3）

聡一郎が女性仮性半陰陽で、しかも水木胡蝶と同棲して妊娠したという事実。これは寝耳に水であった。聡一郎に子供が生れ、峰夫を廃嫡すれば峰夫の相続権は消滅し、すべての計画は水泡に帰してしまうのである。しかも、聡一郎氏は顧問弁護士に峰夫の廃嫡を依頼した由である。こうなった上は、最早や単純に拱手して聡一郎の病死を待つという消極的な方法に依存するわけにはゆかないのである。積極的に聡一郎を亡き者にするためには、この際非常の手段を講じなければならぬ。聡一郎を殺すのは容易である。毒薬を用いてもよいし、街の与太者に金を摑ませて殺害させてもよい。しかし、そのような方法では、すぐに足がついてしまう恐れがある。

（4）

平凡なる仕事とは平凡に為されたる仕事なり——とは、なるほど、うまく云ったもので、考えてみれば、聡一郎が女であるという事実を知っているのは他にいないのである。実際、この点を利用するのが最も賢明な方法である。しかも、聡一郎は已れが女となり、妊娠したという事実をひた隠しに隠しているので、旭川の農園で人眼を避けて分娩するように薦めれば、喜んで応ずるにちがいないのである。こうして、旅行の仕度をさせ、いよいよ出発というときに聡一郎と水木胡蝶を殺害し、聡一郎の顔面や手指に作為を加え、頭髪を切り取っておけば、人相指紋が判らない女が殺されているように見えるのだ。したがって、何も知らない捜査当局は、聡一郎が水木胡蝶と女を殺害して逃走したように感違いして、文字通りの「幽霊犯人」を加害者として捜査することになるのである。

（5）

一方、自分は聡一郎に変装して各所に立廻り、ほどよい時分に変装を解いて何喰わぬ顔をして北海道の農園に帰って居れば、いつか事件は忘れられて迷宮に入ってしまうにちがいない――以上が聡一郎の殺人計画だった。

この計画に基いて、秘かに上京し、まず兇器として選んだ拳銃を入手する方法を講じたが、これがなかなか簡単に手に入らないのである。そのために時日が遷延するので、遂に意を決して、二十日夜K署管内のB巡査派出所に忍び寄り、立番巡査の隙をうかがって背後の休憩室の半開きになった窓際から、手の届くところに置いてあった実包入りの十四年式警察用拳銃を首尾よく窃取することに成功したのである。こうして殺人計画に対するすべての準備は整ったのである。

（6）

かくて、計画は順調に遂行されたが、本館の寝室に忍び寄って、中庭の植込み中に潜んで様子をうかがい、窓から洩れる話声を聞いていると、園田という捜査官によって、計画は根底からくつがえされてしまい、自分は思わず慄然とせざるを得なかった。こうなったら速かに防衛策を講じ、捜査の鋭鋒を回避することが肝要である。どうしたらよいのであろうか？　自分には判らない。単なる弥縫《びほう》策では駄目である。

さて自分としては、当初から、天一坊的な計画に一か八かの生命を賭していたので、今更思い残すことはない。

昭和二十二年四月十日

殿木善四郎

五、第二の殺人

拳銃自殺を遂げた殿木善四郎の告白的な遺書を読み終って、芥川検事は、ほっと吐息をついて煙草に火を点けると美味そうに紫烟を天井にふき上げた。

「これで事件もやっと解決がついたというものだ。遺書に謀殺の動機も、経緯も、兇器の出所もはっきり書いてあるからね。まったく殿木という男は先天的な悪人と云ってもいい。北海道からわざわざ上京して殺害の機会を狙っていたんだから、考えても怖ろしい奴じゃないか」

と検事が述懐すると、園田教授は、何故か渋面をつくって頷き、白蘭女史に白皙の顔を向けて、叮嚀な口調で質問した。

「妙なお訊ねをしますが、この茶室からの銃声をお聞きになったでしょうね？」

「はい、また何か異変が起ったのではないかと心配しておりましたんですけど、奥の八畳間で貞雄、――ということを、いまはじめて知ったのですが、子供の看病をしておりましたもんですから」

「貞雄少年の面倒を今後も見られますか？」

「は、悪人の子とは云え、子供に罪はありませんから、今後は、自分の養子として育ててやりたいと存じます」

「貞雄少年は病気だそうですが――？」

教授は絡みつくような脂っこさで質問した。しかし、白蘭女史は氷花のような冷然たる態度であった。

「はア、突然に『頭が痛い』と申しはじめました。その上嘔吐したりして一時は大変でございましたが、小児科医の診断では軽い黄疸だろうということでございました」

「黄疸――？」

教授は反射的に呟いて、ちょっと考え込んだが、

「その原因について何か御心当りはありますか？」

「いいえ、北海道の農園でのびのびと育って参りましたので身体も丈夫な子で、風邪ひとつひいたこともございません。男の子といっても、女の子のようでして、夕食後は、子供部屋で化粧遊びなどをして、ひとりで遊んで

おりましたんですけど――」

「……そうですか。それから、詩田蘭川氏についてですが、――詩田氏は聡一郎氏の甥に当るんだそうですが――」

「そうでございます。詩田蘭川はペン・ネームで、本姓は佐倉秀二と申します。その点に何か御不審でも？」

「峰夫少年が替玉と判った現在、花隈家の財産は詩田氏が相続するのではありませんか？」

「そうなるかもしれません」

「その点を確かめられませんでしょうか？」

教授が訊ねたときに、苛々した表情を泛べた芥川検事が懐中時計をみながら、

「もう一時過ぎだから、そろそろ御腰を上げないかね？　事件も犯人の自殺でケリがついてしまったし、もう問題は残っていないんだからね……どうぞ、白蘭女史も、待合で待っている笙さん達と御一緒に離家に帰ってお寝みなすって下さい」

女史が会釈をして出て行くと、暫く虚脱したような沈黙が続いた。疲れ切った検事は不味そうに煙草を喫っていたし、鹿村警部も意外な事件の解決に呆然として、意味もなく利久堂を瞠めて気ぬけしたような面持ちを泛べていたのである。ただひとり、園田教授だけが、殿木善四郎が握っていた拳銃を調べて装塡された実弾が三発使用されている事実を確めたり、頭蓋を貫通した弾丸が原形をとどめぬまでに潰れて、死体の頭部から一米ほど先きの畳に突き刺さっているのを興味深そうに眺めたり、更に、死体の胸ポケットに差した米国パーカー製の万年筆の軸を電燈に透かして見たりしていたが、やがて検事を振り返えると、明快な調子で切り出したのであった。

「芥川君、君は殿木善四郎が花隈聡一郎と水木胡蝶を殺害した犯人で、周到な犯罪計画が破れて自殺したのだと信じて疑わないらしいが、殿木が何者かに殺害されたとしたらどうするね？　死体を解剖すれば、はっきりすると思うが殿木は殺されたんだからね」

「えッ、他殺だって……？」

検事は二の句がつげず、晦迷苦渋な表情を泛べたが、ゴクリと唾を呑み込むと、

「どうして他殺なもんか。殿木の死体には銃傷以外の外傷は全然見られないんだからね。他殺とすれば犯人は殿木の口中に銃口をさし入れて接触発射をしたことになる。無抵抗状態でない限りは被害者は抵抗するから、口唇に必ず損傷を受けるはずだ。しかし、口唇に傷はない。

とすれば、殿木は身動き出来ないように縛られていたか、麻酔薬を盛られて昏睡していたか、殴打されて昏倒していたにちがいないことになるが、縛られた形跡も、昏睡昏倒した痕跡もない……だから他殺とは全然考えられないではないか……」

「ところが仔細に調べると、明瞭に他殺の痕跡が残っているんだ。まず、殿木は棍棒ようの鈍器——つまり先刻発見した鉄柄杓で殴打されて昏倒したんだと思う」

「どこを……?」

園田教授は再び死体の上に屈み込んで、死体の頭蓋にある弾丸の射出孔を指さした。

「この射出孔にあたる箇所を殴打されたのさ。解剖すれば皮下溢血を認めると思うが……犯人はこうして殿木を昏倒させ、口唇を開けて、銃口をさし入れ、殴打によって出来た頭蓋頂の打撲傷を狙って弾丸を発射し、裂傷を抹殺して拳銃自殺を装わせたんだ。犯人の技巧たるや、実に狡智で慄然たるものがあるじゃないか。疑問に思うなら、他殺の証拠は、それだけではないのだからね。さっき、右手に握った拳銃の把持力を注意して調べたんだが、人差指は単に申しわけのように引金にかけていただけなんだ。兇行後、加害者が拳銃を握らせたことは確実だと思うね」

「ふーむ、やはり他殺かねえ。すると、殿木が残した遺書は一体どういうことになるんだ?」

「犯人の小細工さ。インクの入っていない万年筆で、遺書を書いたとは思えないからね」

と云った園田教授は目を細くして、じっと瞑想に耽る面持だった。殿木善四郎が握っていた拳銃からは、殿木自身の指紋が検出されただけで、加害者に対する物的証拠は何一つ発見されなかったのである。一方、芥川検事と鹿村警部は白蘭女史以下の事件関係者を女史の離家の応接間に招致して、第一の殺人、及び第二の殺人の不在証明を追求したのであるが、いずれも確たるアリバイを立証し得なかったのである。その間、園田教授は訊問に立会っていたかと思うと、峰夫の替玉となった貞雄の病体を診察したり、子供部屋には入《い》って何事かを調べて、珍らしく小まめに動いているようであった。更に、花隈家の顧問弁護士に電話をかけていたが、その目的がどこにあるのか、……私にはとんと判断し得なかったのである。

既に夜明けの、仄白い微光が空にたゆとうている時刻であった。寝不足で、疲れ切った芥川検事は相変らず苦虫を噛みつぶしたような不機嫌な顔で、煙草を喫っていた。精力絶倫な鹿村警部でさえ、倦んだような面持であった。

「薩張り判らんねえ。除倦覚醒剤のヒロポンでも注射しなければ、てんで事件に対する見込みも、推論もたちやあしない……」

検事が嘆息して自棄気味な呟きを洩すと、教授は何か満ち足りたような笑みを泛べた。

「僕にはそうは思えないんだがね。ただそれらしい考えが偶然に泛んだだけで、まだ細部に亙ってまで理論づけることは出来ないが、僕等は、今、非常に論理的な一聯の事実に直面していると云っていい。始めからの経緯を理論的に考え直してみると、一本の筋があることが判るんだ。そうだ、空中に楼閣を築くようなものだが自分の推定が正しいという確信を持っているね」

「確信だけでは犯人を逮捕出来ないじゃないか。証拠がなければ、起訴するわけにもゆかんし……」

「いや、確信だけじゃない。もちろん、証拠はあるんだ」

「すると君には犯人が誰であるか、判っているというわけかね?」

検事の鋭い反問に、教授はあっさり、

「ああ、判っている。大体の推定はついたつもりなのだ。ただ犯罪の動機の点が曖昧だったがね。もう一度、事件関係者を招致してくれないだろうか——?」

六、推　理

「音楽は、カダンス・フィナーレの瞬間まで断続する旋律的諸変化と諸調和の一連続である——と、フランソア・フォスカという仏蘭西《フランス》の探偵小説研究家が申しておりますが、犯罪捜査も、畢竟するに、一つの音楽と看做されるのであります。犯罪の手掛り——即ち、犯罪の謎を解く鍵は事実を断続的に暴露するという形式によって、聴衆である捜査官に与えられるのであります。捜査官は容疑者や証人の訊問や犯罪現場に残された証拠物件の精査などによって、究極的な解決の鍵を断続的に与えられるわけであります。しかし、解決の鍵は、偶発事や犯人の作為による虚構的事実と交錯して、捜査官をして、それと気付かしめない場合が往々にしてあるのでありますが、——この場合は所謂『事件が迷宮には入《い》った』と云われるのでありますが――この殺人交響楽、つまり当花隈邸内における二重殺人事件におきましては、既にカダンス・フィナーレに到達して事件解決の殆んどすべての鍵が提示されたと確信するのであります」

園田教授は教壇に立ったような句調で、序論的な話を結ぶと、離家の洋風応接間に集まった白蘭女史以下の不安に怯えた容疑者の顔、顔、顔……を順々に見廻した。部屋は十畳ほどの広さで、中央に円卓子を置いて、一同は席についていたのである。

午前五時を過ぎた頃で、開け放った窓から黒い谷のような目黒川盆地を見下ろすことが出来た。遥か彼方の高台を走る省電の青いスパークが夜明けの星のない空を槍のように突き刺している。教授の傍らには、芥川検事、鹿村警部が数刻前とはうって変った緊張した面持で、固唾を呑んで控えていた。教授の提言によって装置されたカダンス・フィナーレの一幕に異常な期待を懐いていたからである。しかし、華やかなるべき大詰の幕といっても、歌劇やレヴューとは相違して、徹夜の個別的な訊問に疲れ切った人々の顔には、倦んだような、何か陰惨な陰翳が濃かったのである。一群中の女王のように、疲れを知らぬ若い闘魚のように、生々とした美しさを保っていたのは白蘭女史だけだった。したがって、同じ鴉属でありながら、女史は化身した美麗な極楽鳥であり、それを取巻いた我々は腐肉を喰う真黒な鳥としか見えなかったのである。

さて、教授は、気配を窺うようにして一同の顔を見終ると、次に卓子に置いた原稿用紙――それには、白蘭女史、詩田蘭川、笙右門などの署名が各々の特徴のある書体をもって書かれていた。というのは、教授の要求で各自が所有する万年筆で署名させたからである――を眺めはじめた。やがて再び眼を上げると、

「――で、諸君は既に御存知でありますが、花隈聡一郎氏と水木胡蝶の殺害時間の点に、検屍の結果、一時間以上の喰い違いを生じたのであります。それで諸君のアリバイを追求しました結果、笙右門氏を除いて出版打合会の定刻、即ち七時より早目に出席されていることが我々に判ったわけであります。

更に、七時頃にＤ坂上に花隈聡一郎と自称して現われた男は、残した遺書によって殿木善四郎と判明しましたが、実は私は最初、外出されていた笙右門氏が変装したのではないか、と内心に疑ったのでありまして、この点、私自身の不明をまずお詫び申さなければなりません」

教授は軽く笙右門に向って会釈したが、更に言葉を続けた。

「で、殺されるまでの殿木の行動を推定しますと、彼はD坂上の交番に立廻ってから、再び花隈邸内に潜入して、八時に離家に現われて聡一郎と称して、笙氏に会ったのですが、それから瓢簞池の池畔に赴いて、炸薬を塡めた二個の空缶を爆破させ、銃声の擬音を立てたのであります。そして、裂けた空缶は証拠の湮滅をはかって池に殺げ込み邸内に潜伏していたわけであります。この際、殿木が何故、拳銃を使用しなかったか、その点については追々、述べるつもりですが、まず空缶に使用した炸薬は何かということから説明致します」と教授はポケットから濃茶色の小壜を取り出して一同に示した。見ると、レッテルには、$C_6H_2(NO_2)CH_3$と印書されてあった。

「これです。三硝基石炭酸、つまりT・N・T炸薬ですが、これは貞雄少年の急病に暗示を受けて、子供部屋で発見したものであります。殿木はこれを空缶に装塡してから、子供部屋に隠匿したのではないかと思うのですが、貞雄少年が発見して、壜の蓋を開けて嗅いだり、化粧遊びで白粉のつもりで少量を顔になすりつけたりした結果、トリニトロトルオール中毒をひき起してしまったのではないかと考えられます。即ち、これが皮膚面から体内に吸収をされ、血液中にナタヘモグロビンを形成して、酸素吸収力を失い、貧血症を起して、黄疸を現わしたものであります。

さて、次に考えてみなければならないのは、殿木が何故拳銃の擬音を立てたか、という疑問でありますが、この点は多くの可能性を除外出来るので解答は頗る簡単であります。即ち、殿木は事件の単なる従犯者であって、それは主犯者のアリバイを確立しようとした行為だったのであります。以上の事実から、主犯者は擬音の銃声が聞えた際に、離家に居った者の中に居ったのであります——即ち、諸君の中の一人であることが推定されるのであります……」と教授は鋭く言葉を切って、一同の顔を窺ったが、すぐに態度を改めて皮肉に微笑すると、「考えてみると妙なもんです。白蘭女史、詩田蘭川、笙右門、江河乱人、竹村珊瑚郎、銭川魔利夫、氷室鴉片——ここに居られる七人の方々のうちの一人が犯人であることが判っていながら、さて、それでは誰かということになると、明確に指摘出来ないのですからね」

園田教授は述懐するように云ったが、深く教授のひととなりを知る私には、それが単なる述懐ではなく、真犯人を油断させるというような何等かの策略に出たものであることを直ちに諒解することが出来たのである。教授は検事の前に置いた殿木善四郎の遺書を手にすると、

「したがって、観点をかえて次に殿木の遺書を綿密に検討してみたいと存じます。

まず、遺書を一読して判ることは、文意の通じない点が多々あることであります。例えば、冒頭から『兇行後……云々』でいきなりはじまっている点であります。これはその前にまだ何かの記述があったことを推察させます。その他にも文意が突然に飛躍して、木で竹をついだような感じを受ける箇所があります。それを証明するのは、二枚目の『人性の不思議……云々』と、三枚目の『聡一郎……云々』の冒頭句で、行が変っているはずなのに、冒頭に一字のアキが残されておりません。文意も通ぜず、二枚目と三枚目の間には、何者かが殿木に聡一郎の嫉妬を知らせた事実が記述してあったことを推考させるのであります。特に甚しく文意の飛躍した点は、五枚目と六枚目の間で、この部分には予め樹立した犯罪計画に基いて、主犯者と殿木が共謀して行った犯罪の経過を詳細に述べていたに違いないと思われるのですが、全く削除されているのであります。以上の事実からして、遺書は全文ではなく、何者かが相当部分をぬき取り、更に、二枚目や六枚目に見られるように不利な記述を判読不可能までに抹殺し去ったことが推定されるのであります。

更に、遺書の筆蹟ですが、これは殿木自身が自書したものであります。しかし、自分所有のパーカー製の万年筆で認めたものではありません。したがって、まず考えられるのは面識者から、万年筆を借用したという事実であります。殿木に万年筆を借したのは誰か——それを調べるために、先刻、諸君に署名を願ったわけであります。さて、殿木が使用した万年筆のインクは終戦後売り出された高級品のクリーネスト・インクでありますが、これを使用されている方は居ないか、——こうして調べた結果、諸君の中にただ一人居られたのであります。即ち、笙右門氏だったのであります」

「えッ、僕の——?」

笙はギョッとした表情を泛べた。

「そうです。貴方のものです」と教授は笙に云って、「既に御説明したように、遺書は相当長文のものであります。それが楷書で一字の乱れもなく書いてある点から推察すると殿木は消燈して潜んでいた暗い茶室で遺書を

書いたものではない、明るい場所で書いたことが考えられるのであります。ということは、離家の部屋に何者かによって、かくまわれていたことを意味するのであります。殿木の庇護者、即ち本事件の主犯者と推定される者が万年筆を殿木に借し与えたことになります」

「すると、犯人は僕ということになる？　よして下さい、僕は今まで一度も殿木という男に会ったこともありませんし万年筆を貸した覚えもありません。いつも机の筆箱に入れてありますが――」

笙右門が真赤に激昂して身を乗り出すと、教授は冷静に、

「いや、先きを聞きたまえ」と軽く遮って、「今までは借用した場合を考えたのでありますが、実は殿木は借用したのではなく、盗用したのが真相であります。笙氏が部屋を空けた留守中に侵び入って、万年筆を盗み、自分が潜んでいる空室で遺書を書き終ってから元に戻しておいたわけです」

「それはおかしいですわ。この離家には今晩は皆様がいらっしゃったので、空部屋はございませんでしたが――」

白蘭女史が不審そうに口を挟んだ。

「おっしゃるとおりです。空室と申したのは失言で、前に申したように、誰かの部屋に庇護されていたわけであります。では、誰の部屋かということになりますが、それは殿木善四郎に面識のある者、つまり離家に住んでいる白蘭女史、詩田蘭川氏、それに否定されましたが、笙右門氏の三人の部屋に限定して考えてよいわけであります」

教授の断定に、一瞬、紙のように蒼ざめたのは詩田蘭川だった。

七、"A Tragedy of S."

園田教授は七面鳥のように変った詩田の顔を注視すると冷然たる句調で続けた。

「――で、犯罪動機から考察して、白蘭女史、笙右門氏には、別に花隈聡一郎を殺害する動機はないように見受けられます。すると、最後に残ったのは詩田蘭川氏になりますが、氏にははっきりした殺人動機があるのであります。詩田氏は本姓は佐倉秀二といい、聡一郎の甥に当るのであります。先ほど、白蘭女史に伺い、更に電話

によって顧問弁護士に聞いて事実を確認したのでありますが、峰夫少年が入籍される前は、聡一郎が死亡した場合、詩田蘭川氏が遺産を相続することになっていたのでありますす。それ故、峰夫少年が替玉であると判明した現在、遺産の継承者は詩田氏ということになり、ここに殺人動機が覆在することになるわけであります。しかも子供部屋で発見されたトリニトロトルオールの小壜から詩田氏の指紋が検出されたのです」

教授の言葉には仮借のない峻烈な響きがあった。一方、詩田は暴露された犯罪者さながらに、身体をわなわなと顫わせ顳顬《こめかみ》に膏汗をじっとり泛べて、抗議するように口を開いたが、僅かに引き痙《つ》れたような、意味の判らない呻き声となったにすぎなかった。

「ふむ、すると、貴様が殺《や》ったんだな?」

鹿村警部が小柄な詩田の背後から、弱々しい肩を摑むと彼はへたへたとその場に崩折れて、両手で顔を覆った。

「ぼ、僕じゃない……僕が殺ったのじゃない……」詩田は啜り泣くような声で叫んだ。

「そうです。犯人は詩田氏ではありません」教授はきっぱり保証するように云って、峻厳な面貌を泛べた、「というわけは、わが子を替玉にして詩田氏を廃嫡し、財産横領を企んだ殿木善四郎とは、利害関係において、全く相反した立場にあるからであります。それで、協同して聡一郎氏と水木胡蝶を謀殺したとは全然考えられないわけであります」

「では、どういうことになるんだ? 一体、犯人は誰なんだ?」

芥川検事が鋭く突っ込むと、教授は、しばらく視線を宙に遊ばせていた。やがて一人の顔の上にピッタリと釘付けにすると、さり気ない調子で、しかもそこに一抹の沈痛味を宿した声音で切り出したのであった。

「私は、長々とこんな稚拙な推論をもて遊んできましたが実を云うと、元来が率直な性なので、このような冗論は最も嫌悪していることであります。しかし、機会を与えたかったのです。僕も木の股から生れたような朴念人ではありません。どうです——白蘭女史! 鬘を脱ったらいかがでしょう? 僕は事件の真相をすべて洞察したつもりでおります。貴女は白蘭女史ではなく花隈聡一郎なんですからね」

秋水一閃するような鋭い教授の言葉だった。

「あッ……」

その瞬間、白蘭女史、いや花隈聡一郎は氷のような冷たい笑みを泛べたが、その途端、幽かな叫声と共に、彼女はがっくり卓子に打ち伏したのであった。口唇から流れた血が真白い卓子掛を真紅に染めて行く……その血溜りの中に私はスッポリ脱け落ちた洋髪の鬘が無心にゆらゆら揺れていたのを今日でも、はっきり想いかえすことが出来るのである。

「ジュルジュ・シムノンは小説の中で良いことを云っている。『判断が先入観で歪められない限り、真相を発見するのは容易《やさ》しいことだ』とね。だから、僕が事件の真相を見抜いたのは、大して困難なことでもなかったんだ」

園田教授は、芥川検事と鹿村警部を前にして、美味そうに煙草を喫いながら静かに事件の真相を語るのであった。

「さて最初に考えなければならないのは、白蘭女史と殿木善四郎との関係だね。この二人の間に生れたのが貞雄少年なのだ。当時は、先代の嘉治郎氏が敏腕を揮っている頃だったが、錚々たる名家の令嬢が、秘書と関係して子供を生んだとあっては世間の外聞も悪い。それで嘉治郎氏は子供を殿木に引取らせて育てることにして、この情事を闇に葬り去ったのだ。そうした関係から、財閥が解体しても殿木は北海道の農園の管理人として残っていたわけなんだ。一方女史も血気にまかせて、男から男へ渡り歩く、淫奔な生活を送っていたが、やはり自分が腹を痛めた子供は可愛かったんだね。結局、昔の撚《より》が戻って、秘かに上京する殿木と肉体的な関係を結んで妊娠したわけだが、更に共謀して貞雄を廃嫡しようとした聡一郎の殺害計画を遺書に書いてあるとおりに樹てたわけなんだ。しかし、ここに注意していいのは殿木善四郎の性格だね。彼は自分の子供の問題でも易々として嘉治郎氏の処置を承服したように、元来が気弱な男だったのだ。彼には実際に人を殺すような度胸も、才覚もなかったんだね。それで、殺人計画は白蘭女史が聡一郎と胡蝶を殺害する、その間に、殿木が女史のアリバイを構成するように仕組んだのだが、女史は計画通り胡蝶を殺したが、抵抗する聡一郎に逆に射殺されてしまったんだ。

そのままで居れば、聡一郎は実際に云って、正当防衛で白蘭を射殺したと主張出来るわけだった。しかし、愛人の胡蝶を殺されて逆上していたし、冷性な分別をもって考えられなかったんだろうと思う。一図に復讐を考えて殿木をも殺そうと決心したんだ。それで白蘭の衣服を脱がせて自分の部屋着や下着を着せ、頭髪を切ったりして、人相の特徴を消し、自分は胡蝶の洋髪の鬘をかぶって白蘭に変身したわけだった。ところが白蘭も聡一郎と同じく、胸腺腫大の異常体質者で、しかも妊娠していたから、そのために僕はとんでもない錯誤を犯して、白蘭の死体を聡一郎と誤認してしまったんだ。まったく滑稽な話で、赤面にたえないが、まア、これは余談にしてもらいたいね。で、聡一郎はうまうまと白蘭になりすましたわけだった。しかし、姉妹で非常によく似ているといっても、同夜の出版打合会に出席して、同人と顔を合せれば、変装が暴露するかもしれない。それで憎い白蘭の子の貞雄にトリニトロトルオール中毒を起させて、看病すると見せかけ、筮右門をはじめとする同人達と顔を合せないようにしたんだ。一方、殿木はそれと知らないから白蘭のアリバイを作って秘かに帰邸した。そして、我々の会話を盗み聴いて、当初の計画が破れて、捜査当局が偽聡一郎の足取りを追求していると知ると、殿木は絶望して白蘭を道連れに自殺を決意したのだ。それで、筮右門の万年筆を盗用して遺書を書いたわけだった。こうして、殿木は白蘭になりすました聡一郎をさそって、秘かに茶室に行ったのだが、それが聡一郎にとっては、殿木を殺害する好機だったのだ。心中するとみせかけて、遺書に細工し、殿木を殺害して自殺を装わせたんだね。ということは、既に聡一郎が幾分冷性になって、意識的に犯行の暴露を恐れるようになり、一切の犯責を殿木に転嫁しようとしたことを意味する。遺書に抹殺したり削除した部分があったが、それは白蘭との共同謀議を記述した個所なんだ。更に財産相続の問題もある。それで詩田蘭川に嫌疑を向けるように、トリニトロトルオールの壜に詩田の指紋をつけたりしたんだ。詩田が犯人として逮捕されれば、財産は白蘭女史、つまり聡一郎が相続することになるからね。

以上で事件の解説を終るが、もう一言付け加えると、花隈聡一郎は人間として、最大の悲哀と苦悩をなめたことが判る。この事件それ自体が聡一郎が男から女へ変性した性の悲劇に端を発している。これを、バーナビイ・ロッス風に云うと、Sex と Soitiro の頭文字に因んで『Sの悲劇』と呼ぶのがふさわしいと思う。芥川君、君の考えはどうかね?」

二重殺人事件

血は、まったく不思議な液汁だ。
――ゲーテ「ファウスト」第一部。

一、絢爛たる殺人――Keris.

一柳隆三郎博士の宏壮な邸宅は微風にすすきの白穂がゆれる多摩川の河原を俯瞰する高台に建てられていた。正門をはいると、とっつきに和洋折衷の木造二階建の母家がある。その母家の玄関を右に見て、建仁寺《けんにんじ》垣の枝折《しお》戸《ど》を開けると、そこはもとは百花撩乱の花園だった中庭である。現在は御他聞に洩れず不粋な菜園になっていて、諸の葉が波うち、うらなりの南瓜などが転がっていたが、その裾を廻って陰気なくらいに鬱然と繁った庭樹の下をぬけると、清冽な水をたたえた遊泳池に出る。プールは幅五米、長さ二十米ほどのものであるが、この漣《さざなみ》ひとつたたぬ水面に真白な稜角を倒影させた建物――窓を大きく仕切った近代的な平家建の建物が惨劇の現場となった染料研究室である。

芥川検事が親友の園田郁雄教授と連れだって、この研究室に到着したのは、その日も既に黄昏に近い頃だった。こうして二人が揃って殺人現場の検証に赴くのは、あの「花隈邸の惨劇」から指折り数えて三ケ月目のことであった。

「研究室で刺殺されたのは一柳博士で、死体発見者は脇田進という研究助手ですが……」

検事が鹿村警視（第一捜査課長）から右のような電話を受けたのは、現場に到着する一時間ほど前のことであったが、その時、

「なにッ、一柳博士が殺された？」

思わず叫んだほどの烈しい驚きに打たれた。

「ほう、一柳隆三郎博士なら、僕も留学時代に伯林《ベルリン》で会ったことがある。と云っても十数年前の話だが……近眼のくせに眼鏡をかけないという妙な主義を誇っていたがね」

園田教授も少なからぬ興味をそそられたようであった。

一柳博士といえば、染料化学の権威者として知られている。が、博士の名前が人口に膾炙《かいしゃ》されたのは、ひとつには華やかな国際結婚ロマンスの主人公だったからである。元来、貿易商で、一代に巨万の富を礎いたという博士の亡父もチュートン（ゲルマン系）の金髪碧眼の女を糟糠の妻として迎えていた。だから欧亜混血児の一柳博士は母親に似て脊のすらりと高い、日本人離れのした体格と容貌の持主であった。その博士が欧洲に留学し、伯林のアニリン染料株式会社に見習技師として勤めていた頃に知り合ったのが技師長の秘書をしていた伯爵令嬢、ヨハンナ・フォン・グロッミンガーである。友情は熱烈な恋愛となり、お定りの風光明媚な瑞西《スイス》レマン湖畔への恋の逃避行。その間の経緯を詳細に物語れば、優に一巻の恋愛物語が出来あがるであろうが、それを述べるのが本篇の目的ではない。その頃は漸くミュンヘンに孵化した「白の恐怖《ナチズム》」が全独に、否、全ヨーロッパに不気味なハーケンクロイツの暗翳を投じはじめていた時である。自由な天地を求めて若い博士夫妻は巴里《パリ》、倫敦《ロンドン》……と欧洲各地を転々としていたが、その間に生れたのがユーリエ（百合枝）という女の児だった。しかし博士には多年住みなれた欧洲――離れがたい欧洲であったが、所詮一生の安住の地とはなり得なかったのである。間もなく六歳になった百合枝と愛妻を伴って帰国した博士は多摩川の河畔に宏壮な愛のスイート・ホームを建設した。当時は、わが国の工業がやっと自立の域に達し、軍部、特に技術を重んじた海軍当局の強い意向を反映して凡ゆる産業部門に国産化政策が強行されはじめた時である。新帰朝の染料化学の泰斗として、学界にも、染料工業界にも博士の才幹は高く評価されて、その前途は洋々たるものがあった。ところが、好事魔多しのたとえ、気候風土の激変からか、ヨハンナ夫人は一年もたたぬうちに健康を害して不帰の客となったのである。博士の悲嘆ははたで見るのも気の毒な位に深刻をきわめ、俄に頭髪に霜を加えて、工業大学教授という顕職も弊履のように棄て顧みず、その後は世間との一切の交渉を絶ってしまったのであった。隠遁者《エレミチカル・クリエーチャー》という言葉が一柳博士にはピッタリとあてはまるようである。噂では、自邸内の研究室に引籠って黙々として研究の日々を送っていたということであったが――と受話器を置いて芥川検事は、一昔前の一柳隆三郎博士の風聞をチラリと想い起したが、いま惨劇の研究室の前に立つと、改めてそのことが繰込して痛切に想い返されたのであった。

研究室の正面の扉を開けると、そこは玄関の広間というよりも、書斎というにふさわしい部屋である。四方の壁は窓と扉を除いては、天井にまで届く書棚と薬品棚で仕切られている。部屋のほぼ中央には大型のテーブルと、五・六脚の椅子が据えてあったが、芥川検事と園田教授の姿を認めて、その一つの腕椅子から立上ったのは、小柄な、でっぷり肥った鹿村警視だった。簡単に挨拶がすむと、芥川検事は、

「それで、一柳博士の死体は向うの部屋なんだね?」

とのっそり立ったまま、開け放った隣りの実験室の戸口を顎でしゃくった。

「そうです。ただいま、鑑識課の連中が死体を撮影していますが……」

警視は頷いて、

その言葉を実証するように、フラッシュ電球の閃光がチカッと稲妻のように隣室から流れてきた。戸口に立って実験室の中をのぞき込むと、窓寄りにある実験台の脚もとに俯伏になった死体が横たわっていた。背中に異国風な短剣が突き刺っている。窓から射し込む眩しいほどの紅みがかった入日に、死体の蒼白い顔や漆黒の頭髪までが林檎のように赫々と燃え、死体の周囲のリノリュームの床には砕け散った試験管やフラスコの破片が銀砂子のように美しく煌めいている。また染料研究室というにふさわしく、部屋の各所に置かれた種々の容量の琺《ホウ》瑯《ロウ》鉄製の水槽には、紅や緑や黄色の液体がたたえられ、実験台の横にも青色の液体を充たした小型の水槽が置かれてあった。こうした夥多《かた》ともいえる色彩の氾濫――絢爛たる殺人現場を見ても、芥川検事は特別に興趣をそそられることもなく、リアリスチックな視線を最初からじっと兇器の短剣に釘付にしていたのである。

「あれは妙な形をした短剣だね。日本のものじゃないと思うが……」

検事が不審そうに訊くと、警視がひきとって説明した。

「一柳博士が欧洲にいた頃、和蘭《オランダ》のライデン大学に招聘されて特別講義を行ったことがありますが、その時に、記念として大学総長から贈られたものだという話です。柄は象牙石で、金銀や宝石を象嵌して魔神のようなものが彫刻してあります。博士も珍重して、いつも実験室の壁に架けていたんだそうですがね」

「ふむ、すると、西欧中世紀の騎士が護身用に佩用した短剣かもしれない」

「いや、あれはクリスという短剣で、欧洲製のものではない」と、その時はじめて口を入れて検事の想定をは

っきり否定したのは園田教授だった。

「クリスというと――?」

「爪哇《ジャワ》の短剣さ。形は支那の戟を彷彿させる。見たまえ、刀身は、細長い三角形をして波形に曲っているだろう? 刃の地色は黒くて一面に紋か線の白理が泛いて見える。それがクリスの特徴なんだがね……」

「なるほど、綺麗なもんですねえ」と鹿村警視は頷いて、

「何か特別な鍛え方があるわけでしょうな?」

「鍛え方に変りはありませんが、刀身を鍛え終ってから、砒素と一種の橘類の汁を加えた特別の混合液に浸すんですね。その結果、鉄分が酸化腐蝕して地色が黒くなる。しかし、白理の部分はどうして出来るか? というと、はっきりとは判っていないが、腐蝕作用を受けないニッケル分の分離した個処ではないかと推測されているんです。こうして砒素を用いてあるので、クリスは毒剣とみられ、一般に爪哇人は刀身に触れるのをおそれると聞いたことがありますがね」

二、犯罪状祝――Hat.

一同が書斎のテーブルに向い合って腰を下すと、鹿村警視は事務的に事件の概要を報告しはじめた。

「一柳博士の死体は、三時半頃に、脇田助手によって発見されたのですが、事件の状況を申し上げる前に、まず一柳家の家庭状態から御説明しようと存じます。

それで、被害者の一柳博士ですが、博士は狷介な性格ではあるが、特別に人の恨みを買うような人柄ではありません。愛妻の死後、十七・八年の間、世間との交渉を絶ち、家庭の団欒などということを全然度外視して、研究室に籠っていた位ですからね。しかし、愛妻の死後、二・三年してから、娘の百合枝の養育のために、後妻を貰っているんです。それは僕は初耳だったのですが、栗原澄江という広島の素封家の娘でした。澄江夫人は当時は不幸な結婚をして夫に死亡し、十歳になる男の児をかかえていたんですがその児を実家に残して博士の後妻に貰われたわけでした。そして夫人が百合枝を養育してきたのですが、不幸な人はどこまでも不幸なものです。戦

争中、澄江夫人は博士のすすめで広島の実家に疎開していて、例の原子爆弾で実家の人々とともに不運な死をとげてしまったんです」

「百合枝という娘も一緒に疎開していたんだね?」

検事が悼ましそうに口を入れた。

「いや、あの混血娘は帰化独逸《ドイツ》人、ヘレーネ・ディスクという女の軽井沢の別荘に疎開していたそうです。だから、戦争中は、博士は曾根冬子という家政婦と二人で暮していたわけです」

「曾根? その女は——?」

「四十八・九歳の老嬢《オールド・ミス》で、もとはJ大附属病院の看護婦長をしていたそうです。教養のある女で、五・六年前に博士は、大病院に入院した時に、当時は看護婦だった彼女と親しくなったという話ですが、澄江夫人や百合枝が疎開してしまった後に、病院を辞して家政婦として住込むことになったんです」

「なるほど、——で、死体を発見した脇田進という研究助手はどうなんだね?」

「博士の眼鏡にかなって、その研究の後継者として選ばれただけあって、真面目な、研究一図に生きて行く、といったような男です。二十七・八歳でしょう。J大応用化学科を卒業し、海軍に入隊して終戦後、復員して博士の研究助手になったんです」

「すると、博士には将来、脇田を百合枝の入婿にするような意向があったんじゃないかね」

「さあ、そこまでは忖度《そんたく》出来ません。却って百合枝の心は栗原悠一の方に傾いているように推量されますからね」

「栗原というのは? やはり、博士の研究助手かね?」

「あ、云うのを忘れていましたが、終戦後、博士邸に起居するようになった男です。後妻の澄江夫人が実家に残した実子で、現在は二十六・七歳になっていましょう。P大の商科を出て応召し、終戦となって復員したところが、郷里の広島では親戚縁者が皆んな爆死をとげています。それで博士邸に身を寄せるようになって、博士の口ききで東洋塗料会社の経理課に勤めるようになったわけですが、ところが、学究的な博士邸の雰囲気にはまったくそぐわない人物で洒落れたダブルの服なんかを着こんでキャバレやダンスホール通いに夢中になっているんですよ。それがまた、研究室に籠った博士と顔を合せることもなく、映画、音楽、少女歌劇と、そういった趣味に寧日なく外出している百合枝と非常にうまが合って、最近では二人してダンスホールなどに出入りしているという話なんでしてね……」

鹿村警視はそう云い終って顔を顰めたが、検事は不愛想に「では死体発見までの顚末を聞かせてくれたまえ」と先を促した。その検事の要求にしたがって、鹿村警視は訊問の結果を綜合して次のように物語った。

それによると――一柳博士はこの日、午前中はずっと脇田助手とともに、研究室でアニリン染料の分析試験を行っていたということであった。十一時半頃に、母家に帰り、いつものように脇田とたった二人だけの佗びしい食事をすませると、博士は、

「今日は天気もよいし、いつになく気分がいいから河原の方でも散歩して来る。脇田君は自室で休息していてくれたまえ」

気軽に、そう云い残して無帽のまま出て行った。時間は午後一時に間近い頃で、その博士が帰邸したのは三時半で呼鈴に応えて玄関に出迎えたのは、家政婦の曾根冬子だった。

「先生、お帰り遊ばせ。お疲れでしたでしょう?」

「うむ」と、頷いた一柳博士は不機嫌そうに顔をそむけると、そのまますたすたと自分の居間に這入《はい》って行ったが、すぐに引返して廊下に出て来た。まだ廊下に立っていた冬子は反射的に、

「おコーヒーをお持ちしましょうか?」と博士に訊ねた。

「ううん」博士は再び頸を振っただけで、中庭の方にせかせかした足どりで降りて行った。そうして、中庭を横切り研究室に向う博士の後姿を認めたのは、二十二歳の潑溂たる娘に成長した令嬢の百合枝である。一時半頃に、洋裁学院から帰邸した彼女は、ちょうどこの時、サンドウイッチを噛りながら、二階のヴェランダで秋のファッション・ブックをひろげていた。だから、彼女の注視点は服飾雑誌に描かれたドレスのデザインに向けられていたので、辛うじて視野限界内に父の姿を漠然と捕えたにすぎなかったのである。ついで、蒸し熱い午後をプールで過していた栗原悠一が研究室にはいって行く博士の姿を遠目に認めていた。彼は一時半過ぎに帰邸して、一泳ぎし、それからずっとプールのベンチに横になって甲羅をほしていたので、時間の点は、はっきりしなかったが、三時半頃だろうと供述していた。一方、助手の脇田進は昼食後は母家の自室に退いて読書に過していたが、ふと置時計に眼をやると指針は三時半を指していた。散

歩に出た博士も戻ったにちがいないと思い、廊下に出ると、ちょうど通り合せた百合枝とばったり顔を合せたのであった。

「お父さまは研究室に行かれてよ。いま、二階のヴェランダから後姿を見たけど――」

「そうですか、僕も、これから研究室に行こうと思ったんですよ」

脇田は百合枝を廊下に残して研究室へ向った。その途中プールのベンチに大の字になって居睡った栗原悠一を認めたが、声をかけずにそのまま研究室にはいって行った。閉った実験室の扉を習慣的に叩いて、

「先生、脇田ですが……」

何気なく扉を開けて、思わずギョッとして門口に棒立ちとなった。毒剣クリスを背中に突き刺された一柳博士の無惨な死体が瞬間的に彼の眼にクローズ・アップされたからである。

三、警視の推定――Spectacles.

鹿村警視は、そこまで一息に語り終ると、

「こうして、事件は所轄T署に急報され、我々が現場に到着して調査を開始したのですが、現場を一瞥すると、すぐに臭いな、これは単なる物盗りの兇行ではないと悟りました。まず何も窃取されたものがないというのがおかしな点ですが、試験管やフラスコの保管棚がひっくり返り、相当格闘が行われた形跡があるのに、近くのプールにいた栗原悠一が悲鳴とか、怒号といったものを全然聞いていないのが不思議です。また、死体の致命傷はクリスの刺傷と見られていますが、そのほかにも硝子片で顔面や手頸に相当の手傷を負っているのに出血量が案外に少いことです。更に格闘が演ぜられた形跡が作偽的に故意に残された証跡ではないかと推量される点です。というのは、ほかにも仆れ易いものが沢山あるのに、仆れているのは試験管やフラスコを置いた保管棚だけなんです。しかも、保管棚は実験台の左側、つまり、壁に接して置いてあったのに、実験台を飛び越えて、その右側に移り、死体の傍らに仆れていたというわけで、なにもかも、すべてが矛盾した証跡のように思えるんです」

鹿村警視はそこでちょっと口を噤んで、窺うように園田教授を見た。というのは警視の推論を邪魔しないように静かに椅子から立上った教授が部屋（書斎）の薬品棚

を熱心に調べていたからである。しかし、警視はすぐに言葉をつづけた。

「こうした事実から、僕は実験室は実際の犯罪現場ではない、犯人が何かの目的をもって仮装した殺人劇の舞台にすぎない。つまり、真実の兇行現場はほかにあるという結論に達したのです。それで、ひとまず捜査の中心を実際の兇行現場の発見に集中しました。多摩川の河原をはじめ、附近一帯を虱つぶしに捜査しました結果、それが燈台もと暗しというわけで、実に意外なところに発見しました。

しかし、それを申し述べる前に、兇行現場の捜索中に明らかになった新事実を申し上げておきましょう。まず死体の推定死亡時間ですが、死体を検案した警視庁医は、絶命時刻を午後二時以前、つまり一時から二時までの間と診定したのです。すると、いままで各人が申立てた証言事実は全然出鱈目か、意識しない嘘を供述したにちがいないということがはっきりしてきました。二時以前に殺害された一柳博士の姿を三時半後に、家政婦の曾根冬子が認め、ついで百合枝、栗原悠一が認めたという不合理な事実です。それで改めて、以上の三人を訊問しまして、次のような諸点を明らかにすることが出来ました。

まず第一に訊問したのは曾根冬子でしたが、彼女は一柳博士と同じく、非常な近視眼で、眼鏡をかけないでは眼前数尺にあるものも、はっきり見ることが出来ないということです。この朝、彼女は合憎く眼鏡をコンクリートの土間にとり落して壊してしまい、一柳博士を玄関に出迎えた時は眼鏡をかけていなかったのです。訊問に答えた彼女は、そういえば散歩に出かける前の博士は無帽で、白い実験衣を着ていなかった。しかし帰邸した博士は実験衣を着ていて、帽子をかぶり、ちょっと変に思わないでもなかった、と申し述べたのです。このことはスタイル・ブックを見ていた百合枝の場合にも同様にあてはまります。元来、一柳博士は幾分猫背気味なので、その特徴的な姿体から曾根家政婦も、百合枝も『あれは一柳博士だ』とろくに見もしないで、簡単にきめてしまっていたのです。最後に訊問した栗原悠一は、曾根家政婦や百合枝が博士を認めた時間を三時半過と証言したので、深い考えもなく三時半過ぎと答えたにすぎない、実際を云うと帰邸してすぐにプールに泳ぎに行って一泳ぎして甲羅をほしはじめたときに博士の姿を認めたのだから、その時間は二時、あるいは二時少し前だったろうと思う、それに自分の認めた事実は実験衣を着ていなかったと申し立てたのです。

以上の新事実から一柳博士が殺害されるまでの行動を想定しますと、一時前に散歩に出たが、二時前に帰邸し、母家に立寄らず、母家の自室に実験衣を置いたままで、直接に研究室に行ったことが推量されます。栗原悠一が認めたのは、その博士の姿だったわけです。が栗原は甲羅をほしていて居睡ってしまい、母家にひき返す博士の姿を認めませんでした。で、母家にひき返した博士の行先が問題になるというわけなんです。一体、どこへ行ったのだろうか？　そこが博士が殺された場所、つまり実際の兇行現場にちがいないという想定が成立ったわけです」

「ふむ、……で兇行現場を発見したという話だったね？」

と芥川検事は大きく頷いたが鹿村警視の論証は、すべて適格な事実の上に組立てられ、何人も反駁する一分の隙さえないように思われたのであった。

「そうです。発見しました」と警視は、傍らに立った私服刑事に眼で合図を送り、送られた刑事の姿が戸口から消えると「実は、その兇行現場は脇田進の部屋なんです。殺人の歴然たる証跡がありました。絨氈の位置を変えて隠したつもりなんでしょうがその位で我々の眼を胡魔化すなんてまったく笑止の至りです。乾いた血溜りが床にあり、押入には血塗れの実験衣と博士の中折帽が突っ込んでありました」と云って、鹿村警視はニヤリと笑った。こうした結論を得ていたからこそ、警視は従容として迫らない態度で長広舌を試みたわけだったのである。

「なるほど、では脇田の犯人状況をどういうように推定するかね？」

「それは、こうなんです。脇田は予め、博士愛蔵のクリスを盗んでおいた、それは昼食に母家に帰った時だろうと思いますが、間もなく散歩から研究室に帰った一柳博士がクリスの紛失に気付いて、脇田の部屋に訊きに行ったのです。それが脇田が待ち設けていた機会だったのです。彼は博士を刺殺し、死体を研究室に運んだわけです。その頃は、まだ百合枝も、栗原悠一も帰邸していなかったので、死体を抱えて中庭を横切る姿を曾根家政婦に見られなければよかったのです。曾根は何も知らずに厨房で食後の後片附けをしていたのですから、彼女に覗き見される心配はありませんでした。首尾よく研究室に死体を運び入れると、例の保管棚をひっくり返して格闘が行われたように殺人の舞台装置を整え、何喰わぬ顔で母家の部屋に戻って、血に染った自分の実験衣を押入に隠しておいたんです。すると、百合枝が帰邸して二階のヴェランダへ行く、つづいて栗原悠一も帰ってプールに泳ぎに行く——これは、脇田がアリバイを構成しようと待ち構えていたまたとない機会でした。彼は博士の実験衣をまとい、帽子をかぶって、玄関から曾根家政婦の出迎えを受けて、研究室へ行くような風をして中庭に出たんです。万一に見咎められたら、冗談をしたのだと笑ってしまえば、それですんでしまいます。所謂、ブローカーの千三《せんみつ》といった蓋然性《プロバビリチー》を狙った芝居だったのですが、それが見事に成功したわけです。北叟笑《ほくそえ》んだ脇田は庭樹の蔭に隠れて、ヴェランダにいる百合枝が階下に降りるのをこっそり見張っていました。そして、彼にとって幸運だったことは間もなく百合枝がヴェランダから姿を消したことでした。その隙に脱兎のように自分の部屋に舞い戻りちょうど二階から降りてきた百合枝と廊下で顔を合せて、脇田はうまうまとアリバイの構成に成功したのです。それから悠々と研究室に行き、博士の死体を発見したというわけですよ」

「それでは、もう脇田を逮捕しているんだね？」

「いや、まだです。脇田の殺人嫌疑が濃厚となったので、証拠を揃えて訊問しようとしたところへお出でになったので、一通り御説明してからにしようと思いましてね。脇田をはじめ家人は母家の応接室に控えさせて、厳重な監視下に置いてあります」

「すると、脇田はまだ殺人の発覚を知らんわけだね？」

「はあ、我々には真相が判らんと見くびったのでしょうか洒々と落つきはらっているようなんです」

「脇田の殺人動機を、どういうように、お考えになりますか？」

その時、薬品棚から「Daboia」という貼札を貼った小壜を手に取って園田教授が、もとの椅子に腰かけながら警視に訊ねた。

「動機ですか……」警視はギロリと眼を剝いて「動機は令嬢の百合枝を繞る三角関係ですよ。つまり脇田は百合枝との将来を約束されていた。脇田には、美しい混血娘と莫大な一柳家の財産を相続する希望があったのですが、最近百合枝の心は栗原悠一に傾き、博士も一人娘の愛情にほだされて、脇田を冷遇するようになったのです。それで恨みの兇行を演じたと考えられるわけですがね」

「それから兇器のクリスですが、あの柄から脇田の指紋が検出されましたか？」

「いや、検出されません。が、最近の智能的犯罪者は指紋を現場に残すようなヘマはやりませんからね」

四、訊問——Injection.

既に陽は落ちて、多摩川の対岸の宮内あたりの低い農家の屋根に蒼い月の光が流れていた。園田教授は、右手に握った小壜を眺めて何事かを考えていたが、ちょうど実験室から出て来た鑑識課員を呼び止めると、

「あ、君——鑑識箱はあるかね?」

「実験室にあります」と鑑識課の若い技手は忙しそうに部屋を出ていった。鑑識箱というのは、指紋の検出器具や血液試験などの薬品の一揃を集めた小型のスーツ・ケース型の小箱で、終戦後、科学捜査の必要が痛感されて警視庁各課をはじめ、管下全警察署の捜査係に常備されたものだった。

「検屍してから、科学的な分析をしてみたいので、ちょっと失礼するが……」

園田教授はそう云い残して実験室にはいって行った。と入れちがいに書斎の戸口に荒々しい足音がして、二人の私服刑事に両手をとられた脇田進が真赧に激昂した顔を現わした。見ると、ひどく印象的な風貌で、紺の背広に白い実験衣を着ていたが、野中の一本杉を思わせるようなヒョロリと高い痩せた身体つき、太い眉毛と不似合な位に大きな鷲鼻、それは一柳博士を生写しにしたような顔だった。部屋にはいると、彼はまず射るような眼つきで一座を見廻した。そして鹿村警視の姿を認めると、突っかかるように、

「どうしたんですか、えッ? 失敬にもほどがある! 何の説明もなしに、いきなり僕を捕えてここへ連れて来たんです。まるで犯罪者扱いじゃありませんか。たとえ、犯罪を犯しても、逃げかくれするような、そんな卑怯な僕じゃありません」

警視はぎろりと光った眼で脇田を鋭く一瞥してから

「ふん、それはいい覚悟だね。それじゃ、おとなしく白状するつもりなんだね?」

「えッ、何を……?」

「しらばっくれるのか? 証拠はすっかりあがっているんだよ」

「証拠……? いったい、なんの証拠です」

「ふん」と警視は冷たく鼻で笑って「一柳博士を殺害

した犯人は君じゃないか！　正直に白状したらどうかね？」

「冗談じゃありません！　昼食後、自分の部屋にいた僕がどうして研究室にいる博士を殺せましょう」

「いい加減に芝居をやめたらどうかね、ネタはあがっているんだぜ。博士が殺されたのは君の部屋じゃないか！」

「えッ！」思わずうめいた脇田は、空いた椅子に崩れるように仆れこんだ。極度の驚きに光を失った眼には、何かを模索するような必死の色が泛んでいた。鹿村警視は、すかさず老練な漁師が網を手繰るように追求の手をぐっと引きしめていった。

「君、実験衣を脱ぎたまえ」

意外な警視の要求に、キョトンと眼を瞠った脇田は、云われるままに実験衣を脱いで、テーブルに投げ出した。警視はすばやく取り上げて裏地の名札を見ると、すごい微笑を泛べて「これで証拠がまた、一つふえたわけだよ。イチヤナギ……名札にはっきり書いてあるじゃないか。この実験衣は一柳博士のもので、君のは血塗れになったので、押入に隠し、博士のを盗んで着ていたのだ」

「ぬ、盗みはしません。盗んだ覚えなんか全然ありません。同じ製品ですから間違えて着ていたんです。間違えるなんてそんなことはあり得ないんですが……とにかく、自分の部屋にかけてあったのをそのまま着ていたんです……」

そう抗弁すると、脇田は血の気の失せた蒼白な顔を伏せて、石のように黙り込んでしまった。重苦しい沈黙の中に、窓外の叢にすだく虫の音が俄かにかまびすしく聞えてきた。

「では、観念したわけだね？」警視は念を押すように俯向いた脇田に云うと、戸口に立った私服をふり返った。「本庁へ連行するように……」

その声に脇田は弾かれたように立上った。「ま、待って下さい。僕は潔白です。蟻でさえ意識的に殺したことのない僕が、どうして……どうして、恩師を殺せましょうか」

「それは君の弁護人に云ったらどうかね」と警視は冷く遮切ったが脇田は必死の形相を泛べて、

「いや、待って下さい。ぼ、僕は……僕は、考えているんです。犯人はほかにいる。誰かが僕を陥れようとしているんです。真犯人の手掛りを——僕の潔白を証明する証拠をきっと摑んでみせます。しばらくの間なんです。

か、考えさせて下さい……」

脇田は狂乱したように叫んで頭をかかえると再びテーブルに俯伏してしまった。「し、しかし、すっかり混乱してしまって、何も考えられない——何も思い出せません。そうだ。皮下注射——ヒロポンを注射させて下さい。そうすれば、頭がはっきりしてくるにちがいありません」

顔をあげると、脇田は上衣の内側のポケットから小型の注射ケースをとり出した。蓋を開けると、注射器と数個の注射薬のアンプルが金具に止めてあった。

「実は——僕は、ヒロポンを注射する習慣があるんです。それで精神力を集中するときはどうしても注射しないではいられません。ヒロポンは劇薬ですけど、用量はきまっています。1ccでいいんです。射たして下さい。アンプルはD製薬会社の責任保証付の製品ですから、絶対に安全です。あなた方は、僕が毒薬を注射して自殺するんじゃないかと疑っておいでのようですが、こんな冤罪を受けて黙って自殺するような僕じゃありません」

アンプルを撮み上げると、注射薬への強い信頼感から、脇田は日頃の冷静さをとり戻したように思えた。その脇田から注射ケースを受け取ると、鹿村警視は、まず疑わしそうに透明な注射液のはいったアンプルを調べた。しかし、別に異状な点は認めなかった。大部分はヴィタミンの注射液で、そのうちの二本がヒロポンの注射液だったのである。

「間違いないね?」

「ありませんとも。けさも注射しました。百合枝さんにも曾根さんにもヴィタミン液を注射してやったんですから……」

「では、1ccだけ射ちたまえ」と許可を与えたのは、警視からケースを受取って丹念に調べた芥川検事だった。彼も徹夜で調書を作製するような場合には、ヒロポンを注射する習慣があったからである。

脇田進はすぐに注射器にアンプルの注射液を充たし、アルコールをしませた脱脂綿で左腕の上膊部を消毒した。そして、慣れた手つきで右手に握った注射器の針を突き刺した。と、その時、園田教授が実験室から出て来たのだが……注射を終った脇田は急に生気の蘇った顔で一座を見廻した。しかし、それは一種の条件反射だったのである。その直後には、妙に眼付きを鋭くさせて、尖った頬を細かく痙攣させはじめた。脇田の額にはじっとり膏汗が泌み、顔色は一瞬に青紫色に変じた。そして、うーんと苦し気な呻きを発するとそのままテーブルに俯してしまったのである。

「しまった、自殺だ！」

歯軋りして芥川検事が立上ると、それより早く園田教授が脇田を抱き起していた。

「おい、しっかりするんだ！」

その声が聞えたのか、空虚な眼を瞠った脇田は唇を慄わせて懸命に何かを云おうとして喘いだ。

「……ゆ……ゆ……」

しかし、はっきりとは聞きとれなかった。

「ゆうか、ゆりか？」

脇田を抱えた教授が耳元で叫んだが彼は応えなかった。がっくり頸を曲げて息が絶えたのである。

五、殺人機構——Daboia.

園田教授は床に横たえた脇田進の死体を調べ終ると、ポケットからナイフを取り出して死体の左腕上膊部にグサリと突き刺した。しかし、絶命後僅かに二・三分しかたたないのに、全然迸血《ほうけつ》を見ず、ナイフを抜いても寒天のように凝固した血がトロリと一筋、申しわけのように深紅の糸を曳いただけだった。

「不思議だね。死亡直後だというのに、もう血がゼリーのようにかたまっている。いったい、脇田が注射した毒薬はなんだろう？」

芥川検事は不審そうに園田教授の顔を見た。

「蛇毒——Daboia《ダボイア》という蛇毒液なんだよ。Daboia《ダボイア》 Russelli《ラッセリ》という印度《インド》産の蝮蛇の有毒成分《エヒドニン》で、原液を百万倍に稀釈して使用しても、正常人の血液を凝固させるという。だから、こうして原液に近いものを注射すれば、瞬間的な凝血作用を起して致死するのは当り前な話だね。最初薬品棚にダボイアを発見した時に、注意すればよかったが一柳博士の死体を検屍して化学的な説明をしてから実験しようと思ったのだ。それで脇田の訊問に立会わなかったのだが、そのために死ななくてもよい彼を見殺しにしてしまったことになる。まったく慚愧に堪えない次第だよ」

「ま、いいよ。遁れられないと知って自殺したんだから……」

「自殺……？　そうだ、字義通りに解釈すれば吾と吾が身に蛇毒を注射したんだから自殺になるわけだが……」

「自殺は自殺じゃないかね、妙に持ち廻った云い方をしているが……」

「と云う意味は、脇田がこの事件の二人目の被害者だということなんだよ。何者かがヒロポン注射液のアンプルの内容を蛇毒液にすり返えておいたんだからね」

「すると、他殺！」検事は啞然とした顔になって叫んだが一息つくと「他殺だという証拠があるのかね？」

「脇田が死んだことが立派な他殺の証拠じゃないか。表面的な事実に惑わされずに、冷静に眼光を紙背に徹することだよ。そうすれば、奈落に隠れた犯人の息吹きをはっきり感ずるはずだが……」

「しかし、脇田が一柳博士の殺害犯人でないとすると、僕にはこの事件が薩張《さっぱ》り呑み込めないがねえ。君は脇田が息をひきとる時に『ゆうか、ゆりか』と妙な叫びをあげたがあれには何かの意味があったのだろう？」

「うむ、あの時、脇田は苦しい息の下から犯人の名を告げようとしていたのだ。しかし『ゆ』と云う音しか聞きとれない。それで、咄嗟にああ云ったので、悠一か、百合枝かという意味だったのだよ」

「なるほど、そういえば、あの家政婦の冬子という名にも『ゆ』という音があるね」

検事は鸚鵡《おうむ》返しに呟いたが、やはり釈然としない面持だった。園田教授は煙草に火を点けると、

「それでは、この事件の機構——殺人犯人の殺人計画といったものを解剖してみようじゃないか。まずXと仮定する。Xは一柳博士と脇田の二人を殺害する。所謂二重殺人の計画を樹てたのだ。それも単純に二人を殺害するのではなくて、最初の被害者の一柳博士が脇田の部屋で殺害され、その殺害犯人として脇田が自害する——という筋書を書いたわけなんだ。そうして殺害の機会を狙っているうちに、犯人Xは博士が分析実験の処置をあやまってフラスコが爆発し、顔面や手頸に硝子片で瀕死の重傷を負い、虫の息で仆れているところに行き合せたんだね。Xにとっては、まさに千載一遇の好機だった。壁に架けたクリスを取って脊中から心臓を狙い突き刺して博士を殺害した——これが殺人の第一段階だったのだ」

「すると兇行現場は脇田の部屋ではなくて、実験室だと云うわけだね？」

「うむ、そうだよ」

「では、死体の出血量の少い点をどう説明する？」

「それは形式主義と云っていいか、何事も範疇にあて嵌めて考える我々の常識判断からきた一種の盲点なんだ。だから、白いものは白、黒いものは黒ときめてしまっている。つまり、血液は鮮紅色だという概念に捉われて、青い色の血液に気付かなかったのだ」

「青い血液……？」検事は思わず眼を瞠った。

「そうだ、死体の傍らに青色の液体を充たした水槽があったろう？　あの一色の液体が一柳博士の身体から流れ出した血液なのだ。最初、博士は失神して水槽の中に上半身を屈して倒れこんだのだが、Xはこうした博士の姿を認め、脊中にクリスを突き刺して、逆血が殆んど止まった時に抱き上げて床の上に横たえたのだ。それで死体から流れ出した血は悉く水槽に溜ったことになる。次ぎにXは、この溜った血の一部分を何かの容器にすくい取り、後に母家に持ち帰って不幸な脇田の部屋の床にあけて兇行現場のように仮装したのだが、それでもまだ水槽中にはかなりの血液が残っていたものとみていいだろう。この中に、Xは氷醋飽和液と3％過酸化水素水との同量を混じた液を没入して血の紅い色を青い色に変化させてしまったのだ。こうして血液を青い色に変えておけば、現場には青色素《アズリン》、紅色素《ロトファン》、黄色素《プルプロキサンチン》、紫色素《フルフリン》などを溶解した水槽が幾つもあるから、血液とはちょっと気付かないわけになる。

「なるほど、一種の擬装ですね。その手にまんまと乗せられてしまいました」と鹿村警視は素直に失敗を認めた。

「まあ、我々は科学者じゃないからね」検事は警視を慰めて「だが、まだ疑問に思う点がある。それは飛散した硝子片で一柳博士が顔面や手頸に受けた負傷なんだが、あれは大した傷じゃないと思うがね。少しばかりの切傷で瀕死の重傷を負うなんて吾々の常識ではちょっと考えられないね」

教授は短くなった煙草を灰皿にもみ消すと、

「それは一柳博士の特別な体質から来ているのだ。僕はこの部屋の薬品棚に、犯人Xが脇田の毒殺に使用した蛇毒やThrombosinなどの壜を発見した瞬間、一柳博士が欧亜混血児であること、殊に母親がチュートン系の白人の女であるという事実から、博士が稀有な病気の持主にちがいないと推定したのだよ。それで、検屍に異常な興味を抱いたため、脇田の訊問に立会わず、とんだ失敗を演じたのだがその病気というのはヘモフィリイHamophilieなんだ」

「ヘモフィリイ……?」

「うむ、血友病のことだがね。知っているだろう? ロマノフ王朝を崩壊させたのはこの病気なんだからね。チュートン民族だけに見られる不思議な遺伝病で、女系によってのみ遺伝し、男子にのみ陽性となって現われる。その症状はちょっと指に傷をしても、いつまでも出血していてなかなか止らない。軽く腕にぶつかっただけでも打撲傷になるし、躓けば膝関節が充血して腫れあがるといったようなわけだ。正常な人間なら血管からの出血は別として、血液が空気に触れれば、すぐに凝固する。だから出血は自然に止るのだ。つまり、血液が体外で血塞を生ずる時間が平均四分半程度とみられているのだが、血友病患者の場合は一時間半、乃至二時間を要すると云われている。その理由は血液中に凝結を助けるトロンボキナーゼ Thrombo-Kinase が欠如しているからだと説明されているがね」

「では、一柳博士が血友病患者だったと認めよう。とすれば、博士は始終、傷を負っていたことになるが、今までに格別そういった事故が起きなかったのは、どういうわけかね?」

「それは止血剤の注射をして血液の血塞形成力を増大させていたからだよ。しかし、一回の注射の有効期間は普通四週間位で、糖尿病患者のインシュリン注射と同様に、定期的に繰り返して射たなければならないのだが、一柳博士はそれを怠って不測の重傷を負ったわけなんだ。以前、J大病院に入院したのも、そういった事故にちがいないと思うね」

「お蔭をもって血友病の入門的な知識を会得したが」検事は一息ついて「ところで、いったい、一柳博士と脇田助手を殺害した犯人は誰なんだろう? 僕には全然見当もつかないが……」

「いや、大体の推定はついているつもりだ。犯罪の動機も明瞭だと思うがね」

園田教授はそう云うと、はじめて明るく微笑んだのであった。

六、解決――Substitution.

それから三十分後――
「……といったようなわけで、脇田進は毒殺されたことになります」

園田教授は事件の説明をそのように結ぶと博士邸の応接間に集った令嬢の百合枝、曾根家政婦、栗原悠一の顔を探るような眼つきで見廻した。しかし三人の顔には能面のようなとりすました表情が泛んでいるだけだった。

地味な黒っぽいドレスを着た百合枝は父親に以て、脊の高い白晳明眸の美しい混血娘だ。房々と肩に垂れた黒髪、秋の海のような碧い眼が印象的だった。彼女と並んだ曾根冬子も地味な和服を着て固い表情を教授に向けていたが、若い時にはさぞ美しかったであろうと思わせる整った容貌をしていた。栗原悠一は彼女等とは離れた位置に坐っていたが、身体つきの大きなのに比べて、いまだ多分に童顔を残しているので、漆黒の髪をきちんと七三に撫でつけていた。しかし、何か物おじしたような落着かない態度だった。一方、テーブルをはさんで彼等と向い合った芥川検事は、鷲のような眼を光らせ、腕を撫した鹿村警視は、まさに獲物に飛びかかろうとする猟犬を思わせる獰猛な面構えである。やがて、咥えた煙草を灰皿にもみ消した園田教授は、不意に鋭い視線を曾根冬子に注いだ。

「あなたはJ大病院の看護婦長をしておられたんでしたね。家政婦として博士邸に住込むことになったのは、博士の病気の看護にあったといいますが――一柳博士の血友病を何故黙っていたんですか?」

「どなたさまもお訊ねになりませんから、申し上げませんでした。妾が何かを隠しているとお考えですか?」

「いや、そうではありません――が、あなたの本名は脇田雪子とおっしゃるんでしょう?」

何気なく訊いた教授の言葉だったが、その一瞬、曾根冬子は化石したように身体を硬張らせた。

「どうして変名を名乗られたのです?」

「な、何もかも忘れて――忘れてしまいたかったからですわ。一柳に背き去られた妾には生きる希望がありませんでした。いま考えれば、若いときの感傷でした。でも、J大病院に勤めていて一柳と再会しました。そうして家政婦として老後を見ていただくことになったのですわ」

「そうですか――」と教授は頷いて「僕がグラーツ大学の犯罪学研究所にいた頃でした。伯林見物に出かけたことがありましたが、その当時、伯林の日本人会でお目にかかったのが一柳博士でした。異郷にいる時は、同じ日本人の血が流れているというだけで、年齢の差も、境遇の差も超越して百年の知己のように親しくなるものです。二人はケーニッヒ・ストラッセのあるビヤ・ホールで始終スタインの泡を吹いたものでしたが、なお蕭々とした秋雨がリンデンの樹葉に烟るある夜のことでした。妙に感傷的な気分にひたって仏蘭西《フランス》シャラント産のコニャックを傾けていた時でしたが暗然とした面持をした一柳博士から自分は故国に雪子という愛人を残して来た、別れたのは大震災の年だったが、風の頼りにヨハンナ夫人との恋愛ロマンスが彼女の耳に伝えられたのだろう。それ以後、彼女からは消息が絶えてしまったという告白を聞いたのでした。しかし、これは他人の私事ですから聞いてもすぐに忘れてしまいました。が脇田進が絶命する直前に云った言葉から、はっきり雪子という名前を想い出したのです」

「すると、この女が捨てられた恨みから……」検事が口を入れると、教授は手を振って遮切った。

「いや、待ちたまえ――雪子さん、もうお訊ねするまでもありませんが、脇田進はあなたと一柳博士との間に生れた子供ですね?」

曾根冬子、いや脇田雪子は顔を上げて頷いた。「でも、どうして御存知ですか?　知っていたのは一柳博士だけでした。進にも話していない秘密でしたのに――」

「いや、それを知っていたのは博士だけではありません」

教授がそう云った時に栗原悠一の顔にただならぬ狼狽の色が泛んだ。しかし、百合枝の顔には何等の感情も現われず空洞な虚脱したような視線を天井の装飾燈に注いでいた。教授は芥川検事の耳に何事かを囁いた。頷いた検事は、なお半信半疑の面持だったが、しかし立上って厳然たる口調で云った。

「一柳隆三郎博士、脇田進両名に対する謀殺の嫌疑をもって一柳百合枝、いや百合枝嬢の替玉となった帰化独逸人ヘレーネ・デイスクを逮捕します。なお、栗原悠一も同事件に対する共犯の嫌疑で身柄を拘束します」

「百合枝――いや、ヘレーネ・デイスクが犯人だと判ったのは、どういう点からかね?」

それから半時間の後、乃木坂の検事邸に落つくと、芥川検事は園田教授に質問した。

「うむ、それは犯人が一柳博士に変装した際、長髪をかくすために中折帽をかぶったからなんだ。男なら帽子をかぶる必要がないというのは、一柳も脇田も栗原も同じような漆黒の髪を同じように七三に分けていたからね。

そこで犯人の可能性として男が除外出来たんだ。更に脇田が云い残した『ゆ』という言葉の謎——あれは、百合枝からアンプルを貰った、と云おうとしたにちがいないと僕は解釈した。同時にそれが不思議な暗合となって雪子という名を想い出したがね。そして、一柳博士と雪子と脇田助手との関係を推量することが出来たので、訊問の際にまずその点を確かめたわけなんだ。その関係がはっきりすれば、偽の百合枝が脇田を殺害した理由が判然とするからね。つまり、一柳家の財産を横領しようとしたヘレーネには、庶子の脇田が邪魔な存在だったのだよ」

「百合枝が偽者だと判ったのは——」

「偶然なのさ。僕の叔父が軽井沢に内科医院を開業していてね、僕は戦争中しばらくの間、世話になっていたことがあるが、その時、一柳百合枝の死亡診断書を叔父の代理で書いてやったことがあるんだ」

なお、逮捕されたヘレーネ・デイスクは次のように告白していた。

——百合枝嬢とは独逸人倶楽部で某独逸人から紹介を受け、その後親しくおつきあいするようになりました。戦争中は特に軽井沢の私の別荘にお招きして一緒に暮しましたが、終戦の前月、七月のある日、彼女は急性肺炎でポックリ亡くなられたのです。(中略)一柳百合枝とは姉妹のようだと独逸人仲間に噂されたほど、姿恰好、容貌、音声が似ておりました。頭髪を黒く染めれば、百合枝嬢の替玉となっても近眼の一柳博士には万が一にも気付かれる心配はないと思いましたが、それでも内心は不安でたまりませんでした。こうして一柳家の財産を目当に一柳邸に乗り込んでみますと、条件は予想以上に好都合だったのです。澄江夫人は死亡し、脇田助手、栗原悠一、曾根家政婦は一度も生前の百合枝嬢に会ったことがありません。また、博士は食事をする時と、寝る時間以外は研究室に閉じ籠っておりましたので、看破られる心配は絶対になかったのです。でもなるべく顔を合さないように暮しておりました。ところがあの日洋裁学院から戻りますと、途中の路上で散歩に出た一柳博士と出会ったのです。そこで一緒に研究室に来るように——という話です。さては、替玉が判ってしまったのかと不安に思いながら母家に立寄らずに研究室に参りますと博士は、実はかねてから話そうと思っていたんだが、お前の身体にはわしと同じに血友病という悪疾の遺伝病が潜伏しているのだ。お前の母のヨハンナは血友病の血統で、そうしたことからお互の同情が恋愛となり、結婚となってお前が生れたのだが、自分としては一柳家から血友病を消滅させたいと思っている。再び血の悲劇を子孫にくり返させたくないからだ。そこでお前に卵巣除去の手術を受けてもらいたいのだよ、という意外な話でした。でも莫大な財産が手に入るという希望から承知しますと、博士は更に言葉をつづけて、それから、これは誠に云いにくいが、研究助手の脇田進は本当は私の子で、お前の兄なのだよ。彼にはまだ話していないが、将来は一柳家の財産を譲ってやりたいと思っている、という霹靂のような話——話しながら博士は実験を続けておりましたが、どうしたわけか、電熱器にかけたフラスコが爆発しました。博士は負傷して、失神し、水槽に仆れこんだのでした、あッと叫ぶ間もない事故で、すぐに医者を呼びに母家に帰ろうとしましたが、その時、悪魔の囁きが私の足を引きとめたのでした。

（このまま一柳博士を殺してしまえば財産はお前のものになるじゃないか）

それは天来の妙音のように私の心を打ちました。そうです、一柳博士を殺害し、脇田が博士を殺害したような偽の証拠を残しておけば、彼は殺害犯人として逮捕されるのです。それからは夢中でございました。クリスで博士を刺殺し、偽の証拠を造った後、大型のフラスコに血を汲み取り脱ぎ忘れた脇田の実験衣とダボイアの壜を持って母家に戻りました。その時、栗原悠一は既に帰宅してプールで泳いでいましたので、自分が博士と実験室にはいったことを固く口止めしました。彼は私を愛していて、私の云いなりになったのですから罪はありません。そして、母家に帰った私は一柳博士に変装して曾根家政婦の出迎えを受けたわけなのですが、中庭に出て行くと見せかけて、実は自分の部屋に戻り急いで変装を解くと、脇田の部屋に参りました。すると、ちょうど彼が部屋から出て来ましたので、博士が帰邸した旨を知らせると共に、蛇毒液を入れたアンプルを手渡したのです。というのは、その前、洋裁学院に出かける前に、脇田から注射薬を買って来てくれるように依頼されたからです。こうして脇田が慌てて研究室に赴いた留守中に、その部屋に兇行現場らしい装置を整えたものでございます。ですから、最初の訪問の時に、ヴェランダでファッション・ブックを見ていたと申し述べましたのは、その後だったわけです。

　では最後に私の素性を申し上げることに致します。運命は誠に不思議でございます。一柳博士の夫人ヨハンナ・フォン・グロッミンガーは私の叔母に当るのです。そこで百合枝嬢と私は従姉妹ですから、二人が瓜二つのように似ていた訳も理由のないことではありませんでした。

貝殻島殺人事件

1　桃色裁判

熱帯の島ではない、南洋ではない、豆州の貝殻島だ……と思っても林の奥が不気味でならぬ。極楽鳥や尾長猿はまだしも、虎豹、蟒蛟《うわばみみずち》、口の真赤な真黒い顔の人喰人種が毒矢を手挟んで今にも蒲葵《ビロー》の蔭から出て来そうなのだ——と、明治の文豪、徳戸見呂果《とくとみろか》が五十年前に記している。

　I半島の突端に近く、K温泉と一衣帯水の貝殻島は第三紀層の砂岩と泥板岩の巨層からなる。それが幾十万年の波蝕をうけて一高一低の奇岩怪岩を生じ、方三粁《キロ》にみたない島上に無気味な緑掌を拡げた蒲葵や芭蕉を繁茂させたのである。呂果ならずとも熱帯の島と観ずるのに、別段の不思議はない。だが、九州（日向）の青島と併称される、この南国的な情緒豊かな貝殻島が、青島ほどに人口に膾炙《かいしゃ》されなかったのは、明治維新以来、某宮家の所有地となり、一般の参観が許されなかったからである。

　ところが終戦後——この貝殻島を買収した男が現れたのであった。それが隠退贓物資をタネに巨万の富をきずいたという黒川算次郎だったのである。

　物語にさきだって、この黒川算次郎の特異な性格を、明らかにしておく必要があろう。というのは、彼が無類の漁色家だという一事なのである。特に黒川の名が世間的に知られるようになったのは、さくらダンス・ホールのナンバー・ワンといわれた樽井千恵子を凌辱して、告訴された事件だった。樽井は貞操慰謝料として五十万円を黒川に請求したが、黒川はあっさり事実を承認して要求額の倍額の百万円を樽井に与えて世間をあッといわせたのである。その当時、某暴露雑誌に掲載された記事によると、黒川は、女優やレヴュー・ガールはいうまでもなく、素人の娘にも毒牙をのばして猟奇的な桃色生活を送っているということであった。

　さて、こうして樽井千恵子との桃色裁判に気をくさらせた黒川算次郎は、この夏をエキゾチックな貝殻島の新築の別邸に暮すことになったのである。相変らずの酒池肉林の生活である。レヴュー団を招聘して裸体のダンス・パーティを開いたり、宏壮な邸内の温泉プールに幾十人の全裸の芸妓を思い思いに乱舞させたりする。一方に、黒川自身は肉の褥《しとね》に連日連夜、妖異な夢を追うといった淫卑な生活なのであった。

そのある日――貝殻島には四人の女が招かれていた。まず、

木下麗子――彼女は妖艶な映画女優だった。

村松小夜子――前記のさくらダンス・ホールのダンサーで、その豊満な肢体は最近では、樽井千恵子にまさる人気を獲ち得ている。

高木鮎子――けしの花のように美しいレヴュー・ガールで、黒川が、最も寵愛した女である。

栗島鶴江――黒川が社長となっている東京物産会社のタイピスト。

以上の四人の女たちだった。そのほかに、邸内には召使の老婆と料理人の近藤、それに黒川の腰巾着の有田秘書が新事業の打合せのために滞在していた。というのは、黒川は貝殻島の南国的な景趣を利用して、ここに「東洋のモナコ」と誇り得るような一大歓楽郷を築設しようと計画していたからである。

その日も既に昼に近い頃だった――と後に有田秘書が証言しているが――昨夜、女たちにとりまかれて泥酔した黒川算次郎は、寝室に有田秘書をよんで云った。

「例の計画については極秘裡に進めなければならんと思うな。日本観光会社あたりでも伊豆の大島にそうした施設を設けようと盛んに運動しているらしいのだ。とにかく、設計図を至急とり寄せるように――」

そう命じると、黒川はサイド・テーブルのウイスキー壜に手をのばして、ニヤリと淫らな微笑を浮べた。

「それから、わしの居間に昼食を二人分用意するように近藤に伝えてくれたまえ。うむ、軽い洋食がいいと思う。わかったね？」

「かしこまりました」

寝室を出ると、有田秘書はその足で厨房に行って近藤に黒川の命令を伝えたのであった。二人分の食事を用意するということは、黒川が滞在中の四人の女のうちの一人と食事をとることを意味しているのである。そして、最後に、わかったね？　と黒川が念をおすようにいった

のは、その間、部屋にはいるな、という暗示なのである。

長年、黒川につかえた有田秘書には、以心伝心ですべてを察知することが出来たのであった。

2 殺人

黒川算次郎の変死体は、その日の午後三時に有田秘書によって発見され、所轄K署に急報された。

急報を受けたK署の司法主任室では、主任の青山警部補と園田郁雄博士（Q大医学部法医学教授）とが対談中だったのである。

園田教授はK温泉の旅館に滞在していて、ある事件の法医学的な鑑定を依嘱され、青山主任と打合せをとげているところだったが、真蒼な顔をした有田秘書が、

「現場はそのままにしてあります。どうも主人は毒を飲んだらしいのですが……」

「毒を――？　すると、黒川には自殺するような原因でもあったのかね？」

「いえ、そのようなことはありません。実は……」

と、有田秘書は以上のように何者かと黒川が会食した事実を申し立てたのであった。

「主人の寝室を出てから、食堂で昼食をしたためて、私はタイピストの栗島君と一緒に自分の部屋にいてずっと読書しておりました。三時に、もう会食も終った頃だと思い、主人の居間に参って死体を発見したのです」

と、死体発見の顚末を手短かに物語った。

青山主任は疑わしそうに有田秘書の顔を見ると、園田教授に視線を移して、

「毒殺らしいですな、御迷惑でも、貝殻島に御足労を願って御検屍を願いましょうか？」

教授は頷いて立上った。

3 現場検証

死体はテーブルに俯伏して、静かに眠っているように見えた。死体を点検すると、園田教授は居間の中を見廻しながら、

「大体、午後二時前後に毒殺されたものでしょう。外傷は見当りませんね」

テーブルの上には二人分の食事が用意してあった。黒

川の前に置いた料理は殆んど手をつけて食べ荒してあったが、その反対側のいろいろの皿に盛った料理は殆んど手をつけた形跡はなく、パンをちぎってコーヒーを飲んだあとが認められただけである。黒川のグラスには強いウイスキーが飲み残され、相手のグラスには甘口の果実酒が盛ってあった。更に指紋係の採証検査の結果、そうした食器類からは黒川の指紋を検出しただけで、犯人の指紋は発見されなかったのである。

「すると、犯人は指紋を拭い去ったわけですな?」

青山主任が当惑したような表情を泛べると、園田教授は鋭い視線をテーブルの上にはせて仔細にコーヒー茶碗やパン皿を調べていたが、ふと何気なく黒川の反対の席の皮張り椅子の背を握って後にひきよせた。そして、しゃがみ込むと、視線をそのあとに落した。

「うむ、パンの砕片が落ちている……」

教授は呟くように云うと、絨氈の編目から白い粒状のパン片を拾い上げた。すると青山主任が、

「そうです。膝に落ちたのをはたいたとみえますよ。椅子のクッションにもこぼれ落ちていますが、これでは犯人に対する手掛りにならんでしょうね……」

4 訊問

つぎに、青山司法主任は応接室を臨時の訊問室にあてて、事件関係者を順次に訊問したのである。

最初によばれたのはタイピストの栗島鶴江で、職業婦人らしく、軽快な開襟シャツに、白いズボンをはいていた。主任の訊問に答えて、彼女は、はっきりと大要次のように陳述した。

「はい、私は午前中は有田秘書の部屋にいまして、タイプを打っておりました。昼食は食堂でしたためまして、午後は自室に戻り、しばらく休んでから、再び有田さんの部屋に参ったのです。時間は二時少し前だったと存じます」

次によばれた、薄い派手な絽の着物を着た妖麗な木下麗子は、艶然と微笑すると、

「あの猩々親爺、殺されたって涙なんか流すもんじゃありませんわ。かえってせいせいしますわね」

「といったわけで、君が黒川を毒殺したんだろう?」

得たりと、主任が鋭く切り込むと、

「あら、いやですわ。あたしは午後はずっと温泉プールにいたんですもの。それは高木さんが証明してくれますわ」

「そうですの、昼食後、二人で温泉プールで泳いでいましたっけ。私は二時頃にあがって、自分の部屋に行ってお化粧をしておりました」

と、高木鮎子は木下麗子のアリバイを立証したが、彼女のワン・ピースのドレス姿が部屋から消えると、青山主任は、園田教授に、

「奴等は共同戦線をはってアリバイを立証し合っていますが、ちょっと見当が外れたようですな」

「そうです。死亡時間は二時前後ですから彼女等にも黒川を殺害した嫌疑がかけられるわけです」

最後によばれた女は和服をだらしなく着た村松小夜子である。したたかに洋酒をあおって自室のベッドに白い腿もあらわに仆れていたのを私服がかかえるようにして訊問室に連行して来たのである。

「へ、なにいってるんだい。え、黒川の助平親爺、酒ン中へ麻薬をまぜといて、それで身体の自由を奪って、思いどおりにしようってんだろうが。へーんだ、あたしゃアね、そんな甘い手に乗るような女じゃないんだからね」

どうにも手がつけられないのである。結局、村松小夜子に対する訊問はしばらく延期することになったのである。

5 推理

こうして訊問を打切ってしまうと青山主任は再び現場の居間にはいって行った。しかし、叙上以外の新しい事実の発見はなかった。

「弱りましたな。何一つ解決に対する手掛りがないんですから――。情況から推定すると、何者かが黒川と会食したにちがいありません。それが黒川の毒殺犯人です。黒川は有田秘書と人目を避けて、食事をとるはずがありませんし、召使の老婆と料理人は厨房にいたという、確実な証拠があります。すると黒川は、木下麗子、村松小夜子、栗島鶴江、高木鮎子の四人のうちの一人と会食したことになりますが、それが誰か――全然証拠がないと来てるんですからね」

主任が思わず嘆息を洩らすと、園田教授は明るく微笑

して、

「いや、現場には、はっきりした証拠があります。それと訊問の結果を照合すると、明確に犯人を指摘出来るはずですよ。殺人動機の推定も、困難ではないと思いますね」

☆

（以上をもって作者はフェア・プレイの精神を重んじ、事件解決に対する手掛り乃至《ないし》暗示のすべてを読者に提供したはずである。明敏な読者よ、四九頁の「解答」をお読みにならぬまえ、左の四項目について解答を与えて下さい）

（百点満点）

一、犯人は何者か？（三十点）
二、その証拠は何？（四十点）
三、殺人動機をいかに推定するか？（二十点）
四、共犯者の有無（十点）

解決篇

青山主任は園田教授の意外な言葉を聞くと、

「それでは、一体犯人は何者なんです？　僕には見当もつきませんが……」

「犯人はタイピストの栗島鶴江ですよ」

「えッ、栗島が？」主任はのけぞらんばかりに驚いて、

「し、しかし、証拠が——証拠がないと思います」

「いや、明白な証拠がありますよ。僕は訊問に立会って、四人の女たちの服装に注意したのです。いいですか、木下麗子と村松小夜子は着物を着ていました。高木鮎子はスカートの長いワン・ピースのドレスを着ていました し、ズボンをはいていたのは栗島鶴江だけだったのです。一方、現場を調べると、犯人が黒川と相対して坐った椅子のクッションに、パンの砕片が朧気ではあるが、▽型を埋めてこぼれ落ちていました。こうした痕跡を残すのはズボンをはいている者だけですが、しかし有田秘書は嫌疑の圏外にある。すると、犯人は、ズボンをはいた栗島鶴江ということになるわけです。彼女は、毒薬をウイ

スキーのグラスに投じて黒川を殺害し、容器についた指紋を用心深く拭い去って何喰わぬ顔をしていたわけですが、椅子のクッションに残したパンの砕片に気付かなかったのです。それが犯人の盲点で、致命的な失錯だったわけですよ」

「では、殺人動機はどういう風にお考えですか?」

「訊問すれば、その点は明瞭になると思うが、僕は次のように推定します。つまり、栗島は黒川の術策に陥って貞操を奪われ、その復讐に黒川を毒殺したものだと……。毒殺、これは古来、非力な女性の慣用手段ですからね」

蘭園殺人事件

一、Cypripedium

それほど高いという山ではないが、伊豆の天城山は今日でもなお深い原始的な幽林に蔽れていて、よほど晴れた日でもその山顛は雲にかくされて窺うことが出来ない。だが、この天城の嶮路を越えなければ、旅行者は湯出ずる伊豆の国の真髄に触れ得ないのである。

というのは、その温暖な気候と南国的な景観である。惨劇の現場となった「天城蘭園」――野呂伯爵家の別邸――は、こうした地理的・気象的な好条件下に位置していたのである。

元来、野呂伯爵家は天城南麓一帯の地域を領有した豪族の出で、その蘭園は温泉から北西に三粁、蘭栽培に不可欠なSphagnum Moss（水蘚）の群落地として知られた俗に蛇ケ窪と云われた陰湿な沢地を俯瞰する台地上に建られていた。本館は明治中葉期に当時随一の建築学者と評判された壺金頼次郎博士の設計で建られたもので、壮重厳粛な城館風の煉瓦造三階建の洋館である。しかし、現在は多年の風雨にさらされて建築当時の面影は悉く失われ、時代色の煉瓦も黒ずんで、ラスチケーション（江戸切積石）やドリプストーン（雨押石）などの石面にも醜陋な汚斑がつくられていた。

だが、兇行現場は蘭園の本館ではなく、竜舌蘭・仙人掌・芭蕉などの亜熱的な植物を粧点した南面の芝生地にある曲線両屋根式の温室だったのである。建坪は百坪余、温泉熱を利用して内部は高温（華氏八十―七十度）、中温（七十―六十度）、低温（六十―五十度）の三室に隔壁され、それぞれの隔室の雛壇式の陳列棚には窯瓶に培われた艶麗なカトレア、清楚なシプリペジウム、妖冶なヴァンダ、ミルトニアなどの洋蘭が撩乱と花開いて、その妖麗さは筆舌に尽しがたい趣きがあった。

被害者はこの蘭温室の栽培管理者――というよりも、黄に褐色の斑入りの唇弁をつけたヴァンダ・ロウイの交配新種、その他数十種の珍奇なハイブリード・オーキッド（交配雑種蘭）の培養者であり、天笠木綿布による独特の蘭苗バクテリア（蘭菌）培養法を考案した著名な蘭栽培家の盤田敦太郎だったのである。

さて、事件発見から数えて丁度その二時間後にあたっていたが、——温泉に滞在していた園田郁雄教授は野呂伯爵家の顧問弁護士奈良太刀夫の招請を受けて天城蘭園に向ったのである。それは重畳とした伊豆の山なみに早くも濃い紫色の陰翳が刻まれ、谷々に薄い靄が漂いはじめた頃であったが、温泉街を出外れて天城特有の幽林にはいると、園田教授は同行の奈良弁護士をかえり見て、

「人の運命というものは、まったくはかり知れないものですな。実は昨日の午後、進駐軍のN市派遣隊長のモーレイ大尉と一緒に天城蘭園を訪れ、元気な盤田氏の姿に接したのでしたが……で、死体を発見したのは、あなたと野呂英祐伯ということですが、まずその経緯を簡単に御説明願いましょうか」

教授とは初対面の奈良弁護士は容姿端麗な貴公子然たる容貌の所有者で、最近亡父の法律事務所を受けついで辣腕を謳われている少壮弁護士である。

「では、さっそくですが、一応私の口から御説明申上げることにしましょう。しかし、野呂伯爵家の顧問弁護士と申しても、こうした大切な常顧客は三ケ月前に脳溢血で急逝した亡父が直接に応待することになっておりました。それで当主の英祐伯にも、蘭子というお名前の令夫人にも今度はじめてお目にかかったような始末で、事件についてはなんの予備知識もありません。ですから、私としては見たまま聞いたままをただ主観的に申し述べさせていただこうと存じます」

奈良弁護士の面上には困惑の翳が色濃く泛んでいた。その口吻からも、教授には事件の異常さがひしひしと感じられたのである。

「結構です。その方が砂を嚙むような客観的な説明よりも、事件を生々しく把握することが出来ますからね」

「それではお話し申し上げますが……それは昨日の午後四時頃のことでした。ある事件の公判の弁護をすませて裁判所から事務所に戻りますと、

——野呂伯爵家からお電話で、明日の午後三時蘭園の方に来てくれるようにとのことでございました。

そう云って女秘書から伝えられたのでそれで今日の午後三時——と申しても、バスが遅れて天城蘭園に着いたのは三時半近くになっていましたが、出迎えた女中に来意を告げたわけです。そして、応接間で待っております

と、暫くしてなんとも形容出来ない醜怪な身体つきをした男が部屋にはいって参りました。そうです、蜘蛛男という異名で明治初期に見世物に現れた養老勇扇（佐藤勇吉）という侏儒を御存知でしょうか？　あの一寸法師に生写しだったのです。脊丈は四尺にも充たず、馬鹿でかい才槌頭、老人のような醜悪な皺だらけの顔――妊娠五、六ケ月の腹中の胎児がそのまま気味悪く動き出した感じでした。それが野呂英祐伯だったのです」

弁護士が眉をしかめて溜息をつくと、園田教授はおだやかに笑って、

「すると、英祐伯は医学的にはクレチニスムスという一種のデイフォルシュタート（畸形）なんですね。これは格別珍らしい症例ではない。そうした症例は古今の文献を漁れば枚挙にいとまがないでしょう。クレチニスムスというのは甲状腺機能障碍、痴呆、身体矮少、頭蓋畸形、四肢畸形、生殖器発育不全等を起すのが特徴で、これは御存知ではないでしょうか」

教授がこういうと、奈良弁護士は素直に頷いた。

「なるほど、そういうものですかね――で、その英祐伯の態度なんです。それは頗る傲岸不遜なもので、身体に似合わず人をなめきっているんです。

――一体、用件とはなんだね？　元来、わしは誰にも面会せん主義なんじゃ。

と、まるで人を難詰するような態度です。最初は私も面喰いましたが、よく聞いてみると、これも無理ではありません。

――君に、電話をかけて招致した覚えはない。

という話なんですから……却って、逆に私自身の方が呆然としてしまいました。

――これは誠に失礼致しました。とんだお邪魔をしました。

――いや、君を咎めだてするわけじゃアないから誤解せんようにな。とにかく、せっかくここまで来たんだから一晩位泊っていったらどうかな？　あるいは、家内か、ほかの誰かが君を呼んだのかもしれんし……まず、蘭温室に行って盤田君に会ってみたまえ。

英祐伯には案外、如才のない一面もあるんです。案内されたままに本館を出て、蘭温室にはいり、珍奇な蘭花を観賞しながら、温室附属の研究室にはいると、――思わず閾際に凝然と立ち竦んでしまいました。部屋の本棚の前に鋭利なナイフで無惨に咽喉笛を掻き切られた男が血塗れになって仆れていたんです。それが盤田敦太郎氏

だったのですが、どういうわけか、左手に蘭の花をしっかり握りしめていたのです」

「ほう、蘭花を——？」

「蘭名は知りませんが、清楚な紅紫色の花で、唇弁が袋のような形をしていました」

「では、シプリペジウム種のものでしょうね」

園田教授は被害者の盤田敦太郎が蘭花を固く握りしめて絶命していたという事実に深い興味を喚び起されたらしかった。しかし、去り気ない調子で、

「ところで、あなたに電話をかけたのは？」

「はっきりわかりません。とんだ事件が起ったために、伯爵夫人も何もおっしゃりませんし、俊江という女中も樫村という栽培助手も電話の件についてはまったく覚えがないと申し立てております。といって、蘭園の滞在客の隈谷博士が法律事務所に電話をかけたとも考えられませんし……結局、殺された盤田敦太郎氏が電話の主ではないかと推考したのですが、それも確たる根拠があるわけではありません」

「しかし、昨日盤田氏に会った時には、あなたを呼ぶような用件があるとは、おくびにも出していませんでしたが……ところで、お話の中に隈谷という名前が出ましたが、それは北海道R大の隈谷直人博士のことですか？」

「そうです。初めてお会いしたのですが、昨晩来園されたというお話でした」

すると、園田教授はちょっと沈思するような面持になった。

「なるほど——そうなりますと、事件の局面が一局部に限定されたような観がしますね。あなたは御存知ないようですが、隈谷博士といえば盤田敦太郎と併称されたオーキッド・ホーチカルチャー（蘭栽培学）の権威者で、ともに日本愛蘭会の幹事をしていたのですが……しかし、この二人は理論的には犬猿の間柄にあったのです。争点は蘭種子の培養法にあったのですが、純理派の隈谷博士は寒天培養説を主張し、盤田敦太郎は自分の創案した天笠木綿布による培養法の利点を縷説して、年余に渉る激しい論争が惹き起されたものでした。その対立の根底には多分に感情的なものが胚胎していたように思われたのですが……」

「すると、その対立が兇行の遠因になったとお考えになるわけですね」

奈良弁護士は何故か、肩の重荷を下したような明るい

口吻になった。

「実は——英祐伯の態度に深い疑惑を感じていたのですす。そのお話で自分の想像がすべて杞憂にすぎなかったと知ることが出来ました。と申すのは、死体を発見したときですが、予期したように恬然としていて醜怪な相好を崩してニヤリと笑った、あの英祐伯の物凄い顔。とうてい人間の顔とは思えませんでしたが、しかし変質的な侏儒畸形者とすれば、それは当然と考えて宜しいわけでしょう」

二、蘭と屍の黙示

園田教授を出迎えた所轄警察署の高垣司法主任は、でっぷり肥った小柄な平凡な男だった。教授が私服刑事に伴われて本館の応接室にはいって行くと、そこを臨時訊問室にあてて事件関係者を訊問していたが、

「初めまして——お名前はかねがね承知しておりました。で、死体は只今、警察医が検屍中ですが、すぐに現場に御案内申し上げましょうか」

「訊問の結果は後刻うけたまわることにして、まず現場を検分させていただきましょう」

園田教授は同行した奈良弁護士を促すと、連れ立って私服の案内で中庭に降り立った。既にあたりは夜闇に閉されて、物のけじめも定かではなかったが、蘭温室には燭光の強いフラッド・ライト（溢光照明）が煌々と輝いていた。

「蘭温室をぬけて行きましょう。その方が近いし、足元も明るいですからね」

そう云って、先に立った私服刑事が温室の硝子扉を開けると、その一瞬に汗ばむような温気と蘭花の香気が一同を夢のように押し包んだのである。既述したように陳列棚には鉢植えの洋蘭が緑のアディアンタム（羊歯植物）の間に色とりどりに百花千弁に開花し、梁に吊られた桫欏植えの気生蘭も鬚のような気根を垂しながら匂やかな鮮麗な唇弁を開いている。園田教授はゆっくり歩を進めながら、奈良弁護士を振りかえると、

「昨日の午後、この蘭温室を参観したときですが、同行したモーレイ大尉もコレクションの豊富さは東洋一だろう、さっそくThe Orchid Review誌に紹介記事を書こうと云っていましたが、これもすべて殺された盤田君の丹精の所産なんです。御覧なさい、こうして並べられ

た蘭花は一茎一花が比類のない珍奇なハイブリード（新種）で、サンダース新種蘭年報（リスト・オブ・オーキッド・ハイブリーズ）にも未掲載のものです。たとえば、この朱紅色のカトレアの新種は世界の蘭栽培家が多年夢に抱いてきたハイブリードですね。在来種にはソフロンチスと交配させたものがありますが、従来はこうした艶麗な色彩を培養作出し得なかったのですからね」

「しかし、洋蘭はどちらかと云うと、奇怪な濃好な色彩が多いようですね。私は春蘭や石斛《せっこく》の清楚なことに風趣を認めているのですが……」

「盆栽趣味というわけですか」

教授は微笑して、中温室から高温室に入ったが、その時何に気付いたのか急に深い深刻な表情を泛べると、

「ふむ、これは単なる暗合とは思えないが……なるほど、クリプトグラフィー（秘密記法）になる」と呟いた。

「クリプトグラフィー？」

「そうです。暗号ですが——最初、あなたがこの高温室にはいったときは、鉢植えの蘭に異状を認めませんでしたか？」

「異状とおっしゃるのは——？」

奈良弁護士は面喰って改めて室内を見渡した。すると幾つかの珍奇な蘭が乱暴に唇弁をむしり取られて床に投げ棄てられていたのである。

「なるほど、文字通りの落花狼藉ですね。一体誰の仕業でしょう——？　英祐伯と参ったときには、あんないたずらはしてありませんでしたが……」

「そうですか、ところで、狼藉を受けた蘭は十一種あるんですが、入口の右手にあるヴァンダのハイブリードから順々に右に蘭名を並べて行くのです。すると、Vanda——Miltonia——Umtonia——Restrepia——Dendrobium——Eria——Rodriguezia——Cattleeya——Aday となる。以上は全部が交配新種で、最後の二種——Saxa-La と Epidendrum-purum は既成種となっている。で、そうした蘭名のうち Vanda はそのままにして、あとは頭文字だけを読んで行きますと、

——Vanda Murder Case（盤田殺人事件）となるんです。奈良さん、これをどういうように解釈しますか？」

「そうですね、偶然の暗合とは考えられませんが、しかしそれにしては非現実的な奇矯を絶した子供だましの暗号です。もちろん、この場合は犯人の我々に対する公然たる挑戦状——その陰微な秘密表示と解釈すべきでし

ょうね……」

兇行現場の蘭研究室は、この高温室に隣接していた。南側の出窓に接して大机が置かれ、北側に煖炉が仕切ってあって、壁はいちめんに嵌め込みの本棚となっている。飾り気のない殺風景な室内に風情を添えているのは出窓に並べられた素焼の鉢植えの洋蘭である。

部屋にはいると、丁度、検屍を終った警察医が園田教授を迎えて、次のように、説明した。

「絶命後約四時間というところです。ですから死亡時刻は午後三時前後になります。兇器は死体の傍らに遺棄された刃渡り約五寸の薄刃のナイフです。兇行状況を推定しますと被害者は最初出窓に接した大机に向って腰掛けていて、背後から右頸部を突き刺されたものでしょう。殆んど抵抗の形跡はありません。そして、被害者は頸部を一突きに掻き切られると、腰掛けた椅子もろとも背後に顚倒してその場に昏倒したわけですが、それから床を這って書棚の前に行き、そこで力尽きて絶命したものと思われます」

その説明を聞きながら、園田教授は盤田敦太郎の死体の傍らに膝まずいた。死体は俯伏せになって仆れ、左手はくの字に折り曲げ、右手はぐっと伸ばして本棚にかけていた。左手に握りしめているのは一茎の蘭の花だったのである。

「この蘭花はシプリペジウム・マクランサム（Cypripedium macranthum Sin.）で、わが国の山野に自生していて、風蘭、石斛、化偸草《えびね》（蝦根）などと共に観賞価値の最も高い種類に属しているものです。特徴は唇弁が母衣のような袋形をしている点で、このためシプリペジウム種には、Lady-Slipper（淑女の上靴）という異名がある位です」

と、園田教授は奈良弁護士に説明して聞かせたが、そこで言葉を切ると視線を死体の右手に注いで、魅入られたようにその指先を凝視しはじめたのである。そのわけは、本棚の最下壇に並べた日本古典文学全集の『平家物語』に死体の指先が触れていて、必死の盤田敦太郎がそれをひきぬこうとした形跡が仄見えたからだった。

「これも、温室の蘭と同様の秘密表示だろうか……？」

教授はかすかに呟くと、立上って改めて室内を見渡した。と、出窓に並べてある鉢植えの蘭の中に花茎を抜取られたシプリペジウム・マクランサムと仆れた椅子の傍らに投棄られた血塗れの白象牙柄のナイフを認めたのである。しかし、それ以外に室内には異状な点を認めるこ

とが出来なかった。園田教授は警察医を振り返ると、

「兇器はナイフと云っても、英国セーナー会社製の芽接用のバッディング・ナイフです。温室にはつきものですから珍らしいものではありませんがね。だが、これから推すと、殺人は殆んど直前に計画されたものと思われます」

「とおっしゃるのは――？」

「兇行犯人が芽接ナイフを手にした瞬間に思いついたものだからです。仮に犯罪がよほど以前に意図されたものなら、兇器にはもっと確実性のあるものが選ばれたでしょう。その反面に犯人が咄嗟の間に犯行を機敏に遂行した力倆と頭脳の緻密さに注意しなければなりませんがね……」

三、訊　問

現場調査を終ると、園田教授は再び本館の応接室に引返した。

その部屋は建物の外観から受けた陰気な感じはどこにも見られず、ほどよく配置された家具調度類にも快い明るい色彩が湛えられていた。床には蘭花模様の絨氈が敷かれ、一方の壁に仕切られた煖炉の上には輪田英策の「蘭の花」と題された三十号の油絵がかかっていた。

教授が応接間の扉を開けると、高垣司法主任は丁度、卓子に向い合って三十三、四の女を訊問していたが、

「こちらは野呂伯爵夫人です……」

と云って、まず教授に野呂蘭子夫人を紹介した。夫人は春蘭を淡彩に染めたセルの着物を着、すらりとした肉体の曲線を泛彫にしていて、爛熟した女の情熱を感じさせたが、その一面に象牙彫のような細面の顔から、実社会と懸隔している寂しさのようなものも感じられたのである。

「――すると、午後はずっと自分の居間に居られて事件については何も御存知なかったとおっしゃるわけですね」

高垣主任は中絶した訊問を続けたが、蘭子夫人が静かに頷くと、そこで訊問を打切った。夫人が会釈して椅子から立上ると、

「ちょっとお訊ねしたいのですが……」と、呼びとめたのは園田教授だった。

「つかぬお訊ねをして恐縮ですが、あなたが蘭の愛好

家だということは予てから拝承しておりました。Ｃ農芸学校の講師だった盤田敦太郎を蘭栽培管理人として招聘された事実も聞いておりましたが、実はあなたが蘭を愛好されるようになった動機を参考までにお伺いしたいと思うのです」

夫人はチラリと輪田画伯の油絵に視線を馳せると微笑を口辺に泛べて、

「あの輪田先生の蘭の絵でございますの。主人と結婚して間もなくのことでしたから、もう十年も前の話になりますわ。あの絵を上野の展覧会で拝見して、とても美しいと感じたのです。それが洋蘭を愛好する動機となったのですけど、最初は着物や装身具などに蘭花模様のあるのを集めました。でも、それでは次第に満足出来なくなって、英国のサンダースやチャールスウォースなどから蘭種苗を取りよせ、実際に栽培することになったのです。もちろん、最初は小規模に極く有りふれた品種を地下温室に栽培したのですけれど、愛蘭会の展示会や英誌オーキッド・レヴューなどの新種蘭発表の記事に刺戟されて、だんだん規模を大きくして行きましたの」

「それから蘭温室に行かれましたか?」

「ええ、午前中でしたけど……」

「午後は――?」

「参りません」

「昨夜、北海道Ｒ大の隈谷博士が見えられたそうですが、以前からお知合いですか?」

夫人はちょっと間を置いてから、

「はい、存じております。終戦後、愛蘭会の会合でお目もじしたのですけど、――最近は二、三度盤田さんを訊ねてお見えになりまして、親しいお交際を願っております」

そして夫人が軽い会釈を残して部屋を出て行くと、高垣主任は冷え切った紅茶を不味そうに飲み下して、

「では、今までに聴取した概要を申し上げましょう。既にお聞き及びのように死体は午後三時半に野呂英祐伯と奈良弁護士によって発見されたのです。それまでの被害者盤田敦太郎の行動を申し述べますと、午前中は樫村助手と研究室に居りました。昼食は本館の食堂で、英祐伯や蘭子夫人、それに滞在中の隈谷博士としたためて午後一時頃に研究室に戻ったのですが、午後三時頃、同室した樫村助手に蘭温室の天窓や横窓の閉鎖を命じたのです。ですから、樫村の供述が事実とすると、盤田敦太郎は樫村が研究室を出て蘭温室に行った三時頃から死体が

発見された三時半までの間に何者かに殺害されたことになるのです」

「なるほど、検屍の結果に符合しますね」

園田教授が頷くと、主任は疲れたような語調になって、

「それから、家人訊問の概要ですが、野呂英祐伯は昼食後、二階南側の自室にいて、三時半奈良弁護士が訪れるまでは階下にも降りず、蘭温室や研究室にも行かなかったと陳述しております。伯爵夫人の供述は只今、お聞き及びの通りで、やはりずっと自室に居たそうであります。


栽培助手の樫村三郎は、三時に蘭温室にはいって天窓や横窓を閉め、勧水作業を行っていて、事件には全然無関係だと申し立てています。この男は復員兵で、元はボルネオの主邑バンジェルマシン市駐屯の海軍通信隊の一等水兵だったのです。御承知でしょうが、被害者の盤田敦太郎は戦争中、軍令部長をしておられたH宮殿下――蘭の愛好家として聞えたお方で、終戦前に死去遊ばされたのですが、その秘命を受けてボルネオ奥地を探検して数多くの洋蘭の珍種を発見したのですが、樫村はその時護衛兵兼通信兵として同行し、終戦後復員して栽培助手として蘭園に雇傭されたものなのです。

次は女中の島村俊江ですが、この女中は既に数年の間伯爵家に忠実に勤めていて何等怪しむべき節を認めません。午後はずっと厨房や女中部屋にいたと供述しております。


それから、滞在客の隈谷博士です。博士は昨夜、盤田敦太郎の招電を受けて来園したのですが、今朝は研究室で盤田と要談し、昼食後はこの応接室で盤田から借覧した『オーキッド・レヴュー』の最近号や、サンダース社の『リスト・オブ・オーキッド・ハイブリーズ』などの蘭関係の参考書籍をひもといていたと供述しています」

「隈谷博士と盤田との間に交された要談というのは――?」

「その点を衝いて質問したのですが、曖昧に濁してどうしても云わないのです。もう一度、訊問してみようと存じていたのですが……」

「そうですね。その点を一応明らかにする必要があるでしょう。同時に僕自身も質問したいと思う事項があるのですが……」園田教授はそう云うと、奈良弁護士に顔を向けて、「あなたから隈谷博士にその旨を伝えていただけないでしょうか?」

「承知しました。こちらに来るように云えばよいわけ

ですね」

手持無沙汰で欠《あく》びを嚙み殺していた奈良弁護士は欣然として部屋を出て行ったがしばらくして扉が開くと、地味な背広服を着た三十七、八才の男がはいって来た。頭髪にはゴマ塩を交えているが、精力的な頑丈な身体の持主で、臆した色もなく卓子の椅子につくと、むしろ不敵といっていいような語気で、

「何か御用だそうですな、僕に——」

「用というほどのことではありませんが、一、二質問にお答え願いたいのです。まず、蘭苗の培養法に関する盤田敦太郎との理論的な対立についてですが、いつ盤田と和解し対立を解消されたのですか?」

園田教授の質問は隈谷博士に予期しないものだったとみえ、ちょっと眼をしばたたいたが、しかし平然として、

「いや、あれはお互いの信念の相違ですからね。あくまで理論的には対立していましたが、といって、彼の蘭界に対する業績までも誹謗した覚えはありません。僕等は同じT大農科の出身です。学生時代はミルク・ホールを梯子して歩いた仲ですからね。盤田はああした奇人的な人物で、アカデミックな学園の風潮と肌が合わず、どちらかというと不遇な地位に甘んじてきたのですが、その蘭に対する火のような熱情には深い尊敬をはらっておりました。特に故H宮殿下の秘命を受けた南ボルネオ奥地の探検でしたが、あれは戦争中におけるわが国の唯一の文化的業績だと高く評価しています。もっとも、僕も探検の後期にはオブザーバーとして参加したのですから手前味噌になりますが——探検と云えば先刻意外な会合をした奈良弁護士は、当時バンジェルマシン市駐屯の海軍通信隊長で、大変お世話になったものでしたがね……」

「しかも、あなたがたの対立には多分に感情的なものがあったと推察される根拠があるんですが——」

園田教授が暫くしてかく訊問の核心に触れようとした時だった。突如、あたりのしじまを破って一発の銃声が聞えたのである。

四、Peeping Tom

銃声が激しく耳朶を打つと、訊問を打切った園田教授と高垣司法主任は中庭に出て、まず蘭温室の内部を窺ったが、そこには何等異状を認めることが出来なかった。

「はて……？」

改めてあたりを見廻したが、蓮池の噴水が無心に月光を蒼白く散している以外に動くものの気配も人影も見当らなかったが、瞬後に傍らの植込みの影から異様な嗄声が聞えてきたのである。

「おい、君たち――何をぐずぐずしとるんじゃ。ピストルの音はピットの方から聞えてきたんじゃから、早く行かんければ曲者に逃げられてしまうぜ」

うごめくように月光の中に現れたのは獅子頭蘭鋳《らんちゅう》の妖怪を思わせる英祐伯だったのである。

「ピット――？」高垣主任が反問すると、

「掘下げ温室じゃ。築山の陰にあるのだが、行けばすぐ判るはずだね。硝子屋根だけ地上に出ているからな。しかし、中にはいって卒倒せんようにせい。特にわしが集めたコレクションは珍無類のものばかりじゃ」

英祐伯が慓然たる鬼気を揺曳させて本館にはいって行くのを見送ると、園田教授は高垣主任を促して築山の陰に廻った。そこには十坪ばかりの地下温室（ピット）が建っていて、硝子屋根から明るい灯影が洩れていた。しかし、硝子は温気に曇って外部から内部を見透すことは不可能だった。入口はコンクリートの階段を降りた所にあったが、硝子扉は半ば開け放ったままになっていて、その前に立つとむッと腐敗した臓腑のようなたまらない異臭が流れてきたのである。

園田教授は思わず布片で鼻を覆って温室の中にはいったが、その場の光景を見ると、あッ！　と低い叫びを上げて棒立ちとなってしまった。眼前に展開された景観の鬼奇さ、――それは異妖とも魁異とも形容出来ない変奇狂態の地獄風景だったのである。まず、眼を惹いたのは腐葉土の中に傲然と蟒蛇《うわばみ》のような盤根を八方にひろげた蕃茘枝樹《ばんれいしじゅ》である。シッサス（青紫葛）に寄生して腐肉のような五弁花を開いた巨花ラフレシア、気味悪い紫褐色の唇弁を開いた気生蘭の怪花バルボフィラム・ベッカリー、斑女郎蜘蛛のような奇怪な形をしたジコベラタム、毒々しい赤褐色の唇弁をだらりと垂らしたシプリペジウム・コーダタム、異形な角のような花茎をぬっと突き出したションバーキアー。こうした奇蘭中の稀蘭と競うかのように、仁王の舌のような朱色の花弁を下垂させたアンセリウム（天南星科）、うつぼかずら（猪纏草・ネペンシス）までが錯節した樹梢に纏綿して赤紫の斑を散らした緑色の喰虫嚢を垂らしているのである。そうした怪花奇花の中に虚空を攫んで仆れていたのが、栽培助手の

樫村三郎だった。胸から腰にかけてべっとり鮮血に血塗られているのを見ると、高垣主任は駈けよって樫村を抱き起したが、

「駄目です。もう息がありません。胸を射たれたと見えますね。とにかく、そとへ運び出しましょう。なんとしてもこの臭気では……」

そう云って辟易したようにあたりを見廻したが、園田教授は死体の傍らに遺棄された拳銃をハンケチにくるんで拾い上ると、

「悪臭はラフレシアとバルボフィラム・ベッカリーの花の臭いです。先刻、英祐伯が云っていましたが、我々が卒倒しないのは神経の強靭なおかげですね。特にベッカリーは『腐ったチョコレートの臭い』と形容されて、初めてロンドンのキュー植物園に移植されて開花したとき、物好きに写生に行った女流画家が悪臭に耐えかねて卒倒したという逸話がある位です」

と教授は説明しながら、主任に手伝って死体を外部に運び出したが、手にした拳銃を詳細に調べると、

「独逸《ドイツ》モーゼル会社製の自動七連発拳銃で、口径は六ミリ三五（二十五口径）です。一応、指紋を検出させて下さい。多分拭ってあるでしょうが……」

拳銃を主任に手渡すと、園田教授は芝生に横たえた死体を調べて、

「かなり近距離から発射したものです。着ているワイシャツが焦げている位ですから、心臓部を一発で射ち抜かれて即死したものでしょうね」

そう云いながら、固く握りしめた死体の右手をこじあけるようにして開くと、ポロリと宝石のようなものがキラめいて地面に落ちたのである。

「何ですか、それは――？」

高垣主任が怪訝そうに訊くと、教授はそれを拾い上げて、

「ダイヤモンドです。百カラットは充分にありましょう。時価に見積ったらどの位の価値があるか、ちょっと想像も出来ませんが、とにかくこのダイヤが犯罪の動機となったものらしいです」

「動機――？　とおっしゃると、園田先生は最初からそのことを御存じだったのですか？」

教授は頷くと、

「知っていました。しかし、お話しする機会がなかったものですから只今まで黙っていたのですが……このダイヤは盤田敦太郎が南ボルネオのダイヤ族酋長から故H

宮殿下への献上品として伝達を依頼され、内地へ持ち帰ったものです。しかし、盤田が潜水艦に便乗して帰国した時には宮殿下は既に逝去遊ばされ、返却しようにもボルネオとの交通線が遮断された後なので、これも出来ず、そのまま手元に保管しておいたものなのです。しかし、今度進駐軍のモーレイ大尉――この人はアメリカの蘭協会の幹事をしていたんで、戦争前から盤田と交通していた知友であり、また僕にとってはジョン・ホプキンス大学在学当時の級友なのですが、そのモーレイ君の肝煎りでダイヤを持主の酋長に返還する運びとなったのです。それで、昨日モーレイ君にさそわれて手続きの打合せがてら蘭園を見に来たわけです」

「すると、事件はどういうことになるのでしょうか?」

「もちろん、盤田敦太郎が秘密の場所に保管しておいたダイヤを奪取しようとした何者かの犯行です。その一人はこの射殺された樫村で、同時に盤田を殺害した真犯人の犯行を目撃したピーピング・トム（覗き手）になるんですが……」

「おっしゃる意味が僕には薩張《さっぱ》り呑み込めませんが、一体犯人は何者なんでしょうか? それに、樫村はどこからダイヤを持ち出したのでしょうか?」と、主任が畳みこむように質問すると、教授は微笑して、

「それは犯行現場に残された蘭と屍の暗示を解けば、簡単に指摘出来る問題です。何故、あのような証跡が残されたか。それを解決すれば宜しいのですよ」

五、推　論

それから三十分後……本館の応接間に急遽、英祐伯以下の事件関係者が招致された。園田教授が部屋にはいった時には犯人逮捕の万端の手筈が整えられていたのである。しかし、教授は席につくと、常に変らぬ温容を泛べながら、化石したように緊張した人々の顔を眺め廻した。傲然として英祐伯、心持ち蒼ざめた蘭子夫人、不安気な隈谷博士、――それぞれの特徴を現していたが、局外者のように平然としていたのは奈良弁護士ただ一人だった。

「やはり、拳銃から指紋が検出されませんでした」

と云って、そこへ高垣主任がはいって来た。園田教授は頷くと、例によって講述するような句調で口を切った。

「それでは僭越ですが、皆さんを前に僕が樹立した推論を申し述べさせていただこうと存じます。と申すのは、

それによって真犯人を指名し得る可能性が十分にあるからであります。で、推論を進めるに当ってまず最初に考察しなければならないのは盤田敦太郎がわざわざ本棚の前に這って行って絶命した事実です。しかも、左手には出窓の素焼の鉢から曳きぬいた蘭の花――シプリペジウム・マクランサムを握り、右手は本箱に伸して『平家物語』に指先を触れていた事実ですが、これには一体、どういう意味があるのでしょう？　云うまでもなく、この事実は盤田が犯人に対する手掛りを残そうとした――と解釈されるのです」

「なるほど、お説の通りじゃ。明論卓説と思うね」

と英祐伯は何かを含むような調子で同意したが、しかし教授はそれを無視して言葉を続けた。

「ところで、この『平家物語』の中で、盤田敦太郎という名前から当然に予想されるのは一の谷で熊谷直実に討たれた平ノ敦盛の名です。この予想を実証するのは盤田がシプリペジウム・マクランサムを握っていた事実で、これは和名を『敦盛草』と云います。つまり、盤田敦太郎は敦盛に自分を擬して犯人を指名したわけで、敦盛の殺害者熊谷次郎直実――この事件では、隈谷直人博士になるわけですよ」

その瞬間、隈谷博士は木彫の面のように表情を失い、ひきつったような声で、

「ば、莫迦な。くだらぬことを……」

「もちろん、空疎な推論かもしれません。しかし、一の谷戦記には次のような一節があるのです。即ち、直実は一たん組みしいた敦盛を助命しようとしたのですが、後を振り返ってみると、土肥次郎や梶原景時などが片睡を呑んで眺めている、それで詮方なく敦盛の首を掻いたのです。つまり、殺害現場には目撃者があったことになりますが、この事件ではそれが射殺された樫村助手で、研究室における犯行の逐一を蘭温室から目撃していたのです。しかし、彼はその事実を申し述べず、ある方法によって犯人を脅迫し、犯人が盤田から奪取しようとしたダイヤモンドの秘密の保管場所を発見したのです。そのために射殺されたことになったのですがね。隈谷博士、これでも抗弁の余地はありますかな？」

園田教授がそう云って口を閉じると、しばらくは虚脱したような沈黙が続いた。そして、人々の凝視をあびた隈谷博士の面上にはどうしようもない絶望の色が次第に色濃く泛んできたのである。

「いいえ、お待ち下さいませ。隈谷さんは決して――

決して犯人ではありませんわ」

その時、蘭子夫人が死人のように蒼ざめた顔を上げて云った。

「どうしてです——？　それを立証する根拠があるんですか？」

「あ、あります。隈谷さんは事件が起った当時——いいえ、午後はずっと私の居間に居られたのですから、盤田さんを殺せる道理がありませんわ」

園田教授は隈谷博士を正視すると、

「それは事実ですか？」

「事実です。夫人の名誉を傷つけたくないので、このようには申し上げませんでしたが……」

「いいえ、私の名誉などを重んじる必要はありませんの。はっきり申せば、私は真実の愛に目覚めたのです。今までの私は金で買われた木偶人形と同じで、自分の意志を殺して魂のない人間として生きてきたのですわ。鬱積されたリビトが私をかつて偏執的な洋蘭愛好者にしたのです。私も血の通った人間です。このような随習と偽善に充ちた生活を振り棄てて、本当に赤裸々な人間として生きて行く権利があるはずです」

蘭子夫人がむしろ昂然として主張すると、怒気を満面に現した英祐伯が「こら蘭子、お前は——お前は隈谷との姦通事実を認めるか」

夫人は軽く頷いて「それですから、奈良弁護士をおよびしたのですわ」

「うむ……」

呻くように云って英祐伯は矢庭に卓上の灰皿を摑んで投げつけようとしたが、園田教授は冷然と視線を英祐伯に据え、

「それで事件の機構がはっきりしました。英祐伯、血迷った真似はおやめなさい。あなたの陋劣な小細工が事件を徒らな昏迷に陥れたのですぞ」

教授にそう云われると、英祐伯の面上には狼狽の色が泛んだ。

「では、再びあの不自然な盤田の死体を再考してみましょう。と申すのは盤田は大机に腰かけている背後から頸部を突き刺されて即死したものなのです。その彼が本棚の前に這って行く道理がありません。隈谷教授を陥れようとした何者かが、あのような陰険な証跡を残したのです。それは、云うまでもなく夫人の愛を奪った隈谷博士に殺人の罪を転嫁しようとした英祐伯——あなたの所業なのだ！」

六、真犯人

それを聞くと、一瞬に英祐伯は醜怪な顔を紫色に変じた。

「うむ。い、いかにも君の云う通りだ。しかし、は——犯人はわしじゃない。わしが死体を発見した時は、盤田はシプリペジウム・マクランサムを握って絶命しておったのじゃ」

「そうです。あなたは悪謀極まる証跡を残したが、盤田敦太郎の真の殺害者ではない。というのは、侏儒畸形者のあなたには一撃をもって盤田を仆し、あのような創傷を残し得ないからです。では一体犯人は何者かということになるのですが、それを指摘する前に一応、蘭温室に残された蘭花の黙示について考察してみましょう。これは最初、Vanda Murder Caseと解いて、我々に対する犯人の挑戦と解釈したのですが、実は蘭温室に居って犯行を目撃した樫村が犯人に対して行った一種の脅迫状だったのです。彼は通信兵だったのですから暗号はお手のものでした。蘭花の暗号によって、ダイヤモンドを奪致しようとした犯人に対して〝分前をよこさなければ当局に密告する〟という意志を表明したものでした。それが〝盤田殺人事件〟という解読文の中に含まれた意味だったのですが、更にこの蘭花の暗号は二重暗号になっていて、殺人を意味するMurderという言葉を除去し、もう一歩深く突っ込んで解読する必要があったのです。つまり、Vanda-Caseという言葉の中に真犯人の名前が伏せられてあったわけです。しかし、この解読もまた容易でした。即ち、元来Vandaは蘭名です。Caseも蘭名の頭文字を連ねたものですから、夫々の蘭名の語数を数える

Vanda——5.
Cattleeya——9.
Aday——4.

となりますが、次のSaxa-Laのようにハイフン（連字符）で連がれたものは、SaxaとLaとを別々に数えます。即ち、

Saxa-La——4－弐
Epidendrum-purum——10－五」

教授は卓上の紙片にその結果を記し、特にハイフン以下の数を和数字で記したが、

	壱	弐	参	四	五
1	ア	イ	ウ	エ	オ
2	カ	キ	ク	ケ	コ
3	サ	シ	ス	セ	ソ
4	タ	チ	ツ	テ	ト
5	ナ	ニ	ヌ	ネ	ノ
6	ハ	ヒ	フ	ヘ	ホ
7	マ	ミ	ム	メ	モ
8	ヤ	イ	ユ	エ	ヨ
9	ラ	リ	ル	レ	ロ
10	ワ	イ	ウ	エ	ヲ
11	ン	×	×	×	×

「すると、あとは簡単です。五十音表にこの数字をあて嵌めるのです。縦を和数字、横をアラビア数字で表せば、暗号の解読表が出来上るのです。

いいですか、そうすると、たとえば〝4〟と弐はその数字の交叉した〝チ〟、〝5〟はナ行の最初の〝ナ〟が解読語となります。〝9〟はラ行の〝ラ〟で、これを順序通りに解読して行きますと、犯人の名は樫村が所属した通信隊の隊長だった奈良太刀夫弁護士となるのです」

×

こうして、事件はむしろあっけない意外な終末を遂げることになった。奈良弁護士は一切の犯行を自認し、近く最終公判が開かれることになっている。蘭子夫人は英祐伯との間に正式に離婚訴訟を提起し、更に惨劇の原因となったダイヤモンドは、このほど、モーレイ大尉を通じてボルネオのダイヤ族酋長に返還されたのである。

「結局、兇器に使用した拳銃は奈良の亡父が独逸留学当時に購入したもので、奈良の所有物と確定されて重要な物的証拠となったそうですが、それにしても一点不明な点が——それは殺された助手の樫村がどこからダイヤを持ち出したかという点です」

ある日、私（筆者）は園田教授に質問した。

「うむ、その点は今更説明するまでもないことだが、実を云えば盤田敦太郎は盗難を恐れて常人には想像も及ばない意外な場所にダイヤを保管しておいた。では、その秘密の保管場所はどこかと云うと、盤田が殺される前にシプリペジウム・マクランサムを掘った——その事実から簡単に推定を下すことが出来る。しかし、犯人は洋蘭に対する知識が稀薄なために、その意味を知ることができなかったが、助手の樫村はすぐに気付いたのだ。前にも話したが、この蘭の特徴は唇弁が母衣のような形体をしていることでこの形から連想されるのは、地下の温室に培養されたうつぼかずらの喰虫嚢じゃないか、その中にダイヤが隠されてあったのだね」

青鬚の密室

　繁華街D坂上にある鉄筋コンクリート三階建の赤間産婦人科病院は、院長の赤間幸太郎博士がG医科大学の産科医長を兼職し、産科学、月経学の泰斗として知られていたので、かなり信望のある都内でも屈指の大病院である。だからその朝、芥川検事が卓上受話機を置いて、

「知っているだろう？　あの赤間産婦人科病院で殺人事件が起ったのだ。被害者は赤間院長なんだがね」

「ほお、赤間博士が殺された？　それで、事件は君が担当するのか？」

　検事と向い合って香り高いチモール珈琲《コーヒー》を啜っていた園田郁雄教授が内心に油然と湧き立った好奇心を口吻の中に洩すと、検事は頷いて、

「一緒に行かないか、くだらぬ会議よりずっと面白そうだよ、この事件は――」

　教授はチラリと柱時計を見上げた。

「七時半だね。会議は午後の一時からだから、現場を検分するのも悪くないな。で、事件というのは――？」

「射殺事件だよ。詳細は現場で聴くつもりだが、死体は午前六時半頃、酒寄良江という看護婦が発見したのだ。兇行現場は院長室で、二階の長廊下の南側、院長応接室とレントゲン室の中間にあって、廊下を隔てて手術室と向い合っている部屋だそうだ。博士が死体となって発見される十分ほど前まで、その手術室では急死した子宮外妊娠患者の手術――いや、死因を確定するための局所解剖が行われたという。執刀したのは副院長兼外科医長の那須文三博士で、赤間博士はその解剖に立会って院長室に戻ったのだが、それから間もなく酒寄看護婦が珈琲を持って行って死体を発見したわけなのだ」

「兇器は――？」

「米国コルト会社製の八連発、三十二口径（七ミリ六五）の自働拳銃で死体の傍らに遺棄してあったそうだよ。もちろん、指紋は検出されないが……」

★

その三十分後――。

園田教授と芥川検事が連れ立って現場に到着すると、先着した新任の捜査課長鹿村警視の指揮下に、活発な捜査活動が開始されていて、病院の玄関をはじめ各出入口には制服巡査が配置され、ものものしい空気が三層楼の建物全体に漲っている感じだった。産婦人科病院らしく、玄関の広廊の階段下には花壺を肩に支えた女の裸身像が置いてあったが、その階段を上り、同じような構造の部屋が並んだ二階の長廊下に面した院長応接室にはいって行くと、そこでは鹿村課長がちょうど、一人の男を訊問しているところだった。少しく頭髪に胡麻塩を交えた恰幅の良い、どこか人を惹きつけるような魅力を持った中年男だったが、課長は検事の姿を認めると、すぐに、

「こちらは副院長の那須文三博士です」と紹介して、再び視線を戻し、

「それでは赤間博士はずっと病院に寝泊りされていたとおっしゃるんですな?」と質問をつづけた。

「そうですよ。戦災で麻布の邸を焼失されてからですが、病院アパートの鰥夫暮《やもめ》しもなかなか風流でいいな、などと冗談を云われて、郷里に疎開した豊子夫人とはずっと別居生活をつづけられていたのです。その院長の身の廻りの世話をしたのが死体を発見した見習看護婦の酒寄なのです。と云っても院長は、一人三役と云うのでしょうか、G医科大学の産科医長のほかに、最近は厚生省の優生学委員会の委員を兼任されたので、夜間以外には殆んど病院には居られず、私が院長代理として経営の衝に当ってきたのです」

「それで、死亡した婦人患者の解剖を夜明け方に行ったわけですか?」

「いや、理由はそればかりではありません。それはこういうわけです――昨夜十時過ぎでしたが、大鳥常子という、既に極度の貧血状態に陥った二十歳前後の婦人が入院したのです。診察しますと、最早や縡切《こと》れていて、腹部には波動が著明に認められました。念のため、ダグラス窩に穿刺を行ってみますと、どす黒い血液が出てきて、これで急性のラッパ管妊娠の破裂と診断したのですが、附添の母親が、

――先生、ラッパ管妊娠と云いますと、やはり妊娠で

しょうか、この子はまだ結婚しておりませんのですが……

という話です。そう云われると、診断はもちろん、外診だけですから内景検査をしなければ確定し得ない問題です。何かほかに病因があって腹腔内に出血をきたし、そのため死亡したのかもしれないと考えましたので、それでは、死亡診断書を書くためにもお腹を少し開いて見せていただきたいのですが、いかがでしょうか？

そう申しますと、大概の人は解剖を拒否するのが常例ですが、その母親は気丈な人で、しかも医学に深い理解を示してくれて、快く解剖を承諾してくれたのでした。

——結構です。それでは納棺の都合もありますから、明朝までにお願いします。

そうしたわけで、赤間院長が解剖に立会われ、私が執刀したのですが、局所解剖の結果、やはり、死因はラッパ管の破裂と確定して、院長は院長室へ戻られ、私は解剖後の処置を附添をした看護婦の波貝秋子に詳しく指示して自室に戻ったのでした。ところが、部屋に戻るや否や、波貝看護婦が血相を変えて飛んできて、

——副院長先生、大変です。院長先生がなくなられたそうですわ。

と知らせてくれました。そこで、びっくりして院長室に駈けつけたわけだったのです」

「そのときの死体所見はどうでした？」

「そうですね。まだ、体温が残っていましたから、絶命直後だと存じました」

「そうですか、それではお引取りになって結構です」

那須副院長が黙礼して部屋を出て行くと、鹿村課長は改めて検事に、

「挨拶もせず失礼しましたが、これで大体、事件関係者の訊問を終了しました。どうも奇怪な事件でしてね。というのは、犯人が兇行後、煙のように院長室から消失してしまったんです」

「犯人が消失した——？　まさか……」

検事が嘲るように云うと、鹿村課長はいとも真面目な顔付になった。

「いや、冗談じゃなくて本当の話です。銃声を聞いた者がない事実は、厚いコンクリートの壁で隔壁されているので、無理もないんですが、犯人が兇行後、院長室から消失してしまったことは、絶対に間違いのない事実です。御覧の通り、この応接室と院長室の間には境扉がありますが、院長室側から錠が下りて、鍵は赤間博士の手

術衣のポケットの中にはいっておりました。中庭に開いた窓はピッタリ閉って厳重にカキガネが下りております。ですから出入口と云えば、長廊下に面した扉がたった一つあるだけなんですが、博士が入室してから、その扉口を長廊下からずっと見ていた者があるんです。それは解剖された女の母親と附添の男で、手術室で行われた解剖の終るのを長廊下に置かれた長椅子に腰かけて待っていて、すべてを目撃したわけです。元来、長廊下は、この両端が西廊下と東廊下と工型に交叉していて、院長室は西廊下のレントゲン室の隣室にありますが、長椅子の位置は少し離れた東廊下の突き当りにありました。しかし長廊下の天井には十メートル毎に百ワット電球が点いていて、端から端まで、はっきり見透すことが出来たのです。目撃者たちは解剖が終った六時二十分、手術室の扉が開いて、純白の手術衣、手術帽をかぶった赤間博士が真向いの院長室にはいって行くのをはっきり認めました。それから、副院長の那須博士が手術室を出て西廊下に姿を消したのですが、間もなく盆を持った酒寄看護婦が階下から現れ、彼等の前を通って院長室の扉を開けてキャッと悲鳴をあげて廊下に卒倒したのです。それで、附添の男が長廊下をかけて行って、院長室の開いた扉の外から中を覗き込んで博士の死体を発見したのですが、その男は部屋にははいりませんでした。かけつけた看護婦たちもお互に気味悪がって顔を見合せているだけでした。やがて知らせを受けた那須副院長が室内にはいって赤間博士の絶命を確かめたのですが、部屋には博士の死体があっただけです。酒寄看護婦も、山元徹男という附添の男も院長室には誰もいなかったし、また部屋から出てきた者はないと証言しているんです。つまり、部屋で待伏せて博士を射殺した後、犯人は煙のように部屋から姿を消してしまったわけです」

「ふむ、妙な事件だね。それでは一応現場を検分することにするかね」

検事は園田教授を促すと、一たん廊下に出て院長室にはいって行った。

★

赤間博士の死体は窓際の小卓の傍らに俯向けに仆れ、左胸の弾痕から流れ出した鮮血がリノリューム張りの床に気味悪い血溜りを作っていたが、園田教授は膝まずい

て死体を丹念に調べてから、

「解剖しないと確定的には云えないが、死後数時間というところだね」

「では、死亡時間をはっきり云えないのかね？」検事が不審げに反問すると、教授は頷いて、

「赤間博士は糖尿病に罹っていたらしい形跡があるんだ。しかも、サッカリンを常用した形跡もある。血液中にサッカリンが過剰だと、死体強直が意外に早くくるものなんだ」と、云って、改めて室内を吟味するように見廻したのだった。

部屋は日本間にすれば十畳敷位の広さで、片隅に鉄製の寝台が置いてあった。長廊下に接した壁際には産科学関係の文献書籍をぎっしりつめた書棚がある。寝台の上方は硝子戸棚で、インテルルプチン、モルヒネ、サビナ油、水銀などのやく剤のはいった壜が並び、戸棚には各種の特殊用器具が雑然と押し込んであった。更に炉棚には胎芽から成熟児に至る胎児、蒟蒻《こんにゃく》のような浸軟児、カサカサに乾燥した木乃伊《ミイラ》変性児、煎餅のような紙状胎児……などといったグロテスクなアルコール漬けの標本壜が並んでいた。

「ああした標本は産婦の腹を裂いて取り出したものじゃないかね？　仏蘭西《フランス》童話にある『青鬚の密室』みたいに感じられるよ、この部屋は……」

芥川検事は屍冷に触れたような気味悪そうな声をあげた。

「うむ、密室——密閉された部屋の事件だからね」

上の空で頷いた教授は、丹念に部屋の内部を調べていった。だが、境扉、窓、壁、床、天井……と凡ゆる場所を仔細に点検したが、これといって怪しむべき個所を発見し得なかったのである。

「通風孔、秘密の出入扉、機械装置といったものは全然ないわけだよ」

やがて諦めたように教授は部屋の中に佇んだが、その時はじめてギクリとしたような表情を泛べて窓際の小卓に歩み寄ったのだった。

その上には石膏の泛彫が置いてあった。希臘《ギリシャ》か羅馬《ローマ》の遺跡から発掘した泛彫を模造したものらしく、二人の女の間に薄衣をまとった女が苦痛の表情を泛べて胡座している図柄だった。

「水でも浴びている図だろうか……」

芥川検事が審《いぶか》しげに訊くと、教授は煙草に火を点けながら、

「いや、これは一八八七年に羅馬で発見された『ヴィーナスの玉座』という泛彫で、普通にはヴィーナスの誕生を現した図と云われているものだ。もちろん、異論があるがね。大体、ヴィーナスの誕生図には必ず、泡立つ海波や貝殻の表現が見られるのだが、この泛彫にはそうした類型的な表現が全然見当らない。しかも、ヴィーナスは衣裳をまとい、両側の侍女らしい女は布片を掲げ彼女の下半身を隠しているし、裸体表体を好んだ希臘時代の彫像とは思えない節が多分にある。そうしたわけで、この図は侍女の介添で膝位分娩をする女人像を表現したものだという説が最近唱えられ出したのだ。膝位や座位の分娩は希臘時代にも行われた形跡がある。ホーマーの頌歌中にも分娩に際して、追れ人Lotoがデロス島で椰子樹にしがみつき草を足で踏みつけたという一節がある。パサニアスの風土記中にも、AugeがEileithyiaという所で跪いて男子をうんだという記述がある位だ。それで、ある医学者は『ヴィーナスの玉座』は安産の女神となったAugeに奉納された彫刻だと大胆な意見を発表したが、もちろん、確然たる根拠があるわけではない。単なる推測にすぎないから、真疑のほどは美術史家の鑑定にまつより外はないが、少くとも赤間博士はこの図を膝位分娩図と信じて彫刻家に模作させたものだろうと思うね。ところで、問題はこの泛彫の置き所なんだ。博士は泛彫を観賞しているところを不意に射殺されものなのだが、その立っていた位置からは図柄が逆になっているのだ。さかさまにして観賞するなんて考えられない事だが……」

「なるほど、そう云えばそうだが、別に意味はないさ」

「小卓は窓際に寄せてある。だから、小卓の反対側にいた者に泛彫を見せていたとは考えられないじゃないか」

教授はじっと模索するような視線を宙に馳せたのだった。

★

そして、暫くの間、何事かを考えていた教授は、やがて結論を得たようなしっかりした語調で云った。

「大体、この事件の機構が僕には朧気ながら判るような気がする。芥川君、まず博士の死体をよくみてみたまえ。手術衣を着ているが、頭に冠っていた手術帽をどこへやったのだろう？　脱いだとすれば、この部屋の中にあるはずだが、先刻から探しているのに見当らないのだ」

「犯人が持ち去ったのじゃないのかね？」

「うむそう考えられないこともない。しかし、犯人が持ち去るほど手術帽が貴重なものだろうか？　ところで、別の観点からこの事件を考察してみよう。まず、視覚の問題だよ。人間の視覚というものは、我々が信じているほど確かなものではない。この事件の場合、最初に部屋の扉を開けた酒寄看護婦は赤間博士の死体を一瞥すると同時に驚愕のあまり卒倒している。次に駆けつけたのは附添人の山元徹男という男だが、この山元の証言をそのまま鵜呑みにして信じてよいものだろうか？　酒寄看護婦の叫びに他の看護婦たちが何事かと思ってかけつけている。その間に一髪の間隙があったのではないか？　狡猾な犯人ならその一瞬に部屋を飛び出して酒寄看護婦を介抱しているとみせかけることも可能なはずだ」

「すると、犯人は山元と推定するのかね？　しかし、それは不合理だよ。一緒にいた死んだ女の母親が虚偽の申立をしていない限りは――」

「いや、その山元という男を犯人と断ずるわけではないのだ。その男が部屋にいた犯人を何等かの理由でかばっているのではないかと考えるんだがね。その点をもう一度、深く突っ込んで追求訊問してみる必要があるよ」

そう云って院長室を出た教授は、何を思ったか、真向いにある手術室を覗き込んだ。解剖の行われた女の死体は既に病室に移されたとみえて、そこにはなかったが、教授は手術台や手術用のメスなどを納めた医療戸棚を丹念に点検した。

「ところで、今朝がた、那須副院長が執刀したという女の死体だがね、ちょっと調べてみたいと思う節があるんだ。もし火葬場に運んだようだったら火葬を中止するように至急手配をしてもらいたいのだが……」

検事が頷いて慌しく部屋を出て行くと、教授はちょっと部屋の中に佇んで思案したが、すぐに長廊下を横切って院長室の隣室のレントゲン室にはいって行った。すると、窓際に椅子を置いて一人の看護婦が腰を下ろしていたが、

「何か御用ですの？」

と怪しむような顔を教授に向けた。年は三十二、三歳で清楚とでも形容したい気品のある顔立ちをしていた。

「あなたは波貝秋子とおっしゃる方ではありませんか？」

「そうですけど……」

「すると、けさがたの死体解剖を介添された方ですね？」

「はい……」

「つかぬことをお訊ねしますが、解剖前、赤間博士の容子はどうでしたか？」

「いつもとお変りありませんでした」

「変った容子に気付きませんでしたか？」

「いいえ、別に……」

「博士の死体が発見された時はまだ手術室に居られたのでしたね？」

「ええ、酒寄さんの悲鳴を聞いてびっくりして廊下に飛び出しました。駈けつけたほかの人達はただ呆然としているばかりでしたけど、私はすぐに副院長先生をおよびに参ったのです」

「昨晩は宿直だったのですか？」

「はい……」

「手術室は院長室の真向いですが、銃声を聞きませんでしたか？」

「聞きませんでした。ちょうど、水道の栓をあけて手を洗っていたからだと存じましたけど……」

「いや、解剖の行われる前なんですが……」

波貝看護婦はちょっと、唇を噛んで窓外の新緑に眼を移したが、すぐに、

「存じませんでした」

と低く答えた。

「この病院には長くお勤めですか？」

「一カ月になります。副院長先生の御紹介ではいったのですけど……」

★

レントゲン室を出た園田教授は、西廊下の看護婦控室の扉を叩いた。

「酒寄さんはいますか？」

「はい、私ですけど……」

出てきたのは、十八、九のまだ少女のような女だった。顔色は蒼白く、眼には恐怖の色が浮んでいた。教授はおだやかな口調で質問を続けた。

「最初に死体を発見したのはあなたでしたね？」

「ええ、そうです」

「院長室に珈琲を持って行ったのは——？」

「昨晩からおいいつけを受けていました。支度をして手術の終るのを待っていたのです。電話があったのでお持ちしたのに院長先生はトンだことになって……」

「手術——？　解剖じゃないのかね？」

「いいえ、院長先生は手術だとはっきりおっしゃっておられました」

「電話は内線電話だね？」

酒寄看護婦は無言で頷いた。

「その電話は赤間博士の声に間違いなかったね？」

「ええ、電話ですと、お声が違って聞えますけど、たしかに院長先生のお声でした」

「博士は珈琲に砂糖を使っていたかね？」

「いいえ、お砂糖の配給がありましたのに、どういうわけか、先生はいつもサッカリンをお使いになりました」

「それから、あなたが院長室の扉を開けた時に、何か普通ではない臭いに気付かなかったかね？」

「別に——消毒薬の臭いはしましたけど」

「あの附添人の山元徹男は絶対に院長室には誰も居らなかったと主張しているんだがね」


園田教授が応接室に戻ると、芥川検事がそう云って報告した。

「うむ、それさえ確かめればいいのだよ。ところで、解剖した女の死体は——？」

「ちょうど、納棺して火葬場に運ぶところだったが、とりあえず、手術室に戻しておいたがね」

「では、さっそく死体を調べてみよう」

手術室にはいると、教授は架台に横たえた女——大鳥常子——の死体の上に屈みこんで、蒼白く硬直した腹部の形、乳房、妊娠線……などを丹念に調べたが、やがて快心の微笑を検事に向けた。

「那須副院長はこの女が子宮外妊娠で死亡したように云っていたが、それは誤解も甚しいことと云わなければならない。実のところ、この女は胸腺淋巴性体質で、膣式帝王切開の手術を受けた衝撃でショック死を遂げたものなんだよ」

「ほお、ショック死——？」

「そうだよ。こうした特異体質者はちょっとした衝撃を受けたのだけで、死の転機をとるものなんだ。しかし、当面の問題は、何故膣式帝王切開の手術が行われたかということだね。この女は特異体質者という以外には、病気の痕跡を認め得ないのだ。姙娠五・六カ月の正常な身体で、人工流産をする必要を認めない。とすると、堕胎手術が行われたとみてよいわけだね」

「堕胎手術！」と鸚鵡《おうむ》返しに叫んだ検事は暫くは二の句がつげなかったが、「すると、一体どういうことになるんだ？」

「それは副院長の那須博士が答えてくれるだろう」教授はただ意味有げな言葉を吐いただけだった。

「おっしゃる通りです。本当は堕胎手術が行われたのでした」

再び院長応接室に招致された那須副院長は、芥川検事の峻烈な訊問に対して、あっさり事実を告白したのである。その副院長と並んで看護婦の波貝秋子が蒼ざめた顔を伏せていた。鹿村課長は黙念と腕を組み、事件の意外な展開にただ目を瞠って成行きを静観するといった態度だった。一方、園田教授は局外者のような態度で窓際に佇み、美味そうに煙草をくゆらしていたのである。

「では、その事実をなぜ隠していたんですか？」

検事の鋭い追究の言葉に、那須副院長は苦笑いを泛べた。

「いやア、そのお言葉には痛み入りますな、別段に隠していたわけじゃないのでして……自責して亡くなれた赤間院長を堕胎医の汚名で汚したくなかったからですよ。こうしたわけで、私が解剖を執刀したように申し上げて事実を糊塗したんですが、実を申せば院長は射殺されたのではなく、手術の失敗を苦慮して自決されたのでした」

「ふむ、自決——自殺という証拠がありますか？」

「聞けば、兇行後犯人の姿が部屋から消失したそうですな。犯人の居ない殺人——それは自決と解釈するよりほかないのではないでしょうか」

「しかし、自殺とすれば、拳銃に赤間博士の指紋がついていなければなりませんが、その指紋が検出されないのです。だから」

その時、窓際を離れた園田教授が何か含むような語調で口を入れた。

那須副院長は無言のまま、しばらく教授を睨むようにじろじろ見ていたが、

「とにかく、私には自殺としか考えられませんね」

「それでは、事実を曲げようとなさるわけですか？」

「とんでもない誤解ですよ。そんな気持は……」

「いや、誤解ではありません。那須博士、今更苦しい

遁辞を設けられても無駄です！　卑怯にも、堕胎手術の責任を赤間博士に転嫁されましたが、その実、手術はあなたが施行したものなんです。それはショック死を遂げた大鳥常子の母親と堕胎手術ブローカーの山元徹男を追究すれば明らかになるでしょう」

「ふむ、わしが堕胎医というわけですか」

那須副院長が嘲けるように遮切ると、教授はますます冷性な口調で、

「宜しい。堕胎手術の問題はしばらく論外に置きましょう。しかし、あなたと波貝看護婦を赤間博士謀殺犯人として告発するものです」

「ほお、身に覚えのないことをおっしゃるが……」

空うそぶいた那須副院長をキッと睨みすえた教授は一段と語気を強めた。

「それでは犯行の逐一を申し述べよう。いいですか、君は赤間博士から病院の経営を依嘱され、内心に北叟笑《ほくそえ》んで山元徹男を手先に秘かに堕胎手術を行って私腹を肥してきたのです。しかし、昼夜多忙の博士は夢にもそのような事実が病院内で行われて来たのを知らなかったのですが、たまたま昨夜、君が行った堕胎手術によって博士はすべてを感知されたのでした。患者は堕胎手術によって死亡したのです。もしそのような事実が公表されたら病院の信用は失墜し、博士自身も責任者として世の糺弾を受けるにちがいありません。博士は一夜まんじりともせず善後措置を考えていたのです。一方、君はいかなる措置が講じられようとしても、一夜明ければ堕胎医として病院を追われることは火をみるよりもあきらかなことでした。それで深夜、先手を打って赤間博士を殺害したのです。

こうして博士を殺害した君は、次に堕胎手術の共犯者の波貝秋子を使ってアリバイを偽造しようと企図しました。麻酔不充分な膣式帝王切開手術でショック死を遂げた大鳥常子の母親と山元徹男に『赤間院長と相談した結果、死体を解剖して証拠を湮滅しておくことになった』と説いて、長廊下の端れにある長椅子に腰かけて待機させていたのです。そして解剖の名目は子宮外妊娠による死亡を確定するといった、まことしやかな理由を拵えたわけですが、こうして目撃者の配置を終ると、波貝秋子が赤間博士そっくりの扮装をして手術室から長廊下に出、院長室にはいると見せかけて、実は隣室のレントゲン室にはいったのでした。次に君も長廊下に出て自室に戻ると、すぐに内線電話をかけ、博士の声色をつくって酒寄

看護婦を院長室に呼び、死体が発見されるように仕組んだのです。芝居は上々首尾に遂行されました。君が予期したように、山元と大島の母親は院長室にはいったものと誤認したわけです。目撃者の位置からすれば、レントゲン室、院長室、応接室、病室などは長廊下に面して一列に並んでいるのです。彼等は不意に手術室の扉が開いて手術衣、手術帽の男が向い側の部屋にはいったのを何の気なしに瞥見したにすぎなかったのですが、その直後に院長室で赤間博士の死体を発見したために、替玉の博士がレントゲン室に入室したのを博士が院長室にはいったものと確信してしまったのです。

こうして博士の死体が発見されて大騒ぎとなった最中波貝は変装を解いてもとの看護婦姿に早変りし、レントゲン室を抜け出して君を迎えに行き、二人揃って何喰わぬ顔をして現場に引返して、完全にアリバイを確立したのです。だが、そうした完全な舞台装置を整えながら、現場に手術帽を残しておかなかったこと、室内に硝煙の臭いをこめておかなかった――この二つの失錯によってすべてを曝露してしまったわけです」

しかし、那須副院長は憎々しい薄ら笑いを唇に湛えて応酬した。

「なるほど、見事な推論です。だが、証拠が――君の推論を立証する物的証拠がありますかね？　それに動機の問題だが、そんな薄弱な理由で人殺しが出来ると思いますか？」

すると、園田教授は一種独特な気魄を全身に漲らせた。

「うむ、現場にははっきりした証拠があるが、殺人動機に更に附け加えた説明をしておこう。一体、病院に勤めてから、ようやく一カ月にしかならない波貝看護婦が何故唯々諾々として君の犯行の共犯者になったか。云うまでもなく君と波貝が普通の関係ではなく、深い肉体的なつながりに結ばれているからだ。その波貝看護婦の正体は――それは郷里に別居しているはずの赤間博士夫人なのだ！」

★

その夜、検事局の応接間に寛いだ園田教授に芥川検事は次のように語った。

「君の推論に基いて、更に現場を再調した結果、レントゲン室の戸棚の中に隠してあった手術衣、手術帽、ズボンなどを発見し、両容疑者を大鳥常子の母親と山元徹男と共に対質訊問を行ったのだが、さすがの那須文三も、赤間豊子も犯行を包み切れずに一切を自供した。そして、いよいよ警視庁に身柄を送致する段になったのだが、監視の刑事がちょっと眼を離した隙に、二人とも毒を嚥んで自殺し、まさに九仞《きゅうじん》の功を一簣《いっき》に虧《か》いてしまったのさ」

「どうせ二人とも絞首台行は免れないからね」

「まア、そういうところだろう。ところで、君は現場にはっきりした証拠が残っていると云っていたが、それはどういう事実なんだね？」

「あの小卓の上に置いてあった『ヴィーナスの玉座』だよ。赤間博士は那須から拳銃を突きつけられた時、小卓の傍に立っていたのだが、とっさに逆さにそれを置きかえて犯人の名を暗示しておいたのだ。いいかね、那須文三――それをローマ字書きにすれば、B.Nasu《ビイ・ナス》（ヴィーナス）になるんだよ」

火山観測所殺人事件

思想は行為に等しからず。（ニーチェ・ツァラツストラはかく云えり――蒼ざめたる犯罪者について）

一、火山観測所

前夜来の激しい爆発噴火による降灰のために、あたり一帯は陰鬱な海霧《ガス》が垂れこめたようであった。視界はまったく遮切られ、もちろん浅間の絶嶺をうかがうことは出来なかったが、その朝、園田郁雄教授が長野県警察部の志柿刑事課長の招電に接して、浅間火山観測所に向った頃には、既に爆発は終熄期に達していた。といっても、まだ挽臼《ひきうす》を廻すような山鳴りが気味悪く断続し、生温い粘《ね》っとりした風が火山灰を重たくかぶった木々の緑葉を細かに震せていたが――。

その年は、初夏の頃から浅間が鳴動し、噴煙しているというニュースがしきりに伝えられたのである。だが、園田教授は例年通りに夏季休暇を浅間山麓千ケ滝のＧホテルにすごしていたのであった。

「被害者は火山観測所長の庶木正常博士です。猟銃で射殺されて……死体は、今朝の六時の観測時間に、島津という観測助手によって発見されました。それで、御検屍を願えればたいへん有難いのですが――」

志柿課長は、終戦後間もなく、Ｑ大学で園田教授から法医学の実習を受けた講習生の一人だった。

「宜しい、お伺いしましょう。どうせ、遊んでいる身体ですから――」

しかし、Ｇホテルから火山観測所までは北西に約三粁《キロメートル》、羊腸とした浅間越えの急坂を上下して行かなければならなかった。

「それでは、さっそく自動車をお廻し致します」

志柿課長の好意の自動車で、園田教授はＧホテルを出たのである。ところが、それは典型的なぼろフォードの代燃車で、観測所にあと一粁という地点で故障し、ひたすら恐縮する運転手を後《あと》に残して、教授は徒歩で石ころの多い新開道路を辿ったのである。

さてここで、浅間火山観測所の沿革について、かいつまんだ説明をしておこうと思う。というのは、それがわが国の地震学界の趨勢をうかがう一つの重要な資料となるからである。――明治十三年二月二十二日、横浜地方に局部的な地震が起ったことがある。当時、東京大学（現東大）には多数の欧米の青年学者が招聘されて教鞭をとっていたが、この地震がはしなくも外国教師間に異常な学的興味を喚起して、ジョン・ミルン氏を中心として日本地震学会の創設を見、中央気象台、地方測候所に地震計が設置されたが、ついで明治二十四年十月二十八日、あの濃美の大地震に際会して、菊池大麓博士が「……この惨状よりしてこれを云えば、地震は大戦争よりも最も大患大災の国難と謂うも誣言《ふげん》に非ざるなり……云々」と唱導し、初めて文部省内に組織的な地震研究機関として震災予防調査会が設立されたのである。ところが、大正十二年の関東大震災である。その時、いちはやく震災予防調査会の弱体化を曝露して、地震研究機構の拡大強化を叫んだのが庶木正常博士だったのである。そして私費を投じて浅間山麓に火山観測所を設立し、地震予知に関する各種の資料を蒐集調査して、高性能を誇る地磁気変化計を考案したのであった。殊に博士の声名を一層ポピュラーなものにしたのは、熱心な音楽愛好家であるという一事である。研究の余暇に執筆する音楽に関する卓抜な評論随筆は、すべて高い学究的な教養と知性に貫かれたもので、園田教授も学生時代にその随筆を愛読した経験を持っていた。

「そういえば、庶木博士の夫人は、もとは西条邦子という有名なピアニストだったと聞いたことがある……」

教授は、曲折した道を辿りながら内心に呟いた。白蛇の肌を想わせる幽玄な白樺の林をぬけると、北欧の白夜《びゃくや》のような明るさを透《すか》して、火山観測所の建物の輪廓が樹海の中に暈《ぼ》っとおぼろげに泛んでいる。近づくにしたがって、どっしりした屋根や周囲の壁、重厚な玄関の樫扉《かしど》や金網入りの窓硝子までが、まるでベールをはぐようにはっきりして来た。その構造はトーチカのような堅牢なコンクリート造りである。というのは、このあたりには、浅間の噴火に際して、一抱えもある火山弾が落下して来る危険性が多分にあったからである。

園田教授は観測所の玄関に立つと、出迎えた制服巡査の案内で応接室にはいって行った。そこでは志柿刑事課長が三十三、四歳の美しい和装の女を前に、何故か苦りきった表情を泛べていた。しかし、教授の姿を見ると、鉛筆と手帳をしまって、「それでは、おひきとりになって結構です。後ほど、また伺うかもしれませんが――」と訊問を打切って、その女が部屋を出て行くと、課長は改めて教授に敬意のこもった挨拶を送った。

「いま出て行ったのが被害者の妻――庶木邦子夫人ですが、とにかく、事件の概略からお話しすることにしましょう。兇行現場はこの応接室の向側にある研究室なんですが……」

そう云って、志柿課長は次のように説明しはじめたのである。

二、現場検証

庶木正常博士の地震の観測研究は、主として地震計、傾斜計による地震動の計測と、全国の海岸主要地区に設置した磁力変化計による地磁気の変動を記録し、その関係から地震発生の秘密を探究しようとするにあったのである。しかし、博士は観測所に常住していたわけではなく、平素は東京の本邸にあってT大で教鞭をとっていた。一週間、あるいは旬日に一度来所して、観測助手の島津敏夫が毎日計測した観測表を持ち帰るのである。この島津助手というのは、博士の甥にあたっている。島津家に嫁した鹿子《かのこ》という博士の亡妹の遺児で、両親に死別してから博士の世話でT大理学部を卒業し、博士の研究助手となって、この夏までは観測所附属の二階建の洋館に飯炊きの老婆と二人きりの生活をいとなんでいたのである。

ところが、この春頃から湘南地区のJ島の地下五米《メートル》に設置した磁力変化計の磁力線の断続が大幅の震幅を示すと同時に、浅間の噴火活動が旺盛活潑となり、J島に一衣帯水《いちいたいすい》のM半島の地盤の昇降が漸く顕著となって、「第二次関東大震災起るか？」と、センセーショナルな見出しで特報した新聞さえ現れ、地震観測が学術上のみならず、一般社会の深い関心事となったが、庶木博士はその地震予測に対しては固く言明を避けて、折柄の暑中休暇を火山観測所に閉じこもり、浅間の噴火活動の観測に専心従事することになったのである。また、博士の愛弟子と云われたT大理学部の宮脇省吾助教授も来所して博士の研究に協力し、島津助手と老婆だけの淋しい生活体制は明るく破れて、女流ピアニストの邦子夫人を交えた談笑の声さえ、殺風景な建物の窓から洩れてくるようになったのである。

――と、志柿課長はまず惨劇の前提的な説明を終ると、煙草に火を点けた。「それが今朝――午前六時の観測時間に観測室の見廻りに行った島津助手が隣室の庶木博士の研究室の扉《ドア》が開け放ったままになっているのに不審を起して、何気なく部屋に入り、庶木博士の惨殺死体を発見したのです。兇器は研究室の壁にかけてあった英国ウエストリー・リチャーズ社製の無鶏頭《ハンメレス》二連猟銃らしいのですが、現場には発見されません。犯人が持ち去ったという見込みで極力捜査中です。それで、最初は単純な物盗りの兇行ではないかと、推定されたのですが、よく調べてみますと、色々腑に落ちない点がある。たとえば、研究室内で射たれたのに、押し込もうとしたり、格闘した形跡が全然なく、猟銃以外に何一つといって盗れたものがありません。それに、当夜は宮脇助教授と島津助手の二人が宿直していて、交替で観測室を見廻っていたはずなのに、銃声らしいものを耳にした記憶はないと供述している点です」

「しかし、厚い樫扉で隔壁されていたのですから、隣室にいても銃声に気付かなかったのかもしれない。むしろ奇怪な点は研究室の扉が開け放ったままになっていたという事実です。島津助手が不審を起すからには昨夜、庶木博士は研究室の扉を閉めきっておいたのにちがいないと想像しますが……」

園田教授が口を挟むと、志柿課長は頷いて、

「そうです。庶木博士は鍵をかけたはずなのです。御承知のように、浅間の爆発噴火は昨夕の七時頃から始ったのですが、八時半頃、庶木博士は、『君たちは交替で観測室を見廻っていてくれたまえ。ちょっと、所要があるから――』と宮脇助教授と島津助手に云い残して、研究室を閉めて外出したのでした。ところが、博士はそのまま姿を現さず、二人はてっきり博士が就寝したものと考えて、交替で徹宵《てっしょう》観測にあたっていたのです」

「そうですか――それでは、一応検屍することにしましょう」と、園田教授は煙草をもみ消して椅子から立上った。だが、内心には早くも種々の疑問が叢雲《むらくも》のように湧き上っていたのである。――庶木博士が外出した用件はなんだろうか？　一たん、外出した博士が研究室に戻ったのはいつ頃だろうか？　いや、そうした派生的な疑題を置いて、まず博士がどこに行ったか、その点を確かめなければならないと思ったのである。

兇行現場の研究室は、建物の南東隅にあって、年中しつらえたままのストーブが中央に置かれ、部屋の右隅に

は大きな煖炉が仕切ってあった。その隣りが硝子戸棚の本箱、窓際に大机と廻転椅子、ストーブを囲んで来客用の皮張り椅子が三脚ばかり据えてある。死体は窓際の机とストーブの間に俯向けに仆れていた。着ている白麻の上衣は上にまくれ上り、両手は蝦蟹《えびがに》のような恰好で前方に投げ出している。はぜ割れた柘榴《ざくろ》のような頭部の銃創からは、鮮血が流れて赤黒い血溜りをつくっていた。仔細に死体を点検した園田教授は立上って、

「死後約十一時間という所でしょう。射撃距離は散弾の飛散度が僅かな点と、銃創に火傷の痕跡が認められない所から判断して、近々二、三米という所です。しかし、解剖して内景検査をした上でないと死因の鑑定は非常に難しいのですが……とにかく、死亡時間は昨夜の十時以前ということになりましょう」

「すると、死因に不審な点でもあるんですか？」

教授は頷いた。「出血が少いように思えるのです」

それから、吟味するような鋭い視線を部屋の中に馳せた。が、どこといって乱れた個所は認められなかった。ただこの部屋に不似合な大型の煖炉――その火山灰の標本瓶を並べた炉柵の上方の壁板に猟銃を架ける金具が取付けてあったが、そこには肝腎の猟銃が見当らなかったのである。志柿課長はそこを指さして、

「犯人が持ち去ったウエストリー・リチャーズ製の十二番径の二連猟銃は、あそこに装塡して架けてあったのです。このあたりは雉《きじ》や山鳥野兎の非常に多い猟場でしてね……」

「ところで、この部屋の鍵は――？」

「床に落ちていました。観測室との境扉の閾際《しきいぎわ》でしたが……」

その跡には白墨で○印が記してあった。鍵は鑑識課員が持ち去って指紋を検索中とのことである。こうして現場調査が無為のうちに終ると、園田教授は課長の案内で部屋々々を丹念に見て廻った。

研究室の隣りは、一見機械庫のような薄暗い観測室である。既に午前十時に間近い時間であるが、電燈の黄色い光がぼんやりとともっていた。二基（東西、南北）の地震計と傾斜計、温度計、自記温度計、気圧計、地震流測定機。クロノメーター等の機械が装置され、指針は生きている動物の触手のように細かく揺れ動いている。この左隣り、研究室と向い合った陳列室は、反対に採光を充分に考慮して、太陽の反射光線を利用し、採集した火山弾、火山礫、炭化木類、熔岩、火山灰などの標本箱を

整然と配置してあったが、こうした部屋から異状な点を認めることはもちろん、出来なかった。そして最後にはいっていったのが、昨夜折畳式の簡易ベッドを持ちこんで臨時の宿直室にした島津助手の部屋だった。

そこには二人の男が撫然とした面持で煙草を喫っていた。宮脇助教授と島津助手である。

三、嫌疑者

宮脇省吾助教授は鋭い注意深い顔つきをした精悍な身体の持主で、年齢は三十五、六歳、太いベークライト縁の眼鏡をかけていたが、島津敏夫は色の白い、眼つきの優しい、動作までがどこか女性的な感じを与える二十五、六歳の若い男だった。志柿課長は教授に二人を紹介すると、せかせかした足どりで部屋を出て行った。園田教授は煙草を啣えて、

「昨晩はお二人とも、こちらで宿直されたそうですが……」と、何気ない調子で質問の矢を向けた。それに対して頷いて答えたのは宮脇助教授である。

「そうです。昨夜の観測室見廻りの分担は、午後九時から十二時までが島津君、それから午前三時までが僕で、それ以後は再び島津君が交替してくれました」

「外出された庶木博士が研究室に戻られたのはいつ頃でしたか？」

「さア、それについては——さきほども刑事課長の質問を受けたのですが、我々にはちょっと確答が出来ないのです。正直に云って、庶木先生が研究室に戻られたのを少しも知らなかったのですから……」

「そうです。今朝までは確かに研究室の扉は閉っていたはずです」と島津助手も口を添えて云った。

「すると、君が死体を発見した時には扉が開いていたわけだね？」

島津助手は頷いた。「ええ、そうなんです。午前三時に宮脇先生と交替して、僕は三十分毎に観測室の見廻りに行きましたが、その時には確かに観測室と研究室との境扉はぴったり閉っていたんです。でも、夜明けがたに——五時頃だったと思います——居睡りをしてしまって、慌てて観測室に参りました。時計を見ると六時十分すぎでした。その時には扉が開け放ったままになっていたのです」

「なるほど、それで死体を発見したわけだね」園田教

授は頷くと、視線を宮脇助教授に向けた。「銃声を聞かなかったそうですが……」

助教授は黄色っぽい「コロナ」の箱を出して、煙草に火を点けた。「ええ、聞きませんでした。爆発の鳴動と、観測室の起動機の唸りで、かな聾《つんぼ》も同然でしたからね」

それは嘯《うそぶ》くような声音だった。

「ときに、昨晩、庶木博士が研究室を出て行かれた用件について、何か心当りはありませんか?」

「ありません」宮脇助教授はやはり素っ気なく答えたが、島津助手はふと思いあたったように口をいれた。

「ひょっとすると——そうです。夕方の七時頃でしたが、Gホテルから庶木先生に電話がかかって参りました。それを取り次いだのは僕です。ちょうど、その時は夕食を六時頃にすませて、僕たちは研究室に集っておりました。というのは、計測の結果から庶木先生が今夜、必ず浅間の大爆発が起ると観測されたからでした。それで観測の打合せや宿直交替の時間割をきめていたのですが、ホテルからの電話を聞き終った先生は、いつになく嶮しい表情を泛べられ、『これからちょっと外出してくる』と申されたのです。しかし、その直後に激しい地震動が起って爆発噴火が始り、私たちは予め打合せた通りの観測の分担配置につきました。庶木先生も電話の用向きなどにかまっていられませんでした。倍率の大きい火山地震計などは激しい振幅で振子がはずれてしまい、それを修理などして、先生が外出されたのは、爆発がやや小康状態に復した八時半頃だったのです」

「電話の話の模様は——?」

「ただ合槌をうっておられたので解りませんでしたが……僕が受話機をとった時には、Gホテルの女交換手の声で、『観測所ですね? 庶木先生はおられますか?』と云っているのを聞きました。それで、そのまま受話器を先生にお渡ししたのです。ですから、ホテルに聞けば電話の主はすぐに解るはずです」

そこで園田教授は質問を打切って、もとの玄関脇の応接室に戻ってきた。と、そこでは志柿課長がただならぬ面持で私服刑事の報告を聴取しているところだった。

「何か新しい発見があったのですか?」

「ありました。犯人の見込みがついたのですよ。証拠は、この婦人服ですがね」

課長は昂然としてテーブルにひろげた淡いピンク色のワン・ピースの婦人服を指さした。それはU字型に大きく刳りぬいた胸を白いレースが花びらのように縁取っている、しかも裳裾《もすそ》の長い、派手な仕立のイヴニング・ドレス（夜会服）だった。だが、薄いシルク地の大きな襞《ひだ》のあるスカートのあたりに無慙な鉤裂《かぎざき》の跡があり、胸から裳裾にかけて点々とした赤黒い汚斑がついていた。云うまでもなく血痕である。

「これは観測所と洋館との間の小道の灌木の茂みの中に、まるめて遺棄してあったものです。野良犬が血の臭いを嗅いでひっぱり出したものですから発見出来たのですが……御覧なさい。襟首の裏地に"K. S."というイニシアル（頭文字）の縫取りがありましょう。もちろん、これは博士夫人——庶木邦子の持物にちがいありません」

「なるほど……」

もし、その血塗れのイヴニング・ドレスが庶木邦子夫人の持物と確定すれば、それが決定的証拠となって、夫人を電気椅子に送ることが可能である——だが、園田教授は、そこに一抹の疑念をさしはさまずにはおられなかった。

「夫人のものということは確かですか?」

「まだ確かめてはいませんが、確定的です。博士を殺害した動機は——いや、直接訊問すれば、すべてが明らかになるはずです。さっきは女菩薩《にょぼさつ》のような顔に瞞されていましたが……」

課長は、してやったり——という苦々しい気な表情を泛べた。教授は頷いて、

「うむ、僕も夫人を有力な嫌疑者と看做すのに躊躇しません。だが『甲虫殺人事件《スカラブ・マーダー・ケース》』でフィロ・ヴァンスがヒース警部補に蘊蓄《うんちく》のある言葉を述べている。この際には、特にそれが強く想い出されるのです。被害者の傍らに落ちていたスカラブ（甲虫）を見て、単純に犯人を推量した警部補に対してヴァンスは次のように警告しているんです。——普通、殺人犯人というものは被害者のシャツの胸などに名刺を挟みはしない。この瑠璃甲虫は心理的にも、採証的にも一番興味がある。だから、あんまり莫迦にしたり、軽々しく結論へ飛躍したりしてはいけない。この似而非《えせ》神秘的殺人事件で、最も大切なことは何故——そしていかに——犯人がこの考古学的標本を死体の傍らに置いたかということだ。この驚くべき行動の理由をまず発見することだ。そうすれば、犯罪それ自体の秘密を解明することが出来るだろう——と。これは掬《きく》して味うべき言葉です。外見からのみ軽卒に判断することは、往々犯人の術策に陥ることになるわけです」

教授は一たん、諭すような言葉を切ったが、煙草を灰皿にもみ消すと、島津助手が陳述した庶木博士に電話をかけたGホテルの滞在客の調査方を依頼した。

「そうですな。一応は調べさせますが、事件には関係ないと思いますよ」

志柿課長は熱意のない調子で私服刑事の一人をGホテルに派遣した。

「それから、研究室の鍵から指紋が検出されましたか？」

「いや、検出できませんでした」

「庶木博士が身につけていた所持品は――？」

「別に変ったものはありません。『ピース』のはいったシガレット・ケースとか、ハンカチーフとか――そんな役に立たないものばかりでした。とにかく、すぐに夫人を訊問してみようと存じますが……」

観測所の玄関を出ると、その左手の小道の突きあたりに白樺の林を背景に、小ぢんまりした二階建のコテイジ風の洋館が建っていた。振り仰いだ空は今にも泣き出しそうに曇っている。風もやや強くなって木々の梢をゆり動かしていた。風雨まさに到らんとする風情なのである。

洋館の応接間で、志柿課長と園田教授に面接した庶木邦子夫人は、白磁のような動かない白い表情を泛べ、江戸紫の地に淡紅の河原撫子《なでしこ》を染めぬいた平絽の着物に、細っそりした肢体を押し包んでいた。それが沈愁の佳人といった清楚な感じを一層に際立たせていたのである。

だが、志柿課長は最初から冷い威圧するような調子で切り出した。

「さきほどは失礼しました……ところで、まず我々の調査の結果を申し述べさせていただきましょう」

そう云って、まず相手の顔を探るように見ると、園田教授を紹介した。「こちらは、Q大医学部法医学科の園田郁雄教授です。特にこの事件の捜査に御協力を願っておりますが――で、教授はさきほど、死体を検案され、絶命時刻は昨夜の十時以前ということ、更に死体からの出血が非常に少いという点を明らかにされたのです。宜しいですか――ということは、どういうことかと申しますと、それは云うまでもありません。兇行現場が研究室ではなく、ほかの場所である。博士はほかの場所で殺害されてから研究室に運びこまれたという推定が成立つのです。それを立証するのは、庶木博士の洋服に火山灰が附着していたという事実です。御存知のように、昨晩の爆発噴火後、風向の変化で噴煙がこの方面に流れて、多量の降灰がはじまったのは十一時以降のことですから、火山灰が洋服に附着する道理がありません。不可能な事実と申すべきです。結局、博士は十時以前に研究室内で殺害されたとすれば、博士は十時以前に観測所以外のほかの場所で殺害され、十一時から死体が発見された午前六時までの約七時間の間に研究室内に運びこまれたという解釈が成立つわけです。それでは、実際の兇行現場はどこかと申せば、唯今は判っておりませんが、死体から点滴したと思われる血痕を辿って行けば容易に発見出来るでしょう。だが、遺憾ながら血痕は降灰に、覆われて判らなくなっております。しかし、さきほど手配した警察犬が到着すれば、その鋭い嗅覚が兇行現場を嗅ぎ出してくれるに違いありません。それで、最後に残った問題は、博士の殺害犯人は何者か、ということになります。我々は一応、宮脇助教授、島津助手の二人を容疑者のブラック・リストに加えて考えてみたのですが、彼等には宿直室と観測室にいたという現場不在証明が曲りなりにも立証出来るのです。すると、事件関係者中でアリバイの立証の出来ないのは、あなた一人ということになりますが……」

「ま、なにをおっしゃる！」邦子夫人は息をつめて、細い指を神経的に震わせた。「御冗談にもほどがあります。昨晩は爆発の危険性があるからと、主人から外出を固くとめられておりました。夕食後は、ずっと自室に引籠っていたのでございます」

志柿課長は恬然《てんぜん》として紫烟をはくと、「ところでイヴニング・ドレスをお持ちですか？」

それは意気込んだ夫人にとっては意外な質問だったらしい。ちょっと考えて、

「はい、二着ばかりスーツ・ケースに入れて、持って来ておりますけど……」

課長はぐっと前に身を乗り出して、氷のような微笑を口辺に漂わせると、血塗れのドレスをひろげた。

「それでは抗弁の余地はありますまい。我々は、あなたのイニシアルを縫取った、このイヴニング・ドレスを発見したのです。庶木博士の殺害容疑者として、ひとまず、あなたを拘引することにいたします」

「あ、あたしが――」

夫人はうちのめされたように椅子に凭れかかった。そして、何かを叫ぼうとしたが、それは声にならなかった。死のような沈黙――がつづいた。

その時である。荒々しく部屋の扉が開いて、はいって

来たのは、さきほど、Gホテルの調査に赴いた私服刑事だった。

「か、課長！　御報告します」

「なんだ、一体――？」志柿課長は咎めるような声音で問い返した。

「わかりました。ホテルの女交換手の話で――。昨夕、庶木博士に電話をかけたのは、三十二号の滞在客でした」

「ふむ、それで？――」

「そいつを訊問しようと存じましたところ、十一時に近い刻限なのに、自室でまだ寝ているのです。それでホテルの帳場から合鍵を借りて部屋に踏みこんでみますと――」

「うむ」

「奴は死んでいました。もう冷くなって伸びていたんですが、自殺じゃありません。庶木博士と同じように、猟銃で胸を射たれて殺されていたんです」

「なに？　猟銃で殺された――？　莫迦、それを何故早く云わんのだ。で、殺されたのは？」課長が噛みつくように呶鳴ると、私服は縮み上ったような声音で、

「ふ――藤原咲次郎と申しました」

「まア、藤原が殺された！」

腕椅子から立上った邦子夫人は、そう叫ぶと、喪心して崩れるようにテーブルに俯伏したのである。

四、第二の殺人

Gホテルの三十二号室は、小ざっぱりした感じのいい部屋だった。

藤原咲次郎の死体は、パジャマを着たまま寝台の脚もとに仆れていた。顔は恐怖に歪んで、バセドー氏病患者のように眼球をむき出している。獰猛なオラン・ウータン（猩々）を想わせる醜悪な顔つきだった。死体検案の結果、死後十四、五時間で、庶木博士が殺害された時刻とほぼ同時刻頃と断定された。致命傷は胸部の銃傷である。

検屍を終ると、園田教授は部屋の隅にあるテーブルに歩みよった。その上には、ホワイト・ラベルの壜と二個のウイスキー・グラスが置いてあった。その一つにはうっすら口紅《ルージュ》の痕が残っている。しかし、指紋は検出されなかった。

「ふむ、これは女が飲んだものですね」

志柿課長が教授に顔を向けると、

「いや、口紅を塗って女と見せかけるトリックもありますからね」

教授はそう答えて、扉口《とぐち》に近い床の上に投げ出してあった猟銃を取り上げた。銃口に鼻を近づけると、ぷーんと真新しい煙硝の臭いがする。銃身を折り曲げると、二箇の真鍮製の射殻薬莢がはいっていた。

「それが庶木博士の研究室から紛失したウエストリー・リチャーズ製銃会社製の二連銃で、ハイエストクオリチィ号という奴です」

それから、ホテルのロビイを捜査本部として、ホテルの使用人や滞在客を順次に訊問することになった。

その結果、殺された藤原咲次郎について、やや明瞭な概念が形づくられたのである。ホテルの宿泊人台帳の職業欄には、東京都中央区に所在する新興衣料株式会社の重役と記載してある。その会社は、いわば終戦後に乱立した闇取引を専業とする実体のない幽霊会社であった。滞在日数は一週間に近く、その間、ホテルの酒場で浅い顔馴染となった滞在客は、藤原が案外に楽壇の消息に詳しいところから、もとは楽壇関係者ではないかと推量していた。それで、志柿課長は、とりあえず、藤原の身許調査方を警視庁に移牒した。

「ちょうど、爆発噴火の鳴動が一番烈しかった頃なので、あれがはっきり銃声だったとは申し上げられませんが……」と、昨夜の十時頃に銃声を聞いたという二、三の滞在客も現れた。

「しかし、それでは、手掛りとしてはまるで雲を摑むようで、何の役にも立ちませんな」

と課長が五分刈の頭を搔いて雲脂《ふけ》を散らした時だった。一人の刑事が耳よりな聞込みを齎《もた》らしたのである。

元来、Gホテルというのは、千ケ滝を中心とする高原の別荘地帯にあって、附近の別荘に住む人々の集会所となり、社交場となっていた。私服刑事は、事件当夜、ホテルに出入した外来者の足跡を洗って、昨夜の十時頃に、怪しげな女が暗いホテルの庭園を小走りに横切り、火山観測所の方角へ駈け去ったという事実を夜勤のボーイから聞き出したのである。刑事の報告を聞き終ると、志柿課長はさっそく、ボーイを喚問して、その女が白っぽいイヴニング・ドレスを着、ベールのようなものを頭からスッポリかぶり、すっかり容貌を隠していた事実を確かめたのである。

「——でも、昨晩は、あの爆発噴火で、空襲の夜も同然でしたから、お客様も早くから部屋にひきとられ、外来の方もございませんでしたので、私どもは至極閑散だったのです。それで、ボーイ部屋にひきとって、窓から山の噴火を眺めながら目撃しましたので、はっきり認めたわけではございませんので……」

「どういう感じの女だったのだ——?」

「さア、そうですね。はっきり申し上げられませんが、女にしては動作が敏捷だったと思います」

ボーイの訊問を終ると、志柿課長は、再び惨劇現場の三十二号室に引き返した。既に鑑識課の採証は終って、死体には白いシーツがかけてあった。窓際の机の上には、被害者が所持していた物品が並べてあった。美事な栗色の艶の出た海泡石のパイプ、刻煙草ハーフ・アンド・ハーフの箱や、手帳、書簡類などである。課長の姿を認めると、藤原の所持品の調査を命ぜられた私服が、

「机の抽斗《ひきだし》に五万円の小切手がはいっておりました。振出人の名は庶木正常となっていますが……」

「なに、小切手——?」

再び意外な新事実の発見である。課長がその小切手を調べている間、園田教授は机の上に並べた雑品を手にとった。そして、部厚い文束と、手帳の頁《ページ》をくっているうちに、そこにも予期しない事実を発見したのであった。

「志柿君、見てみたまえ。この文束ですが、差出人はすべて女名前で、消印の日付は、全部十年位前の古いものです」

「そんな古い手紙をどうして、とっておいたんでしょう——?」文束を受取って内容を披見した志柿課長は、ややあって奇声をあげた。

「ふーむ、この手紙はちょっと顔負けものでなア。みんな藤原への求愛の手紙です」

教授は頷いて、「それで、この手帳の記載事項に重大な意味があるのです。この頁ですが、読んで御覧なさい」

そう云って、教授は手帳を手渡した。

桜井　陽子　　５，０００（５・２９）
長島百合子　　３，０００（６・１５）
西川　京子　　３，０００（６・２６）
野尻　春江　　２，０００（７・１９）
西条　邦子　５０，０００

この女名前と数字の羅列を暫く睨んでいた刑事課長は、

やがて釈然とした顔を上げると、

「なるほど、判りました。手帳に書いてある女名前は、古い恋文の差出人の女名前と一致します。すると、藤原咲次郎は——こいつは一種のラケッティーア（恐喝取財者）で——昔の恋文をタネに女を強請《ゆす》っていたにちがいありません。手帳の数字は、もちろん、強請した金額と日付です」

「ところで、藤原は庶木博士の振出し名儀の五万円の小切手を持っていましたね？　いいですか、手帳の最後に（西条邦子　50、000）と記載されていますが、この西条は庶木邦子夫人の旧姓ですよ」

「博士夫人の——？」課長は息を呑んだが、ハタと手を打つと、「それで万事がはっきりしました。火山観測所とGホテルの両事件の関係が明瞭となります。藤原咲次郎は古い手紙をタネに庶木博士夫妻を強請っていたんでしょう。そのため、昨晩、藤原の電話を受けて、博士がわざわざホテルを訪れ、五万円の小切手を手交したわけなのです」と云ったが、次第に苦渋な顔つきになって、

「しかし、庶木博士が殺害されたのは——？　また、どうして藤原は殺されたんでしょう？　兇器の猟銃から推して、両事件の犯人は同一人物にちがいありません。そして、現在、最も有力な殺人容疑者は、ボーイの証言から考えても博士夫人になります。その邦子夫人には藤原を殺害する充分な動機があります。しかし、博士を殺害する動機を持っていないようです」

「その点の疑問は、邦子夫人を追求訊問すれば明らかになるでしょう。同時に、事件の機構も明瞭となるはずです」

園田教授は事件の根底を見究めたような爽やかな声で、きっぱりと云った。

五、現場不在証明

事件の舞台は、再び火山観測所附属の洋館に移ることになった。

「奥様は寝室でお寝《やす》みになっておられましたけど、唯今は二階のお居間にいらっしゃいます。そちらでお目にかかるそうですから——」

召使の老婆の案内で階段を上ると、その右側の二部屋が邦子夫人の居間と寝室だった。居間はどことなく夫人の繊細な趣味を現わしていて、絹ばりの壁やカーテンな

どの快い色彩をはじめ、数奇を凝した置棚に並べた赤絵の皿や壺の類、ピアノの上の贅沢な衣裳をつけた人形など、そういったすべての調度や装飾品が明るいシャンデリヤの光に柔かく調和して見えた。しかし、ピアノに凭りかかっていた邦子夫人は、蒼白さのぬけない顔に幾分の嶮しさ——かすかな憎悪と侮蔑の色——を泛べて、志柿課長と園田教授を迎えたのであった。

「まだご用がおありなんですの?」

課長は頷くと、短刀直入に切り出した。

「まず、Gホテルの滞在客の藤原咲次郎とあなたとの関係を伺いたいのです」

「では、あなたがたは、あたしが藤原に与えた手紙を御覧になりましたのでしょう?」

課長は無言のまま、古い文束からひきぬいた四、五通の手紙をテーブルの上に置いた。それが夫人に対する暗黙の解答だったのである。夫人は軽い吐息を洩らすと、すべてを諦めたような調子で話しはじめた。

「もう大体は、御推察の通りですの。隠しても詮ないことですから、すべてを明らかに申し上げましょう。それは——そうです、もう十年以上の昔になります。その当時は、わたしはまだ二十二、三の小娘でございました。その年頃で男の気心など、どうして見ぬけましょう。私はその頃、新進ピアニストとして頭角を現わした藤原咲次郎と恋愛に陥ったのでございます。そして、当時、やはり音楽のパトロンとして聞えた庶木先生の御媒酌で婚約を結び、その年の秋には華燭の典をあげることになっておりました。でも、その夏に、予想もしなかった意外な事件が起ったのですわ。それまで、婚約はしましたが、藤原とはプラトニックな清い関係にありました。こうして、藤原は私に対しましては、ひたすらドン・ファンの仮面を冠っておりましたが、——ところが、ピアニストとして有名になるとともに、色々な女と関係しては、悪辣な方法でお金をまき上げていたのでございます。私も、そういう噂を満更聞かないわけでもありませんでした。けれども、その時までは中傷とのみ信じて、そうした噂には耳を藉《か》そうとも致しませんでした。それが私の至らぬところでございました。私の知り合いのある立派な家庭の奥様が藤原の毒牙にかかって、身を辱《は》じて自殺されたのです。それが新聞にも伝えられ、連日のように藤原の醜行が書き立てられまして遂に楽壇からも追放されて、その後、満洲や支那を転々流浪していると風の頼りに聞いておりました。——この事件から、私がどんなに深い精神的な打撃を受けたか、それはあなたがたの御想像におまかせいたしますけど、その間、終始、私を慈父のように慰め、励まし、導いて下さったのが庶木先生でした。そのため、私は女流ピアニストとして一本立ちが出来るようになったのでございます。私の先生に対する尊敬――それが愛情となって結婚にまで導かれたのです。けれども、私には夫を今もって『先生』とよんで、『あなた』とよぶことが出来ませんでしたの。それほど、夫は高雅な気持で私を労りいつくしんでくれました。私の芸術を伸ばす――それが自分たち夫婦の間の子供なのだと冗談にも云っておりましたが、結婚当初から寝間も別々で、普通の夫婦のような関係はございませんでした。女が子供を生んでは芸術に精進できない――これが夫の信条だったのでございます」

「なるほど、美しい御夫婦だったのですね」

園田教授が煙草に火を点けると、夫人は淋しげに微笑した。

「いいえ、変則的な夫婦だったのですわ。戦争が終りますと、外地から送還されたのでしょう。突然に藤原咲次郎が現われ、私と藤原との間の婚約は解消したわけではない。だから、婚約不履行の訴訟を起す。でなければ、一万円をよこせ、などと理不尽なことを申して参ったのです。主人は世間態を考慮しまして、要求通りの小切手を藤原に書いてやりました。ところが、それに味をしめたのでしょう。藤原は今までにも数度、二千円だ、三千円だとせびって参りまして、昨晩も、夫は五万円の小切手を藤原に与えたはずでございます」

そう云って、邦子夫人は労《つか》れたように口を噤んだ。教授は頷くと、

「お話は、大体、我々の推察した通りでした。それで、あなたは藤原の死を聞いて、さっきはあのように驚かれて失心されたわけですね?」

「はい……あまり意外なものでしたから」

「ところで、"K. S."というイニシアルのあるイヴニング・ドレスはあなたのものですか?」

「いいえ、ちがいます。私のものではありません」夫人はきっぱり否定した。

「あなたのものではない――? すると、誰のものです?」

「それは――それは、私には申し上げられません」

夫人は怖しそうに身体を慄せた。

「徒らに隠し立てすることは、あなたに対する嫌疑を

益々深くするだけですが……特に、ホテルのボーイは昨夜、怪しい女の姿を認めているんです」

「いえ、私は、昨晩はずっとこの居間に居りました」

「それを立証出来るのですか?」

夫人はきっと唇を噛んで答えなかった。

「それが実証出来ない限り、あなたがいかに否定されても、我々はあなたを殺人容疑者として拘引するよりほかありません。自分の持物ではないと否定されましたが"K. S."のイニシアルの縫取りのある血塗れのイヴニング・ドレス、ホテルの現場に残された口紅のついたグラス、女の姿を見たと云うボーイの証言、博士の研究室にあったウエストリー・リチャーズ製の猟銃……あなたを起訴する証拠は完全に揃っているんですからね」

と志柿課長が立上って、手錠を取り出した時である。

「お待ちなさい。邦子夫人には立派にアリバイが立証出来るはずです」

課長の背後から不意に太い男のバスが起った。振り返ると、そこにはセント・バーナード犬のように精悍な身体つきをした助教授の宮脇省吾が仁王のように突っ立っていたのである。

「なに、アリバイがある——?」

「あります。昨晩はずっと、僕がこちらにお邪魔していたのですからね」

「そして、今日は我々の来訪を知って寝室に隠れたというわけですか?」

課長と宮脇助教授は、しばらく、じっと睨み合っていた。やがて、園田教授が穏やかに質問した。

「すると、あなたは昨晩、いつ頃こちらへ来られたのですか?」

「庶木博士が研究室を出て行かれてから間もなく——そうですね、十分位はたっていましたでしょう。噴火の観測は島津君にまかせて、こちらに奥さんを訪れたのです。そして、十二時に、観測当番を島津君と交替するまでこちらに居ったわけです」

「それでは、八時四十分頃から十二時まで、約三時間半の間、あなたがたはこの部屋にいた、ここから一歩もそとに出なかった——と、現場不在証明《アリバイ》を立証されるわけですね?」

「そうです」と、宮脇助教授は頷いた。

「その間、どうして居られたのですか?」

「それは——それは私から申し上げましょう」

やや生色を取戻した邦子夫人が顔を上げて云った。

「実は、藤原の強請に対しまして、宮脇さんは夫の片腕となって対策に腐心していて下さったのです。それで、夫と藤原の会見の結果を案じて、こちらで主人の帰りを待っていたのでございます。ところが、主人はなかなか戻って参りません。十一時をすぎましたので、ホテルに電話をかけてみましたが、交換手も寝たとみえて応答がございませんでした。それで、宮脇さんはホテルに行ってみるとおっしゃったのですが、主人は遅くなるとよくホテルに泊る習慣がございます。それに、宮脇さんは島津さんと交替して観測室を見廻るお仕事がありましたので、心配ながら翌朝ホテルに問い合せることにしたのでございます。と申しますのは、度々の藤原の強請に、さすがにおとなしい主人も肚をすえかねまして、今度は五万円の小切手を与えると同時に、彼を恐喝犯人として告発するつもりでおったのです。それに、主人は藤原に対しましては自分の妹を死なせたという遺恨がございました」

「遺恨――というと？　それはどういうわけなんですか？」

　園田教授がすかさず追求すると、邦子夫人は暫く黙っていたが、やがて決意を眉宇の間に泛べて、

「はい、お隠し立てしても仕方がございませんから、何もかも申し上げようと存じます。さきほど、藤原咲次郎が、ある人妻を犯して自殺させたとお話しいたしましたが、その方が庶木博士のお妹さんでした。島津鹿子《かのこ》と申される方です」

「すると、その方が島津助手の亡母に当るわけですね？」

「そうでございます。庶木家から島津家に嫁されたのですわ。博士と同じような熱心な音楽愛好家で、当時ふとした過ちから藤原と関係を生じたのですが、それがもとで離縁の話が起り、鹿子さまは当時十四才の子供を残されて儚くなられたのでした」

「判りました。すると、〝K. S.〟というイニシアルのあるイヴニング・ドレスは、自殺した島津鹿子夫人の遺品なのですね？」

　教授の質問に邦子夫人は血の気の失せた顔を伏せて、かすかに頷いた。

　それから慌しい一時間がすぎた。志柿課長は捜査網を一点に集中し、部下を督励して証拠の蒐集に懸命になっていたが、その間、園田教授は、観測所の応接間で黙念

として紫烟をくゆらしていた。やがて、課長が意気昂然たる面持で部屋にはいってきた。

「大成功でした。脱いであった作業衣のポケットから研究室の合鍵と口紅を発見しました。その口紅は分析試験の結果、藤原咲次郎の部屋のウイスキー・グラスについていた口紅と同一種のものと判明したのです。それから、庶木博士殺害の現場は、警察犬を使って、ここから南東に約百米ほど行った白樺林の中だということを突きとめました。つまり、犯人はそこで博士を殺害して、その後、研究室に死体を運びこんだわけです。それから、これは先生のお言葉によってホテルの郵便受箱を調べて、その中から発見した手紙です」

教授は、差し出された封書を受取って、「では、犯人を警戒させせないため、万事手はず通りに運んでもらいましょうか」

「承知しました」課長は大きく頷いた。

六、解決

既に西陽《にしび》がむし暑く応接室を照らしていた。緊張したその場の空気の中で、冷静さを失わず、おだやかな微笑を泛べていたのは、園田教授だけだった。志柿課長は何故か焦燥気味に鉛筆の頭を噛んでいたし、同席した庶木邦子夫人も、宮脇助教授も内心の不安に怯えているような顔付きだった。そこへ、私服に伴われた助手の島津敏夫がはいってきた。

「まア、腰かけたらどうかね」

課長に命ずるように云われると、島津助手は女のように華奢な肢体を腕椅子に沈めて、畏怖したような眼を上げた。

「何か——何かご用がおありだそうですが……」

「うむ、用があるからよんだわけだ」と課長は冷く助手を睨み据えると、「昨夜の九時から十二時までの君の行動を話してくれたまえ」

「それは——それは、前にもお話し申し上げました通り、ずっと観測所にいて、各種の計器を見廻って記録を整理していました」

「その間、君は一人だったわけだね?」

「ええ、宮脇先生は洋館の方へ参られましたので……」

「では、君の行動を証明するものは君以外には誰一人としていないことになる」

と、課長は例の血塗れのイヴニング・ドレスをテーブルの上に置いた。

「君は、これに見覚えがあるはずだが……」

「あッ、これは亡き母の形見のドレスです。これがどうして——?」

「ふむ、驚いたろう? 君は兇行後、隠したつもりなんだろうが……」

「えッ、兇行後——?」

島津助手が喘ぐように云うと、課長は冷然として、更に裏地に「島津」という名札のある作業衣をテーブルにひろげた。

「これは、君の部屋に脱いであったものだが、ポケットの中に研究室の合鍵と口紅がはいっている。いったい、どうして合鍵や口紅を持っていたのだ?」

「ぼ、僕はいれた覚えはありません」

「そうか、あくまで君がしらを切るなら、僕の口から昨夜の君の行動を説明しようじゃないか。証拠は揃っているんだからね。——君は庶木博士が外出し、宮脇助教授が洋館に去ると、観測所にただ一人となって残った。それで、予てから準備した合鍵で研究室の扉を開け、猟銃を取り出すと、母の形見のイヴニング・ドレスで女装したのだ。そして、博士の後を追うようにしてGホテルに向った。というのは、君の母——島津鹿子——を殺したも同然の藤原咲次郎に復讐しようとしたからだが、その途中、白樺の林の中で、ホテルから帰って来た庶木博士とばったり顔を合せてしまったのだ。博士に見咎められた君は、犯行の発覚を恐れ、前後の見境もなく親代りとなっている博士を殺害し、それからGホテルに赴いて藤原を射殺した。しかも、奸智にたけた君は、犯行の転嫁を策してウイスキー・グラスに口紅を塗り、犯人が女であるような状況をしつらえたのだ。更にまた、博士の死体を研究室に運び、物盗りの兇行によって博士が殺害されたような狂言を書いたわけなのだ」

こうして、抗弁の余地もなく、島津敏夫が手錠をかけられて連行されると、部屋には一瞬、真空のような空白さが流れたが、そこにはまだ漠然として捉え得ない滓《おり》のようなものが澱んでいたのである。

暫くすると、邦子夫人はほっと軽い吐息を洩らして、

「何という怖ろしいことでしょう。私は、あの血塗れのイヴニング・ドレスを見た瞬間に、島津の犯行ではないかと考えたのですけど——と申すのは、博士がなくなれば、遺産は唯一の血縁者の島津が相続することになっていたのです」

と述懐するように云った。それを聞くと、園田教授の顔に、俄かに酷烈な表情が泛び上った。

「そうです。真の犯罪動機は、その庶木家の莫大な財産にあったのです。ですから、いま、博士の唯一の遺産相続者の島津が殺人犯人として処刑されれば、その全財産は本妻であるあなたがうけ継ぐことになりましょう。もちろん、博士はその若干をあなたに残しておかれたのですが、それだけではあなたは満足しなかったのです。この私設の火山観測所をはじめ、何百万と噂される庶木家の財産を占有しようとしたのです。そのあなたの犯罪の共犯者は宮脇助教授だったのです。ツアラツストラも云っていますな——思想は行為に等しからず——と」

その一瞬、邦子夫人と宮脇助教授の顔に名状出来ない恐懾の翳が走った。

「ま、なんということをおっしゃるのです。覚えのないことを——」

「とは云わせぬつもりです。実を云うと、島津君逮捕の一幕は、あなたがたの本音を聞こうとした芝居にすぎなかったのです。はっきり云えば、あなたは宮脇助教授と情を通じ、博士と島津君をなきものにして財産を独占しようとしたのです。その直接的動機は藤原咲次郎の博士に対する強請でしたが……」

「な、何を証拠に——？　そのようなことをおっしゃるのです」

夫人が突くような語気で反撥すると、教授は益々冷性な調子で、

「それでは、すべてを明らかに申し述べましょう。さきほど、あなたは私の質問に対して、『夫の寵愛を一身に集めた女——芸術に精進する聖処女』として自分自身を意識的に描いてみせたのです。しかし、爛熟した三十女の本能が老博士によって充分に満されないことは火をみるよりも炳《あき》らかな事実です。それがあなたの性愛に多角的な傾向を与え、プラトーの、所謂〝恋いやまぬ思慕の放浪〟となって現われたのです。そして、その本能の不満は宮脇助教授によって初めて得られたわけなのです」

「すると、僕は夫人との間に姦通事実があったと断定されるのですか？」

宮脇助教授が嘲笑を泛べて云った。「たとえ、それが事実としても、姦通の罪はわが国の刑法から除外されましたからな」

「しかし、殺人罪をまぬかれることは出来ません。とにかく、この際はまずあなたがたの犯罪事実を剔抉することが先決問題でしょう。

所で、あの昨晩の近来にない浅間の大噴火です。それを予測した庶木博士は、噴火観測に全力を傾注していたわけでした。それ故、藤原咲次郎の強請に応じて、あの危険な爆発鳴動のさ中にホテルに赴いた事実については、そこに何か重大な用件が含まれていたと推量すべきなのです。古い恋文をタネにした強請なら、博士はホテルに赴かなかったにちがいありません。また一方に、藤原は会社重役と自称しながら、その事実は二千、三千と女をゆすっている小悪党なのですから、その彼が一挙に五万円を強要し、博士がそれに応じたことについては、それだけの価値のある物品を藤原が博士に提供したと考えるべきでしょう。

では、それは何か――ということになります。云うまでもなく、あなたがたの間に取交した手紙です。それを藤原が何等かの機会に手に入れて、姦通の証拠として庶木博士に提供して、五万円を強要したわけなのです。博士はそれを証拠として離婚訴訟を起すつもりだったのです。

それで、昨夜、博士は藤原からの電話を受けて、ホテルに出向いたのですが、この電話で、早くもそれを察知した宮脇助教授は、すぐに夫人に通謀し、研究室の猟銃を持って博士を追いかけて、まず博士を殺害したわけです。それから夫人のみがただ一人、大胆にもホテルに赴き、藤原の部屋を訪れて、彼を射殺したのです。博士の死体から盗んだ五万円の小切手を机の抽斗に入れ、藤原に盗まれた手紙を取り戻すと、それの湮滅策を講じて、ホテルから駈けるようにして逃げ帰ったのですが、その時、夫人は重大な失錯を演じたのです。それはウイスキー・グラスに口紅の痕を残してきたことでした。それで宮脇助教授と協力して、博士の死体を研究室に移し、島津助手の作業衣のポケットに口紅や自分たちが使った研究室の合鍵をいれ、鹿子夫人の形見のイヴニング・ドレスに血を塗って、すぐにも我々が発見するような場所に遺棄しておいたのです。それは島津助手の兇行と思わせる愚劣なトリックだったのです」

「なるほど、見事です。素晴しい推理のピラミッドですが、しかし、ひとつとして事実を示す証拠がないではありませんか」

宮脇助教授が嘲るように云うと、園田教授は上衣の内ポケットから部厚い封書を取り出した。

「証拠はこの夫人が君に出した手紙です。博士を殺害し、庶木家の財産を占有しようとする計画が綿々として述べられているんです……」


「それは簡単です。あの手紙を現場で焼いたり、破棄することは、それによって犯罪が発覚する不安が邦子夫人に多分にあったのです。といって身につけているわけにもゆかず。犯行後、とっさに部屋にあった封筒に入れ、宛名を東京の本邸宛にして投函したわけなのです。御承知のように、このあたりでは、郵便受箱はホテルにあるだけですからね」

園田教授はそう云って、ウイスキー・ソーダをぐっと一息に飲みほした。


それから間もなく、Gホテルのロビイに引き上げた園田教授は志柿課長に次のように語ってきかせた。

「この事件で、心理的にも授証的にも最も興味が深かったのは"K. S."の縫取りのあったイヴニング・ドレスです。邦子夫人は最初、これによって嫌疑を自分に指向し、それを逆転させて島津敏夫に犯行を転嫁しようとした。そうした駒をちゃんと配置しておいたのです。この点、類例の少い犯罪と申すべきでしょう」

「しかし、最後に証拠として提出された手紙ですが、あれがホテルの郵便受箱にはいっているのをどうして知ったのですか?」

青酸加里殺人事件

城戸・八坂両家系図（◉印は物故者）

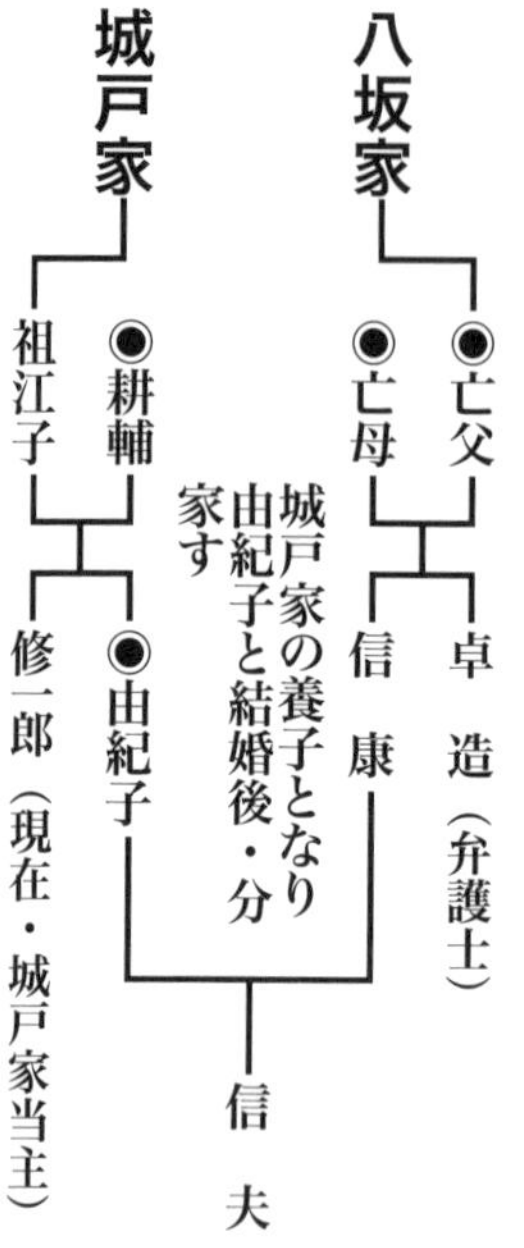

一、犯人自首

亜細亜写真工業株式会社社長、城戸信康といえば、誰しも想い起すのは、あの特徴のある猪首の猶太《ユダヤ》人的風貌であろう。四十代の若手の企業家としては、終戦後の実業界に特異な地歩を占めている。特に、養父の城戸耕輔が、B級戦犯者に指名され郷里J町の別邸に隠棲して脳溢血で急逝してからは、城戸一族の個人的な持株会社と噂された亜細亜写真工業株式会社の事業経営の一切を、その辣腕下に掌握し、経済界に牢固とした地歩を礎きあげる一方には、保守自由主義を標榜した「日本民本党」の政治資金供給者として、政界にも隠然たる勢力を扶植していたのである。まさに衝天の勢にあったといっても過言ではない。その彼——城戸信康が殺害されたのである！　しかも、なんという皮肉であろうか、その実権下にある亜細亜写真工業フィルム製造工場の職工長志村直次郎に射殺されたのだ——と、大略右のような要旨の電話報告を芥川検事が警視庁刑事部第一捜査課長の鹿村龍之介警視から受けたのは、うす寒い曇日の十二月×

日（土曜日）の午前十一時を僅かに過ぎた頃であった。

「それから、加害者の志村直次郎は、その場で逮捕され、ちょうど現場に居合せた城戸家の顧問弁護士の八坂卓造氏に附添われて、今朝の十時頃に警視庁に自首して来ました。といったわけで、ただ今は城戸邸で現場検証中なんですが――」

「うむ、では僕もすぐに現場に急行するつもりだが、事件をもう少し詳しく説明してくれたまえ」

検事は熱意のない句調で訊ねた。

「兇行時間は午前九時頃でした。被害者の城戸信康氏は、実兄にあたる八坂弁護士と応接間で対談中だったのですが、八坂弁護士が訴訟上の用件で、ある依頼者に電話をかける必要があり、そのため席をはずして電話室に行った。その僅かな隙に、庭園に侵入した志村が応接間の窓辺に忍び寄り矢庭に信康氏を狙って数発、連続して発砲したわけなのです。胸部に二弾、腹部に三弾が命中して、もちろん即死でした。一方、犯人は拳銃を射ち尽すと、そのまま逃げようともせず、ぼんやり立っていて、駈けつけた稲垣という書生に捕えられたわけです」

「ふむ、すると、犯人は抵抗しなかったのだね?」

「しなかったそうで。銃声に驚いて応接間に駈けつけた城戸修一郎氏――城戸本家の当主なのですが――それに、殺された信康の実子の城戸信夫、更に八坂弁護士に対しても、犯人は至極神妙に控えていて、『人を殺したからには死刑は覚悟しております』と、すべてを諦観したような平静な態度だったそうです。というのは、志村直次郎は城戸家の旧領地の生れで、前に庭番を勤めたことがある。それで同家の人々とも顔見知りだったわけです。それから、志村の兇行動機ですが、これは城戸家の本家と分家の葛藤に由来しているのではないかと考えられます。志村は、分家の城戸信康が本家の尊厳と権威を犯して、修一郎を押しのけ会社の実権を握った、それ故城戸家の家憲に違反した信康に制裁を加えたのだ――と自供しているんです」

「なるほど、お家騒動というわけか――」苦笑すると、芥川検事は電話を切って、机を隔てて向い合った園田郁雄教授をかえり見た。

「どうだね、つまらん事件だが、現場検証に行ってみないか?」

「そうだね、姪の結婚披露宴は今夜で、夕方まで別段用事もない身体だから――」教授は煙草に火を点けると、窓外の陰鬱な空をうかがうように見た。

園田郁雄教授は名古屋Q大医学部の法医学教授である。芥川検事とは高校以来の親友で、これまで検事に協力して犯罪捜査に携って迷宮的な難事件を解決した事例は二、三に止まらなかった。この日の朝も、夜行列車で上京し、飄然として検事を勤務先に訪れたところだったのである。

「――で、予備知識として亜細亜写真工業の内幕を簡単に説明してくれないか?」

「うむ」検事は気軽に頷くと、さめた渋茶をゴクリと飲みほした。

「あの会社は、終戦後、城戸信康によって民主的に改革されたと伝えられているが、実質的にはそれほどの改革が行われたかどうか、かなり疑わしいものがある。もとから個人経営的な色彩の濃い会社だったからね。沿革を云うと、大正末期、故城戸耕輔が資本金二十万円で工場を設立し、フィルム製造を開始したのが初まりだったが最初はコダックやアグファなどの優秀外国製品に太刀打ち出来なかったことは云うまでもなかろう。だが、満洲事変を転機として政治の実権を握った軍部の排外政策、その一環としての航空写真機、写真材料の国産化政策と、澎湃《ほうはい》として全国を風靡したカメラ熱とで風船玉のようにぐんぐん膨らんで急激に勃興したわけだったのだ。殊に太平洋戦争が勃発してからは、城戸信康が義父の懐刀となって軍部方面に根強く喰い入り会社の基盤を確立したというが、しかしこの点はたぶんの臆説がまじっているので真偽のほどは判らないがね」

「城戸信康が相当な(策謀家)だということは僕も聞いている。戦犯者のリストに載ってもいいような人物だと思うが――」

「うむ、僕もそう思っている。だが、耕輔が急逝するまでは、地位としては秘書課長にすぎなかったので、公職追放の基準に該当しなかったのだ。大体、城戸信康は、耕輔の娘、つまり本家の修一郎の姉の由紀子の婿となって分家してもらったのだから、低い地位に甘んじなければならなかったのだ。しかし、終戦後、会社が表面的にも民主的な機構改革を行うと、新重役会議で分家の信康が選挙され、一躍社長の地位にのし上ったわけで、もし当時本家の修一郎が帰国していれば、信康はやはり低い地位に満足しなければならなかったろうと思うね」

「帰国――?」教授が怪訝そうに呟くと、検事は深く頷いて、

「アメリカからだがね。修一郎は太平洋戦争勃発の直前に欧米写真工業界視察の途について、開戦当時はニュ

ーヨークに滞在していたのだ。それで戦争中に、抑留のキャンプ生活を送って、帰国したのはこの夏だった。伝聞によると、修一郎は工業大学の出身者で、企業家というより技術家タイプに属する人柄らしいよ」

説明に区切りをつけると、芥川検事は壁にかかった電気時計を見上げた。指針は既に十一時四十分を示していた。

「早目に弁当を喰って出かけるかね？　君の分は食堂からとりよせようか？」

「いや、握飯があるよ」教授は手提鞄を開きながら、「それから八坂弁護士のことだが、顧問弁護士となるからには城戸家と何か特別な関係があるように思えるね」

「うむ、八坂卓造は本姓はちがっているが、城戸信康の実兄で、公職追放者審査委員会の委員をしているそうだ。ところで、城戸家と八坂家――この封建的な因襲関係を説明しようかね？」検事は弁当を開くと、「城戸家というのは、禄高は少いが、武州辺の富裕な小大名の後裔でね。明治維新には幕府側に荷担したため栄爵は与えられなかったが、終戦前まで方三里にみたない旧領地の住民からは、城戸家は絶対不可侵の権威と看做されていた。住民にとっては、城戸家は已れの日輪でもあり、月辰でもあったのだね。だから、城戸家の家権を侵犯すれば、旧家臣の有力者をもって組織された秘密機関、一種のK・K・K団によって恐ろしいリンチ（私刑）が加えられる。それは公然の秘密で、終戦となるまでこの地域には警察権さえ及び得なかったのだ。その秘密機関長即ち最高裁判官であり、行政長官といった地位にあったのが維新前まで上席家老の職にあった八坂家なのだ。だから、八坂家は維新以来も今日まで城戸家の礎石となり大黒柱となって来たわけだ――と僕が土地事情に精通しているのは曾ってこの地方に赴任して調査したことがあるからだが――とにかく、八坂の卓造、信康の双生児兄弟といえば、子供の頃は『神童兄弟』と謳われた秀才で、兄の卓造は弁護士となって八坂家を嗣ぎ、弟の信康は殊に耕輔に気に入られ城戸家に貰われて成人し、後に娘の由紀子と配偶されることになったのだ」

「なるほど、――それで城戸・八坂両家の関係がはっきりしたが、同時にそうした因襲的な環境に育った加害者、志村直次郎の反民主主義的な思想背景も明瞭になるわけだね。つまり、志村は終戦後、旧態依然としていた亜細亜写真工業を民主的に改組した城戸信康の英断的な行為に越権的なものを感じて兇行を演じたことになるから——まったく伝統と環境の力は畏しいね」

園田教授が思わず嘆息した時に名刺を持った少女給仕が静かに部屋には入《い》って来た。

「御面会ですが……お名前は八坂卓造とおっしゃいます」

二、自然死

間もなく芥川検事の部屋に招じられた八坂卓造は、一見して弁護士と知れる、地味な服装をした四十七、八歳の中肉中背の男である。特徴的な才槌頭、猪首、はれぼったい眼瞼、……そのどれもが城戸信康の風貌を想起させずにはおかなかったが、この瓜二つの双生児兄弟の容貌の差異は卓造が鼻下に髭を貯え、黒眼鏡をかけているという点である。初対面の挨拶がすむと、芥川検事は園田教授を紹介して、改った口調になり、

「先ほどは御苦労でした。志村直次郎を警視庁に同行して下さったそうですが——」

「いや、お礼の言葉を頂戴しようとは思っておりません」八坂卓造は照臭さそうに膝の間にはさんだスネーク・ウッド製の洋杖の柄を撫でると、「実を云いますと、その志村の釈放方をお願いにあがったのですからね」

「釈放——??」

意外な申し出を受けて、眼を瞠った検事をジロリと一瞥した卓造は、ますます冷性な口調で、

「そうです。誠に申しにくい仕儀ですが……志村《あれ》は、もとは城戸家の庭番をしていた男で、最近耕輔氏未亡人祖江子刀自に会い、大分たきつけられた形跡がありましてな。主家おもいの生一本な男ですから、それで思わずカッとなって兇事をひき起したわけなんですよ」

「すると、兇行には指嗾者があるというお話なのですか？　しかし殺人犯人を釈放するとはちょっと常識では考えられませんね」

「御意見はごもっともです。ではこれを御覧下さらんでしょうか」

そう云うと、八坂卓造は、二つ折鞄を開いて、さり気なく一葉の紙片を机の上にとり出した。検事が手にとって見ると、それは城戸信康の死亡診断書だった。(註——別掲の死亡診断書参照)

「ふーむ、K大の二林博士の診断書ですね。外因死、つまり銃傷死ではなく、直接死因は脳溢血という診定に

なっていますが――」

「御覧の通りです。信康は志村に射たれる以前に脳溢血で死亡していたんです。二林博士は城戸家の主治医で、近所に住んでおられるので、事件が起るとすぐに電話でお呼びして、死体を診察していただきましたが、最初は

死亡診断書

氏名	城戸信康	男	年齢（数え年）	48歳
発病年月日	昭和21年5月　初旬			
死亡年月日	昭和21年11月×日　午前9時頃			
死亡の場所	東京都世田谷区N町889番地　城戸修一郎方			
死亡の種類	病　死			
死亡の原因	イ、直接死因	脳溢血	(イ)の継続期間	〜
	ロ、(イ)の原因	動脈硬化症	(ロ)の継続期間	6ヶ月

上記の通り診断する
昭和21年11月×日　　　K大附属病院内科
医学博士　二林旗太郎㊞

博士も志村の自供から銃傷死と考えられたのです。だが、精査すると、銃傷死にしては出血が少い。それで、従来信康が高血圧症に悩んでいた事実と併せ考えられて慎重に再診された結果、直接死因は脳溢血であって、銃傷は死因に全く関係がないと断定されたのです」

「では、警視庁に出頭された時、その旨を何故申し述べられなかったのですか？」

と検事は鋭く突っ込んだ。

「その時は、ただ銃傷死と考えられていたのですよ。二林博士が脳溢血死と診定されたのは、吾々が警視庁に出頭した後のことでした。だから、僕は銃傷死と信じていたのですが、警視庁を出て、弁護士会館に行き、信康の保険金受取りについて死亡診断書が必要でしたので城戸邸へ電話をかけてみました。ところが、博士は修一郎氏に脳溢血死という再診の結果を話して帰られたそうです。それで、証拠を確定する必要上、急遽K大病院に赴いて博士の診断書をいただき、こちらへお話に伺った次第なのです」

「そうでしたか、――いや、よく判りました。それでは現場検証死体解剖の結果、脳溢血死と確証されましたら、志村の法的処遇については大いに考慮することにし

ましょう。しかし、銃器携帯の罪はまぬがれませんね」

検事は一本釘を刺すように云うと、「どうですか、これから現場検証に参るのですが、御同行願って色々アドヴァイスして下さらんでしょうか？」

「さア、お役にたちますかな」八坂弁護士は気軽に頷いて立上った。

こうして検事局の大型車が虎の門から赤坂溜池の方角へ右折して現場に向った時である。黙念と煙草を喫っていた園田教授は、黒眼鏡をとって、レンズの曇りを拭きはじめた八坂弁護士に何気ない調子で話しかけた。

「余計なことを伺うようですが、今朝、信康氏とお会いになった御用件はなんでしたか？」

「ヨウケン？」と卓造は鸚鵡《おうむ》返しに何故かうつろな響を持たせた声音で呟いたが、「ああ、用件――というほどのことではありませんね。信康は最近、高血圧に悩んでいたので、事業界を引退してどこか閑静な土地に隠棲したい、ついては手頃な売別荘がないかという相談だったのだと思います。といっても僕の想像ですが――それについて、信康の気持を忖度《そんたく》しますとこうなるのではないかと思います。御存知かもしれませんが、信康は麹町に屋敷を持っていたのですが戦争中に焼け出されて本家の城戸邸に息子の信夫と住むようになりました。その後新築すれば出来たのですが、新築せずに祖江子刀自や修一郎氏と起居を共にして、感情的に祖江子刀自とますます疎隔するようになったのですよ」

「なるほど、その原因をどうお考えですか？」

「祖江子刀自は旧い因襲の殻の中で育った女ですから終戦後、独占禁止法などの法律が制定され、会社組織も民主的に改組しなければならない――ということが理解出来なかったのですね。新時代の潮流に棹さそうとする保守的な思想の持主なんです。耕輔が死去すれば、年齢は若いが、当主の修一郎が亜細亜写真工業の社長となるのが当然だ、と考えていたんです。ところが重役会議の結果は、分家の、しかも入聟にすぎない旧家臣の信康が社長に選ばれたわけです。ということは、城戸家の財産を横領しようとする信康の肚黒い陰謀なのだと、一図に考えたわけです。そうした誤解に耐えられず、信康は引退を決意したわけなのです」

卓造は血を分けた兄弟に対する同情を抑揚のない口調で説明した。

「信康氏の夫人は戦争中になくなったと聞きましたが――」

「そうです、由紀子夫人は、落下した高射砲弾の破片で重傷を負い、間もなく死去されたのです。夫人が死亡してから、信康は表面は事業に専心して、元気そうに見えましたが、精神的には深刻な打撃を受けていたのだと思いますね」

「信康氏が契約した保険金は――？　その指定受取人は誰なんですか？」

「三、四の生命保険会社と契約していたようですが、総計すれば二三百万円になるのではないかと思います。戦争中の契約は大したことはありませんが、終戦後、すすめられるままに加入した額が大きいようです。受取人の名儀はもちろん息子の信夫ですがね。しかしただ二十三歳の学生の身分ですから、城戸修一郎氏と僕が暫くの間後見することになっています」

三、点眼器

宏荘な城戸邸の応接間――壁際によせたソファ、厚い絨氈、がっしりしたテーブル、皮張椅子、そのどれにも古めかしい明治の匂いが泌みこんでいたが、その窓辺に凭れかかっていた鹿村警視は、気ぬけしたような態度で芥川検事の一行を出迎えたのであった。

「仏様は脳溢血だそうですよ。射たれる前に死んでいたというのですから、我々探偵犬の出る幕じゃありませんね」

その城戸信康の死体は、窓際の腕椅子に発見当時のままに置いてあった。死体は眼をみはっていて、ちょうど、志村直次郎に突きつけられた銃口を見、凝然とした一刹那を想わせたが、血の気の失せた唇のあたりには、既に死後強直が起って無気味に歯をむき出しており、「死強面は咬筋より始まり顔面筋に及び、次いで項筋、軀幹筋、上肢筋に及ぶ」というニステン氏法則を聯想させずにはおかなかった。

園田教授はまず、死体の上に身をかがめて検屍に余念がなかったが、やがて顔を上げると何故か惑乱気味の視線をだらりと垂れている死体の右手に注いだ。その拇指と中指は何かを挟み持っていたように硬直していたが、それから探ぐるような視線をあたりの床に馳せると、教授は死体が腰かけた腕椅子の下から一箇の硝子容器を拾い上げた。指紋を消さぬように、教授がハンカチにくるんで持ち上げた容器は、よく見ると、眼薬用の点眼器である。ゴムの栓をとって、静かに鼻に近づけると、教授はすぐにそれをテーブルの上の、灰皿の脇に置いた。灰皿には煙草の灰と二本のマッチの燃殻が入っていたが、それには眼もくれず、教授の模索するような視線は、部屋の隅の来客用の洗面台に注がれていた。というのは蛇口の栓が半ば開け放ったままになっていて、ちょろちょろ水が流れ出ていたからである。

「あの水道の栓は誰が開けたんですか?」

「さア、気付きませんでしたが」

鹿村警視が答えると、八坂卓造が口を入れた。

「そう云えば、銃声を聞いてこの部屋に駈けつけた時から水は出放しのままになっていましたよ」

頷くと、教授は洗面台に歩みよって、化粧棚に置いたゾリンゲン製の西洋剃刀を指さした。

「この剃刀も置いてありましたか?」

「そう——置いてありました」

「なるほど、すると信康氏は、この洗面台で顔を剃ったのですね。顔を剃った直後に死亡したとみえます」

教授と八坂弁護士がそのような会話を交している間、芥川検事は教授がテーブルの上に置いた点眼器に興味を惹かれて、ハンケチのままつまみ上げると、犬のように臭いを嗅いでみた。

「園田君、これはおかしい、妙な臭いがするじゃないか、苦扁桃油のような……」

しかし、教授はそれには答えず八坂弁護士に、

「信康氏は眼が悪かったのですね?」

卓造は頷いて、「といっても、眼病を患らっていたわけではありません。最近、殊に視力が減退してきたそうで、眼科医に眼薬を処方してもらって、毎朝点眼していたようです」

その返事を聞くと、教授ははじめて芥川検事をかえり見て云った。

「点眼器と西洋剃刀の指紋を調べさせてくれないかね。その点眼器の内容薬は眼薬ではなく、青酸加里液なんだから——」

「えッ青酸加里??」

「そうだ、芥川君。信康氏は脳溢血で仆れたのではない。青酸加里による中毒死なのだ。解剖すれば確定されるだろうが、涙腺から体内に吸収されたのだと思う。だから、外診だけでは、ちょっと判りにくい、専門の法医学者でも二林博士と同じような誤診を行うかもしれないのだ。というのは、微かな痕跡をとどめているだけだか

らね。しかし、血液試験を行えばきっとチアンメトヘモグロビンの存在を証明出来ると思うよ」

「では、状況はこういうことになるね。何者かが信康氏を毒殺する目的をもって点眼器に青酸加里溶液を入れておいた。信康氏はそれとは知らず、八坂弁護士が部屋を出てから、何気なく点眼して中毒死した。その直後に、志村がピストルを射ったということに……」

「うむ、表面的な事実から判断するとね」

教授は頷くと、沈思した面持でシガレット・ケースをとり出した。

四、西洋剃刀

毒殺事件――と決定すると、俄かに緊張した芥川検事は臨時訊問室として応接間の隣りの書斎を選びまず最初にS署に留置した志村直次郎を訊問することになった。

やがてS署捜査主任に伴われて部屋には入《い》って来た志村は、三十四五歳の小柄な眉毛の濃い、鋭い眼付きをした男であった。

「君は、城戸信康を狙撃した際に何か変った点に気付かなかったかね？」

「いえ、む、夢中でしたので、何も……」

「気付かなかったと云うのか？　落ちついてよく想い出したまえ」

「はい……庭に忍びこんで、ちょうど応接間の中を窓の外から覗きこみますと、眼の前に社長が坐っていて、じっと睨んでいたんです。さては見つかったか、と思うともう夢中になってピストルを射ったんです」

「点眼器を持っているのに気付かなかったか？」

「覚えていません。ああ、そういえば、煙草をくわえていて、それがピストルを射った反動でポロリと床に落ちたように覚えていますが……」

そこで訊問を打切ると、検事は再び志村をS署に連行させるように命じた。

「志村は妙なことを云っていたね、信康氏が煙草をくわえていたと」

検事が鹿村警視をかえり見ると警視は不審そうに、

「さア、吸殻には気付きませんでしたね。志村の思い違いではありませんか。応接室には、煙草入でさえ見当らなかった位ですから」

「多分そうだろう。いまのところ捜査の主点は『誰が点眼器の内容薬を変えたか』という点に置かれなければならないのだ。ということは、青酸加里の出所の検索に主力を結集することになるわけだがね」

検事がそう云った時に、鑑識課の技手が点眼器と西洋剃刀を手にして部屋には入《い》って来た。

「指紋を検出してみましたが、死体の指紋に一致しております。なお、点眼器中の青酸加里溶液は純粋度の非常に高いものでした」

技手が報告を終って部屋を出て行くと、入れ違いに八坂卓造が書斎の扉を半ば開けて、

「ちょっと、重大な発見をしたのですが……」と検事に話しかけて背後をふり返ると、「信夫君、怖れることはないのだから、自分の発見した顚末をはっきり申し述べるようにするんだね」

卓造にうながされて、部屋にはいって来たのは、信康の息子の信夫であった。色白の細面で、女のように華奢な身体を紺の学生服に押し包んでいる。検事の前に立つと、

「さっき写真暗室に行きましたところが、捜査の御参考になるような事実を発見したのですが……」

と、暗誦するように云って、助けを求めるように卓造をふり返った。

「写真暗室で――⁉」

検事が反問すると、卓造が説明した。

「暗室というのは修一郎氏が帰国されてから、納戸部屋を改造して設けたもので、それに写真用の薬品を置いた置戸棚があるんですが、その上に置いてあった青酸加里の壜の容量が先ほど、暗室に入ってみると非常に減っていたというのです」

「すると、点眼器の青酸加里は」

「誰かが暗室から盗み出したのではないかと考えられるのです」

「そうですか、では早速調べてみましょう」

検事が椅子から立上ると、園田教授は鋭く信夫を見て、

「暗室にはどういう用では入《い》ったのですか？」

「フィルム整理箱に父を撮した写真があったものですから……伯父さんが写真を引伸すようにおっしゃったんですよ」

「葬儀の準備もせにゃアならんですからね。信夫君に写真を四ツ切りに大きく伸ばしてもらおうと思ったわけです」

卓造も口を添えて云った。

「青酸加里はいつ、どこで手に入れたのです?」

「十日ほど前に、父の会社からです。でも、栓を開けずに、一度も使わないで置いたのですが……」

そして卓造と信夫が部屋を出て行くと、検事はすぐに、

「では、暗室を調べてみようか」

「いや、ちょっと待ちたまえ。その前に女中をよんでくれないか。一、二たしかめておきたい事柄があるんでね」

そうした園田教授の要求で、特に女中の青木小夜子が教授の喚問を受けることになった。小夜子は城戸家の旧領地の生れで、両親に早逝され、七、八年前から城戸邸に引取られて小まめに働いている二十二、三の娘である。彼女が怯えたような顔で部屋には入《い》って来ると、教授は穏やかな口調で、

「訊かれたことは、誰にも気がねをする必要がないから、正直に答えてくれないかね?」と切り出した。

「はい」

「まず訊きたいのは、今朝、銃声が起った時の家人の動勢なのだがね、君が見たままを云ってくれないか?」

「はい、でもわたくしは何も存じませんのです。台所で朝食の汚物を洗っておりましたから。でも、皆様は、御自分のお部屋にお出でになったと存じております」

「信康氏を除いた人たち——ということになるね」

「ええ、そうです。そして、書生の稲垣さんはお自分の部屋の窓から庭を見ていて、妙な人が応接間を覗きこんでいるのを見つけたのだそうです。おや、と思った時はもう遅くてピストルを射っていたそうで、夢中で庭に飛び降りて曲者を組み伏せたんだそうですわ」

教授はしばらくの間、煙草を喫っていたが、それから何気なく質問した。

「信康氏は顔を剃るのに、いつも応接間の洗面台を使っていたのかね?」

「いいえ、皆様は浴室の化粧台の方をお使いになりますけど……社長様は毎朝お顔をお剃りになる習慣がございまして、今朝もお湯をお持ちしました」

教授は鑑識技手が残していった西洋剃刀を手にとると、

「これは誰の持物かね?」

「誰の——と定まったものではございません。いつも浴室の化粧棚に置いてあるものですわ」

小夜子は剃刀に深い興味を喚び起されたらしかったが、それ以上は口を噤んで何も云わなかった。

「それから、君は信康氏が八坂弁護士と対談中にコー

ヒーを持っていったね？」

「はい、お持ちしました。部屋には入《い》ったときは、私の方には背を向けて煙草を喫っておられましたが、社長さまが『や、有難とう。そこへ置いて行きたまえ』とおっしゃったので、サイド・テーブル（側卓）に置いて台所に戻りました」

そこで教授は小夜子を訊問から解放した。彼女が立去ると、芥川検事は、

「剃刀に何か意味があるのかね？　信康氏は浴室と応接間の二ケ所で顔を剃ったことになるが、途中で応接間に場所を移して充分に剃り直したと思えば何でもないことだと思うがね」

「うむ、僕が不審に思うのは、その点だ。何故場所を変えたか、という点なんだよ」

園田教授はそう答えると、「では、次に写真暗室を調べることにしようか」

五、青酸加里

写真暗室は城戸修一郎が写真の研究を兼ねて設備したので、現像焼付、引伸、水洗の凡ゆる施設が完備していた。扉を開けると冷たい空気が澱み、酸っぱいような酸性ハイポーの臭いが感じられたがそれは水洗槽に置いたバット中に褐色に汚染した古液が放置されたままになっていたからである。薬品用の戸棚はその水洗台の反対側にあって、まるで薬屋の置戸棚のような観を呈していた。

紛失したという問題の青酸加里入りの壜はKCNと書いた貼札を貼って、戸棚の右側の隅に置いてあったが、二合壜位の容量である。

「三百グラム入りですが、三分の二程度が紛失しています」

鑑識技手が呟くように云って壜の指紋の検索に取りかかると、園田教授は所在なさそうに、焼付台に寄りかかった。見るともなしに視線を床の上に落すと、踏みにじられた一箇の煙草の吸殻が落ちていた。何気なく拾い上げると、プーンと甘酸っぱい刺すような臭いがする。

（……？）

しばらく考えていた教授は、内ポケットから褐色の封筒を取り出して、それを大切そうにしまいこんだが、その時、鹿村警視に伴われた城戸修一郎が暗室の入口に肩幅の広い姿を現わした。年齢は三十五、六、明るい格子縞模様のホームスパンの背広服を着ていたが、それが大柄の身体にぴたりと合っていた。まず、柔和な眼で扉口に立っている芥川検事を見ると、

「青酸加里が不足しているそうですが、それは二、三日前に僕が原板の減力に使ったのですから、盗まれたものではありませんか？」

「ほう、すると、二百グラムもお使いになったのですか？」

「いや、せいぜい三グラム程度です」

「では、やはり盗まれたものにちがいありませんな。貴方が使われたよりずっと多い量が紛失しているのですから――」

修一郎は一瞬、何か狼狽したような態度を見せた。しかし、去り気なくくわえた煙草の煙を吐き出した。と甘酸っぱい匂いが暗室の中にひろがっていった。その匂いを嗅ぐと教授は、

「ちょっと伺いますが、お喫いになっている煙草は一種特別な芳香を持っているようですね？」

と修一郎に質問した。

「ああこれですか、一本いかがですか？」

修一郎はシガレット・ケースを開くと、「これは秘密なのですが、トルコ葉とヴァージニア葉を混合して特別の香料を注いで醸した上で刻み、特漉のインデアン紙で手巻きにしたものです。内地産の黄色葉などと比べるとずっと冴えた美しい色を呈していて云うに云えない芳香がありましょう？　実はアメリカから帰国の際、種子を持ち帰って、庭の温室に試験的に栽培してみたものです。といっても大蔵省専売局の煙草課長は僕の同窓生で、事前に諒解を得ていますから、専売法違反にはなりませんからね」

と説明すると、修一郎は屈託のない微笑を泛べた。

「では、一本いただきましょう」

教授は手巻煙草に火を点けると、

「なるほど、柔かい、いい味です」

「煙草は嗜好品ですからね。これを喫うと『ピース』や『コロナ』などの泥臭い奴はちょっと喫えなくなってしまうんですよ」

「同感です。で、ちょっと伺っておきたいのですが、写真原板の減力にはわざわざ危険な青酸加里を使う必要がないのじゃありませんか?　ファーマー減力液、比例減力液、過硫酸アンモン減力液などで十分ではありませんか?」

「いや、同じ減力液といっても使用する場合でそれぞれちがった効果を狙うのです。例えば、イーストマンR4処方のファーマー氏減力液は露出過度の原板の減力に用い、R5処方の比例減力液は現像過度の原板の減力に使用しています。また、イーストマンR1処方の過硫酸アンモン液はコントラストの強い、どぎつい原板を和らげるのに使います。しかし、原板によっては逆に、現像カブリでハイライトのディテールが潰れて平調となったり、あるいはシャドーの部分が肉乗りしすぎて平調になるような場合があります。こんな原板の部分的な減力には青酸加里が銀塩を溶解する力が強いので写真専門家が賞用するわけで、実際使ってみて、予期以上の良結果を得ましたがね」

城戸修一郎は専門分野である写真の話になると眼を生々として輝かした。

「そうですか——ところで、御母堂の祖江子刀自にお目にかかりたいと思いますが……」

「しかし、今朝からのとりこみで大分神経を苛立たせているのですが……」

修一郎は何故か渋るような声音で応じた。

「いいえ、ちょっとの間、参考的に質問するだけです」

それから五分後——祖江子刀自は南側のおちついた感じのする和室で芥川検事の一行を面接した。花模様の絹布の敷布団に膝を折ってキチンと坐った彼女は、年齢は五十五から六十までの間に見られ鬼女の能面を想わせる意地悪気な皺を額に刻んでいた。

「信康が射ち殺されて、まったくいい気味だと思うよ」

祖江子刀自はまず修一郎に向って口を切った。検事の一行にはジロリと冷たい一瞥をくれただけだった。

「とにかく家来の分際をして眼をかけてやれば、いい気になって主家の財産を横領したんだからね。まったく憎らしい奴だよ。それだからわたしはコーヒーに毒薬を入れて飲ませてやろうと思ってね、写真の暗室から青酸加里を持って来ておいたんだよ。それ、新聞にも出ていたじゃないか、青酸加里とサッカリンは見た眼には区別しにくいッて——それでサッカリンに混ぜてコーヒーに入れてやれば信康にはわかりっこはないからね、お前……」

と検事等の環視の中で、祖江子刀自は平然として殺人意思を表明するのであった。修一郎はたまり兼たように刀自の言葉を遮切った。

「お母さん、滅多なことをおっしゃるものではありませんよ。さもないと……」

「いいや、お前、そう云うけどね、あたしは信康の眼薬の点眼器の中にごっそり青酸加里を入れておいたんだよ」

「えッ、点眼器に⁉」

修一郎はギョッとして口をつぐんだが、一息つくと、

「では、お母さんは、それを義兄の部屋に持って行ったんですか？」

「いいや、そこの違棚の上に置いたんだが、お前ちょっと見てくれないかえ？」

意外な事実の発見に芥川検事も鹿村警視も凝然として眼をみはるばかりだった。ただ一人、園田教授だけが違棚に歩み寄った修一郎の挙動に注意深い視線を注いでいた。

「お母さん置いてありませんよ」

陶製の唐獅子の置物などの間を調べていた修一郎が振り向くと、

「おかしいねえ、なくなるはずはないのだよ」

刀自は不審そうに眉を寄せたが、

「ま、いいよ。あとで、よく探してみよう。信康はピストルで射ち殺されてしまったし……」

刀自がそう呟いたときにぐいと前に、身を乗り出した芥川検事は厳然として、

「いや、信康氏は、青酸入りの眼薬で毒殺されたんですぞ！」

「えッ」と叫んだ刀自は一瞬紙のように顔を白くした。

検事はすかさず畳み込むようにして追求していった。

「点眼器に青酸加里を入れたのはいつでしたか？」

「さ、昨晩です」

「何時ごろでした？」

「八時ごろでしたろう」

「そして、違棚の上に置いたのですね？」

刀自は頷いた。

「すると、妙なことになりますね。我々は青酸入りの点眼器を現場で発見したのです」

「知りませんよ。わたしは点眼器を信康に手渡した覚えはないからね」

衝撃から立直ると、祖江子刀自は頑強に否定した。検事の探ぐるような鋭い眼と、矜持を傷けられた刀自の瞋《しん》恚《い》に燃えた眼は、しばらくの間、ぴったりと吸着していたが、その重苦しい沈黙を破ったのは園田教授である。

「昨夜、点眼器を違棚に置かれてからこの部屋には入《い》ったのはどういう方ですか？」

その声音には、慰撫するような暖い響きがあった。

「そうですね」刀自は考えるように口を切った。「昨晩寝る前に女中の小夜子が拭き掃除に参りました。でも、今朝は掃除前に騒ぎが起ったので、この部屋には朝食の仕度が出来た旨を知らせに参っただけで、部屋の中には、は入《い》っておりません。わたしが自分で床をあげて始末いたしました。あ、そう云えば、その時、たしかに違棚の上に置いてあったのを見たように覚えていますよ。すると、信康が持っていったのかしら——？」

祖江子刀自は再び蒼白な顔色となって、口籠った。

「では、今朝、信康氏はこの部屋に来られたわけですね？」

祖江子刀自が頷くと、修一郎が代って説明した。

「今朝の八時半ごろ——朝食を終ってから、私と信康と信夫君の三人で、この部屋に参りまして、母をまじえて一種の家庭会議を開いたのです。どうして、そのような相談会を開いたかと申しますと、それにはまずお恥かしい話ですが私の肉体上の欠陥をお打明けしなければなりません。というのは、僕は性的不能力者で、そのために今日まで独身を押し通してきたのですが義兄の信康は信夫を城戸家の嗣子として法的な手続きをとるようにと勧めたわけでした。僕には別に異存はありません。しかし母は言下に信康の提議を拒絶したので、十分もたたないうちに会議は気まずくお流れになってしまったのです。で、義兄は非常に落胆したようでした。私と信夫君は自分の部屋にひきとって、それから女中の知らせを受けて食堂に行ったのですが、義兄は訪れてきた八坂弁護士に逢うために応接室に参ったのです。八坂君は法律顧問として、会議に立会ってもらうはずでしたが、電車の都合が悪くて十分ほど遅れたのです。ですから、屋敷の門をは入《い》った時は、もう会議が終っていたというわけでした」

「すると、こういうことになりますな」芥川検事は青磁の灰皿に煙草をもみ消して、「信康氏自身が違棚から点眼器を持っていって、恐ろしい毒眼薬とは知らずに点眼して死んだのだと。この場合、祖江子刀自は直接手を下したわけではないが、明らかに殺人意志があったのですから、僕は断乎として起訴します。百の弁論も、千の弁論も弁駁する自信があります」と検事は竦み上らせるような鋭い視線を祖江子刀自に注いだが、「しかし、他の者が点眼器を持ち出したということも考えられます。それが確証されるまでは、一応身柄の拘束をさし控えましょう」

六、第二の惨劇

しかし、捜査はそのまま停頓して、芥川検事が斧鉞《ふえつ》を入れぬ千古の密林の中に踏み迷ったような、錯雑した表情を泛べて乃木坂の私邸に戻ったのは、その夜の九時過ぎであった。

長い間の習慣で在京中は検事邸に宿泊することになっている園田教授も、××会館で行われた姪の結婚披露宴から踵を接するようにして帰邸した。こうして、二人の親友は書斎の煖炉を前にした低いテーブルに向い合ったのである。

「ジョニーウォーカーの年代物だが、一杯どうかね？」

と教授に勧めてから、ウイスキー・グラスに並々と注いだのを一息にぐッと呷ると、アルコールに弱い検事は早くも眼のふちを桜色に染めていた。煙草に火を点けて、

「明日午前九時から警視庁で城戸信康の死体解剖を行うのだが、合憎く嘱託のR大の松尾博士が帰省中でね、それで鹿村警視から執刀を君にしてもらえないかという依頼を受けたのだが、どうだろうか？」

芳醇なウイスキーを味っていた教授は、それを聞くと微笑を泛べて、

「うむ、好都合だね、最初から解剖に立会せてもらおうと思っていた位だから――ところで、その後、何か、新しい発見はなかったかね？」

「何もない。死体が着ていた洋服のポケットにも何一つは入《い》っていないのだ。しかし、その後の家宅捜査で、暗室から紛失した青酸加里の残量が、百グラム余り、祖江子刀自の部屋から発見されたがね。と、いって、刀自を告発するには何か決定的な要因が欠けているように思えるのだ」

検事が憮然として云うと、教授も頷いた。

「至極、同感だね。だが、このような計画的な犯罪には、単純に祖江子刀自が犯人だと断定してかかるのは、

大いに危険だと思う。たとえば、城戸修一郎にしても、何くわぬ顔をしているが、信康に対する心中の不快さを、無意識的に言動に現わしている。また、信夫のような虚弱体質、女性的な体格者が、意外な変質者で、父親殺しの大罪を犯した事件に、僕はかかわりあったことがある。現在、嫌疑者の埒外にあるのは八坂卓造ただ一人ということになる。と云っても、彼が形而下に匿した実弟殺害の動機を持たないとは、誰も断言出来ないわけだ」

「では、君は事件関係者のすべてに嫌疑の矢を向けるつもりか?」

「いや、たとえば——と最初に断ったはずだ。真犯人に対する推定はついているのだが、電気椅子に送る決定的な物的証拠に欠けているんでね」

その翌日は朝から氷雨が降りしきっていたが、午前九時から、冷々とした警視庁の解剖室で、城戸信康の死体解剖が行われたのであった。

定刻前に執刀者の園田教授は芥川検事と連れ立って解剖室に姿を見せ、間もなく現われた立会の鹿村警視、八坂卓造弁護士等と朝の挨拶を交わした。解剖に先立って死体の心臓、肺臓から採取した血液の理化学試験が、鑑識課員の手で行われ、検体血液中にチアンメトヘモグロビンの存在を証明したので、青酸加里による毒殺であることは、いまは明瞭となっていた。それ故、解剖の主点は教授が言明したように、致死量の青酸溶液が点眼器により眼窩に点滴され、涙腺より体内に吸収されたか否かを解剖学的に決定するにあったといえる。だが、園田教授の執刀で行われた解剖の結果はまったく意外であった。涙腺は云うまでもなく鼻腔にも、口腔にも、胃内にも、全然青酸の痕跡を認めなかったのである。

解剖を終って、鹿村警視の案内で、桜田門を見下す二階の第一捜査課長室にはいると、芥川検事はまず、その疑問を口にのぼせた。

「青酸の痕跡が無いとすると、どういうことになるのだろうか、化学的な分解作用を起して、消失してしまったのだろうかね?」

園田教授は、ゆっくり紫烟を吐くと、「そうではない。というのは、点眼器の青酸で毒殺されたのではないからだ」

「点眼器ではない?」

と叫んだ検事はしばらく啞然とした面持で教授の顔を眺めていた。鹿村警視も、この予想外の事実を聞いて、口に咥えた煙草の灰が膝に落ちたのも気付かない様子だった。八坂弁護士も表面冷静にかまえながらも、内心では非常に驚いたらしく、洋杖を傍らに置いて黒眼鏡を外すと、ハンケチを取り出して、レンズの曇りを拭いはじめたのであった。

「では、毒殺方法は、一体どういうことになるんだ？胃内にも青酸の痕跡を認めない。とすると、嚥下したわけでもない。注射した跡もなかったのだろう？」

検事が嚙みつくように質問すると、教授は頷いて、内側の胸ポケットから褐色の封筒を取り出した。封を切って、ピンセットの先に摘み上げたのは、写真暗室で拾った例の煙草の吸殻だった。

「微かながら、甘酸っぱい匂いがするね。そうだ、この香りは嗅いだことがある。城戸修一郎の手巻煙草の匂いにちがいない」

検事が興味なさそうに云うと、教授は横に頭をふった。

「いや、ちがうよ。よく似ているが、あの手巻煙草の匂いはもっと上品で柔らかく、甘味も強かった。これはちょっと嗅いでも鼻粘膜を突きさすような刺々しい臭いがする。嘔吐を催おさせるような、ざらざらした刺戟性の厭な臭いだ。で、化学的な分析を行ってみた結果、火口の方には酒石酸、喫口の方には青酸加里が滲みこませてあって知らずに点火して喫煙すると、青化水素が発生する仕掛けになっている事実を確かめたのだ」

「すると、城戸信康はこの毒煙草で……？」

「そうだ。毒殺されたのだ」

この瞬間を境として、点眼器に向けられていた捜査は、すべて役に立たない一片の反古と化してしまったのである。

芥川検事も、鹿村警視も、しばらく惘然《ぼうぜん》として窓辺の篠懸《すずかけ》の病葉《わくらば》や、デスクの灰皿などに意味のない睇視《ていし》を注いでいた。

「うむ、では君の云う通りに、城戸信康が毒煙草で毒殺されたと仮定して考えてみよう。すると、吸殻は現場の応接間で発見されなければならない。にも拘らず、暗室内に落ちていたというのは、どうも不合理なように思えるがね」

ややあって、検事が迫るような語気で教授に反問した。

「いや、不合理な点はない。犯人が何等かの利益を意図して、暗室に移したのだからね。君は志村直次郎の供述を覚えているだろう？　ピストルの銃弾が命中した反動で口に咥えた煙草がポロリと床に落ちたという、あの供述をね――。

あの時までは、問題の煙草は確かに応接間の床の上に落ちていたはずだ」

「なるほど」検事は釈然として頷くと、思わずはたと手を打った。

「すると、信康殺害犯人は誰なんだ？　犯人は銃声に驚いて応接間に駈けつけた者の中にいるわけだ。うむ、わかる。子供にも解けるような簡単な問題だ。あの甘酸っぱい特有な匂いを持った手製煙草とそれと紛うような臭いを持った毒煙草。犯人は一家の者に特別な手製煙草を常用させていて、城戸信康毒殺の機会を狙っていたのだ。恐ろしい――まったく怖ろしく計画的な犯罪だ……」

呟くように云った検事は、その時はっとして口を噤んだ。というのは、八坂卓造が自分のシガレット・ケースから煙草を取り出し、唇に咥えて火を点けると、喘息のようにゴホン、ゴホンと咳いってその瞬間に顔色を鉛白色に変じてデスクに俯伏したからであった。ポロリと火の点いた煙草が床の上に落ちた。素早く踏み消したのは園田教授である。

「窓を開けて！　うむ、新鮮な空気を入れれば、充分恢復する。症状は軽微だからね。ちょっと意識を失っただけだよ」

教授が云い終らぬうちに、弁護士はやおら身を起して、息苦しそうに喘ぎながら、一同の顔を見廻した。

「し、失礼しました。どうも煙草の味が変だと思いましたが、耐えられない位に胸がむかむかして……」

「そうです。信康氏を毒殺した煙草と同種のものを喫煙されたのです」

教授は床から拾い上げた煙草の臭いを嗅ぎながら、

「これは城戸邸で手に入れたものでしょうね？」と次第に生気を顔面に漲らせた八坂卓造に質問した。

「はア、昨晩は遅くなりまして、城戸邸に泊りました。寝間は信康の居間でしたが、合憎くと煙草を切らしてしまいました。それで居間にあった煙草入から五、六本貰ってきたのでしたが、まったく不思議ですなア。ほかの手巻煙草は喫っても、何でもありませんでしたのに、最後に残ったそれが毒煙草だったのですから――」

「すると、毒煙草が一本まざっていたのですね」

教授が軽く合槌を打ったとき、卓上電話がジ、ジ……と鳴り響いた。うるさそうに受話機を取り上げた鹿村警視は、

「なんだ、用件は？　いまは会議中なんだがね……」

不機嫌な声音で怒鳴りこんだがその瞬間「なにッ！」と云ったなり、息を殺して電話報告を聞きはじめた。

「うむ、すぐに隣接各署に緊急手配をするように――」

そう命じて電話を切った警視は緊張した顔で一同を見廻した。

「第二の事件です。城戸信夫が毒煙草を喫って死んだというのです」

七、毒煙草

　学生服を着た城戸信夫は、自室の机に凭れかかったまま、絶命していたが、口に咥えていたのは、明らかに毒煙草であった。それは殆んど根元まで燃えつきていたが短くなった吸殻を唇をこじあけ、取り出して分析した結果は、やはり青酸加里を証明したのであった。また、机の上には「ピース」の箱があり七本の煙草が残っていたが、そのうちピースは一本だけで、他は全部甘酸っぱい芳香を持った例の手巻煙草だった。分析の結果、ピース以外の手巻煙草のすべては青酸混入の毒煙草であると判明した。


　芥川検事は一通り現場を調べ終ると、信夫の死体を発見した女中の青木小夜子を書斎に招致した。前日以来、既に訊問慣れのした小夜子は、はきはきした口調で要点を摑んで死体発見の顚末を、次のように供述したのである。

　この日は日曜日で、信夫はもちろん登校せず、朝食後はずっと自室にいて雑誌を読んだり、提出論文作製の下調べをしていた。九時すぎに、部屋の掃除に行った小夜子は、信夫から、

「煙草が切れてしまったのだが、叔父さん――城戸修一郎――から手巻煙草を貰ってきてくれないか」と頼まれた。

　それで彼女は修一郎の部屋に行った。

「信夫が煙草を？　宜しい、これを持って行きたまえ」

　修一郎がさし出したのは、二本しかは入《い》っていない「ピース」の箱だった。

「手巻煙草をいただきたいとおっしゃってましたけど――」

「そうか、だが、合憎くと、いまは持たせてやるのが無いのだよ」

　と云った修一郎の言葉を、小夜子は内心不審に思わず

にはおられなかった。何故なら、手巻きにした私製煙草がテーブルの煙草容器に一杯はいっていたからである。現に蓋が開いていて、それが実見出来るのだ。いつもなら、修一郎はその中から気軽に鷲摑みにして手渡してくれるのに、今朝に限って、一体どうしたわけなのだろう？　それに、修一郎は今までに買ったことのない「ピース」を所持しているのも不思議ではないか？　そうした疑問を心中に懐いた小夜子は廊下に出て、前夜八坂弁護士が寝泊りした信康の居間に煙草入が置いてあったのをフト思い出した。

（そうだわ、あの中に一杯は入《い》っていたのに――）

心中で呟くと、小夜子は自分の迂闊さがたまらなくおかしくなった。居間には入《い》って探すと、案の上、違棚の置物の後に煙草入が置いてあった。蓋を開けると、前夜弁護士が喫ったのだろう。本数は案外少くなっていたが、それでも五、六本は残っていた。しかし無いよりはましである。彼女はそれを「ピース」の箱の中に移して信夫のところに持っていった。

「ほう、『ピース』――を叔父さんがくれたのかい？」

信夫はピースを選ぶと、器用な手つきでライターの火を点けて一服した。

「そうして私は台所へ戻ったのでございます。それから十時半ごろでしたが、信夫さまのお部屋に箒を忘れたのを思い出しまして、参りまして、もうすっかり冷くなった信夫さまの亡骸を発見したのでございました」

小夜子はそう供述を結んで白いエプロンで涙を拭った。

小夜子が部屋を出て行くと、芥川検事は憮然として、

「あの娘は信夫を好いていたらしいね」

「うむ、それが天の配剤というものかもしれないよ」

かすかに頷くと、教授は聞えぬような低い呟きを洩らした。

「えッ、何を云ったのだ!!」

検事が不審そうに訊きかえした時であった。

鑑識課の技手が部屋には入《い》って来て、

「城戸修一郎の部屋にあった煙草容器中の手巻煙草を分析しました。その結果を御報告します」

検事が頷くと、技手は乾いた唇を舐めた。

「煙草は全部で五十一本ありました。それで一本々々化学試験を試みたのですが、そのうち、シェーンバイン反応、ベルリン青反応、ロダン反応、ニトロプルシッド反応を呈しましたのは僅か三本だけでした。

つまり、三本の煙草に青酸が泌みこませてありました。

それから巻紙に附着した指紋の検索の結果ですが、無害な煙草から城戸修一郎の指紋を検出しましたが、選りわけた三本の毒煙草からは、何も検出出来ませんでした」

「宜しい、修一郎の部屋に毒煙草が隠してあるのを発見すればよいのだ。鹿村君、修一郎を呼んでくれたまえ」

芥川検事は警視をふりかえってすべてを決したような声音で云った。

八、解決

朝から降りしきった氷雨は、いつの間にか水気をふくんだ牡丹雪に変って、窓からさしこむ半透明な乳色の光は、天井から吊り下った旧い型のシャンデリヤの黄色い光と入混って大詰の、緊迫した舞台となった書斎の隅々を隈なく照し出していた。それだけに、人々の顔には妙にしら気きったものが感じられたのも不思議ではなかった。

達磨のように目をむいた芥川検事は、園田教授と並んでテーブルに腰かけ、その右手の席には八坂弁護士が所在なさそうに、例によってスネーク・ウッドの洋杖の柄を撫で廻していた。

すべての手配がすんで、検事が入口に佇んでいた鹿村警視に合図すると、間もなく警視は屈託のない顔をした城戸修一郎を伴って戻って来た。

閾口から一歩、部屋の中に踏みこんだ修一郎は、異常な緊迫した雰囲気を感じたのであろう。一瞬明るい顔を曇らせて、逡巡するように立止った。

「こちらにおかけになって下さい」

検事は叮嚀な言葉で修一郎に云ったが、その語調には脊筋を凍らせる冷い命じるような響きがあった。

「何か御用だそうですね」

それでも彼は無理につくったギゴちない微笑を泛べながら、園田教授の向い側に腰をおろした。

「そうです。事件は解決しました」

検事はズバリと真向から浴びせるように云うと、ニヤリと物凄い微笑を泛べて「あなたの告白をもって、この事件に終止符を打ちたいと存じます」

「僕の告白で？　一体、何を告白すればいいんです？」

蒼白となった修一郎は反撥するように叫んだ。

「では伺いましょう。どういうわけで毒煙草を持っていたのですか？　家宅捜査によって我々はあなたの部屋から毒煙草を発見したのですぞ……」

「えッ、毒煙草を⁉」

修一郎は凝然として眼をみはった。それを尻眼にして検事は追求をつづけた。

「あくまでもしらをきるなら、こちらから申しましょうか⁉　信康氏の居間の煙草入に毒煙草を入れておいたのは誰ですか？　何も知らない信康氏はそれを喫って毒死したのですぞ。それればかりではなく、城戸信夫も、知らずにそれを喫って毒死したんです。八坂弁護士も危うく一命を落すところでした！」

修一郎はさながら、仮面をひきむしられた毒殺魔のように、息苦しそうに唇を噛んでいた。

「あなたは、亜細亜写真工業の実権を握った城戸信康を恨んでいたのだ。その上、志村直次郎のように祖江子刀自から執拗に殺人を教唆された。それに、信康、信夫の親子を殺害すれば、莫大な生命保険金が手にはいる。これこそ、何人も反駁し得ない完璧な殺人動機です。しかも、あなたの部屋から発見された煙草こそ、物的証拠としても決定的なものとなったのです」

芥川検事は鹿村警視にめくばせした。警視が背後から歩み寄って修一郎の肩を摑もうとした時である。

「待ちたまえ！」

鋭くとめたのは園田教授であった。そして、芥川検事に顔を向けると、

「芥川君、早まった断定をしてはいけない。君は修一郎氏の部屋に毒煙草があったことをもって、毒殺魔は修一郎氏だと早計に断定するが、それは謬った解釈なんだ。逆に考える――つまり、修一郎氏が何者かに毒殺されようとしたと考えてみたまえ。この方がずっと自然じゃないか？」

「うむ、しかし、証拠が……」

「証拠は修一郎氏の無罪を立証している。というのは、鑑識課の技手が検索した煙草だがね、あの五十一本の手巻煙草を調べた結果、指紋を検出しなかったのは、問題の三本の毒煙草だけで、そのほかの無害な煙草からは修一郎氏の指紋を検出したのだ。いいかね、三本の毒煙草だけに指紋が無かったということは、毒煙草は修一郎氏が手巻きにした煙草ではないということを立証するだろう。何者かが修一郎氏を毒殺するつもりで入れておいたものなのだ。そうした危険を察知したので、僕は昨日、祖江子刀自との会見後、修一郎氏にその旨を秘かに注意

して手巻煙草を喫煙しないようにしてもらったのだよ。その際数えた時には手製煙草の数は四十九本しかなかったのだから、後で何者かが毒煙草を加えておいたことは云うまでもなかろう」

「うむ」

検事は渋々と頷いた。教授は改めて、城戸修一郎や八坂弁護士の顔を見渡すと、

「さきほど、芥川君が云ったように、この奇怪な連続殺人事件もいよいよ終結点に達したと思われます。犯人は誰か——それを指摘するには、まず次のような事実に、深い考察をはらわなければならぬと存じます。

すなわち、終戦後、衝天の勢にあった新鋭企業家の城戸信康氏が、突然、事業界を引退するというような弱気を何故起したか？　この点がこの事件で、第一に解決しなければならない謎ではないかと考えるのです。猶太人のような強靱な粘り強さを持った信康氏が、あっけ無く事業界を引退するとは、どうしても常識では考えられません。したがって、これは自発的なものではなく、外部から強要されたものにちがいない。祖江子刀自などの反信康的な言動によるものではなく、もっと強い力によって引退を強請されたのだと私には考えられたのです。そして、昨夜、姪の結婚披露宴に列席しましたところ、好都合なことには、新郎の父君というのが公職追放者審査委員会の委員で、近く公表される第×次公職追放者のリスト中に城戸信康氏の名がある旨を特に、教示してくれたのです」

と云った園田教授は、やおら煙草に火を点けると、ゆっくり八坂卓造に鋭く視線を向けた。

「この事実を何故黙っていたのですか？」

「僕が⁇　冗談を云わんで下さい。どうして知っているものですか！」

「御存知ない⁇　それは不思議ですね。八坂卓造氏は、私の姪の義父と同様、公職追放者審査委員会の委員だと承りましたが、委員が知らないはずはないでしょう？　決定委員会には、あなたも列席していたと姪の義父は申していましたがね。御存知ないところをみると、あなたは八坂卓造氏ではない偽の八坂卓造ということになりますよ」

「な、何を云うんです！」立上った八坂卓造は烈しい怒りに頬をピクピク痙攣させた。

「出放題の出鱈目を云うにもほどがあります」

「いや、お言葉には痛み入ります。それでは、あなた

の罪状を逐一申し述べましょうか――」

　園田教授は無意識に胸ポケットにはさんだハンカチの位置を直すと、渋味のある声調でつづけた。

「あなたは、事件の前夜、祖江子刀自と同様に、写真暗室から青酸加里を盗み出したのです。そして毒煙草を作って、殺害の準備を整えた。あなたも、祖江子刀自も、それぞれ百グラム位を持ち出したのですからね。その結果、翌朝、君は計画通りに毒殺の目的を達したのです。特に兇器として『毒煙草』を選んで使用したのは、匂いの紛らわしい手巻煙草を常用している城戸修一郎氏に殺人の嫌疑を指向しようとしたからだが、それでも足りずに、毒煙草の吸殻を暗室に遺棄しておいた。これは技巧としては余りにも小細工に堕したと云うべきだった。更に御叮嚀にも、捜査当局の眼を惑乱させるトリックとして、祖江子刀自の部屋から青酸入りの点眼器を盗み出し、これを死体の傍らに投げ出しておいた。もちろん、祖江子刀自にも嫌疑をかけようという下心だったのだ。

　――で、君が予定した犯行の最後の仕上げを云えば、城戸修一郎氏を毒煙草で殺害しておいてから我々に対して、『毒殺犯人は修一郎で、犯行の暴露を恐れて自殺したのだ』と供述し、毒殺の罪を転嫁して、知らぬ顔の半兵衛をきめこもうというにあったのだ。しかし、君にとっては思いがけない計画の蹉跌が起った。それは君の計画にとって、かけがえのない信夫君の不慮の死だ。君が隠しておいたつもりの毒煙草を女中が持ち出したために、信夫君は何も知らずに喫煙して死んだ。ということはまったく天の配剤で、君自身が手にかけて殺したのと同じ結果になったのだ」

「ふん、囈語《うわごと》を！　何ということを云うのだ」

「それでは囈語かどうか、白い黒いをつけようかね？　君の持っているスネーク・ウッドの洋杖の柄をはずしてみたまえ。その空洞の中には暗室から盗み出した青酸加里が塡まっているはずだ。それに鏡を見たらどうかね。君が余りに喚くものだから、鼻下の附髭がいまにも落ちそうだよ。僕は君の変装を看破っているのだ。八坂卓造――ではなくて、実は城戸信康なのだよ。君の正体は――」

×　×

　城戸信康が毒殺犯人として鹿村警視に連行されて行ってから、しばらくして、城戸修一郎はダンヒル製のシガレット・ケースを取り出して、園田教授に感謝するような口吻で云った。

「一本いかがですか？　御注意がなければ、今ごろは毒煙草を喫んで冷たくなっていたかもしれませんでした。いただいた『ピース』を喫っていましたが、やはり喫いなれた手巻の方が舌になれてうまいようです」

教授は頷くと、手巻煙草に火を点けて、

「とにかく、あの信康は、冷血な先天的な犯罪者といっていいでしょう。自分が毒殺されたような狂言を演じたところなどは、あの、『グリーン殺人事件』の狂女アダの所業を想わせますからね」

「一体、真相はどういう点にあるんだ？　僕はさっぱり判らないが……」

芥川検事はなおも五里霧中を彷徨しているような表情だった。

「では、簡単に説明しよう。信康は公職追放者のリストに自分の名前が載っているのを、兄の八坂卓造から聞くと、すぐにこの恐ろしい犯罪計画をたてたのだ。

兄を殺し、自分がその身代りとなり、更に修一郎氏を殺害する。そうすれば、否応なしに城戸家の全財産はわが子の信夫が相続することになる。そして、八坂卓造が信夫の後見人となって、城戸家の財産を掌握することになるからだ。

この計画を助長したのは、まず卓造、信康の兄弟が双生児で、容貌が他人に見分けのつかないほどに酷似していることだった。余りにもよく以ているために、卓造は鼻下に髭を貯えたわけだったのだ。しかも、似ているのは、肢体容貌だけではなく、指紋が全然同一だったのだね。指紋が同一だということは極めて稀有な例で、そういう一致は殆どないと考えられている。しかし双生児兄弟の場合はそれほど珍らしい例ではないのだ。

こうして、計画は実行に移された。あの朝、訪れて来た卓造に毒煙草を与えて、殺害したわけだが、ちょうどその直後に、女中の青木小夜子が応接間にコーヒーを持って行ったのだ。

しかし、絶命した卓造は、背中を向けて坐っていたので、彼女は何も気付かず、部屋を出て行ってしまった。この時、信康は内心北叟笑《ほくそえ》んだにちがいない。直ちに、服装を取り替え、八坂卓造の髭を剃り落し、あたかも自分が殺されたかのように見せかけ、信康自身は、用意しておいた附髭をつけ、卓造の黒眼鏡をかけて電話室に行ったのだ」

「なるほど、それで犯行の手順がはっきりした。その後、志村直次郎が狙撃したわけだから、彼には殺人の罪はないことになるね」

「いや、志村は信康の共犯者なのだ。といっても信康に命ぜられたままを行ったにすぎないが、報酬を約束されて、あの狙撃事件の一幕を演じて見せたのだ。もちろん捜査の眼を惑乱させようとした狂言以外の意味はないけれどもね。同じようなことは、故意に脳溢血などと診断したK大の二林博士にもいえるだろう。博士は信康に買収されていたんだよ」

「ふーむ、まったく、聞けば聞くほど、犯人の抜目なさに開いた口がふさがらん思いがするね」

「そうだ、実際、犯人は頭がいい。しかし、二つの点に重大な錯誤を犯しているんだ。

その一つは、現場の応接間に煙草入を置き忘れたことだ。灰皿には煙草を喫った形跡があるのに、煙草入が置いてなかったのだ。これは不合理極まる話で、死体のポケットにもシガレット・ケースが入《い》っていなかったのだから、対談していた相手から毒煙草を与えられたのだろうとは、誰にもすぐに推量出来る事実だったのだ。

第二には、信夫の不慮の毒死で、最初、僕は彼も共犯者ではないか、父の信康の犯行を援助したのではないかと疑った。それで、毒煙草については注意を与えておかなかったのだが、結局、ああした結果になったところをみると、信夫は共犯ではなかったと考えられるね」

「うむ、明察だ、鹿村警視からの電話では、信康はすっかり観念して犯行を自白したが、信夫の共犯の点については頑強に否定したそうだった。とにかく、死者に鞭うつ必要はないからね」

芥川検事は腕時計を見て立上ると、柄にもなくお世辞をふりまいた。

「では、そろそろ引き上げるとして——八坂卓造氏に変装した城戸信康は、祖江子刀自や修一郎氏に対して、反民主主義的だと勝手な熱を吹いていましたが、それはまったく逆なことを云っていたわけで、修一郎氏の今後の御活躍を期待しましょうかね」

「お言葉には痛みいります」

修一郎は面映ゆそうに応えると、微笑している園田教授に顔を向けた。

「さきほどから、拝聴いたしましたお話では、最初から真犯人の正体を看破っておられたように拝察しましたが、それには何か特別な理由がおありだったのですか？」

園田教授は検事につづいて立上って、

「いや、特別な理由などはありませんでした。実は最初、偽弁護士の城戸信康に検事局で会いました。その時、一緒に自動車に同乗して現場に向ったのですが、弁護士が黒眼鏡を外してレンズを拭いているのに気付いたのです。それは鏡面の反射を利用して、曲った附髭の位置を整えていたわけだったのです」

神の死骸

近代の傷ましい悩からぬけいでて
純なる小鳥の心にたちかえれよ
——北原白秋

一　強盗殺人

王維の詩に、「花枝動かんと欲して春風寒し」という句があるが、その早春のある日曜日の午後——園田郁雄教授は、芥川検事と連れ立って多摩川河畔の癌腫研究所を訪れた。というのは所長の青池正三博士が奇怪な変死をとげたという知らせを受けたからである。

青池博士は、その研究業績については毀誉褒貶《きよほうへん》定まらず、似非《えせ》学者と酷評する者もあった。もと陸軍省医事課の癌腫研究部主任で、R医科大学の放射線療法研究室の主任教授をも兼ねていたが、終戦後、私費を投じて癌腫研究所を設立し、恵まれた研究の日々をおくっていたのである。

「鹿村課長の報告では兇行現場は研究所の所長室だが、秘蔵していたラジウムが盗まれていた点から単純な強盗殺人事件と推定している。その意味ではまア陳腐な事件だね」

と芥川検事は最初から熱意のない態度であったが、園田教授はむしろ、深い興味をそそられたらしく、

「しかし、現場を検分しない限り軽々しい断定を下すべきではないと思う。といっても僕の直観にすぎないのだが——ところで、家族は？」

「まず、博士夫人だね。隆子という名で、年齢は三十二、云うまでもなく後添に貰われた女だ。そのほかには赤井俊子というオールド・ミスが同居している。夫人の実姉で、口喧《くちやかま》しい女らしいが、病身で臥《ふせ》っているそうだ。それに死体を発見した研究助手の宍戸達郎と岩井くめという女中。しかし、女中はちょうど帰省していて事件には関係ないがね」

二　奇怪な事実

　癌腫研究所の正門をはいると、正面に空色の塗装をほどこした木造平家建の建物があり左手の深い木立のなかに博士邸の本邸が隠見していた。研究所の石の階段を上ると、玄関のすぐ右側が応接室で、その向側が惨劇現場の所長室になっていた。

　応接室で検事と園田教授を出迎えた鹿村捜査課長は、すぐに椅子から立上って、

「それでは早速、御検屍を願いましょうか」

と、うながされるままに、教授は所長室にはいって行った。

　その部屋は三方の壁に書架が嵌めこまれ、書斎と事務室を兼ねたものらしかった。中庭に面した側にフランス窓（観音開扉）があり、死体はその右手の張出窓に接して置かれた机の傍らに仰向けに仆れていた。咽喉部に力まかせに突き刺したようなむごたらしい傷痕があって、おびただしい出血がリノリューム張りの床に凄惨な血の池をつくっていた。教授は仔細に傷口を調べると、

「硬直状態から推して、絶命後二時間以内というところだが……」

「すると、兇行時間は午後三時以降ということになるね」

と、検事は改めて室内を見渡したが、机の横に据えた金庫を指さすと、

「あの中にラジウムがはいっていたのだ。なるほど、扉が開いている。鹿村君、指紋の検出は――？」

「試みましたが、検出できませんでした。そのラジウムというのは目方は僅か三グラムにすぎんものですが、時価に見積れば数千万円の価値があるそうです」

「それから兇器は――？」

「最初は煖炉の上の銃架にかけてあった猟銃ではないかと考えたのですが、発射された形跡がなく、死体の傷痕とも一致しません。それで邸内の捜索を命じたのですが、血塗れになった煖炉の火掻棒が、ちょうどこの部屋のそと側の花壇の中に遺棄してありました」

　そう云って、鹿村課長はフランス窓をあけて中庭の芝生におり立った。その右手の花壇の軟い土の上に一本の火掻棒が落ちていたのである。

　その間、園田教授はなおも死体を熱心に調べていた。

検事と課長が中庭から戻って来ると、

「芥川君、さっきは死体の創傷に対する所見を述べなかったが、ようやく確信がついたから述べさせてくれたまえ。というのは、創傷の法医学的な鑑別は先入見を絶対に排除しなければならないのだが、やはり既定観念に惑されてしまったのだよ。そのために創縁に残された輪状の挫創を見のがしてしまい、切創と誤認してしまったのだが……」

「その点は問題ないと思うね。鹿村君も火掻棒を発見しているんだから」

検事は慰めるように云った。すると、教授は苦笑して、

「君、あの火掻棒は犯人の児戯に類する瞞着手段なんだよ。事実は銃器による兇行なんだ」

「えッ」

検事も鹿村課長も二の句が告げずに呆然と佇立しているのを見ながら、教授は初めて自分の疑念を明らかにした。

「切創ではなく溝状銃創であると確信をもって断定できるのだが、しかし銃器の種類については明言できない。そして、何よりも不思議な事実は比較的浅い創管底に残留しているはずの弾丸が見当らないことだ。もちろん、ぬき取った形跡は毫末《ごうまつ》もない。芥川君、この奇怪な弾丸消失の奇蹟をどう解くかね？」

三　怪しい男

意外な検屍の結果に鹿村課長は直ちに必要な指令を命じてから、改めて死体発見までの経緯《いきさつ》を物語った。

この日は日曜日で、研究所には通勤する所員の姿もなく、朝から閑散としていたのである。ただ青池博士と、博士邸に起居している宍戸助手の二人が平常と変らず研究室にこもっていた。殊に、博士は太平洋学術会議に提出する論文作製のため厖大《ぼうだい》な研究資料の整理に忙殺されていた。昼頃に一たん本邸にもどり、隆子夫人と昼食をともにしたが、再び一時頃から所長室にもどって研究に没頭していたのである。しかし、宍戸助手は博士のいいつけでR医科大学図書館に赴いたので、午後の場合は、研究所には青池博士がただ一人、しかも研究所の扉や窓はいずれも固く閉鎖されていて、中庭に面した所長室のフランス窓が出入できる唯一の扉だったたという。

ところが、午後二時半頃、村山幸次という男が博士を

訪ねてきたという新事実が鹿村課長によって明らかにされたのである。

「……この村山という男は本郷方面のアパートに暮らしている独身者で、年齢は二十七、八才位、シベリヤ帰りの復員者で無職——ということになっていますが、薬品ブローカーをしているらしいと、隆子夫人が申し述べております。昨年の秋頃から度々博士を訪ねて来るようになったので、夫人も別段に怪しむことなく村山を所長室に案内しました。しかし、村山は間もなく辞去したらしいのです。三時頃に、ちょうどR医科大学図書館から帰邸の途中にあった宍戸助手が偶然にT駅で村山の姿を見かけておりますから」

「すると、村山は帰りには本邸に立寄らなかったわけだね」

「そうです。有力な容疑者として足取りを追究しておりますが、未だ本郷のアパートに戻ったという報告に接しておりません」

「なるほど、場合によっては逮捕状を申請してもいいが、まだ容疑は幾分薄弱だね」

検事はじっと考えこんだ。鹿村課長は頷いて、

「とにかく、その直後に帰邸した宍戸助手が死体を発見しているのですから、再尋問の手初めに宍戸を招致してみましょう。何が手掛りが得られるかもしれませんから」

四　癌の研究

宍戸達郎は別に臆した色もなく芥川検事の前に立った。色の白い秀才型の青年で、柔かい頭髪を無雑作にうしろに撫でつけていた。

「君はT駅で村山を見かけたそうだが、挙動に不審な点を感じなかったかね？」

「さきほどもお話ししたのですが、電車に乗る姿を一瞥しただけで、呼びとめて話し合ったわけではないんです。でも、態度に腑に落ちない点が——そうですね、なんと云っていいのか、いつもと違って落つきが欠けていたように思いました」

「君はその足で、まっすぐに所長室に行ったのだね？」

「ええ、そして青池先生の死体を発見したのです。時間は三時十五分だったと思います」

「そのとき、室内に何か変ったところがなかったか

ね？」

宍戸は小首をかしげると、

「そうですね。変ったところと云えば――今朝、青池先生は猟銃の手入れをして机の脇に立てかけておいたのです。それがちゃんと銃架にかけてあった点ですが、しかし先生が御自身でもとへ戻したのかもしれません」

「銃声を聞いたかね？」

「いや、聞きません。その頃はまだ帰邸していなかったからだと思います。しかし、先生の奥さんは、いつも三時頃にコーヒーを持って来られる習慣だったので、あるいは耳にされたかもしれません」

そうした問答が行われている間、園田教授は、青池博士が執筆した英文の研究論文に目を通していた。論文のテーマは、

"A study of irritant chemicals that cause cancer"

とタイプしてあった。教授は宍戸助手に顔を向けると、

「これは青池博士の最近の研究テーマだろうね？」

「そうです。その研究は例えば、砒素や亜砒酸などの砒素化合物の慢性中毒に胃癌の症状が現れる、また、アニリン色素中毒でも膀胱や尿道に水癌ようの腫瘍が出来る、一酸化炭素やクローム酸塩中毒の場合も肺水腫が誘発される――といったように、化学薬品の中毒症状と癌腫の症状とを比較研究したものなのです。そして、この研究の究極の目的はアメリカのナイトロジェン・マスタードのような癌腫治療薬を創製することと、恐ろしい癌腫の予防という方面にも新しい分野を拓こうとしたのです」

五　小切手

「頼母《たのも》しい青年だね。頭脳も緻密だし、研究に情念をもっているようだ。立派な大学の研究室にいれば、将来は大成するだろうと思う」

宍戸を去らせると、園田教授は述懐するように云って煙草に火を点けた。

「終戦直後、自殺した陸軍省の医事課長の息子だそうです。そうしたわけでみなし子となった宍戸を青池博士がひきとって世話してきたのだそうですよ」

と、鹿村課長も大きく紫煙をはいたときである。私服刑事に伴われた隆子夫人が静かにはいってきた。細いすんなりとした肢体を地味な和服に包み、整った顔容には

どこかしら冷い理智を感じさせたが、また反面には支那焼きの花瓶を見るような蠱惑《こわく》さがあった。

検事は特に丁重な弔意を述べてから、

「実は、御主人は何者かに射殺された事実が判明しましたので、二、三補足的な質問をお許し願う所なのですが……」

「でも、わたしは村山さんの訪問を取次いだ以外にこちらには一度も参りませんでした。いつもは三時に、コーヒーを持って参ることになっておりましたが、病臥中の姉が気分が悪いと申しましたので、それも今日は忘れてしまっていたくらいでございます」

「しかし、銃声をお聞きになったと思いますがね」

「いいえ、聞かなかったように覚えております」

夫人は、はっきりと答えた。

「村山を所長室に取次いだ時の模様をお話し下さい」

「村山は二時半頃に訪れて参りました。日曜日なので、自邸にいると思って訪ねてきたと申しておりました。それで、研究所の方に案内してさし上げたのですが、わたしはすぐに研究所から戻りましたので、主人との間にどんな話が交されたか、少しも存じておりません。でも、主人は村山に小切手を与えたのではないかと推量しておりますわ」

「小切手？」

「額面は十五万円の自由支払小切手でございます。昨日の朝、主人が取引銀行に連絡しておりましたので存じております。薬品を購入する代金なのだそうですけど……」

六　弾丸なき殺人

「結局、夫人からも大したものが得られなかったね。次は病気だという赤井俊子の訊問だが、これも期待が持てそうもないな」

検事ががっかりした身振りで床にすてた吸殻を踏みにじった時であった。慌しい足音がして一人の私服刑事が駈けこんできた。

「課長、村山幸次を緊急逮捕しました。本郷のアパートに立寄り、身廻品をスーツ・ケースにつめて、高飛びしようとする所を逮捕したんです。青池博士の振出した小切手と、――それから妙なものを所持していました。これなんですが……」

刑事が鹿村課長にさし出したのは猟銃の十二番径用の紙薬莢だった。発射ずみの空の薬莢で、英国カーチス・ハーヴェイ会社の印がはいっている。

課長からそれを受取った園田教授は、しばらくの間熱心に調べていた。

「この薬莢は数回装弾して使用したもので、最近にも装薬して発射した形跡がある」

と、沈思した面持で云った教授は、検事をうながすと、再び所長室にはいっていった。そして戸棚に置いてあった弾鞄を調べると、

「見たまえ、この中にはいっているのは、いずれも射《うち》殻《がら》ばかりで実包は一個もない。しかし、村山が所持していた薬莢と同じ会社の製品ばかりなんだ。これは偶然の一致だろうか?」

「もちろん、村山の奴が盗み出したものだろうと思うね」

「いや、そういう意味で云ったのでない。僕の云うのは全部が射殻ばかりで装弾された実包が一個もないということなんだ。それから、どこを調べても装塡すべき実弾がない。弾鞄の中には紙薬莢に弾丸を詰替える器具が全部揃っている。火薬もある、雷管も。送りも、発火金もある。しかし、弾がないのは、いったい、どういうわけだろう?」

そう云って教授は拡大鏡で村山の所持していた薬莢の底部を調べた。

「いいかね、芥川君、こういう古い紙薬莢を鑑識する場合、雷管上に残された撃針の跡が不明火器の構造を決定する最も重要な因子になるのだ。もちろん、精密な顕微鏡検査によるべきだが、拡大鏡でもほぼ銃器の特徴を摑むことができると思う。ところで、この薬筒だが、これは博士の弾鞄中の空薬筒の雷管に残された跡と全然同一のものだと云ってよい。ということは、博士の所持した猟銃に装塡されて発射されたことを意味するわけだ」

「しかし、青池博士の猟銃には最近使用された形跡がなかったじゃないか」

「それは銃身の内部に燃焼した火薬の残滓が認められなかったから、そう考えたのだが、村山の所持していた薬筒内部の火薬の残滓は発射後数時間以内であることを物語っているのだ。しかし、残滓の可視的変化は定型的ではなく、また特有のものではないから確信をもっては云えないがね」

「なるほど——すると、青池博士の猟銃は、犯人が使

用後、銃身を洗滌しておいた結論になるね。結局、加害者が猟銃で博士を殺害したという事実が証明されたわけだ。しかし、あの銃創の創管底に弾丸が発見されなかった奇怪な事実をどう解くんだね？」

「それは、最初から弾丸がなかったと考えればいいのだ」

「弾丸がない？」

唖然とする検事に教授は微笑しながら註釈を加えた。

「外国の例証だが、銃身に水を満して短銃自殺をとげた者がある。それと同じ理窟なんだ。つまり、空包を装塡し、銃身に水を満たして、その水がこぼれないように銃口に薄い紙を貼っておく。簡単なメカニズムだよ。それで十分に装弾に匹敵する効力を発揮したわけなんだからね」

七　秘密倉庫

再び応接室に戻り、猟銃と薬莢を警視庁の銃器専門家の下に送って鑑定を依頼すると、鹿村課長は村山幸次の連行を命じた。

やがて検事の前に着席した村山は、周囲の人々の注視を浴びて面映ゆそうに顔を伏せたが、

「顔をあげたまえ。君が村山幸次だね？」

そう云われると、彼はむしろ昂然として顔を上げた。

「君は高飛びしようとしていたそうだが、もはや逃れぬ所と観念したろうね？　男らしくすべてを自白した方が心が軽くなると思うのだが……」

「お言葉ですが、身に覚えのないことは申しあげられません」

「身に覚えがない？　とは云わせぬつもりだよ。君は青池博士の署名した小切手を所持していた。盗んだラジウムはどこへ匿したのだね？」

「盗《と》らないものは匿しようがないじゃありませんか？　小切手は――小切手は博士から貰ったものです」

検事の鋭い追求に村山はキッと唇をかんでいたが、やがて蒼白な顔をあげると、

「何もかも申しあげます。小切手は所長室で青池博士から直接に貰ったもので、それは前からの約束だったのですから、決してやましい気持はありません……」

と、村山は次のように陳述したのである。

――村山がシベリヤから復員したのは昨年の十月だっ

たという。御他聞に洩れない一文無し。そこで青池博士をたよって細々ながら薬品のブローカーをはじめたのだが、最近、小さくても一軒家をもって身をかためて商売をはじめては——という博士の好意で売りに出ていた某薬局を買い取る手筈になった。その手付金が十五万円だったのである。

「小切手を用意しておくから日曜日に取りに来たまえ」

博士から電話を受けた村山は飛び立つような思いで研究所を訪れ小切手を受取ったが、

「しばらく待っておれば地下倉庫から例の物を出してやろう」

という博士の言葉に応接室で待つことにしたのであった。

研究所の秘密の地下倉庫——そこには時価数億円の医薬品が隠退蔵されていたのである。博士は右の事実については、隆子夫人にも口を緘して語らず絶対的な秘密を守ってきたのだが、そうした莫大な医薬品が隠退蔵されたのは、云うまでもなく、あの終戦直後の混乱期であるにちがいない。しかし、村山も当時の事情を博士の口から詳しく聞く機会には恵れなかった。

青池博士が癌腫研究の泰斗《たいと》と目されながら一方に悪評も流布されているのは、あるいはこうした事実に根拠があったのかもしれないのである。

八　先妻の子

「応接室にはいってから、君はどうしたんだ?」

検事は更に質問を続けた。村山は漸く平静な態度に帰って、

「眠ってしまったんですよ。待っているうちに十分か二十分、居眠ってしまって、何かの物音でフト眼をさましたのです。そして、何気なく所長室に戻って博士の死体を発見したわけで、しばらくは呆然と佇んでいました。そのうち、意識が次第にはっきりしてきて、もし現場で人に見られ殺人の嫌疑を受けたら、どう申し開きができるだろう?　そう考えるとただもう恐ろしくて、無我夢中で自分のアパートに逃げ帰ったのです。酒に酔っぱらったようで、どういう道順で帰ったか、その記憶すらない位なんです」

「しかし、それを証明する者があるかね。もっともらしい嘘を云っても駄目だよ。君のポケットにはいってい

た薬莢をどう説明するつもりだ？」

検事は遂に相手の図星を突いたのだ。村山は殆ど絶望の色を浮かべて喪心したように身動きもしなかった。ところが、急に蒼ざめきった顔に生気を蘇らすと、

「そうです。思い出しました。僕が死体を発見した時です。隆子夫人が逃げるように中庭を突っきって本邸の方へ行くのを見ました。夫人は僕を憎くんでいるにちがいありません。だから、博士を殺害して応接室でうたたねをしている僕のポケットに空の薬莢を入れ、僕を無実の罪に陥れようとしたんです」

「冗談を云うな。夫人が赤の他人の君を憎むような理由があってたまるものか！」

たまりかねて、検事が一喝した。すると、村山は絶望的な身振りをしながら、

「こうなったからには、何もかも申しあげます。……僕は青池博士の息子なんです。死んだ博士の先妻の子なんですよ」

九　女装

それは全く予期しない意外な事実だった。青池博士は戦争中に現在の隆子夫人と結婚するため長い間連れそった先妻を離別したのである。しかし、先妻は離別に際して、子供を自分の方に引取ることを条件とした。それで幸次は村山姓を名のったのだが、間もなく応召して満洲に派遣され、昨秋漸く復員した。その間に母親は病死していたので、隆子夫人には内緒で博士の世語を受けたというのである。

「それは、父の隆子夫人に対する気がねからなんですが、近頃では夫人も僕の素状を見ぬいてしまったようです。それで、あんな芝居をうったのではないでしょうか。……それに、父は隆子夫人の姦計を看破って離婚しようとしていました。一時的にも夫人の色香にまよって、私の母を離別したことを、最近では深く後悔しはじめていたのです。父は根は善良ないい人間だったのですよ。それにひきかえ、隆子夫人は――あの淫婦は情夫をひきいれ、父の眼を盗んで邪恋に狂っていたんです」

「ふむ、邪恋に狂っていた――というと？」

「それは、あの赤井俊子という女です。あの女が夫人の姉というのは、真赤な嘘なんですよ。あれは、男です！　夫人の情夫で、赤井俊二という奴です」

「なに？　男？」

「そうですよ。隆子夫人の情夫で、三文芝居の女形《おやま》をしていた奴です。その証拠は――あいつを裸にして調べてみれば、一目瞭然でしょう。夫人と結託して父を殺し、僕をも罪に陥れようとしたんです」

村山幸次の意外な供述が、それが事実として確認されたのは、それから半時間を出ない後であった。

赤井俊子が男であった！　この余りにも思いがけない暴露が、芥川検事の推理の根底を土台から覆してしまったのである。

十　真犯人

それから三十分後――隆子夫人と赤井俊二の二人が、片唾を呑む検事の前にひき据えられた。夫人は白蠟のような顔を伏せ、赤井も悄然として俯向いていた。

「もはや弁解の余地はありますまい」

検事は呵責のない厳しい態度で切り出した。すると夫人は嘲けるような微笑を泛べて、

「もちろん、おっしゃる通りですわ。私達の関係は卒直に認めます。ですけど、私達が共謀の犯人などとは、とんでもない濡衣ですわ。そんな根も葉もない供述をした村山こそ夫を殺した真犯人にちがいありません」

「根拠があっておっしゃるんですか？」

「ええ、確かに――お聞き下さいませ、こうなんですわ。先刻は申し上げませんでしたが、私は村山を案内してから、もう一度研究所にお茶を持って参りました。その時、夫の死体を発見しました。見ると、死体の傍らに猟銃が投げ出されていて、銃身はまだ熱い位だったのです。とっさに私は、村山が夫を殺害したのだと思いました。卑怯にも猟銃を使って内部の者の犯行のように企んだのだと直感しました。それで銃身を洗滌して銃架にかけ、火搔棒に血を塗って花壇に投げ捨てて本邸に戻ったのです。村山の腹黒い計画の裏をかいてやったのですわ」

その陳述が真実ならば、再び局面は顚倒しなければならなかった。

夫人等の共犯か？　村山の犯行か？

遂に、検事にはそのいずれとも訳することが出来なかった。

二人を看視つきで本邸に戻すと、検事は深い溜息を洩して、

「それにしても、なんという汚れた破廉恥な奴等ばかりだろう。策謀と狡猾と裏切り――混乱した世相の縮図だね。彼等よりは、まだ肥溜に蠢《うごめ》く蛆虫の方がましだろう」

と吐き出すように云ったが、

「園田君、……君はどう思うのか？　犯人は村山か、それとも隆子夫人か？」

しかし、教授はすぐには答えなかった。やがて、厳粛な、というよりは悲愴な視線を検事に向けて、

「そうだね。たしかに君の云うように、意志のない蛆虫の方が幸福かもしれない。彼等は平気で糞尿を喰って生きているが、人間にはそれが出来ないのだよ」と暗然としたが、「それでは、逮捕状を申請するんだね。被疑者の名は宍戸達郎として……」

十一　告白

予期しない犯人の名を告げられ、命を受けた刑事が宍戸の部屋に踏み込んだ時は既に遅かった。彼の亡魂は一通の遺書を残して遠く天涯の彼方に飛び去っていたのである。安らかな死顔だった。その服毒死体を簡単に調べ終ると、園田教授は遺書の封を切った――。


取急ぎ書き残しておきます。

既に察知されたように青池博士を殺害したのは私です。理由は「憎悪」――この一語に尽きるのです。もちろん、博士はあの終戦時の混乱に乗じて陸軍倉庫から莫大な医薬品や麻薬類を盗み出し、右の事実を知った私の父（陸軍省医事課長）を毒害したのです。しかし、私は眼には眼をもって酬いる狭い復讐心から博士を殺害したのではありません。

次に詳しく事情を申し述べることに致します。

私は、あの悪夢のような戦争末期には、R医科大学に在学し、青池博士――陸軍省医事課の癌腫研究部主

任とも兼職していました——の教授に学んでおりましたが、いわゆる学鷲となり、前線に赴き、特攻隊の一員に加えられました。そして幾度か戦地に赴き、不思議にも生き永らえて終戦になったのです。父は、私の復員前に、表面は自殺ということになっておりましたが、怪死をとげていました。身寄りのない私は、父の殺害者とは知らずに、旧師である青池博士の門を叩き、研究助手となったのです。

×

私は博士の高邁《こうまい》な人格を信頼し、尊敬もしていました。それればかりではありません。理想的な研究所をもち、美しい妻にかしずかれた青池博士こそ、私にとっては暗澹たる暗雲を貫く一条の光と見えたのです。生きてゆく人生の、たった一つの光明でもあり、指標でもあったのです。

それは何故か——とお尋ねになるなら、再び筆を復員当時に戻さなければなりません。私が復員船から祖国再建の明るい希望をもって荒廃した国土に一歩を印した時、そうです、その時私が見たものは何でしたろうか？　ああ、それこそは見るも忌しい地獄図絵でした。肥溜の蛆虫が人間の皮をかぶって目的もなく、意志もなく、理想もなくモジョモジョうごめき、ひしめきあっている姿だったのです。祖国再建は空念仏《からねんぶつ》なのか。政治的経済的な危機をいかに切りぬけるのか。我々はいかにして生きてゆけばいいのか。しかし、そこには混乱があるばかりでした。むしろ、戦争中にこそ、ハッキリ生きてゆく目標があったのです。勿論、死ぬことです——それがいかに無謀なことであったにせよ。しかし、死に損って帰った私は、いったい、どうして生きてゆけばいいのか。なぜ生きなければならないのだろうか？　私は、そうした懐疑と煩悶の中に漸く一道の光明を認めたのです。それが青池博士だったわけです。

×

二月、三月——と、楽しい研究の日々が過ぎ去って行きました。ところが、何という幻滅が訪れたのでしょうか。

癌腫研究の泰斗、医学博士青池正三！　——その仮面を剝けば、陋劣な似非学者、殺人犯人、横領の罪人にすぎなかったのです。花も羞らう隆子夫人は淫蕩な毒の花、村山幸次は麻薬密売常習者だったのです。

ああ、最後にすがりついた唯一の光の家も策謀、狡猾、不信以外の何ものもなく、屍臭を放つ神の死骸にすぎなかったのです。

光は永遠に消えてしまいました。そして自分の精神にも、肉体にも激しい脱落感が襲ってきたのです。私は奈落の底に叩き落されてしまったのです。

ああ、誰も彼もがこんなにしてまで生きなければならないのか。生きることが罪悪なのか。罪悪なくては生きてゆけないのだろうか。

その瞬間に瞋恚《しんい》の炎がメラメラと身内に燃え上ったのです。青池を殺せ、と神の声が命じたように思いました。私は聖なる神の意志に従い、青池博士に天譴《てんけん》を加える決心をしたのです。

×

その機会が遂に来ました。私がR医大から帰邸したのは午後二時五十分でした。そしてその朝装弾しておいた猟銃を銃架から外し、博士を射殺したのです。胸を狙ったのが外れて咽喉部に命中しました。その時中庭から隆子夫人が来るのが見えたのです。私は、いつもより早い夫人の来室に慌てて射殻だけ抜き取り、猟銃を投げ出したまま応接室に隠れたのです。すると、そこに意外にも村山が居睡っていました。

当初、私は隆子夫人に殺人の罪を転嫁する計画でしたが、村山を見て計画を変更し、彼のポケットに射殻薬莢を辷りこませておいたのです。しかも、隆子夫人は銃身を洗滌し、火掻棒を花壇に遺棄したので、私は嫌疑の圏外に立つことになったのです。そして、夫人が所長室を出ると同時に、わざと大きな物音を立てて村山を起し自分は物蔭に身を潜めていました。案の上村山は死体を発見して、脱兎のように逃げて行きました。それから金庫を開き、ラジウムを天井のカーテン巻上箱の中に匿したのです。

そして、時間を見計ってから本邸に赴いて私は夫人に死体発見の旨を告げ、捜査官にはT駅で村山の姿を瞥見した旨を告げて村山に嫌疑を指向し、自分自身のアリバイを確立したのです。

さて、私の告白はこれで終ります。最後に自分の冷たい屍にハイネの詩の一節を捧げることをお許し下さい。

闇のわが世にひとたびは

楽しき翳《かげ》の輝きぬ。
それだに今は消えはてて、
夜こそ、つつめ、
ただわれを――。

宍戸達郎

園田教授は遺書を読み終ると、丁寧に折りたたんでそっと死体の上に置いた。

「芥川君、宍戸のような青年の精神は稚く脆いものなんだね。だから、偶像なしでは生きて行けなかったのだ。青池博士は彼にとっての偶像だった。その偶像が破壊された狂的な絶望が、この悲劇を生んだわけなのだ」

しかし、窓のそとの枯木の彼方には、この世の人間の悲劇など素知らぬげに月光が白じろと光っていた。

青鬚の密室（改稿版）

一　密室殺人

「青鬚《ブルー・ベアード》」という言葉は、色魔殺人鬼の別名《エーリアス》である。金持で、青鬚の男が六人の妻を殺害し、密室に匿しておいたところ、七人目の妻に発見されて、彼女の兄弟に殺されるというフランスの童話からこの語源は由来している。

稀代の色魔殺人鬼だったというフランスのアンリ・デジレ・ランドリューの事件は第一次世界大戦の末期に起った事件だったが由来戦争は大犯罪の母胎となる。わが国でも終戦後の犯罪夥多は常軌を逸したものであったが、例の小平義雄事件のごときは青鬚事件の一典型であろう。だが、ここに述べる事件は青鬚事件としては最も特異なものだったのである。——

×

繁華街D坂上にある鉄筋コンクリート三階建の赤間産婦人科病院は、院長の赤間幸太郎博士がG医科大学の産科医長を兼職し産科学・月経学《エンメノロジイ》の泰斗として知られていたので、その朝、芥川検事が卓上受話機を置いて、

「知っているね、あの赤間博士を？　病院で殺害されたという報告なんだが……」

「ほう、赤間博士が殺された？」

園田郁雄教授が内心に油然とした好奇心を湧き立たせたようだった。

「何者かに射殺されたのだ。詳細は現場できくが、死体は午前六時半頃、酒寄良江という看護婦が発見した。兇行現場は院長室で、二階の長廊下の南側、応接室とレントゲン室の中間にあって、長廊下を隔てて手術室と向い合っている部屋だそうだ。……博士の死体が発見される十分ほど前までその手術室では急死した子宮外姙娠患者の手術——いや、死因を確定するための局所解剖が行われたのだが、赤間博士はその解剖に立会って院長室に戻った。その直後に酒寄看護婦がコーヒーを持って行っ

て死体を発見したわけだ」

「死体解剖の執刀者は——?」

「副院長兼外科医長の那須文三博士だったという」

「うむ——で、兇器は発見されたのか?」

「死体の傍らに遺棄してあったそうだが、米国コルト会社製の八連発、三十二口径（七ミリ六五）の自働拳銃だった。もちろん、指紋は検出されないが……」

×

園田教授と芥川検事が連れ立って現場の赤間産婦人科病院に到着したときには、捜査一課の鹿村警部が先着して、既に活潑な捜査活動が開始されていた。

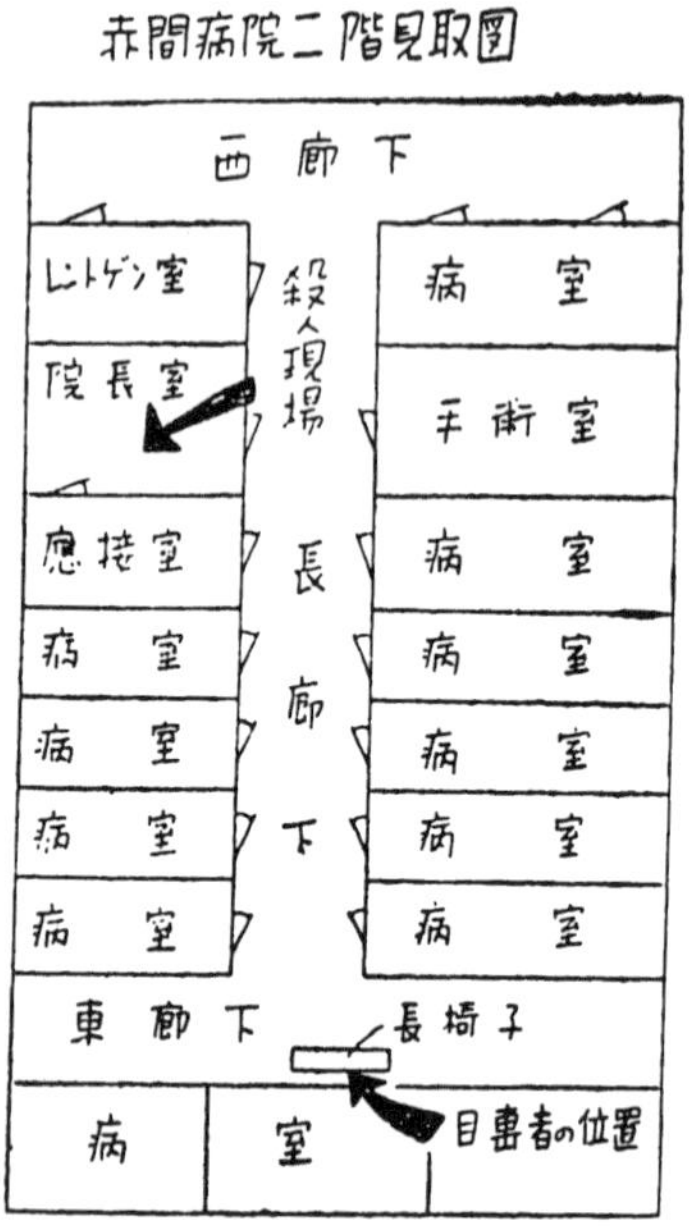

病院の正面玄関をはじめ各出入口には制服巡査が配置され、ものものしい雰囲気が三層楼の建物、全体に張っている感じだった。しかし、玄関の広廊の階段下には、花壺を肩に支えた女の裸身像が置いてあって一抹の和やかさをただよわせている。

その階段を上って、同じような部屋が並んだ二階の長廊下を行くと、やがてその中ほどに院長応接室があり、そこではちょうど鹿村警部が一人の男を訊問しているところだった。少しく頭髪に胡麻塩をまじえた恰幅のよい、どこか人を惹きつけるような魅力を持った中年男だったが、警部は検事の姿を認めると、

「副院長の那須博士です」と簡単に紹介して、

「——で、赤間博士は病院に寝泊りされていたとおっしゃるんですな?」

と、視線を那須博士に戻して、質問をつづけた。

「戦争中に麻布の屋敷が焼失してから、ずっとそうされていたわけです。病院アパートの鰥夫《やもめ》暮しもなかなか風流でいいな、などと冗談を云われて、郷里に疎開した豊子夫人とはずっと別居生活をつづけられていたのです。その院長の身の廻りの世話をしたのが、死体を発見した見習看護婦の酒寄良江なのですといっても院長は一人三

役というのでしょうか、G医科大学の産科医長のほかに最近は厚生省の優生学委員会の委員を兼任されたので、夜間以外には殆んど病院には居られず、私が院長代理として経営の衝に当ってきたのです」

「婦人患者の死体解剖を行ったそうですね？」

「今朝行いました。――昨夜十時過ぎでしたが、大島常子という、既に極度の貧血状態に陥った二十歳前後の婦人患者が入院したのです。診察しますと、もはや縡切《こときれ》ていて、腹部には波動が著明に認められました。念のため、ダグラス窩に穿刺を行ってみますと、ドス黒い血液が出てきて、これで急性の喇叭《ラッパ》管妊娠の破裂と診断したのですが、附添の母親が、

――先生、喇叭管妊娠といいますと、やはり妊娠でしょうか、この娘はまだ結婚しておりませんのですが……。

という意外な話です。そう云われると、診断はもちろん、外診だけですから解剖しなければ確定し得ない問題です。何かほかに病因があって腹腔内に出血をきたし、そのため死亡したのかもしれないと考えましたので、

――それでは、死亡診断書を書くためにもお腹を開いて見せていただきたいのですが……。

そう申しますと、大概の人は解剖を拒否するのが常例ですが、その母親は気丈な人で、しかも医学に深い理解を示してくれて、こころよく解剖を承諾してくれたのです。しかし、納棺の都合があるから明朝までに解剖をすませてもらいたいという意嚮《いこう》でした。そうしたわけで、赤間院長が解剖に立会われ、私が執刀したのですが、局所解剖の結果、やはり、死因は喇叭管の破裂と確定して、院長は院長室にもどられ、私は解剖後の処置をすませて、器具のとりかたづけを看護婦の波貝秋子に命じて自室に帰りました。ところが、部屋に戻るとすぐに波貝看護婦が血相を変えて、

――院長先生が大変です！

と知らせてきました。そこで、びっくりして、院長室に駈けつけたわけだったのです」

「そのときの死体所見はどうでしたか？」

「そうですね。まだ、体温は十分残っていましたから、絶命直後だと思いました」

「そうですか、それで結構です」

那須副院長が黙礼して部屋を出て行くと、鹿村警部は大きく背伸びをして、

「これで大体、事実関係者の訊問をすませました。ところが妙なんです。こんな奇怪な事件は初めてですね。

というのは、犯人が兇行後、煙のように院長室から消え失せてしまったんです」

「犯人が消えてしまった――? まさか幽霊でもあるまいし……」

芥川検事が冷笑気味に云うと、警部は糞真面目な顔付をして、

「いや、冗談でもなんでもないんです。まアこんなわけですからお聞き下さい。――この病院の各部屋は厚いコンクリートの壁で隔絶されているので、誰一人銃声を聞いた者がありません。それは無理もないわけですが、犯人が兇行後、幽霊のように院長室から消失してしまったことは、絶対的に間違いのない事実なんです。御覧の通り、この院長応接室と院長室の間には境扉がありますが、院長室側から錠が下りて、鍵は赤間院長の手術衣のポケットにはいっておりました。中庭に開いた窓もピッタリ閉って内部からカケガネが下りております。ですから、出入口といえば、長廊下に面した扉がたった一つあるだけなんですが、赤間院長が入室してから、その扉口を長廊下からずっと見ていた者があったのです。

それは解剖された女の母親と附添の男で、この二人は死体解剖の終るのを待っていてすべてを目撃したわけですが、その位置は――詳しく申しますと、長廊下の突きあたりのところです。大体長廊下は西廊下と東廊下をエ型に結び、天井には五メートル毎に百ワット電球がついていて、端から端までをハッキリ見透すことが出来ました。目撃者たちは、長廊下のはずれで、東廊下の突きあたりに置かれた長椅子に腰を下ろしていて、死体解剖が終った六時二十分に手術室の扉が開いて、純白の手術衣、手術帽をかぶった赤間院長が真向いの自分の部屋にはいって行くのをはっきり認めたのです。彼らの証言によると、それから二、三分してから副院長の那須博士が手術室を出て西廊下に姿を消したことになります。それから間もなく酒寄看護婦が階下から現れ彼等の前を通って院長室の扉を開けると同時に悲鳴をあげて卒倒したのです。それで山村徹男という附添の男が現場に駈けつけ院長室の開いた扉の外から中を覗きこんで赤間博士の死体を発見したのですが、山村は部屋にはいりませんでした。つづいて駈けつけた看護婦たちも、おたがいに気味悪がって顔を見合せているだけでした。やがて知らせを受けた那須副院長が室内にはいって赤間院長の絶命を確かめたのですが、部屋には博士の死体があっただけです。酒寄看護婦も、山村徹男も院長室には誰も居なかったし、ま

た部屋から誰一人出てきた者はないと証言しています。つまり、院長室で待伏せて院長を射殺した後、加害者はまるで煙のように部屋から姿を消してしまったわけです……」

二　浮彫《レリーフ》の謎

鹿村警部から事情を聴取した芥川検事はそれから園田教授を促して隣室の院長室にはいって行った。

赤間院長は窓際の小卓の傍らに俯伏せに倒れ、左胸の弾痕から流れ出した鮮血がリノリューム張りの床に気味悪い血溜りを作っている。

園田教授は膝まずいて死体を調べると、

「解剖しないと確定的には云えないが、死後数時間というところだろう」

「数時間？　では、死亡時間をはっきり云えないのかね？」

検事が不審げにきくと、教授は頷いて、

「うむ、外見だけでの断定は難しいのだ。というのは、赤間博士は糖尿病に罹《かか》っていた徴候群が認められる。しかも、サッカリンを常用した形跡もある。血液中にサッカリンが過剰だと、死体強直が意外に早く来るものなんだ」

そう云って、教授は改めて室内に吟味するような視線を馳せたのだった。

部屋の一隅には鉄製の寝台が据えてある。長廊下に面した壁際には産科学関係の文献や書籍がギッシリつまった書棚、寝台の上方は硝子戸棚で、インテルルプチン、モルヒネ、サビナ油、水銀などの薬剤のはいった壜が並んでいる。そして炉棚には胎芽から成熟児に至る胎児、蒟蒻《こんにゃく》のような浸軟児、カサカサに乾燥した木乃伊《ミイラ》変生児、煎餅を思わせる紙状胎児……などといったグロテスクなアルコール漬けの標本が置いてあった。

「あの標本は産婦の腹を裂いて取り出したものだろうね。およそ気味の悪いものだが……

『青鬚の密室』という言葉がピッタリ来るじゃないか、この部屋には――」

一種の鬼気がそくそく迫ってくる感じだった。しかし、園田教授は黙々として部屋の内部を調べていた。境扉、窓、壁、床、天井……と凡ゆる箇所を仔細に点検してから、

「完全な密室殺人事件だね。通風孔、秘密の出入扉、機械装置といったものは全然ないわけだ――」

教授は部屋の中に佇んでちょっと思案するとそれから窓際の小卓に歩みよった。その上には石膏の浮彫《レリーフ》が置いてあった。希臘《ギリシャ》か羅馬《ローマ》の遺跡から発掘した浮彫《レリーフ》を模造したものらしく、二人の女の間に薄衣をまとった女が苦痛の表情を浮べて胡座している図柄だった。

「水でも浴びている図だろうか」

芥川検事がいぶかしげに訊くと、教授は煙草に火を点けて、

「いや、これは一八八七年に羅馬で発見された『ヴィーナスの玉座』という浮彫《レリーフ》なんだ。普通にはヴィーナスの誕生を現した図と云われているものだ。もちろん、異論がある。大体、ヴィーナスの誕生図には必ず、泡立つ海波や貝殻の表現が見られるのだが、この浮彫《レリーフ》にはそうした類型的な表現が全然見当らない。しかも、ヴィーナスは衣裳をまとい、両側の侍女らしい女は布片をかかげて、彼女の下半身を覆いかくしているし、裸体表現を好んだ希臘時代の彫像とは思えない節が多分にあるわけなんだ」

「ではヴィーナスの誕生図でないとすると――」

「侍女の介添を受けて膝位分娩をする女人像だという説が最近起っている。膝位や座位の分娩は希臘時代にも行われた形跡があるんだ。ホーマーの頌歌《イリアッド》の中にも、追れ人Lotoが分娩に際してデロス島で椰子樹にしがみつき草を足で踏みつけたという一節がある。パサニアスの風土記中にも、AugeがEileithyiaという所で跪いて男子を産んだという記述がある位だ。それである独逸《ドイツ》の医学者は『ヴィーナスの玉座』は、安産の女神となったAugeに奉納された彫刻だと大胆な意見も発表したが、もちろん確然たる根拠があるわけではない。しかし、少くとも赤間博士は、この図を膝位分娩図と信じて模作させたものだろうと思うね。ところで、問題はこの浮彫《レリーフ》の置き方なんだ。博士は浮彫《レリーフ》を観賞しているところを不意に射殺されたものなのだが、その立っていた位置からは図柄が逆になっているのだ。さかさまにして観賞するなんて考えられない事実なんだが……」

「別に意味はないだろう」

検事は事も無げに云ったが、しかし、教授はじっと沈思した面持だった。

三　推　理

やがて、園田教授は結論を得たようなしっかりした口調で、

「大体、この事件の機構《からくり》がおぼろげに判るような気がする。芥川君、まず赤間博士の死体をよくみたまえ。手術衣を着ているが頭にかぶった手術帽をどこへやったのだろう？　ぬいだとすれば、この部屋の中にあるはずだが、さっきから探しているのにどこにも無いのだ」

「犯人が持ち去ったのだろうか？」

「うむ、そう考えられないこともない。しかし、犯人が持ち去るほど手術帽が貴重なものだとは思えないね。だから、全然別箇の観点からこの事件を考察してみるんだ。まず、視覚の問題だが——。人間の視覚というものは、我々が信じているほど確かなものではない。この事件の場合、最初に部屋の扉を開けた酒寄看護婦は赤間博士の死体を一瞥すると同時に、驚愕のあまり卒倒している。つぎに駈けつけたのは附添人の山村徹男だが、この山村の証言をそのまま鵜呑みにして信じてよいものだろうか？　酒寄看護婦の悲鳴に、ほかの看護婦たちが何事かと思って駈けつけている。その間一髪の間隙に狡猾な犯人なら、部屋を飛び出して酒寄看護婦を介抱していると見せかけることも可能ではないか——？」

「すると、犯人は山村徹男と推定するのかね？　しかし、それは不合理だよ。山村と一緒にいた、死んだ女の母親が虚偽の申立をしていない限りは——」

「いや、その山村という男を犯人と断ずるわけではないのだ。その男が部屋にいた犯人を何等かの理由でかばっているのではないかと考えるんだがね。その点をもう一度深く突っ込んで、追求してみる必要があるよ」

園田教授は院長室の調査を打切った。何を思ったか、真向いにある手術室を覗きこんだ。解剖を終った女の死体は既に病室に移されたとみえてそこには無かったが、教授は手術台や手術用のメスなどを納めた医療戸棚を調べていた。

「ところで、今朝がた、那須副院長が執刀したという女の死体だがね、ちょっと調べてみたいと思う節があるんだ。もし火葬場に運んだようだったら、火葬を中止するように手配をしてもらいたいのだ」

芥川検事が頷いて、慌しく部屋を出て行くと、その後

から教授も手術室を出て、しばらくの間長廊下に佇んでいた。それから院長室と隣接したレントゲン室の扉を開けた。すると、その部屋には窓際に頰杖をついて、一人の看護婦が不安そうな面持で中庭を見下ろしていた。

「何か御用ですの?」

彼女は怪しむように云って顔をまっすぐに教授に向けたが、年齢は三十一、二歳で清楚とでも形容したい気品のある顔立ちをしていた。

「波貝秋子さんじゃありませんか?」

教授の第六感は適中した。

「そうですけど……」

「では、今朝の死体解剖を介添された方ですね?」

「はア……」

「つかぬことをお訊ねしますが、解剖前、赤間博士の容子《ようす》に変った点を気付きませんでしたか?」

「いいえ、別に——いつもとお変りありませんでしたけど……」

「博士の死体が発見されたときは、まだ手術室に居たわけですね?」

「ええ、酒寄さんが悲鳴をあげたので、びっくりして廊下に飛び出してみたのです。ほかの方々も駈けつけてきましたが、院長先生の恐ろしい姿に誰も彼もただ呆然としているばかりでした。けれども私ははっと気がついてすぐに副院長先生をおよびしに行ったのです」

「昨晩は宿直だったのですか?」

「はア……」

「手術室は院長室の真向いですが、銃声を聞きませんでしたか?」

「聞きませんでした。ちょうど、水道の栓をあけて、ジャブジャブ手を洗っていたからだと存じましたけど……」

「いや、解剖のおこなわれる前なんですが……」

波貝看護婦はちょっと、唇を嚙んで窓外の新緑に眼を移したが、すぐに、

「存じませんでした」

と低い声で答えた。

「この病院にはもう長くお勤めですか?」

「いいえ、まだやっと一箇月ばかりですの、副院長先生の御紹介ではいったのですけど……」

四　特異体質

レントゲン室を出た園田教授は、それから西廊下へ廻って、そこにある看護婦控室の扉を叩いた。

「酒寄さんは居られますか？」

「はい、私ですけど……」

出て来たのは、十八、九のまだ少女のようにあどけない女だった。顔色は蒼白く、眼には恐怖の色が浮んでいた。教授はおだやかな口調で、

「最初に死体を発見したのは、あなたでしたね？」

「はア、そうです」

「コーヒーを持って、行かれたのでしたね？」

「はい、昨晩、そうするようにおっしゃっていましたので――。お支度をして、手術の終るのを待っていたのです」

「手術――？　解剖じゃないのかね？」

「いいえ、院長先生は手術だとはっきりおっしゃっておられました」

「では、その手術が終ってからコーヒーを持って行くことになっていたわけだね？」

「ええ、内線電話ですぐにコーヒーを持ってくるように伝えられました」

「その電話の主は、赤間博士に間違いないね？」

「ええ院長先生のお声だったと思います」

「博士はコーヒーに砂糖を使っていたね」

「いいえ、お砂糖の配給がありましたのにどういうわけか、先生はいつもサッカリンをお使いになりました」

「それから、あなたが院長室の扉を開けた時ですが、何か普通ではない臭いに気付かなかったかね？」

「いいえ、別に――消毒薬の臭いはしましたけど……」

園田教授が応接室にもどってくると、芥川検事はちょうど、山村徹男の訊問を終ったところだった。

「駄目だよ。山村は頑強に犯行を否定している。それに彼が駈けつけた時には、院長室には確かに誰も居なかったと主張しているんだ……」

「うむ、それでいいのだ。ところで、解剖した女の死体は――？」

「ちょうど、納棺して火葬場に運ぶところだったが、とりあえず手術室にもどしておいたがね」

「では、さっそく死体を調べてみよう」

手術室にはいると、園田教授は架台に横たえた全裸の女――大鳥常子――の死体の上に屈みこんで、蒼白く硬直した腹部の形、乳房、妊娠線……などを丹念に調べていたが、やがて快心の微笑を検事に向けた。

「那須副院長は、この女が子宮外妊娠で死亡したように云っていたが、それは誤診も甚だしいものだね。実を云えば、この女は特異体質――胸腺淋巴性体質で、膣式帝王切開《カイゼル・シュニット》の手術を受けた衝撃でショック死を遂げたものなんだよ」

「ショック死――?」

「そうだ。こうした特異体質者は、ちょっとした衝撃を受けただけで、死の転機をとるものなんだ。しかし、当面の問題は、何故膣式帝王切開の手術が行われたかということだね。この女は特異体質者という以外には、何等病気の症候を認め得ないのだ。妊娠五六箇月の正常な身体で、人工流産をする必要を認めない。とすると、堕胎手術が行われたとみてよいわけだね」

「堕胎手術!」

と鸚鵡《おうむ》返しに叫んだ検事は、暫くは二の句がつげなかったが、

「すると、一体どういうことになるんだ?」

「それは副院長の那須博士が答えてくれるだろう」

園田教授はただ意味ありげな言葉を吐いただけだった。

五　意外な解決

「おっしゃる通りです。本当は堕胎手術が行われたのです」

再び院長応接室に招致された那須副院長は、芥川検事の峻烈な訊問に対して、あっさり事実を告白したのである。

その副院長と並んで看護婦の波貝秋子が蒼ざめた顔を伏せていた。鹿村警部は黙念と腕を組み、事件の意外な展開にただ目を瞠って成行を静観するといった態度だった。

一方、園田教授は例によって心憎いまでに落着いた態度で窓際に佇み、美味そうに煙草をくゆらしていた。

「では、その事実をなぜ隠していたんですか?」

芥川検事の鋭い追求に、那須副院長は、苦笑いを浮べて、

「いや、別段に隠しだてしたわけでもありません。自

責して自殺された赤間院長を堕胎医の汚名で汚《けが》したくなかったからです。そうしたわけで、私が解剖を執刀したように申しあげて事実を糊塗したんです」

「自決だと云われるんですか？」

「そうです。院長は自殺されたんです。兇行後、犯人が部屋から消失してしまったそうですが、犯人の居ない殺人——姿なき殺人といえば、自殺と解釈するよりほかはないでしょう」

「しかし、自殺とすれば、拳銃に赤間博士の指紋があるはずですが、その指紋が検出されないのです」

その時、窓際を離れた園田教授が初めて口を入れて、じっと副院長の顔を眺めた。そのまま化石したような緊迫した沈黙がしばらくつづいた。

「とにかく、私には自殺としか考えられませんね」

その沈黙を破ったのは那須副院長だった。

「そうして、事実を曲げようとなさるわけですか？」

園田教授の言葉には鋭い皮肉の響きがこめられていた。

「とんでもない誤解です。そんな気持は……」

「いや、誤解ではありません。那須博士、今更苦しい遁辞をもうけられても無駄です。卑怯にも堕胎手術の責任を赤間博士に転嫁されましたが、その実は、手術はあなたが施行したものなんです。それはショック死をとげた大鳥常子の母親と堕胎手術ブローカーの山村徹男を追究すれば、すぐに明らかになるでしょう」

「ふむわたしが堕胎医というわけですか」

那須副院長があざけるように遮ぎると、園田教授はますます冷静な口調で、

「よろしい。堕胎手術の問題はしばらく論外にしておきましょう。しかし、あなたと波貝看護婦を赤間博士謀殺の犯人として告発するつもりです」

「ほう、身におぼえのないことをおっしゃるが……」

空うそぶいた那須副院長をキッと睨みすえた教授は、

「それでは君がたの犯行の逐一を申し述べてみよう。いいかね、君は赤間博士から病院の経営を依嘱されると、山村徹男を手先にして、ひそかに堕胎手術を行って私腹を肥してきたのだ。

しかし、昼夜多忙の赤間博士は、自分の病院内でそのようないまわしい手術が行われているとも夢にも知らなかったのだが、たまたま昨夜、君が行った堕胎手術ですべてを察知したのです。

大鳥常子という患者は堕胎手術で死亡したのです。もしそのような事実が公表されたら、病院の信用は失墜す

るし、赤間博士自身も責任者として世の糺弾を受けるにちがいありません。

博士はまんじりともせず、一夜を善後措置を考えて過したのです。一方、君は一夜が明ければ堕胎医として病院を追われることは火をみるよりもあきらかなことなのだ。そこで、深夜、先手を打って赤間博士を殺害したわけなのだ。

そして赤間博士を殺害した君は、次に堕胎手術の共犯者の波貝秋子を使ってアリバイを偽造しようと企らんだのだ。麻酔不十分な膣式帝王切開手術でショック死をとげた大鳥常子の母親と山村徹男には、

――赤間院長と相談した結果、死体を解剖して証拠を湮滅しておくことにする。

と説得して、長廊下のはずれにある長椅子に待たせておいたのです。

こうして、目撃者の配置を終ると、波貝秋子が赤間博士そっくりの扮装をして手術室から長廊下に出、院長室にはいると見せかけて、実は隣室のレントゲン室にはいったのでした。つぎに君も長廊下に出て自室に戻ると、すぐに内線電話をかけて、赤間博士の声色をつくって酒寄看護婦を院長室に招致して死体が発見されるように仕組んだのです。

芝居は上々首尾に遂行されたのです。君が予期したように、山村と大鳥の母親は赤間院長が院長室にはいったものと誤認してしまったのです。

目撃者の位置からすれば、レントゲン室、院長室、応接室、病室などは長廊下に面して一列に並んでいる。それ故、彼等は不意に手術室の扉が開いて、手術衣、手術帽の男が向い側の部屋にはいったのを何気なしに瞥見したのですが、その直後に院長室で同じ扮装の赤間博士の死体が発見されたので、替玉の博士がレントゲン室にはいったのを、赤間博士が院長室にはいったものと確信してしまったのです。

一種の心理的なトリックと申すべきでしょうか。

こうして、博士の死体が発見されて大騒ぎになった最中、波貝は変装を解いてもとの看護婦姿に早替りしレントゲン室をぬけ出して君を迎えに行き、二人揃って何喰わぬ顔をして、現場に引返して完全なアリバイを確立したわけです。

だが、そうした完全な舞台装置を整えておきながら君たちは幾つかの失錯を演じている。その一つは現場に手術帽を残しておかなかったこと、更に室内に硝煙の臭い

をこめておかなかったこと――この二つの重大な失錯によって犯行のすべてを曝露してしまったわけなんだ」

しかし、那須副院長は憎々しい薄ら笑いを湛えて、

「なるほど、推論としては見事なものです。だが、証拠が――君の推論を立証する物的証拠がありますかね？　それに殺人動機の問題だが、そんな薄弱な理由で人殺しをすると思うのですか？」

すると、園田教授は一種独特な気魄を舌端にほとばしらせて云った。

「証拠は十分にある。しかし、殺人動機に更に附け加えた説明をしておこう。いったい、病院に勤めてから、ようやく一箇月しかならない波貝看護婦が、なぜ唯々諾々と君の犯行の共犯者になったか？　それは君と波貝とが普通な関係ではないことを示唆するのだが、波貝看護婦の正体は――それは郷里に別居しているはずの赤間博士夫人なのだ！」

×

その夜、検事邸の応接間に寛いだ園田教授に、芥川検事は次のように報告した。

「園田君、万事君の見込み通りだったよ。現場を再調査した結果、レントゲン室の戸棚の中に匿してあった手術衣、手術帽、ズボンなどを発見し、両容疑者を大鳥常子の母親と山村徹男と対質させたが、さすがの那須文三も、赤間豊子夫人も犯行を包み切れずに一切を自白した。そして、いよいよ警視庁に身柄を護送することになったのだが、監視の刑事がちょっと眼を離した隙に、二人とも毒をのんで自殺し、まさに九仞《きゅうじん》の功を一簣《いっき》にかいてしまったのさ」

「どうせ二人とも絞首台行はまぬかれんからね」

「それから、那須文三については、その後の調査で一種の色魔だということが判明したのだが、彼の毒牙にかかった女は相当あるらしい……ところで、君は現場にハッキリした証拠があると云っていたが、それはどういう事実なんだね？」

「それは小卓の上に置いてあった『ヴィーナスの玉座』だよ。

赤間博士は、那須から拳銃を突きつけられた時、小卓の傍らに立っていたのだが、とっさに逆さにそれを置きかえて犯人の名を暗示しておいたのだ。

いいかね、那須文三――それを羅馬字書きにしてみたまえ。

B. Nasu（ヴィーナス）になるじゃないか——」

毒の家族

われわれの行動は、なにかの欲求によって動因をかけられることから発する。

——相良守次著『欲求の心理』（岩波書店刊）より——

はしがき

赤尾木邸の連続殺人事件——この戦慄すべき毒殺事件の背後に横たわる犯人の狡智、この事件の端緒となった特異な妻問婚《さいもんこん》の風習とか、犯人の犯罪計画を挫折させた迷走台風の襲来とか、……そういう事件の真相は、今日でも詳細には知られていない。

この殺人事件を解決したのは、司法畑に属するが、実際の犯罪捜査に直接的には関係のない、Q大学犯罪学研究所の所長であり、犯罪理論学の権威者であるとともに、法医解剖学の泰斗として知られた尼子富士郎博士である。

私——伊能理一——は、尼子博士の研究助手として、同博士が直接に携わったすべての事件に関与することになったが、赤尾木家に対する憎むべき毒殺魔の陰謀は、もしも尼子博士がamicus curiae《アミカス・クリエ》（法廷の助言者）として、当初から携わっていなかったとしたら、確実に成功したといえよう。蜘蛛の巣のように錯雑にはりめぐらされた犯人の陥穽《かんせい》は、尋常一様の捜査では、その糸口さえも摑み得なかったのである。

しかし、天の摂理ともいうべき自然現象——秋口に多い迷走台風の襲来が、大胆不敵な犯人の犯罪計画を齟齬《そご》させた事実も見逃すことができない。それを看破した尼子博士が、迷宮入りかと思われた事件を一挙に解決に導いたものであり、わが国犯罪捜査史上、最も特異な犯罪事件として記録する所以である。

一、犯罪の序幕——九月十三日午後三時

暴風雨だった。風速三十メートルをこす強い風が、荒れ狂う熊蜂の大群が襲いかかるような唸りをあげ、車軸

を流す水塊がざざっと車のフロント・ガラスに叩きつけられる。空も山も密雲も、千古斧鉞《ふえつ》をいれぬ大森林も狂おしげにもつれあい、ゆれ動いている。身の毛もよだつ大絶壁の裾を洗う谿流は、いまでは嶺々の流れを集めて奔馬《ほんば》が狂う大濁流と化し、それにまたがる心細い木橋をひと呑みにする勢いで流れくだっていく——この裏妙義の大幽谷を囲繞《いにょう》する峨々《がが》たる山塊は、不意の闖入者を威圧するかのように傲然《ごうぜん》たるたたずまいを見せているのであった。

「ひどい暴風雨《あらし》になったものだ」

と、私は竦むような気持をおさえながら、必死に車を走らせていた。

社会人類学にも深い興味を持つ尼子富士郎博士は、私の運転で、この日の正午ごろ、南麻布の高台にあるQ大学犯罪学研究所を後にし、わが国母系制時代の〝妻問婚〟の珍しい遺風をいまに残している上州・裏妙義の秘境として知られた青噐《あおけ》粟谷《しだに》の赤尾木一族の調査に向ったのである。私たちは、もちろん迷走台風××号が小笠原諸島沖をかすめ、北西方向に進んでいることを承知していたが、その朝のからりと晴れあがった秋空が高崎市を通過する頃から突然に一変し、このような暴風雨に遭遇することになるとは、夢想だにもしなかったのである。

さて、物語を進める関係上、ここで〝妻問婚〟の特異な風習について、掻いつまんだ説明をしておくことにする。この妻問婚は、夫と妻が結婚しても別居し、夫が妻の家に通う結婚様式——通い婚ともいう形式——である。子どもが生れた場合、母が養育し、財産は母から娘に譲る形態をとっており、アメリカの人類学者、モルガン博士はその著『家族、私有財産および国家の起源』(一八八四年)で〝シンディアスミア〟(対偶婚)と名付けている。古来、母系制特有の結婚様式として知られており、わが国では大和・奈良朝時代から平安朝時代にかけて一般に行なわれ、明治に入って、ようやくすたれた習俗である。それだけに、この妻問婚の習俗が、裏妙義一帯を領有していた豪族の後裔《こうえい》である赤尾木一族に残っているとすれば、現代の奇跡のひとつであり、稀有な例に属する興味ある人類学上の研究対象なのであった。

この赤尾木一族の二十数代目の当主は、当年六十四歳なる赤尾木英子刀自という老婦人で、夫は沼田近傍で名医としての評判をとった高村荘之助という人であった。妻問婚の習俗から、立派な結婚式をあげたものの、戸籍法上の入籍は行なわれず、内縁関係のまま四十余年間、青罌粟谷と沼田に別居生活を続けたという。その間、夫婦の間には長女・和枝、長男・忠弘、次女・美佐の三人の子どもが生まれ、いずれも赤尾木英子の庶子として入籍された。こうして、高村荘之助は数年前、脳卒中で死去してしまった。

長女の和枝は、荘之助の歿後間もなく、東京・西銀座で貿易商を営んでいる稲本幸太郎の次男、善次郎と結婚し、朱美《あけみ》という娘を産んだが、これが非常な難産であったため、間もなく死亡している。

長男の忠弘は、嗣子《しし》としての資格がないため、既に分家して東京・渋谷に写真スタジオを開業していた。これは彼の学生時代の写真趣味が嵩《こう》じたもので、現在では新進写真家として、その名を知られていた。

末っ子の美佐は、すでに二十九歳になるオールド・ミスであった。彼女は母の英子刀自と同居しており、死亡した姉の和枝の三歳になる一人娘朱美の母親代りになって養育に努めていた。当主の英子刀自は、この婚期を逸している美佐を鰥暮《やもめ》しをしている稲本善次郎の後妻として嫁がせたい意向を持っているということであった。

尼子博士が、このような赤尾木家の家庭内の事情を知ったのは、稲本善次郎の双生児の兄で、東京・麴町で税理会計事務所を開いている稲本徳太郎の友人であり、博士とも親交のあった某氏の紹介によるものであった。

「その一家は珍しい家系で、非常に興味があります。古い系図なども、土蔵の中に収納したままになっているのです。それですから鼠に荒されたり紙魚《しみ》に喰われたりして、いつかは散逸してしまう運命にあるのですが、それまでに是非とも調査してもらいたいという依頼を受けたのです」

そうしたわけで、私は尼子博士の代理として稲本税理会計事務所を訪れ、現地調査の詳細な日取りを決めて、残暑にうだる都心を後にしたのが、生憎くの暴風雨になってしまったのであった。

「稲本税理士も昨日先発し、赤尾木家で待っているということですが、こんな暴風雨になると知ったら、磯部（温泉）で一泊すればよかったかもしれませんね」

私は必死に車を運転しながら、迷走台風に対する甘い判断がくやまれた。しかし、磯部に引返したくても、既に途中の橋が流失し、碓氷峠《うすい》を越える国道十八号線も土砂崩れで不通になっていると、カー・ラジオが報じたばかりであった。もはや一か八か、運を天にまかせて、目的地に向って猛進するよりほかには術がなかったのである。

「慎重にスピードを落して運転してくれたまえ、とくに倒木に注意して、――もう青螺栗谷に着く頃だからね」

ロード・マップを手にしていた尼子博士は、いつもと変らぬ、屈託のない態度であった。

前方を注視すると、たしかにあたりの様相が一変していた。果しなく続いた樹林下の山道は、ようやく終りをつげ、大谿谷の入口に達していたのだ。見渡す限り、そこは別世界の観があった。前方には駱駝《らくだ》の瘤のような奇怪な形をした大岩峰が聳え立ち、その裾野がなだらかな曲線を描いて、一面の葡萄畑となっている。その畑の間には数軒の草葺きの屋根の山家が散在し、葡萄酒の醸造所でもあろうか、煉瓦造りの立派な建物があったが、これらの草葺きの山家や醸造所を睥睨《へいげい》するかのように、小高い台地上に古めかしい白壁の土蔵や近代風な作りの車庫を配した荘園風の大邸宅が遠望された。

「稲本税理士の話によると、あれは病歿した高村荘之助翁が昭和初期に、フランスのシャラント地方の葡萄園を真似て作り、英子刀自未亡人に残したものだ。いまでは赤尾木一族は、小規模とはいえ、葡萄酒やブランデーの醸造では特異な地位を占めているということだよ」

尼子博士も、その想像を絶した規模に嘆声を発した。

「先生、やっと着きました」

私はほっと安堵の吐息をつくと、堂々たる建物の玄関ポーチに車を横づけにした。暴風雨のためか、どの窓も鎧扉《よろいど》がおりて、夕闇の中に洩れる灯《あか》りもなく、まったく人気がなかった。しかし、私たちが玄関の石段を駈けのぼると、その時を待っていたかのように、音もなく重い樫扉《かしど》が内側に開かれた。

「尼子先生、お待ちしておりました。暴風雨の中をよくご無事でお出でいただきました」

風に吹き飛ばされまいと樫扉をおさえながら出迎えたのは、背の低い頭ばかりが異様に大きな小柄な風采の男――麴町の事務所で見かけた稲本徳太郎税理士と瓜二つに似た実弟の稲本善次郎であった。

「わたしは銀座で貿易商をしている弟の稲本善次郎と申しますが、兄の徳太郎に不幸がありまして、……どうぞ、お入りになってください」

尼子博士のあとについて玄関広間に入った。その一瞬、私は、その場に展開された異常な光景に思わず息をのんだ。そこには稲本善次郎のほかに二人の人物がいて、一人は八字髯の制服の老巡査、もう一人は貧相な険のある顔立ちの三十がらみの浮浪者風の男で、その手首には手錠がかけられ、うつろな眼をして呆然とつったっていたのである。

何事がおこったのであろうか——？　巡査と手錠をかけられた浮浪者との取りあわせは、なんとしても、この家にそぐわない異常なものが感じられた。

すると、老巡査が唐突にいった。「わしは、青罌粟谷巡査駐在所の青木というものです。稲本善次郎氏から、ご高名の尼子先生がお見えになるとうかがっていたところですが、……そこで、恐縮ですが、さっそく検屍を願えれば有難たいのです」

「検屍といいますと……」

尼子博士も、この突然の奇妙な申し出には、さすがに驚いた口ぶりであった。

「実はですね、本署からの電話連絡によりますと、尼子先生が来られた県道が橋の流失で不通になりましてね。北側の松井田からも、南側の南軽井沢からも、青罌粟谷に入って来れなくなりました。そこで本署、県警の係官が現場臨検に来られず、大いに弱っているところだったのです」

「それでは、われわれは青罌粟谷に閉じこめられてしまったのですか」

私が思わず奇声をあげると、青木巡査は大きくうなずいた。

「何か事件がおこったのですか」

尼子博士の冷静な質問にこたえたのは、稲本善次郎であった。

「実は、さきほど兄の稲本徳太郎が強盗に射殺されたのです。犯人は、あの手錠をはめられた男で、当家の元トラック運転手の毛利平吉という者なのです」

「物盗りを目的とした強盗殺人事件なのですよ。この暴風雨ではホシを本署に護送もできない始末なんです」と、青木巡査は、驚いた様子もなく、平然とした口調でいった。

こうして近代犯罪史上、特異なケースとして注目をされる赤尾木家連続殺人事件は、文明社会から隔絶された異常な環境のもとで、何の変哲もない、平凡な強盗殺人事件として幕をあけたのである。

二、強盗殺人劇――九月十三日午後四時

暴風雨の中を青木老巡査が一粁《キロ》離れた青罌粟谷駐在所へ射殺犯人の毛利平吉を連行して去ると、稲本善次郎は、尼子博士を玄関広間に続く善美を尽した応接室に案内した。

床には燃えるようなじゅうたんが敷かれ、桃花心木《マホガニー》製のテーブル、ゆったりとした皮張りの腕椅子、黒塗りのピアノなど、家具調度類がほどよい位置に置かれている。尼子博士は、椅子に落着くと、単刀直入に切り出した。

「まず、不幸な事件について、お話し願いたいのです」

稲本善次郎は、実直な貿易商らしい口ぶりで、

「びっくりしてしまって、まだ信じられぬくらいなのですが、……実は、赤尾木家は、ご承知のように葡萄酒の醸造をしております。しかし、ことしは天候が不順で葡萄の作柄が思わしくありません。そこで、昨日のことですが、当主の英子刀自から、その対策を相談したいという電話を受けて、昨晩遅く、こちらにやってきたのです。兄の徳太郎も、英子刀自から呼ばれたのですが、私も兄も、夜分遅く到着しましたものですから、一晩泊ったあと、けさの九時ごろから、この応接室で英子刀自を交えて、フランスから原酒の輸入をしようと相談が一決しました。私は、これまでにも度々フランスに行ったこともありますので、来月には原酒の買付けに渡仏することにしたのです。その打合せが終ったのは午前十一時ごろだったと思います。兄の徳太郎は、この機会に二、三日ゆっくり滞在していきたい、その間にある会社の経理関係書類に目を通しておきたい、と書斎に行ったのです。

私は、英子刀自と応接室に残っておりました。すると、母は義妹の美佐と結婚する気はないか、妻が死んだあと、夫が妻の妹を後妻に迎える例は、世間によくあることではないか、と強くすすめてくれたのです。私は、娘の朱美が美佐さんには実母のようになついていますし、異存がありませんでした。美佐さんの心次第で再婚しようと承諾しました。そこで、英子刀自が美佐さんを部屋に呼ぼうとしたとき、突然、隣室の書斎から銃声がしたのです」

「それは何時ごろでしたか」

「正午をすこし過ぎた頃だったと思います。不意の銃声に立ちすくんでしまったのですが、ぐずぐずしている

わけに参りません。英子刀自を残して、私ひとりで書斎に駈けつけてみますと、兄は椅子にぐったりと沈み込み、こと切れていました。兄の前に、元運転手の毛利が拳銃を持ったまま、ぼんやり立っていましたので、『毛利、拳銃を渡せ』と一喝いたしました。すると、彼は素直に拳銃を手渡したのです」

「抵抗したり、逃げたりするような気配はなかったのですか」

「全く意志のない木偶《でく》人形のようでしたね」

「兇行の動機について、何か心当りがありますか」

「わたしには、さっぱり見当もつきません」

尼子博士は何かを沈思する面持になった。

「束《つか》ぬことを伺いますが、犯行当時、あなたと英子刀自のほかに邸内におられたのは、どういう方がたですか」

「まず美佐さんですが、わたしの娘の朱美のお守りをしながら、自室で編物をしていたそうです。また、わたしには義弟にあたる写真家の赤尾木忠弘君が一週間ほど前からカタリーナという外人モデルを連れて滞在していまして、庭園で撮影していました」

「ほう、そうしますと、ご一族の全部が揃っておられたのですね」

「こんなことは何年来、ないことでした。一族といっても、美佐さんを除いては、みんな離ればなれの独立生活を営んでいるからです」

と、稲本善次郎は、微苦笑を浮べた。

「召使いは、どうですか」

「心臓を悪くしている英子刀自の付添婦兼看護婦として、ひと月ほど前から高崎市のT病院から松野鶴代という看護婦が派遣されてきております。彼女は、遊戯室で雑誌を読んだり、手紙を書いていたりしていたそうです。そのほか、小林麻美という女中と、中村ハルという婆やがおりますが、厨房で昼食の仕度をしておりました。忠弘君らを除いて、皆んな銃声に驚いて現場に集ってきました」

こうして事件当時、邸内にいた人々の動勢がほぼ明らかになったとき、犯人の連行を終った青木老巡査が応接室に姿を現わした。

「犯人の毛利は、犯行の動機をすっかり自供しましたよ」と、万事終れりという満足な表情を浮べて、自供内容を尼子博士に説明した。

それによると、毛利平吉は赤尾木家の葡萄酒運搬用トラックの運転手をクビになったのちは職にありつけず、高崎市あたりの木賃宿を転々として、乞食同然の生活を送り、ついに金に困ったあげくの果、勝手知った元の主家の邸内に忍び込み、書斎のフランス窓から室内に入ったところを稲本税理士に見咎められ、兇行に及んだものであるという。

しかし、私には何故か釈然としない自供内容であった。犯人が拳銃を所持していたとはいえ、何故に白昼堂々と忍びこむような愚な真似をしたのか？　何故に抵抗もせず、逃げ出さなかったのか？　片田舎をうろつくトラック運転手くずれが、どうして拳銃を入手できたのだろうか？——など、私の胸中には、多くの疑問が雲のように湧きおこった。

尼子博士は、さりげない調子で青木巡査に訊いた。

「兇器の拳銃は？」

「四十五口径のコルト自動拳銃でした」

「そうですか、ありがとうございました」と、尼子博士は、煙草を灰皿にもみ消すと、

「事件のだいたいの輪廓が判りました。それでは現場の書斎を拝見させていただきましょうか」

三、意外な死因——九月十三日午後四時三十分

建物の南隅にある書斎の扉は、青木巡査の命令で、家人も出入りできないように鍵がかけられていた。

「書斎は、この部屋なのです」

と、稲本善次郎が鍵束の中から選んだ鍵を合わせて扉を開けた。

部屋は、奥庭に面し、南側のフランス窓を除いては、どの壁も作りつけの書棚になっており、いろいろな書物がぎっしりと詰まっていた。部屋のほぼ中央には丸テーブルを囲んで数脚の肘掛椅子が置いてあった。

こうした部屋の中の模様は、あとで気づいたことで、部屋に入って最初に目についたのは、丸テーブルに向って肘掛椅子にぐったりとして坐った稲本税理士の死体だった。右のこめかみに小さな気味悪い弾痕があり、吹き出した血糊が顔の半面を染めて、紅黒く凝固していた。渋い地味な色合いの背広にスリッパという服装《いでたち》を一目みると、私はその容貌や背恰好が、いまさらながらに稲本善次郎と瓜二つに似ているのに驚いた。

尼子博士は、すぐに死体の上に身をかがめて、額の銃創を綿密に調べた。桜色をした生前そのままの顔は、毛利平吉に突きつけられた銃口に驚いて眼をみはった刹那を思わせるように、かっと眼をむいており、紫紅色に変色した唇のあたりには、既に死硬直がおこって無気味に白い歯をむき出し、死硬直は咬筋より始まり顔面筋に及び、次いで項筋、軀幹筋、上肢筋、下肢筋に及ぶ――というニステン氏法則を如実に示していた。

「ふむ……」

と、かすかなつぶやきを洩した尼子博士は不審な表情を泛べて、死体の上唇を少しばかりあけ、口腔内を調べた。やがて立ちあがると、鋭い視線をだらりと垂れている死体の右手に注いだ。その拇指《おやゆび》と人差し指は、何かを挟み持っていたかのように硬直していたのである。

「伊能君、死体の口腔の臭いをそっと嗅いでみたまえ」

と、尼子博士にいわれて、私は死体の口に鼻を近づけてみた。かすかではあるが、鼻粘膜を刺激する苦扁桃油のような酸《す》ッぱい臭いがした。

〈はてな、この異臭は、何の臭いだろうか〉

と、私が内心に不審な思いをいだいて尼子博士を振り向くと、博士は身をかがめて、死体の腰かけた肘掛椅子の下に手をのばして、煙草の吸殻をつまみ上げた。煙草は、フィルター付きの〈セブンスター〉らしく、先端に火を点けたものの、ほとんど喫った形跡がなかった。

「落ちた拍子に椅子の下にころがりこんだものらしい」

尼子博士は、そう呟やくと、それを私の方に突き出して見せた。フィルター部分を嗅ぐと、かすかな酸臭がした。

「このフィルター部のタール吸収綿に何かの酸が滲《し》みこませてあったのでしょうか」

私は尼子博士に訊いたが、博士は黙ったまま、その吸殻を封筒に収めてポケットにしまいこんでしまった。それから死体の前の丸テーブルの上に置かれた書類鞄《ブリーフ・ケース》から取り出した書類やメモ類に目を通した。しかし、これらの書類は事件に全く関係のないものばかりで、尼子博士の顔には明らかに失望の色が浮んだ。

丸テーブルの上には、書類やメモ類のほかには菊花を活けた花瓶と灰皿が置いてあるだけだった。

「煙草ケースが無いようだな」

と、何気なく呟いた尼子博士は、眉根に皺を寄せて何かを深く沈思する厳しい表情になって丸テーブルの上を見回していたが、書類鞄のかたわらに無雑作に置かれた注射器のアンプルのような形をした、細長く丸い小さなプラスチック製の容器に眼をとめた。それは眼科用の点眼器だった。

博士は、ハンカチでくるんでつまみあげ、先端のねじ込み式のキャップをはずすと、その先端部に鼻を近づけ、そっと臭いを嗅いで顔をしかめた。

「ふむ、これにも苦扁桃油の臭いがするようだ」

博士は低い呟きを洩すと、傍らに所在なさそうに立っていた稲本善次郎に視線を向けた。

「稲本税理士は、眼をわずらっていたのですか」

「さあ、どうですか。長年の間、喘息に苦しんでいたようですが、そういえば今朝の兄は、眼が赤く充血していたようでした。英子刀自に富山の薬屋の配置薬箱に眼薬がないかと訊いていたようでしたね」

「点眼器の内容物は、どうも眼薬ではなさそうです。分析すれば、はっきりするでしょうが、内容液は青酸溶液のようですね」

「ほう、せ、青酸がはいっていたのですか」

稲本善次郎は、喘ぐようにいって絶句してしまった。

「解剖すれば、はっきりするでしょうが、稲本税理士の死因は青酸中毒死なのです。瞳孔が散大し、桜色をした生前そっくりの顔色は、青酸中毒死特有の徴候ですからね。それですから拳銃で射たれたときは、既に絶命後三十分近くを経過していたのではないかと推定されるのです」

尼子博士の言明は、誰もが予想しなかった意外な事実であった。稲本善次郎も、青木巡査も二の句が告げずに呆然としていた。

「点眼器に入っていた青酸溶液を点眼したため、眼窩や涙腺から体内に吸収されて中毒死したのではないかと思われるのです」と、一息ついてから、私が推定の根拠を説明した。

「射殺死体にしてはですね、失血が少ないのですよ。何者かが点眼器に青酸溶液を入れておいたにちがいありません。稲本税理士は、それとは知らずに点眼して中毒死したのです。状況からみますと、自殺とはまったく考えられませんね。明らかに他殺でしょう」

「そうしますと、兄は毒殺されたあとに、毛利がピストルを射ったことになるのですか」

と、稲本善次郎は、惑乱気味の口調でいった。

私は、黙ったまま頷ずいてみせた。

四、消失した煙草《シガレット》ホルダー——九月十三日午後五時

事件の局面は、強盗殺人事件から毒殺事件に一変したのであった。事件は振り出しに逆戻りし、赤尾木邸の全員が稲本税理士毒殺の容疑をまぬかれなくなったのである。しかし、尼子博士は、平静な、考え深げな面持で窓際に立ち、屋外に荒れ狂う暴風雨の有様を無心に眺めていた。台風はすでに盛りをすぎたらしく、嶺々や森林を吹きわたる唸りにも、心なしか衰えが感じられた。

青木巡査は、正直に気落ちした口調で、

「毒殺事件とは、思ってもみませんでした。こうなりますと、赤尾木家の全員が容疑者になりますが、誰が毒殺犯人か、まるで見当もつきません。それにしても、死体を射った毛利の奴は、運のいい奴ですな。といっても、銃器不法所持の罪はまぬかれませんよ」

「家族の調べに入る前に、その毛利をもう一度、訊問できましょうか」

「結構です」と、青木巡査は気軽にうなずいた。

それから私は、尼子博士と青木巡査を車に乗せ、赤尾木邸から約一粁離れた谷合にある青嬰粟谷部落の駐在所へ、衰えをみせはじめた暴風雨の中に車を駆った。留置場のない駐在所では、物置の中に手錠をかけた毛利平吉を監禁していた。

尼子博士は、執務室に連れてこられた毛利をみると、単刀直入に質問した。

「君は狙撃した際、何か相手の様子におかしい点があるのに気づかなかったかね」

「な、何も知りませんでした。怖しくて、ただもう夢中だったのです」

「よく思い出してくれないか」

「はい、……あたしは何か金目のものを盗んでやろうと、庭に忍びこんだのです。すると、いつも人がいない書斎のフランス窓の錠があいていましたので、そっと入っていきますと、眼の前に善次郎旦那がじっと睨んで坐っているじゃありませんか。びっくり仰天して、無我夢中でピストルの引金をひいてしまったんです」

「ほう、すると、君は稲本税理士を稲本善次郎氏と誤認したわけなんだね」

「はい……」と、毛利は力なく頭を垂れた。

「すると、善次郎氏に、どういう恨みがあったのかね」

「おれをクビにしやがったんですから、恨むのも当り前じゃないですか」と、毛利は、眼をギラギラさせて昂然と頭をあげた。

「馬鹿も休み休みにいえよ」と、青木巡査が一喝した。

「逆恨みもいいところだ。赤尾木家の自家用車を勝手に持ち出しては乗りまわし、高崎あたりで若い娘を拾ってはイタズラしていたんではないか。警察からの注意もあって、とうとうすておけなくなって解雇されたくせに——」

「へえ……」と、毛利は首をすくめ、ふてたような薄笑いを浮べた。

その時、尼子博士が口をはさんだ。

「気持を鎮《しず》めて思い出すんだ」と、諭《さと》すような口調で、「稲本税理士が死体になっているのに気づかなかったわけだね」

「はい、じっと睨んでいましたので、怖しさがいっぱいで……」

「ふむ、手に何か持っていなかったかね」

「そういえば、喫いかけの煙草を指にはさんで持っていました。ピストルで射つと、それがポロリと床の上に落ちました」

「煙草だけだったのか」

「いえ、パイプですよ。パイプといっても、マドロス・パイプではなく、シガレット・ホルダーなのです。それに煙草が差し込んでありました」

尼子博士は、満足そうにうなずくと、そこで毛利平吉の訊問を打ち切った。

「この暴風雨で道路が不通になりましたので、明朝、県警や本署の捜査係がヘリコプターでやってくることになりました。まったく前代未聞のことですよ」

青木巡査は眼を丸くしていった。

「明朝までに死体検票書を書いておきましょう。司法解剖の必要がありますね」

尼子博士は、そういい残すと、私の運転で赤尾木邸に引返した。時刻は既に午後六時を過ぎ、暴風雨は峠をこしていたが、豪雨に洗われた山道にはゴツゴツした角《かど》ばった石が露出し、ともすればハンドルをとられがちであった。

「あの犯人は、妙なことをいっていましたね、シガレット・ホルダーがあったと……」

「そうだね。あの死体の何かをはさんでいた指の形から推すと、本当のことをいったのだと思うな」

「しかし、現場には見当りませんでしたよ」

尼子博士との間に、こんな会話をかわしている間に、車は再び赤尾木邸の玄関に着いた。

五、写真家とモデル ——九月十三日午後六時半

私たちを玄関に出迎えたのは、艶気も何もない髷《まげ》をチョコンと白髪《しらが》頭にのせた老婆であった。

「ご家族の皆さまは、ご食事中でございます。善次郎旦那さまからお客さまを客間にお通しして、山家の手料理ですが、食事を召しあがっていただくように、とのお申付けでございました。今晩は、その部屋でお寝《やす》みを願います」

「ああ、婆やさんでしたね。面倒をかけますよ」尼子博士が優しく話しかけると、

「はい、先代さまからお世話になっている中村ハルと申します」と名のった。

その婆やに導かれて、私たちは二階の奥まった和室に入った。紫檀《したん》の茶ぶ台の上には既に夕食が用意されていた。


「東京のお偉い先生がただそうですね。善次郎旦那さまのお兄さまが殺されるなんて、ほんとに恐ろしいことですわ。大奥さまも、お嬢さまも、ほんとに生きた心地がしないとおっしゃっているんでございますよ」

と、婆やのハルは、なかなかのお喋りの話好きらしかった。

「ふむ、そうかね」と、私が合槌をうつと、

「あたしども、ほんとにびっくりしてしまいました。ほんとにお気の毒に存じますわ」

中村ハルは、事件の推移が呑みこめないといった不思議そうな面持であった。

「それについて何か心当りはないかね」

「さあ、私どもには一向に見当もつきませんわ」

その時まで尼子博士は婆やと私とのやりとりをじっときいていたが、何気ない調子で口をいれた。

「ご長男の忠弘さんも、滞在しているそうだね」

「はい、一週間ほど前からお泊りになっておられます」

「こちらには、度々《たびたび》来られるのかね」

「そうですわね、月に一度ぐらいでしょうか。いつもお綺麗なお嬢さんを連れて来られますわ」

新進写真家として売り出した赤尾木忠弘は、青麐粟谷

の秘境を題材にした写真をカメラ雑誌に発表しており、現在はカテリーナ・ヨンソンという外人のファッション・モデルを伴ってきて滞在しているということだった。

「それがですよ、あきれるじゃございませんか。平気で丸裸になって忠弘坊っちゃまに写真をとらせているんですよ。坊っちゃまも坊っちゃまですわね。よく恥しくないもんでございますよ」

「なるほど、……しかし、ヌード写真も近頃では珍しくないようだからね。ファッション・モデルといっても、ヌードになるのはギャラ次第ということだよ」

と、私が説明した。

「坊っちゃまは、学生さんの頃から写真がお好きで、大奥さまも、お納戸を写真の暗室に改造してあげたくらいなんですよ」

「ほう、暗室があるのですか」

「階段の脇にございます。あら、こんなにおしゃべりをしてしまって、……お給仕は、ご自分でしてくださいませね」

そういうと、婆やは、あたふたと階下に降りていってしまった。

それから約一時間、私たちはゆっくりとくつろいで、食事をすませた。豪雨は、ようやく収まったが、時々烈しい突風が吹きわたり、切り落したような深い谿底《たにぞこ》から遠雷のような物すさまじい濤声《とうせい》が轟いてきた。それ以外に、物音といえば何ひとつなく、邸内は、予期しない兇事《まがごと》に圧倒されたかのように、ひっそりと静まり返っていた。やがて、廊下に忍びやかな足音がした。

「お食事は、お済みでしょうか」

と、部屋に入ってきたのは、稲本善次郎だった。

「宜しかったら、家族にご紹介申しあげたいのですが、……皆んな応接室に待たせてあります」

「それは好都合でした。皆さんにお目にかからせていただきましょう」

尼子博士は、気軽に立上った。

応接室では、当主の英子刀自を囲んで、赤尾木一家の人々が緊張した、不安な面持で、私たちを待っていた。

六、点眼器の紛失――九月十三日午後七時半

私たちが応接室に入ると、一番さきに目についたのは、地味な和服姿の英子刀自であった。でっぷり肥った貫ろ

くのある身体つきをしており、顔全体の雑作が大まかでのびやかな気品のある顔立ちの老婦人であった。

その隣りの安楽椅子に腰かけていたのは、象牙彫のように色の白い端麗な細面《ほそおもて》の容貌をした二十七、八歳の女である。荒い藍縞お召に、錆緑色《さびみどりいろ》の絹羽織をすんなり着こなした姿が眼を惹いた。赤尾木家の娘、美佐である。

また、その彼女の傍らに三十二、三歳の看護婦姿をした女は松野鶴代で、眼のぱっちりした痩形の、ちょっと人を惹きつける顔立ちの中年女であった。

部屋の一隅には、小卓をはさんで、薄鼠色の格子縞ズボンと縞柄の開襟シャツを着た三十二、三歳の男と、金髪碧眼の若い外人女性とが向い合って坐っていた。男が写真家の赤尾木忠弘であり、外人女性がファッション・モデルのカタリーナ・ヨンソン嬢であることは、紹介されるまでもなく判然とした。彼らは、あたかも催眠術をかけられたように、じっと身じろぎもしないで坐っていた。

稲本善次郎が尼子博士を一同に紹介すると、赤尾木英子刀自が当主らしい貫ろくをみせて口を切った。

「尼子先生は、ご高名な犯罪学者でいらっしゃいますから、たぶん何か、わたしたちにお訊ねになりたいことがおありだろうと皆んなを集めてみたのですけど、お役に立つようなことは、何もお話しできそうにもありませんわ。できますことなら、なんでもいたしたいと存じますけど……」

尼子博士は、英子刀自の好意を謝して、

「このたびは、とんだ不幸な出来事でした。私は、皆さんのご協力を得て、この殺人事件の真相を究明しなければならない立場にあるのです。というのはですね、犯罪は生活廃棄物や廃水を処理するのと同じようなもので、それをいかに処理するか、防止するかが大切なことなのです。この事件は単なる射殺事件ではなく、怖るべき毒殺事件に発展したわけなのです」

そういって、博士は改めて周囲の人々の顔をうかがうように見廻してから、再び言葉を継いだ。

「ご当家の元運転手の毛利の犯行は、単なる偶発事件――一幕の茶番劇のようにみえるのですが、これは毒殺事件を糊塗しようとする犯人の綿密な犯罪計画の一環を形成する節と見られないこともありません。また、点眼器は、一般市販の製品ではなく、眼科医院で患者に与えるものが使用されております。しかも、毒殺に使用された青酸は、工業用薬品として比較的に入手しやすいものですから、累犯を防止する上からも、事件を早急に解決する必要があるのです」

尼子博士は淡々とした口調で、稲本税理士が毒殺された書斎で青酸溶液の入った点眼器が発見され、また強い酸臭のあるフィルター付きの煙草〈セブンスター〉の吸殻が発見されたこと——など、これまでに判明した事実を説明した。

「そこで、稲本税理士を殺害する動機を持った者は誰か、事件について皆さんが知っているかぎりの事実を正確に話していただきたいのです」

誰もすぐには口を開くことができなかった。それほど、彼らには意外な事件であったのだが、尼子博士の巧みな質問で明らかになった事実は、既に稲本善次郎が博士に物語ったことと大差なかったので、事件の捜査に参考になる新事実を得ることができなかった。家人の動勢についても、不審な点が全く見られなかった。しかし、尼子博士は、すこしも落胆した様子を見せなかった。

「そうしますと、今朝の皆さんがたは午前八時半ごろに朝食をおとりになった。それから英子刀自は稲本善次郎氏と被害者の稲本税理士と応接室で打ち合せを行なっていましたが、それが終って十一時ごろに稲本税理士だけが書斎に入ったわけですね。美佐さんは朱美ちゃんを相手に二階の自室で編物をしており、松野看護婦は食堂の隣りにある遊戯室で雑誌を読んでいた。婆やと女中さんは朝食の後片づけを終って、厨房で昼食の準備をしていた、ということになります。一方、赤尾木忠弘さんは、ミス・カタリーナをモデルに葡萄園で写真撮影をしていた——皆さんのアリバイは、こういうことになるのですね」

「いや、ちょっと違うところがありますよ」肩幅が広く、がっちりした体軀の赤尾木忠弘が、火をつけたばかりの煙草を眼の前の小卓の灰皿に神経質そうに押しつぶすと、「ぼくは確かに、ミス・カタリーナを連れて葡萄園に行ったんだが、十時ごろから空が曇りだして風が強くなりはじめたので、写真撮影を中止したんですよ」

「それから、どこにいたのですか」

尼子博士がすかさず鋭い口調で訊いた。

「二階のぼくの部屋さ。カタリーナさんと、今後の撮影の打合せをしていたのです」

日本語の不得手なカタリーナは、キョトンとした顔つきをしていたが、そのとき、赤尾木忠弘の言葉を立証するかのように、碧《あお》い眼をみはると、二、三度大きくうなずいた。

「ミス・カタリーナは、どこの国のかたですか」

「彼女はカタリーナ・ヨンソンという名前で、スウェーデンのファッション・モデルなのです。一カ月前、ある化粧品会社のコマーシャルの仕事で来日したばかりです」

と赤尾木忠弘が言葉の不自由なカタリーナ・ヨンソン嬢に代って答えた。

赤尾木忠弘は、その化粧品会社の宣伝ポスターの写真作成を依頼され、彼女をモデルに〝秘境と化粧品とヌード〟をモチーフとした写真撮影を行なっていたのであるという。

「そうでしたか」尼子博士は軽くうなずいて、英子刀自に視線を移した。

「ご家族のかたで、どなたか、眼を悪くしたかたがおありですか。実は兇行現場に残されていた点眼器の出所が問題なのです。稲本税理士は、それをどこで手に入れたか、ということなのですが……」

「点眼器は、ひょっとすると、私のものかもしれないね」と、英子刀自は臆する気色もなく、恬淡《てんたん》とした口調で答えた。「十日も前になるかしら、私が急性結膜炎にかかって、松井田の眼科医院で診てもらったんだけど、その時もらったものかもしれないわね」

「その点眼器は、どうしましたか」

「そうね、使わなくなってしまったので、化粧台の上に置きっ放しにして忘れてしまったのだけれど、どうしたかしら、……思い出せないわ。女中の麻美が部屋の掃除のついでに棄ててしまったのかもしれませんね」

「あら、大奥さま、あたしではございませんわ。昨晩までは、確かに大奥さまのお部屋の化粧台の上にあったのを見ましたけれど。使い残しのお薬が半分も入っていたんですもの。もったいなくて、棄てるようなことはしませんでした」

その時、応接室に紅茶茶碗をのせた大きな盆を持って入ってきた、素直な山家娘らしい若い娘が、はにかんだような口調でいった。女中の小林麻美であった。

「そうすると、誰が持っていってしまったのかしら……」

英子刀自は、怪訝そうな顔をした。

「誰でも部屋に出入りできるのですか」

「和室なので鍵をかけておかないから、誰でも入ろうと思えば入れますよ」

英子刀自は、何か意味あり気な眼つきで松野鶴代看護婦のほうを見たが、彼女はかすかに身じろぎして顔を伏せたままだった。

「英子刀自の部屋に誰でも出入りできるとしますと……」尼子博士はゆっくりと繰返していいながら、図星をさすような鋭い眼差《まなざ》しを松野看護婦に向けた。

「あなたは、何か気づいたことがありますか」

「いいえ、わ、わたしは何も存じません」

彼女は、かすかに肩をふるわせて答えた。

「そうかね……」

疑わしそうな声音をあげたのは、次女の美佐であった。その声は修練をつんだ歌手のように低く通っており、黒い洞《うつろ》のようになった冷たい眼は、何か不潔な動物を見るかのように松野看護婦を見つめていた。

私は老刀自のきびしさをやわらげた、清楚さの中に爛熟した女を感じさせる美佐が、その外面の平静さの底に、やや娼婦的とも見える松野看護婦との間に何か強烈な内面的な対立の感情をひそませているのを感じとった。

このような二人の女の心の葛藤を素知らぬ顔で、尼子博士は再び英子刀自に顔を向けた。

「時にぶしつけなお訊ねのようですが、葡萄園の経営は、うまくいっているのですか」

「悪い成績ではありませんが、税理士の稲本徳太郎さんの報告では、誰かが帳簿上、大穴をあけている。それにトラック運転手の毛利らが関係しているのではないか、といっておりましたが、東京の本社の経理帳簿を調べる必要があるということでした」

「それは今朝がたのことですか」

「いいえ、昨晩、徳太郎さんが私の部屋にきて、知らせてくれたのです。しかし、確かな証拠を握るまでは、内密にしておくことにしたのですわ」

「そうですか……」尼子博士はうなずいたが、それから赤尾木忠弘に視線を向け、きびしさを失わない口調で質問を続けた。

「ところで、写真の暗室があるそうですが、いまでも使っているのですか」

「こちらで仕事をすることがあるものですから、二、三年前に古い暗室を使えるように改造したのです」

「さっそくですが、見せていただけませんか」

「承知しました。階段の脇にありますので、ぼくが案内しましょう」

赤尾木忠弘は、なんの疑念もなさそうに立上った。尼

子博士も椅子から立上って、

「明朝から警察の本格的な捜査がはじまると思いますので、皆さんがたはお部屋にお引取り願うことにします。私は、暗室を見せていただいたうえ今晩はご面倒でも、ご厄介になることにいたします」

七、暗室での発見――九月十三日午後九時

写真の暗室は、さすがに本格的なものであった。フィルムの現像・印画の焼付け・引伸し・水洗に必要な設備のすべてが整っており、街の写真店でも、これだけの立派な設備を整えているところは少ないのではないかと思われた。

赤尾木忠弘の案内で、尼子博士が暗室に入ると、それまで密閉されていた室内には湿気を含んだ空気が澱《よど》み、酸っぱいような臭いが漂っていたが、それは水洗槽の中に置かれたバットの中の、褐色に汚染した酸性ハイポー定着液の古い液から発散してくる臭いらしかった。その水洗台の上が現像用の薬品棚になっていて、まるで薬屋の置戸棚と同じように壜に入った各種の薬品がずらりと並べられてあった。


部屋の中を一わたり見渡すと、尼子博士は何気ない調子で、赤尾木忠弘に訊いた。

「青酸加里があるでしょうね」

「ええ、あることはあるんですが……」

忠弘は煮えきらない言いまわしで内心の動揺を押しかくしながら、薬品棚を調べていた。

「おかしいですね、たしかにあったはずなのに、どうしても見つかりません」

「たしかですか」

「ええ、紛失してしまったようです」

「いまはじめて、無くなっているのに気づいたのですか」

「そうです、昨日の朝は、たしかに戸棚の上にありました。フィルムの減力に使用したのですから、たしかですよ」

尼子博士は、じっと何かを考えるような表情になった。

「暗室の出入りは、誰でも自由にできましたか」

「ぼくが東京にいるときは、危険な薬品があるので、厳重に鍵をかけて、誰もが入れないようにしていました。こちらにいるときは、現像中には内側から止め金をかけ

て、外から開けられないようにしますが、普通は鍵をかけておりません。青酸加里を盗む者があるとは、夢にも思いませんでしたからね」

「盗まれたのは、どのくらいの分量ですか」

「百グラムの壜入りがそっくりです。これまでに十グラム程度を使用しただけだったのですが」

「すると、盗まれた量は九十グラムになる。かなりな分量ですね。原板の減力には、危険な青酸加里を使用する必要がないのではありませんか。たとえば、ファーマー氏減力液、比例減力液、過硫酸アンモン減力液などで十分ではないでしょうか」

赤尾木忠弘は、尼子博士の専門的な質問に明らかに驚いた表情を泛べた。

「同じ減力液でも、使用する場合でそれぞれ違った効果をねらうわけですよ。イーストマンR4処方のファーマー氏減力液は、現像過度の原板の減力に使用しますし、同じイーストマンのR1処方の過硫酸アンモン液は、コントラストの強い、ドギつい原板を和らげるのに使います。しかし、原板によっては、逆に現像かぶりによって明るいハイライトのディテールがつぶれて平調となったり、あるいは暗いシャドーの部分が肉乗りしすぎて、平調になるような場合があるのです。このような原板の部分的な減力処理には、青酸加里が銀塩を溶解する力が強いので、賞用されるのです——もちろん、白黒写真の場合ですけど」

「なるほど……」

尼子博士は、うなずくと、引伸機を置いた台に歩み寄った。そこに一個のシガレット・ホルダーが置いてあるのに気付いたからである。

「このシガレット・ホルダーは、あなたのものですか」

「いや、誰かが置いていったものでしょう。それにしても変ですね、暗室に誰が入ったのでしょうか」

赤尾木忠弘は、怪訝そうな面持で否定した。すると、尼子博士は何もいわずに、そのシガレット・ホルダーを例の小形ピンセットでつまみあげ、紙封筒に大切そうにしまいこんだのであった。

八、毒殺未遂——九月十三日午後九時半

尼子博士と私が二階の客間に戻ると、既に座敷には布団が敷かれていた。私たちは、眠られぬままに、庭園に

面した広縁《ひろえん》におかれた安楽椅子に向い合って坐り、所在なく煙草をくゆらしていた。

尼子博士は、腕を組んで、じっと何かを冥想しており、私は暴風雨名残りの突風が時々激しく吹きわたるのに耳をすませていた。その時、座敷の障子を静かにあけて、和服姿の稲本善次郎が部屋に入ってきた。

「お部屋にまだ灯りがついていたものですから、……とんだ不祥事でおやすみになれないかと存じますが、ゆっくりお寛ろぎください。なお、かねてからお話しのあった妻問婚の家系調査につきましては、英子刀自も十分に承知しておりますので、明日からでもゆっくりお調べを願いたいと考えております」

「お心づかいをいただいて恐縮ですね。そうしていただければ非常に有難たいと思います。ところで、今度の事件に関連して二、三お訊ねしてよろしいでしょうか」

尼子博士は広縁の安楽椅子に稲本善次郎を招じ、小卓をはさんで向い合いに腰をおろすと、

「あなたと被害者の稲本税理士は、たしか双生児のご兄弟でしたね」

稲本善次郎は軽くうなずくと、「幼い頃は、顔かたちが似ていたものですから、ひとによく間違われたものです。しかし、兄の徳太郎はT大商学部を出て、税理会計事務所に勤め、それから独立して開業してきたのです。私は父が三年前に亡くなってから、家業の貿易商を継ぎ、赤尾木家の長女の和枝と結婚したわけなのです」

「赤尾木家と稲本家には、何か特別の関係《つながり》でもあったのですか」

「兄の徳太郎が税理士として、赤尾木家が経営している赤尾木葡萄酒醸造会社の経理や税制面をみておりました。そうした関係だけで、仲人《なこうど》をたてた普通の見合結婚でした。もちろん、妻問婚の風習にしたがった別居生活を続けましたがね」

「まことにぶしつけな質問で恐縮ですが、妻問婚といいますと、夫婦生活に支障がありませんでしたか」

「別にどうということはありませんでした。私は仕事が忙しく、取引業者との折衝や接待で毎晩遅くなりますし、かえって妻と別居しているほうが気楽でした」

稲本善次郎は貿易商として仕事に精励するかぎり、妻との性的生活にもわずらわしさのない妻問婚の風習が好都合だったのである。それだけに、世界人《コスモポリタン》としての善次郎は常に欧米諸国を飛び歩き、貿易業もかなりに繁昌しており、仕事も多忙で、一カ月に二、三日、赤尾木邸を

訪れるにすぎなかったということである。

「こういう風習は、ご承知でしょうが、曾っては東南アジア、インドネシア、太平洋の島々などの母系制民族に広く分布し、現在でも北アメリカのベブロ・インディアン、アリ・インディアン、スマトラ島のメテンカバウ族やインド・マラバール州に盤踞《ばんきょ》するナイール族などにも見られるということですよ」

稲本善次郎は、妻問婚についても、かなりの知識を持っているらしかった。

「妻問婚の風習も、最近ではいくらか変化してきているのではありませんか」

と、私が口をはさむと、善次郎は大きくうなずいた。

「たとえば、外来者を一定の滞在期間中に夫として待遇する風習がありますが、これなどは妻問婚の遺風であろうと見られているのです。有名なものでは、唐人お吉の例がありますし、物語としてはピエル・ロチの『お菊さん』や歌劇の『蝶々夫人』などがある。これらは売春であるともいえますが、また、期限つきの結婚であるともいえます。過去の日本にあった妻問婚の伝統が、このような結婚様式を可能にしたものであると、熊本大の後藤源太郎教授も指摘されているように聞いております」

黙然として稲本善次郎の話をきいていた尼子博士はそのとき、新しい煙草に火をつけた。

「ところで、英子刀自があなたの亡くなった奥さんの妹の美佐さんを後妻にもらってくれと申し出られたというお話でしたね」

稲本善次郎は、新しいフィルター付き煙草を手にしながら、「養母《はは》は、そういう意向を以前から持っていたのですが、ぼくはあまり乗り気がしなかったのです。しかし、娘の朱美が美佐さんを実母のようにしたって、すっかりなついてしまっているので、再婚する決意をしました」

「挙式のご予定は、いつですか」

「善は急げというので、十一月の初めを予定しておりました」

妻が死んだ後に、夫が妻の妹を後妻にするのは順縁婚、すなわちソロレート婚といっている。これは古くから母系制民族の妻問婚や婿入婚に結びついたもので、そういう意味からすれば、稲本善次郎が亡妻の妹の美佐と再婚するのは、当然のことのように私には思えた。

「ところで、葡萄酒会社は、どういう組織になっているのですか」

「本社は東京・西銀座の私の事務所内にありまして、私が東京出張所長と営業部長を兼ねており、代表取締役社長には英子刀自、その他赤尾木家の同族の方が役員に就任している合資会社なのです。経理や税制面はさきほどお話ししたように兄の徳太郎が見ていました」

稲本善次郎は、そう答えて、それまで指にはさんでいた紙巻煙草に火をつけ、軽く吸いこんだ。その途端に、彼は急に喘息患者のように咳こみ、急いで口に咥《くわ》えた煙草を小卓の上の灰皿にもみ消した。

「妙な味がする……」と、低くつぶやくと、その場に昏倒した。

尼子博士は、倒れて意識不明となった稲本善次郎の手首を摑み、脈搏を調べると、

「ちょっと意識を失っただけで、中毒症状は軽微だ。すぐに恢復するから、心配はないな」

そういっているうちに、蒼白な顔色となった稲本善次郎が身じろぎをして上体をおこし、息苦しそうに喘ぎながらいった。

「し、失礼しました。どうも煙草の味が変だと気づいたのですが、もうその時は一息吸って眼がくらんでしまいました」

「酸っぱい刺すような味だったでしょうね」

「そうです、煙草の味など全然しませんでした」

尼子博士は、稲本善次郎がもみ消したフィルターつき煙草を丹念に調べると、

「青酸の臭いがします。煙草の葉のほうではなく、フィルター部の吸収綿に青酸溶液が滲みこませてあったようですね。あなたは、この煙草をどこで手にいれたのですか」

「煙草を切らしてしまったのですが、暴風雨で外出できないものですから、英子刀自からもらったものです。兄の徳太郎が喫っていた喘息用煙草を部屋に忘れていったものだそうでしたが……まだ幾本か残っております」

そういって稲本善次郎は、和服の袖の袂《たもと》から緑色をした煙草の箱を取り出し、尼子博士に手渡した。

「喘息用煙草ですから、変な味がすると思ったのですが、毒入り煙草とは想像もしませんでした」

善次郎は、蒼白になった顔をふるわせた。尼子博士は煙草の箱から残った五、六本の紙巻煙草を小卓の上に取り出し、入念に煙草のフィルター部分を調べていたが、やがて顔をあげると、

「どの煙草のフィルターの吸収綿にも青酸溶液が滲み

こませてあるようです」

「いったい、誰が、こんなことをしたんでしょうか。まさか、そんなことを養母《はは》がするわけもありませんし、私には人から恨みを受ける覚えがありません」

尼子博士は、うなずくと、

「犯人は多分、恐ろしく狡智にたけた者と思われます。稲本税理士を毒殺し、また、あなたをも毒害しようとしたのです——幸いにも未遂に終りましたが、しかし、今夜のところはこのままにしておいて、明朝からの警察の捜査に任せることにしましょう。とにかく、戸締りは厳重にしていただきたいと思います」

蒼白な顔をした稲本善次郎が部屋を出ていってしまうと、しばらくの間、私は事件の推移をあれこれと臆測してみた。しかし、さっぱり手掛りらしいものを摑むことができなかった。

「尼子先生、事件はますます複雑になって、私のような凡庸な頭では、さっぱり犯人の見当がつきません。稲本税理士の死因とみられる点眼器も、稲本善次郎を毒害しようとした喘息用煙草も、すべて当主の赤尾木英子刀自に関係があるようです。これは妙な暗合であると思いませんか」

「君はド・ブランヴィリエ侯爵夫人（1630～1677，毒殺者として高名で、斬罪に処せられた）を想定しているらしいが、英子刀自には犯行の動機がないのではないかね」

尼子博士は、身じろぎもせずに、じっと何かを深く考える表情をくずさなかった。

九、意外な解剖結果——九月十四日午前十時

台風一過した翌朝は、一片の雲もない碧瑠璃色の清々《すがすが》しい秋晴れとなった。

午前十時ごろ、怪鳥のような二台の大型ヘリコプターが赤尾木邸内の広大な庭園の芝生の上に降り立った。搭乗してきたのは、県警捜査課の飛石警部をはじめとする捜査員、鑑識課員らで、一団となって現場の書斎に踏込み、きびきびした組織的な捜査活動を開始した。

尼子博士は、警察大学の教授をも兼任し、曾ては飛石警部を教え子とした旧知の間柄だっただけに、警部は千載一遇の奇遇を喜んで尼子博士を捜査官一同に紹介し、積極的な捜査の協力を依頼した。

尼子博士は珍しい妻問婚の調査にきて、偶然にも奇怪な事件に遭遇したこと、――稲本税理士の毒殺、稲本善次郎の毒殺未遂事件と、相ついだ奇怪な事件の顚末を警部に物語った。

「とにかく、尼子先生のご助力を得て、百万の味方を得たも同然です。死因の確定のためには、先生の執刀で解剖をお願いしたいと思っております」

こうして県警による徹底的な捜査が開始されたのである。

当主の赤尾木英子刀自、忠弘、美佐の兄妹、稲本善次郎のほか、松野鶴代看護婦、モデルのカタリーナ・ヨンソン嬢、婆やの中村ハル、女中の小林麻美にいたるまで、すべての事件関係者は、飛石警部から鋭い訊問を浴びせかけられた。しかし、新しい供述は全然得られなかった。

また、青罌粟谷駐在所に留置された毛利平吉も厳しい取調べを受けたが、所持した拳銃は、彼が自衛隊に入隊していた当時、秘かに盗み出して隠匿していたものであると述べた以外に新しい自供がなく、稲本善次郎と姿恰好の似た稲本税理士を誤解したものである、と主張した。

朝のテレビ・ニュースによると、台風によって破壊された道路や橋梁の復旧は、自衛隊が出動し、国道十八号線は、この日の夕方ごろ、一方、県道は明日の午後になる見込みであると報じていた。

尼子博士は、飛石警部の要請によって、その日午前十一時から稲本税理士の遺体の解剖を行なうことになり、遺体は書斎からガレージに移された。解剖に先立って死体から採血した血液の理化学的試験が県警鑑識課係員によって行なわれ、検体血液中にチアンメトヘモグロビンの存在を検出し、死因が青酸による中毒死であることを明らかにした。

解剖の主点は、致死量の青酸溶液が点眼器から被害者の眼窩に点滴され、涙腺などから体内に吸収されたものであるか否か――などを決定する局所解剖を主とするものであった。

解剖には飛石警部、検死官、家族を代表した稲本善次郎が立会った。私は尼子博士の助手として、解剖所見の結果を記録していった。

「伊能君、いいかね、眼窩部における青酸の痕跡は微弱……」

尼子博士のいうままに、私は記録の筆を進めた。そうすると、意外にも、死体の眼窩部や涙腺部分に残った青酸の痕跡が微弱で、むしろ、粘膜にただれのみられる口腔や鼻腔肺臓に多量の青酸の痕跡が認められたことであった。こうして午後一時ごろに解剖を終った。

赤尾木邸の応接間に戻り、一服した尼子博士は、淡々たる口調で、解剖の総括的な結果を飛石警部らに説明した。

「まったく奇妙なことになりましたね。眼窩や涙腺に青酸の痕跡が微弱だったとしますと、点眼器の青酸が死因ではなかったことになります。そうすると、青酸を嚥《えん》下《か》したのでしょうか」

飛石警部は、不審な面持をかくさなかった。

尼子博士は、軽くうなずいて、「そうですね、嚥下したとすれば、胃内に青酸の痕跡を認めなければならないのですが、殆ど認められず、肺臓内が最も強烈だったのです」

「青酸を嚥下したのでもない。また注射した痕跡もなかったとしますと、青酸が体内にどうして吸収されたのでしょうか。胃内の青酸が化学的な分解作用をおこして消失してしまったのではないかと考えられませんか」

飛石警部は、不審な表情をくずさなかった。

同席した稲本善次郎も、意外な剖検の結果をきいて、口に咥えた煙草の灰が床に落ちるのも気づかない様子だった。

「いったい、どういう方法で毒殺したのでしょうか」

そうすると、尼子博士は、ポケットから紙封筒に入れたシガレット・ホルダーとフィルター付き煙草〈セブンスター〉を取り出した。

「これは暗室で発見されたシガレット・ホルダーと、書斎の床の上に落ちていた〈セブンスター〉の吸殻です。実は、稲本税理士は、このシガレット・ホルダーに仕込まれた青酸で毒殺されたものなのです」と、ホルダーの火《ほ》口《くち》のねじを外し、水分を含んだ綿をつめたプラスチック製の円筒を取り出して見せた。

「この部分がニコチンやタールの吸収部で、肺癌防止用の特殊タール吸収フィルターになっているのですが、これに青酸溶液がしみこませてあったのです。一方、〈セブンスター〉のフィルター部には、次亜硫酸ソーダ、つまり現像定着液のハイポーの溶液がしみこませてありましたので、この煙草をシガレット・ホルダーにさし込んで喫煙しますと、酸と青酸が反応して、青化水素《シアン》を発生する仕掛けになっていたのですよ」

この思いがけない尼子博士の殺害方法の解明には、誰もが呆然として、しばらくは口を開く者もなかった。

「問題のシガレット・ホルダーが暗室で発見されていることから推して、写真家の赤尾木忠弘に第一の容疑が向けられることになりますな」

ややあって、飛石警部が猛禽のような鋭い眼を輝かせた。しかし、尼子博士は明らかに懐疑的な口調で、

「いや、いちがいにそうとばかりは断定できません。暗室には誰もが入ろうと思えば入れたからです。むしろ、犯人が何らかの利益を意図して暗室に置いたものと考えられるのです。射殺犯人と見られた毛利平吉が銃口を相手に突きつけ、銃弾が命中した反動で、指にはさんでいたシガレット・ホルダーが床の上に落ちたと自供しているのですが、あの供述を信用すると、そのときまでシガレット・ホルダーが書斎の床の上に落ちていたと思われるのです」

「すると、稲本税理士の殺害犯人は煙草の吸殻を現場《げんじょう》に残し、シガレット・ホルダーだけを持ち出して暗室に隠しておいたことになるのですね」

「意識的に隠したかどうかは明らかではありませんが、何かの目的があったことは確かでしょう」

「そうしたことができるのは、銃声に驚いて書斎に駈けつけた者の中にいる、ということですね」

「大いに可能性があるといえますが、フィルター付き煙草の吸殻がシガレット・ホルダーから抜けて、咄嗟には見つけにくい椅子の下にころがってしまったことに大いに注意する必要があるでしょうね」

尼子博士は、何かを深く沈思する面持で義務的に答えた。

十、暗中模索——九月十四日午後七時

つるべ落しの秋の日は、やっと西へ傾きかけたと思うと、駱駝の瘤のような形をした大岩峰——〈兜岩〉という名称があると、あとで知ったが——の彼方に沈み込み、サーモン・ピンク色の雲も灰色にくれなずんだ。

赤尾木邸の捜査は一段落し、大部分の県警の係官は、大型ヘリコプターで引揚げていった。捜査の進展は、まったく見られなかったが、赤尾木邸は再び静けさを取り戻していた。

稲本税理士の解剖後の遺体は、尼子博士によって縫合され、いまでは仏間に安置されていた。県道の復旧をまって安中《あんなか》の火葬所で荼毘《だび》にふし、東京・中野の自邸で葬

儀を行なう予定になっていた。

　こういう静かな邸内で、赤尾木英子刀自がひとり仏間で法華三部経をめくり、観世音普門品《ふもんぼん》第二十五をひらき、「この時に尽意菩薩……」と音誦《おんしょう》している、かすかな声が伝ってきた。そのほかの家族は、自室や娯楽室でくつろぎ、赤尾木邸のすべての人々は、表面的には平静に過しているかのように見えた。

　尼子博士は、現場で発見された煙草の吸殻や写真暗室で発見したシガレット・ホルダーなどの物的証拠品すべてを県警の係官に提供したが、そうしたものからは指紋を検出することができなかった。

「この事件は、指紋によって解決するような単純なものではないからね」

　尼子博士は応接室の肘掛椅子に身体を投げだすように腰かけると、紫烟を輪にして吹きあげながら、

「伊能君、この事件をどう思うかね」

「私には、まったく辻つまの合わないことだらけで、五里霧中の気持です。あの毛利にしても、正気の沙汰じゃありませんね」

　私は正直に現在の心境を吐露した。

「それにしても、犯行に使われた毒薬が青酸加里であることから推しますと、私は飛石警部がいうように、赤尾木忠弘が怪しいのではないかと思います。青酸を一番に入手しやすい立場にもありましたからね」

「しかし、犯行の動機が英子刀自の場合と同様、明らかではないから確かなこととはいえない」尼子博士は灰皿に煙草をもみ消すと、「しかし、ひとつの犯罪に、なんらこれといった動機がないということは、動機がある以上に怪しいとみなければならない、とファイロ・ヴァンスも警告しているからね。それにしても、あの男は実に人間が正直だ、写真撮影以外になんの興味もない人物らしい」

「すると、毛利のような稲本兄弟に恨みを持った者の犯行で、単純な復讐殺人とみるべきでしょうか」

「いや、この事件は計画的な犯罪とみるべきだよ。しかも稀にみる巧妙な犯罪だという気がする」

「それでは、何か手がかりになるようなものを発見したのですか」

「手がかりはある。しかし、その手がかりも本当のものかどうかは、まだわからないので確かなことといえない。しかしだね、いろいろな不可解な出来事が重なり、犯人の計画が齟齬したことにまちがいはなさそうだ。つまり、

出来事が重なりあったらしい形跡が十分にあるとみるべきだと思うのだが、あるいは犯人は、そのように意図したのかもしれない。もう少し前提事実を追究してみない限り、暗闇の中で手探りするも同然だ」

尼子博士は、諭すような口調で口をつぐんだ。こうして、事件の第二日目は、暗中模索のうちに更けていった。

十一、第三の惨劇――九月十五日午前八時

次の日は、私の思い出に、いつまでも残る日となった。この日起ったことは、尼子博士を除いては、警察当局者のすべてが予想だにもしなかった惨劇であった。

尼子博士は、前夜遅くまで土蔵から取り出した赤尾木家の古文書を調べていたので、起床したのは午前六時半をすぎていた。私たちが洗面をすませて、運ばれた軽い朝食をとり終ったあと、客間の広縁の椅子に腰かけて漫然としていたとき、稲本善次郎が部屋に入ってきた。

「まだ、七時をすぎたばかりで、お疲れと存じますが、古い系図をごらんにいれようと存じました……」

尼子博士が赤尾木家の古い巻物の系図を受けとって、稲本善次郎の説明をききながら、その系図に眼を通しはじめたときであった。突然、廊下に慌だしい足音がして、婆やの中村ハルが部屋に駈け込んできた。

「善次郎旦那さま、た、大変でございます。大奥さまが……大奥さまのご容態がおかしいのでございます」

「なに、養母が……？　卒中でもおこしたのか！」

善次郎が慌てて立上った。

「いいえ、それが息をひきとられたようなのでございます」

善次郎は尼子博士を振り返ると、

「先生、診ていただけましょうか」

尼子博士はうなずくと同時に、椅子から立上った。それから稲本善次郎の案内で赤尾木英子刀自の部屋に駈けつけた。

英子刀自は、八畳間につづくベランダの安楽椅子に腰かけたまま、ぐったりとなって椅子の背にもたれており、脈搏を調べるまでもなく、既に絶命していることが明らかであった。死顔は、まるで生きているかのように桜色をしており、その口辺のあたりは激しい苦痛にひきつって歯を固くくいしばっていた。

死体の前の小卓の上には、朝食前のお茶のお盆が置か

れ、小皿に砂糖をまぶした小粒の梅干しが三、四個入っていた。湯呑みに注がれた煎茶はまだ熱く、かすかに香り高い湯気を立ちのぼらせていた。

これらを一瞥した尼子博士は死体のくいしばった唇を押しあけたが、入歯の歯ぐきに梅干しの嚙み滓《かす》が付着しており、青酸特有の苦扁桃油の臭いがした。

「明らかに青酸中毒死です。電話で県警の飛石警部に知らせていただけませんか」

尼子博士は死体をひと通り調べると、稲本善次郎に向って冷静な口調でいった。

赤尾木家に君臨してきた女傑ともいうべき英子刀自の怪死！　事件は、いまやクライマックスに達したかの感があった。

稲本善次郎が慌ただしく階下に去っていくと、尼子博士は、さらに小卓の上の小皿に盛った砂糖まぶしの梅干しを屈みこんで、仔細に調べていたが、急に立上って、

「伊能君、青酸加里による第二の殺人だ。いままでの犯人は青酸溶液を使ったが、これは青酸加里粉末そのものを白砂糖に混入したものだよ」

そのとき、蒼い顔をした婆やの中村ハルがこわごわと部屋の中を覗きこんで、

「お医者さまをお呼びしなくて宜しいでしょうか」

と、怖々《おずおず》とした口ぶりできいた。しかし、尼子博士は、それには答えず、和《おだ》やかな口調で婆やを部屋に招じ入れた。

「英子刀自の死体を発見したのは、あなたでしたね」

「はい……」

「その時の様子は、どうでしたか」

中村ハルは、物怯《ものお》じしたふるえ声で、死体発見の顚末を次のように語った。

彼女は、その朝、いつもの習慣どおりに午前六時に起床した英子刀自が階下の洗面室で顔を洗っている間に、部屋に敷いた布団を片づけ、掃除して六時半ごろに、小皿に盛った梅干しと茶道具を持っていったものであった。

「わたしが茶碗にお茶をついでいるとき、大奥さまがお戻りになりましたので、階下の厨房に戻りました。それから麻美さんと食堂で朝食の仕度をしまして、七時すぎに食事の用意ができましたので、大奥さまにお知らせに参ったのです」

「ふむ、そこで兇事を発見したわけだね」

婆やは黙ってうなずいた。

「梅干しの砂糖は、厨房にあったものかね」

「はい、麻美さんがお茶の仕度をして、食堂のテーブルに置いておいてくれたものですから、厨房にある砂糖壺のものを使ったものと思います」

尼子博士は、私を振り返って、

「伊能君、婆やさんと一緒に行って、それが確かかどうか、すぐに調べてくれないか。もし青酸加里粉末が砂糖壺に投入されていたとしたら、大変なことになるからね」

私は、婆やと一緒に階下の厨房に行き、女中の麻美から、お茶の仕度を七時少し前に終って、食堂のテーブルの上に置いておいたことを確かめた。

「砂糖壺はどこにあるかね」

「はい、こちらにございます」

広々とした厨房の棚の上に置いてある砂糖壺の中味を調べたが、青酸加里粉末の混入はまったく認められなかった。食堂のテーブルに置かれていた僅か一、二分の間に、何者かが青酸加里粉末を梅干しにふりかけたものと推定された。

二階の英子刀自の部屋に戻って、その旨を尼子博士に報告すると、

「君の推定どおり、犯人は食堂に置いてあった僅かの間に青酸加里粉末を白砂糖にまぶしたものだろうね。あるいは、あらかじめ用意しておいたものとすりかえたかもしれないが、君の推定のほうが可能性が強いように思うな」

「そうしますと、家の者は、誰でも梅干しにかけた白砂糖に青酸加里粉末を振りかけることができた——事態は、ますます複雑化して、誰が犯人か、さっぱり判らなくなりましたね」

「いや、ぼくはそうは思わない。これで、むしろ犯人の意図がはっきりしてきたといえるよ。つまりだね、不特定多数の大量殺人をもくろむのではなく、ある特定の目的と人物をねらっていることが明白になったのだよ。しかも、当主の赤尾木英子刀自を毒害することによって利得を得るものという点に絞って考える必要があるわけだ」

「利益を得るものといえば、もちろん遺産でしょうね。赤尾木家は、この付近一帯の豪族の後裔として巨億の富を持っているということですから、立派に殺人動機が成り立ちます。そうすると、次女の美佐が怪しいことになりますが、ぼくには事件の脈絡がさっぱりつかめません。稲本税理士と稲本善次郎の双生児兄弟がともに毒殺魔に

狙われ、一方が死に、一方が九死に一生を得たこと、これが赤尾木英子刀自の毒殺と、どこにつながりがあるのでしょうか」

「それが判れば、まったく苦労がないわけだよ。しかし、絶対にあせらずに事件を冷静に検討していくことが必要だね」

尼子博士はもはや結論を得たような確信ありげな態度で、きっぱりといいきった。

十二、水に濡れた妖精――九月十五日午前九時

「飛石警部らの県警や所轄署のかたがたは十一時半ごろに到着するそうです。それまでは尼子先生の指図にしたがっていてくれ、ということでございました」

稲本善次郎が県警との電話連絡をすませて、英子刀自の部屋に再び姿を現わした。

「そうですか。ところで、ただいま、ほかのご家族はどうしているのですか」

尼子博士は、何気ない調子で訊いた。

稲本善次郎の話によると、赤尾木忠弘とカタリーナ嬢を除いて家人はいずれも英子刀自の兇事を知って、自室で待機しているということであった。

「実は昨晩、娘の朱美が急に発熱しましてね……」

赤尾木美佐と松野看護婦は、終夜交替で熱に苦しむ朱美を看病していたが、いまは自室にいるという。また、赤尾木忠弘は、カタリーナ嬢を連れて、早朝五時半ごろから外出し、まだ帰邸していないが、カタリーナ嬢をモデルに写真の撮影をしているのではないか、ということであった。

「撮影場所はどこか、心あたりがありますか」

「昨晩の話では、乙女池《おとめいけ》に行くといっておりました」

その乙女地というのは、赤尾木邸から約五百メートル離れた、例の駱駝の瘤の大岩峰〈兜岩〉の麓にある。可愛らしい小さな神秘な小池であるということである。

「庭園から小径《こみち》が続いておりますので、すぐにわかると思いますよ」

と、稲本善次郎がその場所を教えてくれた。

「伊能君、それでは、ご苦労だが、彼らに邸に戻るように伝えてくれないか」

尼子博士にそう命じられて、私がひとり階段を降りていくと、その広廊下で松野鶴代看護婦とばったり顔を合

わせた。彼女は何故か、ばつが悪そうに顔を伏せた。

「昨晩は大変でしたね。お嬢さんのご容態は、どうなりましたか」

「もう大丈夫ですわ。けさがたには、すっかり熱もさがりましたので、……智慧熱とでも申しますのでしょうか。もう心配はいりません。美佐さまも、すっかりお疲れのご様子で、ただいまお寝みになっておられます」

「そうか、君もすこし横になったほうがいいでしょう」

疲れ切った表情の松野看護婦を残して、私は庭園に出た。

既に、秋の明るい朝の光があたり一面にみちみちていた。空気は清々しくて、何かの芳香を含んでいるかのように香ぐわしかった。私は庭園を横切って、奇怪な形の大岩峰の麓をめざして歩き出した。小径は、すぐに緩やかな登りとなった。

「こんな奇怪な事件ははじめてだし、五里霧中だな……」

私は山路を登りながら、そんなひとりごとをした。朝の光の中で、考えれば考えるほど、この事件の背景に邪悪なものが感じられ、赤尾木家がまるで中世紀のボルジア家のような、禍々《まがまが》しい存在にも感じられるのであった。

径《みち》は再び降《くだ》りはじめ、ところどころに白樺の幹が陽光を受けて、きらきらと光っていた。疎《まば》らな林がとぎれると、そこに小さな池があり、水面に映っている白い雲までが静かな神聖な感じをいだかせたが、その水際《みぎわ》に、私は現実にあり得ないような妖異な光景を目撃し、はっとなって、思わず立ち竦んでしまった。

そこには螢草のような、さまざまの色彩《いろどり》の小さな花々が咲き乱れ、ちょうど花のしとねのような趣きを呈していたが、私が見たのはそこに横たわっている女鹿のような白い肉体であった。手と肢《あし》とを思い切ってほんぽうに拡げ、水の精のように冷たい水に濡れた全裸の姿態を妖しくくねらせている姿だった。その妖しい肉体は木洩《こも》れ陽に白く泛いて見え、私は思わず息を呑んだが、よく見ると、水の妖精と見たのは、カタリーナ・ヨンソン嬢であり、すこし離れたあたりに、赤尾木忠弘が6×6版カメラを構えて、ファインダーを覗いたまま、熱心にシャッターを切っていた。

私はすぐに邸に戻るように伝えるのにとどめ、二人を伴って赤尾木邸に引返した。応接間に入ると、尼子博士が卓上電話器を置くところだった。

「ちょっと、東京の税務署や証券会社などに問い合せたのだ。意外な事実をつかむことができたよ」といったが、その内容については多くは語らず、私が伴ってきた赤尾木忠弘とカタリーナ嬢に視線を向け、

「実は英子刀自が亡くなられたのです」と告げ、その朝の彼らの行動をきいたが、それは既に中村ハルが陳述したとおりのものであった。

「何か気づいたことはありませんでしたか」

「別に、――そう、何もありませんでしたよ」

彼らは、家人がまだ寝静まっている午前五時半から戸外のヌード撮影に出かけ、怪しい者の姿を見かけなかったという。むしろ、尼子博士から英子刀自が毒害された事実を初めて聞いて、率直な驚きの色を示し、蒼白な顔色となった。カタリーナ嬢は、いまにも気絶するかと思われたくらいであった。

「警察がくるまで自室で待機していてください」

彼らが蹌踉《そうろう》として立ち去ると、尼子博士は皮張りの椅子に深々と腰をおろし、憂鬱そうに煙草をふかしていた。

その一時間後、急報に接した飛石警部らの一行が、再びドヤドヤと赤尾木邸内に乗りこんできた。

「地方検事局の捜索令状があるから、邸内を徹底的に調べあげてくれ」

苦りきった表情の飛石警部は、尼子博士から赤尾木英子刀自毒殺の一伍一什《いちぶしじゅう》をきくと、部下にそう命じた。こうして赤尾木邸内の徹底した捜査が再開されたものの、やはり事件解決のかすかな手掛りさえも得られなかった。警部のイライラはつのる一方であった。

「警部殿、外人女の部屋の戸棚の中に、こんな壜がかくしてありました。指紋は検出されませんがね」

間もなく、私服刑事の一人が薬壜を持って、飛石警部に報告した。それはまぎれもなく、写真暗室から紛失した百グラム入りの青酸加里の壜であった。

「外人女を連れてこい」という警部の命令で、カタリーナ・ヨンソン嬢が直ちに連れてこられ、飛石警部から厳しい訊問を受けた。しかし、彼女は、そのような壜を自分の部屋にかくした覚えは、まったくないと頑強に否定した。

「それでは誰かが持ちこんだとでもいうのかね。その心当りでもあるのか」

「アタクシ、何もゾンじません」

言葉の不自由なカタリーナ嬢は、知らぬ存ぜぬの一点ばりであった。飛石警部も、ついには匙を投げざるを得なくなってしまった。

「あなたは外国人ですから、これ以上、追究することはいたしませんが、殺人容疑者として身柄を拘束することは避けられないと思って下さい」

「警部、早まった断定をしては、いけないのではないかね」

そのとき、尼子博士が口をはさんだ。しかし、飛石警部は、

「青酸の壜が彼女の部屋から発見されたんですからね。……もちろん、彼女が直接の犯人というのではありません。毒殺幇助《ほうじょ》者としての可能性が十二分にあると考えられるからですよ」

と、不服そうに反論した。これに対して尼子博士は、謎のような微笑を浮べながら、

「青酸の壜には、ひとつの指紋も検出されないし、カタリーナ嬢がなんでまた自分の部屋に置いておいたのか。かりに毒殺者なら、そんなヘマな真似はしないはずだよ、君。……この邸の誰かがいろいろ細工しているにちがいないと見るべきではないかね」

カタリーナ嬢が私服刑事に伴われて部屋を出ていくのと入れ違いに、寝不足の冴えない顔色をした赤尾木美佐と松野鶴代が応接間に入ってきた。

彼女らの供述は、私が松野看護婦からきいたことと変らなかった。

「あたくしたち、昨晩はほとんど眠らなかったものですから……」

赤尾木美佐は、蒼ざめた顔ながら、かなりに気丈な声音で飛石警部の訊問に答えた。

「犯人の心当りはないでしょうな」

飛石警部は、紋切型に切り出したが、赤尾木美佐はその言葉が聞えなかったかのように、しばらくの間は石のように冷たい眼を無表情に据えたまま身動きもせず、じっと坐っていた。それから、不意に顔をあげると、視線を尼子博士に移した。

「あたくし、このうちは、ほんとうに気味悪くなりました。どこかへ逃げ出したいくらいですわ」

「お気持は十分に察しますよ」

尼子博士は和やかな慰さめるような声音でいった。

「ご当家の妻問婚の風習からしますと、遺産はあなたが相続することになるわけですね」

「はい、母の遺言状も、全財産をわたしに譲ることになっているときいております」

「それではお部屋の方でお休み下さい」

飛石警部も疲れきった彼女らを深く追究しようとしなかった。

十三、奇怪な事実――九月十五日午後四時

その日の夕刻、私たち一同は、放心したように応接間の中に坐っていた。

飛石警部は、時々姿を見せる部下たちから捜査報告を受けていたが、やはりこれという有力な聞き込みや手掛りもなく、はち切れそうな身体がいまにも破裂するのではないかと思われるほどに、イライラとした落着きのない態度であった。

「警部、檻の中の熊ではあるまいし、すこしはじっと腰をおろしていたらどうかね」

尼子博士も、やや冷かし気味の調子で声をかけた。飛石警部は不服そうな眼で尼子博士をちらりと見ると、あきらめたような様子でどっかと椅子に腰をおろした。すると、尼子博士はさりげない調子で切り出した。しかし、その眼は窓のそとの暗くなっていく空をぼんやりと眺めているように見えた。

「この事件のモチーフは、青酸加里だよ。毒物学者フーゴー・グラーゼルの著書『毒』（1927年刊）によると、青酸は無色の液体で、この猛毒性は古くから知られていると述べている。これを純粋な形で初めて採り出したのは、気体法則の発見で有名なゲイ・ルサックで、一八一一年のことだった。それ以来、いろいろな塩類が作り出され、青酸加里を含めて恐るべき毒物であることは今日では誰ひとり知らぬ者はないくらいになっている。

このような青酸の化合物は、蓚酸《しゅうさん》やベルリン青の合成、金・銀めっき、最近では合成繊維・合成樹脂の製造など、いろいろな工業に欠かせない重要な工業用薬品となっているが、この事件の場合では写真用の青酸が使用されている。誰もが容易に青酸を入手できるということに問題があるように思うのだよ、ぼくは――。こうした政治的配慮による対策を当局も今後、徹底的に究明すべきである、と思うわけだ。

青酸には、一種特有の舌を刺す刺戟的な味があり、苦扁桃油や杏仁水のような香りがあるので、古来の毒殺者はブランデーや葡萄酒、シャンペンの中へ注ぎこんで、青酸特有の臭いをごま化そうとした例が多いが、この事件では煙草や梅干しを使うといった、きわめて稀な方法

によっている。そこに、この事件の特異性があると考えられるのだ」

尼子博士が、そこまで話してきたとき、応接間の電話のベルが鳴った。飛石警部が受話器を取ったが、

「なに、高崎のT病院には松野鶴代などという看護婦は登録されていないと……？　ふむ、すぐ締めあげてドロを吐かせてみせるからな」

と、鷹のような眼を烱々《けいけい》と光らせた。

直ちに、松野鶴代が私服刑事によって部屋に連れてこられた。

「君は何故、T病院の看護婦などと嘘をいっていたのかね」

飛石警部は相手を威圧する高飛車な調子で切り出した。松野鶴代は、その剣幕に恐れるかのような低い声で、

「いえ、別に嘘を申しあげるつもりはなかったのですけど。わたしを大奥さまに紹介された稲本税理士が、大奥さまがやかましいかただから、そのように申しあげろ、とおっしゃいましたので、……わたし、準看護婦の資格は持っておりますわ」

「死人に口なしで、どういおうとも勝手だが、当分の間、この家を離れないでいてくれたまえ。あとで、本署に連行し、十分に事情を訊くことにするからね」

飛石警部は、意外にも深く追究することもなく、そういって、一たん松野鶴代を部屋に帰した。そのとき、じっと黙考していた尼子博士が、ようやく決心したかのような表情を泛べ、警部のほうに向き直った。

「ようやく事件解決のメドがつきましたよ。すべてのものがぴったりと当てはまる。飛石警部、手数をかけるけれど、家族みんなに応接室に集まるように伝えてくれませんか」と、警部に丁重な声で頼んだ。

「ぼくも、ようやく犯人の目星がつきかけたところだったのですよ」

にんまりした飛石警部も、何かを期するような面持で部屋を出ていった。

そして、事件は急転直下に解決する大詰めの場面を迎えることになったのであった。

十四、犯人の推定――九月十五日午後五時

仁王様のように目をむいた県警の飛石警部は、尼子博士と並んで、応接室のテーブルの中央に坐り、その向い

側に赤尾木美佐と稲本善次郎、部屋の一隅には看護婦の松野鶴代、婆やの中村ハル、女中の小林麻美が、いずれも緊張した、不安そうな顔つきをしてかたまっていた。

誰も口をきこうとする者もなかった。

やがて、飛石警部が軽い咳ばらいをして、部屋の入口に立っている私服刑事に眼で合図すると、彼は間もなく屈託のない顔をした赤尾木忠弘とカタリーナ・ヨンソン嬢を伴って戻ってきた。しかし、部屋の中にはいり、異常に緊迫した空気を感じると、赤尾木忠弘は一瞬、たじろいで明るい顔を曇らせ、逡巡するように立ちどまった。

「こちらにおかけください」

テーブルの空いた椅子を示した飛石警部の言葉は、その語調に背筋を凍らせるような冷たい響きがあった。

「何かご用だそうですね」

赤尾木忠弘は、無理に作った、ぎごちない微笑を浮べながら椅子に腰をおろした。その隣りに、カタリーナ・ヨンソン嬢が訝しい顔付きで坐った。

「この連続毒殺事件も、いよいよ終幕の時を迎えたと、われわれは考えているのです」

飛石警部は、真ッ向から浴びせかけるような切口上で切り出した。そして、赤尾木忠弘を鋭い眼差しできっと見据えると、

「あなたの率直な告白を得たいと存じているのです。われわれは、確たる証拠を握っているつもりです」

「ぼくの告白——? 一体、いきなり何をおっしゃるのですか」

赤尾不忠弘は、追いつめられた動物さながらに、挑戦するような不敵な面構《つらがま》えをみせ、吐いて棄てるような語調でいった。

「何を証拠に、そんな出たら目をおっしゃるのです。人権無視も甚だしいではありませんか!」

しかし、平然とした飛石警部は鋭い追究の手をゆるめず、

「それでは訊きますが、どういうわけで青酸加里をかくしたのですか。家宅捜索によって、われわれはカタリーナ・ヨンソンの部屋で、暗室から紛失した壜入りの青酸加里を発見したのですぞ! それをかくしたのは、君以外にはないはずだ」

飛石警部は、切札の手のうちを見せたというような確信にみちた態度だった。

「ほう、ミス・カタリーナの部屋に……?」

赤尾木忠弘は、まったく信じられないというような顔

付きになった。

「君は、あくまでもシラを切る気なのかね。君は生母の英子刀自を毒殺しようとして点眼器に青酸溶液を入れておいたのだ。しかし、既に眼病の癒ってしまった英子刀自は化粧台に置き放しておいたのだが、軽い結膜炎にかかった稲本税理士が暴風雨で眼科医の応診を得られないため、その点眼器を刀自に黙って持ち出してしまったのにちがいない。一方、君は稲本税理士には青酸溶液をしみこませたシガレット・ホルダーと強酸をしみこませたフィルター付き煙草を準備しておき、無害な喘息用煙草だと偽って喫わせて毒殺したものだろう。

君の計画では、それによって赤尾木英子刀自が稲本税理士を毒殺して、自殺したように見せかけるつもりだったのではないか！　君は兇行後、暴風雨のために足を奪われ、現場から逃げ出せなかったのだから、まさに天の摂理というべきだろう」

飛石警部の鋭い論法に、赤尾木忠弘は仮面をひきむかれた毒殺魔のように眼をむいたまま、黙然として椅子に沈みこんでいた。既に抗弁の余地も無さそうに銷沈《しょうちん》しているように見えた。

「それに、君には赤尾木家の遺産を相続できぬ腹癒《はらいせ》ということもあったからね。動機は十分ではないか」

警部の言葉に赤尾木忠弘が、たまりかねたように憤然と立ちあがったとき、それまで事態の推移を冷静に眺めていた尼子博士が軽い溜息をついて、

「飛石警部、待ちたまえ。君は二、三の関連した事実をとりあげただけで、いきなり誤った結論に飛躍してしまっている。つまりね、外見《みかけ》にとらわれると、全然まちがった結論に導かれてしまうものなんだ」

「しかし、状況証拠は、情婦とみられるカタリーナ・ヨンソンと共謀した疑いが十分にあると思うのです」

飛石警部が動じた気色もなく鋭く反論するのを制して、尼子博士は、落着いた口調でいった。

「状況証拠や、あやまった証拠で軽々しく断定するのは、きわめて危険です。現実の証拠は、むしろ赤尾木忠弘氏に有利であり、その無罪を立証しているといってもさしつかえありません。たとえば、青酸加里の入った壜に忠弘氏の指紋が検出されなかったことですね。それを使用したのが忠弘氏ひとりとすれば当然に指紋が残るべきはずなのが、指紋が検出されませんでした。また、カタリーナ嬢が忠弘氏の共犯者で、青酸入りの壜をかくしたとすれば、カタリーナ嬢の指紋が無いのがおかしいで

はありませんか。赤尾木忠弘氏もカタリーナ嬢も、犯罪にはまったく素人で、犯罪常習者、計画者であるとは思えませんので、故意に指紋を拭っておいたものとは、考えられません。そうすると、当然に指紋が残るべきはずなのです。それが無いとすれば、犯人が使用して、何くわぬ顔で拭い去ってしまったのだと考えるのが当然です。ところが、そこに犯人の思わざる過失――重大な失策があったとみるべきなのです」

尼子博士の犀利な犯罪分析に、飛石警部は目を白黒したままで黙り込んでしまった。しかし尼子博士は然《さ》りげなく椅子から立上ると、窓ぎわにのんびりと立って、新しい煙草に火をつけ、推論を続けた。

「実をいいますと、この事件の真犯人は、飛石警部が推定したように、赤尾木忠弘氏が稲本税理士と稲本善次郎氏の兄弟、当主の英子刀自の毒殺者であると、当局者に思いこませようとしたことにあるのです。明らかに、そういう意図をもって行動しておりました。しかし、犯罪計画の手落ちから、多くの失敗を重ねたのです。――真犯人は、あまりにも巧妙に立ちまわろうとして、行きすぎをやってしまいました。あるいは才人、才に溺れるという諺どおりであったかもしれません。

わたしは、いまでは事件のトータルな機構を、ひとつのダイナミック・システムとして組立てることができるように思っておりますし、結論は、それ以外にないと確信いたします。犯人の筋書は狡智にたけたものでありますが、いとも簡単な、きわめて単純なものであるということもできます。だが、真犯人は、最初の段階で、いくつかのみじめな失敗を重ねたのです。それが一見、事件を錯雑化し、また暴風雨という自然環境の中で行なわれた特異な犯罪であるため、犯人の計画に齟齬をきたさしめたことも、飛石警部のお言葉をかりれば、天の摂理であったかもしれません。いずれにしても、真犯人はみじめな失敗を糊塗しようとして、新しい大胆不敵な手法と術策を必要とすることになったのです。もちろん、それは失敗を糊塗する弥縫《びほう》的なもので、長年にわたって計画されたものではないだけに、重大な失策を生む可能性がありました。人間の頭脳は、いかに聡明であろうとも、おのずから限界があるものですが、この事件の真犯人も、あまりにも眼先きにとらわれすぎて目がくらみ、頭が混乱してしまったのです」

尼子博士は、さきをつづける前に深く吐息をついた。一座の人々は緊張して、まんじりともしなかった。

「ところで、前置きは、このくらいにしておきましょう。この事件の特異性は徹頭徹尾、真犯人が青酸加里を毒殺手段として使ったことです。射殺事件という茶番劇を除いて、点眼容器、シガレット・ホルダー、フィルター付き煙草、梅干しにまぶした白砂糖、――いずれも青酸を使用しております。真犯人は偏執狂的に青酸による毒殺にこだわっています。これは何故でしょうか――？　それは陸の孤島と化した環境の中で、殺人の絶好の機会を持った犯人が毒殺手段として青酸加里しか入手し得なかったものによることなのです。この事実は、赤尾木家の邸内のすべての人々、外来者を含めて、写真の暗室に青酸加里が置いてあったことを知る者の範囲内に、真犯人がいることを示しているのです」

十五、意外な犯人――九月十五日午後五時半

「いったい、真犯人は、誰なのですか」

飛石警部は、いままでは尼子博士の言葉を一語も聞き洩らすまいという、真剣な態度で耳を傾けていたが、たまりかねたようにきいた。しかし、尼子博士は、ゆっくりと紫煙を吐いて、

「そこで、わたしは今朝の赤尾木英子刀自が毒殺された場合、――犯人にとっては、大きな失策となったのですが、――この事件を例にとって各人のアリバイを考察してみたのです。

赤尾木忠弘氏は、カタリーナ嬢をモデルに野外ヌード撮影に行っていた。人眼をさけるため、午前五時半ごろから撮影をしていたのでしたね。また、美佐さんは前夜遅くから発熱した朱美さんを松野看護婦と徹夜で看病していました。この事件に無関係な召使いを除きますと、アリバイが成立し得ないのは、稲本善次郎氏ただひとりということになるのです」

「な、何をいうのですか。ぼくは七時にはあなたがたの部屋に顔を出したではありませんか」

稲本善次郎は、血相を変えて、椅子から立ちあがった。

「それは下手な猿芝居で、無益な狂言にすぎませんでした。わたしのいう意味は、私たちに会う前のあなたの行動が疑問であり、梅干しにまぶした砂糖に青酸加里粉末を混入し得たのは、あなた以外にはないということなのです」

「で、出放題の出たら目をいうな！」

憤然とした稲本善次郎は、いまにも尼子博士に飛びかからんばかりにじだんだをふんだ。しかし、尼子博士は、動じた気色もなかった。

「それでは申しあげましょう。あなたは最後に決定的な失敗を演じたのです。あなたは石油ショックにつづく産業界の長期不況で持株に大穴をあけたのです。某証券会社の調べによりますと、その金額は数億円といわれております。このため、赤尾木家の経理に大穴をあけ、それを英子刀自に看破され、せっぱつまったあげく、双生児で、瓜二つの実弟の稲本善次郎氏を毒殺し、善次郎氏の身代わりとなっておさまるとともに、眼の上の瘤の英子刀自を毒害し、遺産相続者の美佐さんと結婚し、この家の実権を握ろうとしたのです。そのあなたに、手を貸したのがあなたの情婦で、看護婦になりすました松野鶴代と毛利平吉だったのです」

×

こうして、赤尾木邸連続毒殺事件は、意外な結末をつげた。

尼子博士は、毒殺魔・稲本徳太郎税理士と松野鶴代が手錠をかけられて連行されると、あまりにも意外な事件の終結に茫然自失して、身動きもできないでいる一座の人々を見回した。

「みなさんは、さぞ驚いたことだろうと思います。稲本税理士の犯行は、もはや動かせない事実なのです。この事件の最大の要因が夫婦別居という妻問婚の特異な風習にあったこと、また双生児兄弟であったことに疑いの余地がないでしょうね。というわけは、稲本税理士が弟の善次郎氏の身代わりにおさまったあとも、東京に住居しているのですから、何喰わぬ顔をしておれたからです。また、美佐さんと結婚したとしても、別居している限り、正体がバレる恐れがほとんどなかったのですよ」

「それにしても、腑におちぬ点がまだ多いのですが、犯行の手順はどうなっていたのですか」

飛石警部は、なおも釈然としない表情だった。尼子博士は、大きくうなずくと、

「それでは、かいつまんでお話ししましょう。稲本税理士は、わたしが妻問婚の家系調査に赴くと知って、犯罪計画を組み立てたのだと思います。二重三重に組んだトリックを、わたしがまさか看破できないだろう、と踏んだわけなのです。しかも、毛利平吉の射殺事件という茶番劇が一枚加わって事件を一層に複雑にしました。し

かし、毛利の犯行は、稲本税理士にはむしろ好都合で、兇行時間に犯行場所にいなかった証拠を作るのに役立てたのです。つまり、道化師としての毛利を犯罪現場においてて楯としたわけで、稲本税理士は兇行時間に現場にいなかった——自分は応接室で英子刀自と話合いをしていたという筋書を書いたわけです。それですから、射殺事件の狂言を演じた毛利は稲本税理士の共犯者なのです。したがって、自分が毒殺死体を射つという一幕を演じたにすぎないのですから、銃器の不法所持で罰せられるだけですむと承知していたのです。このため、稲本税理士から多額の報酬を約束されていたにちがいありません」

「ふむ、聞けばきくほど、犯人の抜け目なさに驚きいるばかりですな。その点については、毛利もあっさりと自白しました」

飛石警部は憮然として、感に堪えない口調でいった。

「主犯の稲本税理士は、警部も推定したように事件の前夜、暗室から青酸加里入りの壜を盗み出し、また、かねてから住みこませていた松野鶴代に英子刀自の部屋から点眼器を盗み出させておいたのです。こうして、シガレット・ホルダーのフィルター部に青酸溶液を滲みこませ、ハイポーに吸口をひたした〈セブンスター〉によって、稲本善次郎氏を毒殺し、それと入れ代わったわけです。さらに英子刀自を青酸入りの点眼器で毒害しようとしたのですが、何も知らない英子刀自が使用しなかったために、わざわざ点眼器を現場に残して捜査を混乱させたのです。これは容疑を英子刀自にも向ける小細工に堕したものとみるべきでしょうね。

また、〈セブンスター〉の吸殻が被害者の腰かけた椅子の下にころがりこみ、とっさの間に探し出せなかったことも、犯人の誤算となったとみるべきでしょう。さらに暴風雨という天の配剤が捜査を混乱させる不必要な人物の登場をふせいでくれました。そこで犯人は犯行の最後の仕上げとして英子刀自を毒殺し、赤尾木忠弘氏に容疑を向けるように、カタリーナ・ヨンソン嬢の部屋に青酸入りの壜を置いておいたわけなのです」

「まったく狡智にたけた犯人ですね」

「実際に、犯人は頭がよく、巧妙に立ちまわり、自らの毒殺未遂事件を起して嫌疑を他にそらす狂言も演じたのですが、実は二つの点で決定的な失策を演じていたのです。その一つは、現場の書斎のテーブルの上に、煙草をいれる容器《ケース》を置かなかったこと、灰皿だけしか置かなかったので、対談した相手——つまり、犯人から煙草を貰ったことがはっきりしていたのです。犯人は自分が喘息で煙草を吸えないといっていたのですが、実際は殺害された稲本善次郎氏が喘息で煙草などを手にしたこともない人だったのです。多分、犯人から喘息用煙草だとすすめられるままに喫煙し、毒害されたものなのです。

また、英子刀自の毒殺の場合は、青酸加里粉末が白砂糖と似ているところから思いついた犯行なのです。さらにカタリーナ嬢の部屋に青酸加里入りの壜をおいたのは松野鶴代の仕業だったのです。しかし、指紋を残しておかなかったため、赤尾木忠弘氏の無罪を逆に証明する結果になってしまったのは、皮肉と申すべきでしょうね」

新版「女の一生」

承諾殺人の事件

予審終結決定

本　籍　福井県足羽郡下文殊村下細江第十八号三番地

住　居　大阪市住吉区阪南町西三丁目五十八番地

無　職　東　次　一

明治三十四年六月十九日生

右の者に対する承認殺人被告事件予審を遂げ決定すること左の如し。

主　文

本件を大阪地方裁判所の公判に付す

理　由

被告人は左に掲ぐる事実に付公判に付するに足るべき犯罪の嫌疑あるものとす。

被告人は昭和六年九月初旬女給青山惇子《じゅんこ》と内縁関係を結び同棲しおりたるに、同七年三月以来失職し生活費に窮したる結果、妻惇子をして他人に対し妾同様の行為をなさしめ、その仕送りによりて辛うじて生活を継続しいたるが、その現状を痛く悲観し将来に対する希望を見出し得ざるをもって、むしろ妻惇子とともに厭世《えんせい》自殺せんことを決意し、同年十一月十六日大阪市住吉区阪南町西三丁目五十八番地〇田〇一方二階なる自己の居宅において妻惇子に対し自己の心情を打明け、自己とともに死を選ぶよりほかに両人の幸福なきことを説きたるところ、同人もこれに共鳴し被告人の手に掛かり死にたき旨申出でたるを以てこれが承諾に本《もと》づき同人を殺害したる上自殺せんことを決意し、同人の使用しいる赤色絹の「しごき」を以て同人の頸部を前部より一廻して更に前部にて結び、その両端を両手にて引張り絞めつけよって致死的急性窒息により即死せしめたるものなり。

右被告人の所為は刑法第二百二条に該当すべきものと思料するを以て、刑事訴訟法第三百十条に則《のっと》り主文の如く決定す。

昭和七年十二月二十日

決定書なるものは独特の形式のうちに犯罪のエキスだけを、極めて簡単に淡々水のごとく、書き流していたが、この片々たる小記録の底背《ていはい》には、二人の人生敗北者の悲劇が生々しくも織りなされている……情痴の無軌道に行きつまった若い女性と、彼女の貞操に寄生した男とのみじめな姿があらゆる世紀末的な粉飾のもとに……

闘牛に血を沸かす娘

殺されたヒロイン惇子は隠岐《おき》の島の生れで当時二十一歳、西郷港西町の蓮光寺《れんこうじ》という真宗大谷派のお寺の五番娘で、隠岐高女を卒業するとすぐ東京に出て和洋女子専門裁縫女学校に入ったが、名物闘牛に血の興奮を覚える島の娘らしく脈管に真赤な情痴の血潮を沸《たぎ》らしている娘だった。学校をおえないうち早くも彼女は恋を知った。そして東京で画家をやっている伯父の弟子と一しょに駆《かけ》落《おち》したが、男には妻も子もあったためすぐ別れねばならなかった。この第一の恋はこうして凋《しぼ》んだものの彼女の情痴史の第一頁《ページ》となり死に至るまでの無軌道愛慾線の基礎工事として百パーセントの意義を持ったのであろう。

その後どうした手蔓によったものか、大阪天下茶屋の大阪〇〇女学校の教員となったが、暫らくでやめ、昭和五年の暮、島に帰った。しかし僧侶である父と、すでに性慾の目を覚ました近代娘との間に平和な肉親愛は期待できない。父は不仕鱈《ふしだら》娘を許さないのだ。そこへ彼女は父の怒りを聞き流して第二の恋に熱中した。相手は若《わか》狭《さ》屋という島の宿屋の息子だ……。彼女は仏壇の前で白装束《しろしょうぞく》で自殺をやりかけたというような波瀾を残したまま、翌年四月ごろ広島県三原町の同郷人を頼って再び家を飛び出したが、相手の若狭屋の息子はついに姿を見せなかった。恋に二度の失敗！　そこで何を発念してか二、三月厄介になっているうちに断髪したため、田舎にありそうなことだがすっかり不良少女の烙印を押されて、警察で説諭をせられた。

この同郷人の妹が以前大阪十三の金髪カフェで働いていたことがある。と聞いて、その夏ヒョッコリ惇子はここに現われた……。

隣りの写真館の雇人と三度目の恋ができかけたところへ、第四の男として出現したのが、悪縁のパートナー、東次一である。

惇子と東の結びつきについては、東の法廷における陳述に聴こう……。

「昭和六年八月三十日の夜、当時私は美津濃《みつの》運動具店の食堂部に勤めていましたが、店の方に伴われて、金髪カフェに行き、はじめて惇子に会ったのです。四人ほどの女給がいましたが、惇子が最もインテリ型で、女給になって間もないと聞いて同情し、問われるままに勤め先を教えてやりますと、九月の一日阪急の自働電話で、ぜひ話したいことがあるから来てほしいとのこと、出かけて食堂で会うと惇子はすぐ『女給は決して立派な職業ではないから、もうやめようと思うが、何か勤め先を見つけて下さい』というのでしたが『美津濃の方でも一つ話してあげるから、用事があれば自分の家に来てくれ』と下宿していた金髪カフェの近所の十三市場附近にある悉《しっ》皆《かい》屋の二階をおしえておきました。

翌日また惇子の電話で、心斎橋《しんさいばし》森永喫茶店で落合うと、『きょうからすぐ女給をやめたい』と、何か思いつめたような口吻に、私の惇子に対する憐れみと恋心は一時に燃えあがったので、そのまま惇子を連れて下宿に帰りました。私も過去には結婚に失敗した経験もあるので、二人は互いにすっかりざんげし合ったのち結婚しようということになり、その夜から惇子は店をやめ同棲生活が始まったのです。二、三日後惇子が『ここは金髪カフェに近くて気がさすから――』というので、早速転居しました。その年の暮三十一日には惇子を伴って自分の郷里福井県に行き、両親から結婚の承諾を得たのち四、五日遊んで帰り、今度は神崎川に移りました。惇子の実家では父を除いて、母も、京都の大谷大学に行っている兄も、姉婿も承諾してくれました。この時代が私達の最も幸福なころでした――」

はじめて知り合ってから四日目にはもう同棲、何とお手軽な結婚だ！

東は郷里の小学校を出てから親戚の機械工場で見習として働き、その間十ケ月の県立工業講習所というのを出ている。その後若者らしく都会に憧れて来阪《らいはん》、富山紡績大阪出張所の計算係に傭われ、昭和二年には梅田の某運送株式会社庶務課長の婿養子となったが、半年ほどで舅と意見が合わず離縁となり、それから二、三の会社を転々して、一昨年四月美津濃食堂の女ボーイ監督として傭われ、給料六十五円を貰っていた。

彼は派手な惇子の肉体と性格に較べると、全く対蹠的な従順な性質、低くてずんぐりした栄《は》えぬ風貌の所有者である。

貞操購買者の群

ところが、昨年三月、実直と熱心な仕事ぶりを買われていたのに、惇子との噂が高まったところへ些細ながら金銭上の過失も手伝ったため、春に背《そむ》いて彼の首はバッサリと飛んでしまった。

当座はかねて同郷の縁で知合った某子爵の弟と一しょに食堂経営をやりたいとの話もあって、前途に光りもあり、金も美津濃をやめるときに貰った百五、六十円のほか、時々は親兄弟も送ってくれるし、質草も蓄音機、洋服、オーバーなど相当豊富だったので、二人だけの小さい幸福を維持するにはまだまだ事欠かなかったが、二人とも何の仕事も持たず、生活の反面「消費」だけにその日その日を送っていたため、彼らの小財産は一ぺんにケシ飛び、夏にはもう完全に一文の金も融通できぬ有様となった。

子爵の弟との食堂計画もとうとう物にならない。

こうした生活の袋路に突き当って、弱い性格の東はすっかり叩きのめされ、失職の悲哀を満喫して立上る気力さえ失って、完全なルンペンとなってしまった。

そこで惇子は再び女給となり、やがて、その娼婦的生活が序幕をあけ、二人は転落する自己に拍車を加えはじめた。

銀座会館！　最大カフェ資本閥の一〇〇〇チで、赤玉の姉妹カフェたるはいわずもがな、その地階はむせる体臭、嬌笑、ウオッカの香が醸し出すハルビンのキャヴァレーに真似てハルビン・バーと呼ぶ、洋装のよく似合う惇子は八月九日からここでシドニーと名乗った。シドニーとはもちろん今売出しのシルビア・シドニーの名を借用したのだ……。

しかしここでの女給生活も同月の十五日まで、恰度一週間の短いものだった。ある夜の客——それは一昨年大阪地方検事局が検挙した罰金追徴金合わせて四百万円という大密輸事件関係者の一人で、目下大阪控訴院で審理されている若い満洲貿易商だが——から札束を示して「一生世話をしてやるが……」といわれて、ふらふらと姿を消してしまったんだ。

この短い銀座会館時代のうちに惇子は彼女の貞操を購買する一群の紳士を発見した結果となった。但し第一の購買者は若い満洲貿易商ではなかった……。

失職で生活力消滅

九月の中旬ごろから、惇子が「銀座会館時代のなじみ客から借りたお金なの……」と東に時々三円、五円と渡してくれるのを、彼は夢中で握りしめながら、別に不審とも思わなかったが、あまり度重なるに従って、さすがの彼もちょっと考え込んだ。紙幣の裏に異様な疑惑を感じ、問いつめてみると、果してそれは妻の貞操代価ではないか。

その時はすっかり興奮して「やめろ」とどなりつけた。しかし惇子がこの職業（?）を放棄することは、直《ただち》に二人の餓死を意味することになるので、生きるために、東は彼らしく、惇子が妾となり、アパート・ワイフとなることに目をとじざるをえなかった。

惇子を完全に失ってしまうことのできぬ彼は、「夫婦関係を継続すること」「少くとも家賃だけは惇子が負担すること」との二つの条件を忘れなかったのは、あまりの未練と怯懦だ。普通男性の心理の外にある。

こんな泥沼のような生活のうちに、惇子は彼の呼び出し電話に対しても、アパートの交換嬢を買収して居留守を使ったりして、彼を回避するようになった。彼としてはたえがたいこの情勢の打開策として惇子がダンサーになりたいといい出したのを機会に、最後の努力を払って百方奔走した結果、宝塚会館の採用試験にも合格させたが、ダンサーになるためには両親の承諾が要るのに、親に叛《そむ》いた惇子にはそれのできるはずはなく、残されたただ一つの希望ははかなく消えてしまった。こうしてあとには死！　死の逃避だけが残った。

エピローグを再び法廷の東に語らせよう……

「十月十五日ごろから三日に一度位しか私の許を訪れず、それもほんの短時間話をするばかり、後にはアパートに出かけて行っても会いたがらず、十一月十三日福井の実家から貰った柿の半分を惇子にやったときだけは、久しぶりにフルーツ・パーラーで三時間も話し合いました。

こんな具合で、最愛の惇子は私を完全に去ってしまいそうな有様となり、三月以来の失職で自分の生活力はほとんど消滅してしまい、前途には一脈の光明さえないので、惇子とともに死ぬことのみ考える日が毎日続きました。十五日には風邪をひいたのに十銭の金さえなくいいようのない淋しさの虜《とりこ》となって、ついに死ぬ決心が固まり、惇子と私の両親宛の遺書二通を認め、翌日の昼、惇子のアパートに行ったところ、彼女はとても一しょに帰ってくれそうもありませんでしたが、風邪で苦しいのだと哀願して、やっと私の下宿に一しょに帰ったときは全く安心しました。火の気一つない四畳半の部屋で心中の決意をいって聞かせたら、始めはうなずいてくれなかったが、最後には『神崎川の時代には妾はもっともっと純真だったのに、今ではもうすっかりあばずれで淫奔な女になり、癒《なお》りそうもない。昔の夢が還らないのなら妾、死んでもいいわ』とそれはあっさりしたものでした」

まず天保山桟橋の東神倉庫附近まで行ったが、まだ時間が早く人通りも多いため下宿に再び帰り、そこで惇子を絞殺し、東はさらに築港《ちくこう》まで飛んで身投したが、泳ぎを知る悲しさ、死に切れず、恋の残骸を法廷に曝し、一年間に二つ三つしかない珍らしい嘱託殺人罪として大阪地方裁判所で裁かれ、

「一切は私の無気力からです、刑をおえましたら、惇子の霊のため僧侶になります」と述懐した彼は×月三日検事の求刑通り懲役三年を言渡された。

モダン遊治郎《ゆうやろう》の言

情痴の無軌道を進んだ惇子の周囲を惑星のように取巻いて、その豊醇な肉体を讃美した人々、いうところのモダン遊治郎らは予審廷でしかつめらしく、新版「女の一

生」のヒロインについて次のようにいっている。

A（某外国生命保険会社の高級社員で五十一歳、最も金のある老人として、銀座会館時代以後の惇子が最初に働きかけている）

「昨年の夏、銀座会館に行きますとシドニーが私の持ちになりました。その後三、四回カフェで会いましたが、その後間もなく、見えなくなりました。

九月の半ばごろ、突然やって来て、非常に困っているから世話をしてくれとのことに、某高級洋食店で晩飯を食わせ、その夜宿屋に連れて行きました。そのときやった金が二十円。

二、三日後また面会を求めて来たので、今度は今里で飯を食べてから、北の某ホテルに泊りましたが、翌朝、私が三十円の金をやって別れるとすぐ、丈の低い男と手をつないで出て行ったので、すっかり不愉快になり、四、五日後に電話をかけてきましたが『お前にゃ男があるじゃないか、そんな女のお相手は御免だ』と受話機をガチャリとかけてやったら、そのまま来なくなりました」

B（住吉方面某アパート居住の文筆業者、四十一歳）

「シドニーとは銀座会館で一度会ったきりですが、十月二十九日突然電話があったのをきっかけに、前後三回、南区炭屋町の某旅館で関係しましたが、やった金は全部で十二円です」

と、人生の裏を知る人間らしく、まことにカッチリしている。

C（前記の若い満洲貿易商、三十歳）

「銀座会館で、彼女はなかなか真面目な女だと思ったので、電車賃をせがまれて、五十銭やると同時に『ここは場所が悪くて真面目な話もできないから……』と言い残して店の名刺をやって別れました。四日ほどして信濃橋の某喫茶店で、

『兄が満洲に行きたいといっているが、現在は学資も不足して自分が助けてやっているぐらいだから会ってみてくれ』とのことに、翌日惇子の兄という丈の低い小男に同じ喫茶店で会いました。

三、四日後私の店員と一しょに行き給え……と奉天《ほうてん》までの切符を買ってやりましたが、見事スカを喰わせました。

その後長い間音沙汰がなかったところ、十一月九日、惇子の電話で会うと真面目に働きたいから、力になってくれ、その日その日の暮しにも困っているというので、新築の某アパートの一室を月五十円で借りてやり、十三

日には南海高島屋で三十円ほど買物をしてやり、現金も十円やりましたが、結局たった四日間同じ部屋に暮しただけです。殺されねば、惇子はきっと一生私の妾になるつもりでいたに違いありません。

彼女は常識もあり、明朗な性格でした」

D（文筆業者と同じアパートに住む、文学好きのボンチで、両親はなく、財産だけ残っている結構な身分の青年、三十歳）

「銀座会館に私がある夜、出かけたとき、持ちでもない一人の酔っ払い女給がイキナリ私の頰を平手で殴りました。それが動機で話を交わし、彼女がシドニーの惇子であることを知りました。

その後六、七回も私のアパートにやって来たすえ、とうとう同棲生活に入ったが、どうもしきりに外泊するので別れました。

数日後、惇子がある食堂に自分を呼び出したので、出かけてみると、ずんぐりした妙な男と酒を一しょにのんでいました。この男は、

『私は今まで惇子と添うていたものですが、今度別れて国に帰るから、よろしく……』といっていました。この奇妙な会見後惇子とはもう会いませんでしたが、前後を通じて彼女にやった金は二十円ぐらいです。惇子にはむろん私と結婚する意思はあったと思います。同時に東もいやではなかったが、失業しているから、到底彼とは同棲できぬと諦め、私にすがろうとしたのでしょう」

――とC・Dも殺されなかったら惇子は自分のものになったのにと、なかなか自信（?）たっぷりの陳述である。

※　　※

女給生活の裏の裏まで知り抜いている銀座会館の営業主任はじめ彼女に接した人々は、「朗かな女だった」と評している。

だが、それは何物とも意識しない空虚な明朗ではあるまいか?

恋にも、死にも極度に刹那的だった彼女は、所詮、豊かな物質的環境におけば、ポカリと見事に咲く日まわりの花みたいな存在だったのかも知れない……

死の刹那、すでに性毒に肉体を蝕まれていた惇子が、いかにも僧侶の娘らしく、上手に念仏を唱えていたという皮肉な姿には、ちょっとホロリとさせるものがある。

女郎蜘蛛

1　特ダネ

その朝、警視庁詰の社会部記者鷲津三平がタイム・レコーダーをおして、本社の三階の編集室に上って行くと、檜谷社会部長が機嫌の良い顔を彼に向けた。

「や、昨日は御苦労だったね。いま、捜査係長から電話があって、昨日の夕刊記事は誰が書いたかという御託宣なのさ。完全に当局を出しぬいた形で、久しぶりに胸がスッとしたよ。編集局長から特ダネ賞が出るかもしれんな」

鷲津はデスクに頰杖をつくと、照臭そうに笑って、

「いや、あれは怪我の功名ですよ。各社の連中は、事件が起るとソレッというのでS署の捜査本部の方に詰めかけてしまって、肝腎の本庁の警戒がお留守になってしまったわけです。われわれ新聞記者の追求をのがれようと、実を云えば当局は昨日の朝、本庁へ柿村新一を任意出頭の形式で招致してそのまま留置したんですよ。僕は現場に張り込んでいて、捜査課長が現場から本庁に帰ったと私服刑事から聞いた——その不用意に漏らした一言がピンと第六感に来て本庁に戻り、留置人名簿を見ると柿村の名がある、それで万事を悟ったわけでしてね」

事件というのは近頃の、ニュースとしては変哲もない平凡な事件だった。しかしちょうど記事枯れ時にあたっていて、目新しい事件がない折柄だったので、各紙とも相当くわしく、つっこんだ報導を行ったのである。

その事件は二日前の夜のことだった。世田谷区の、私鉄T線のS駅に近く、そのあたりは戦火をまぬかれて割合に人家が輻輳している地域であったが、午後九時をすぎれば、一昔前の深夜よりも人通りの少ない寂寥の街となる。と、突如！　きぬをさくような女の叫び。おさだまりの事件叙景である。その叫び声の洩れた家は冠木門のある中流住宅で、ちょうど、その塀外を巡邏して通りかかったのがS署の新井という巡査だった。薄暗い門燈の灯影にすかして見ると、「柿村新一」という表札が読

める。

（集団強盗か――!?）

とっさに拳銃を握りしめると、巡査は玄関から屋内に足早やに踏み込んで行った。静かだ、何の気配もない。だが瞬後に奥まった部屋から人のむせぶような荒い息使いを聞いたのである。そして、その部屋に踏み入った新井巡査は、思わず呀ッと叫んで棒立ちとなった――というのも無理はなかった。

部屋のほぼ真ん中に三十二、三の女が爛熟した豊満な肉体をあらわに胸をえぐられて刺殺されていたからである。死体の傍らには同年輩の脊広服を着た男、更に床の間に近く派手な和服の外出着を着た二十七、八の女が叫びをこらえるように両手を口にあてて呆然と佇立していた。

「おい、君は?」

巡査がややあって、男に問かけると、

「ぼ、僕は、この家の主人の柿村です。殺されたのは、か、家内の須磨子ですが……」

「なるほど――で、こちらの若い女の方は?」

「家内の妹で、ただ今は私方に同居している牧野冴子と申しますが、死体を発見したのは一足先きに帰った冴子さんなんです……」

その柿村新一と牧野冴子の両人の語るところを綜合して要約すると、事件の状況は大体、次のようになるのだった。

柿村は丸の内のM物産株式会社の業務課長で、この夜は会社の業務打合会議で帰宅が遅れて九時過ぎになったのであった。一方、柿村家に寄宿していた牧野冴子は、早目に夕食をすませて観劇に出かけたのである。その彼女が観劇を終って帰宅したのは九時十分頃だった。ところが、奇怪にも表玄関の戸が開け放ったままになっている。不審に思ったが、そのまま彼女は中廊下を通って奥の居間の前に立って、

「姉さん、ただいま」と、声をかけたが返事がない。姉さんは居睡りしているんだわと内心に呟きながら、何気なく襖を開けると、意外、姉の須磨子は臑《すね》もあらわに朱に染って仆れていたのである。兇器の短刀は死体の傍らに遺棄してあった。

「私は凝然とたちすくみました。すると、ミシミシ廊下を踏んでくる怖ろしい足音がしたので、思わず恐怒の悲鳴をあげたのでしたけれど、それが新一さんだったのですわ」

「その悲鳴を聞いたわけですな」

新井巡査は頷くと、事件を警視庁へ急報した。その急報で、直ちに捜査係官が現場に急行して検視すると、死因は胸部の刺傷で、午後八時頃に絶命したものと認定されたのである。そして、家人の無人を知って忍びこんだ物盗りの兇行ではないかと一応は推定されたが、死体の検案を終り、写真の撮影をすませて、四囲の状況調査にかかると、――指紋足跡はどこにも発見されず、また部屋の内部には何等荒された形跡がない。居間の机の上には、その日の夕刊新聞が拡げてあり、その上に金側時計が置いてあって、箪笥の中を物色した気配さえないのである。

こうして単純な物盗りの兇行ではないと推量されると――当然、当局の疑惑の眼は夫の新一の身辺に注がれたのであった。その結果判明したのは、殺害された妻の須磨子名儀で多額の生命保険がかけられていたという事実である。更に、新一の申立てた会社会議云々……の事実はその夜は会議がなく事実無根と判明し、最有力嫌疑者として新一を本庁へ招致して追求訊問すると、彼は当局の予期に反して案外にあっさりと犯行事実を認めたのであった。

だが、そこに問題があったのである。新憲法は唯一の本人の自白を断罪の証拠と看做さないからである。彼の犯行を証明する物的証拠に欠けていたのである。まず、現場で発見された兇器の短刀であるが、その出所が不分明で、新一の申立と合致しない点である。係官の鋭い追究に包みきれず、新一は短刀を友人から譲られたと自供したのであるが、その熊野という友人を召喚して訊問すると、そのような事実は覚えがないと抗弁したのである。こうして兇器の入取経路が不確かなばかりでなく、短刀は普通、街の与太者がふところに呑んでいるような、ごくありふれた種類の匕首で、しかも指紋が拭われていたため、果して新一が兇行に使用したものかどうか、そこに一髪の疑問の余地が残されたのであった。そこで当局は新一の身柄を拘束して確証の発見に捜査活動を集中したのであるが、それを鷲津が鋭いニュース・センスで剔抉して、昨夕刊に特ダネとして特報したのであった。

「すると、その確証を当局に先じてスクープすれば、A賞と努力賞は間違いないところだがね……」

檜谷社会部長がそそるように鷲津に云った。

元来、東京夕刊新聞には、特ダネ賞としてはA・B・Cの三段階が設けられていたのである。A賞は社長賞のことで金額は一万円、B賞は編集局長賞で五千円、C賞は各部長賞で一千円という社内規定になっていた。そして連続的に特種を続ければ、別に努力賞として金一封が送られるはずなのである。

部長の言葉をきくと、鷲津はニヤリと笑った。

「では、今日の夕刊のトップをあけてもらいましょうかな。実は捜査当局がひた隠しにかくしている確証を握っているんですよ。ぼくは現場を見たわけじゃないんですが、確実な筋からの聞き込みなんです。絶対に間違いはありません。というのはですな……」

鷲津三平が手短かに説明すると檜谷部長は、さっと緊張した面持になった。

「ふむ、それは凄い聞き込みだ。都内一版から組み込もうじゃないか。よし、全段を埋めてもいい、じゃんじゃん書きなぐってくれたまえ。すげえスクープだぜ、このところ連日、各社も警視庁も顔色なしというところかな……」

檜谷部長は鷲津の肩を叩くと、大股で四階の社長室へ上って行ったのである。

2 私が殺した

その日の夕方、鷲津三平は久しぶりに部厚い手の切れるような札束を内懐に、行きつけの酒場に現れたのである。

「やあ、いらっしゃい」

と迎えたバーテンダーに、

「うむ、一杯もらおうかね。いやカストリじゃない、生一本をな――」

「ほお、豪盛なもんですな、今夜は――」

「しれたことさ。新聞記者は鉛筆一本が生命なんだ。鉛筆一本ありゃア、ごっそりと札束が向様からころげこんで来るというものさ」

気焔をあげながら、たおした銚子が五、六本、チップをぐんとはずんでホロ酔機嫌で酒場を出ると――間もなく鷲津の姿は私鉄T線のS駅に現れたのであった。

彼のアパートは駅から四、五丁離れた焼跡のはずれにある。例の柿村須磨子殺しの現場には、目と鼻のような近い距離にあるのだが……。

「兄さん、ちょいと――」

鷲津は台詞めいたなまめかしい女の声によびとめられたのである。ふり返ると、星のない暗闇の中に女の顔が白々と浮んでいた。

「僕か……」

「そうよ、あたりにはあなた以外に人影はなさそうね」

女は声をたてて、艶然と笑った。

「何か用かい?」

「ええ」

「ふむ、いくらだ、家は近いのか?」

鷲津は闇の女と思ったのである。忘れていた官能的なものが勃然と内心甘酸っぱくうずいてきた。

「あら、誤解しちゃ嫌だわ。あたし、お願いがあるのよ……特ダネを買ってくださらない?」

「特ダネ――⁇　君は僕がどういう者か知っているのかい?」

「ええ、存じていますわ。今度の事件でも、一度お目にかかったしずっと前には銀座のバー・クロネコで度々お顔を拝見していましたわ」

見たことがある女だ――と内心に模索していた鷲津は、その時になって、はっと思いあたった。

「ああ、君は――君は牧野冴子……」

「そうです、殺された柿村須磨子の妹の冴子ですの」

「なるほど、前に会ったような記憶のあるひとだと思ったけど……で、特種というのは何ですか?　まさか、あなたのような人が僕等の商売に興味を持っているとは思いませんが……」

鷲津は言葉使いを改めていた。

「いえ、興味を持っていますの、とても――」

「それは光栄ですな」

「あら、いやですね、そんなことおっしゃって……特ダネ買ってくれますの?」

「よし、買いましょう。次第によっちゃアね……」

しかし、どうせろくな話でないにちがいないと、鷲津は肚に思いながら成熟した女のむっちりした胸のあたりを眺めていた。

「どんな話です?」

「モチ、須磨子姉さんを殺した事件についてですわ」

「それじゃ特ダネの見込がありませんな。御存知のように、新一氏――あなたの義兄ですが、――の犯行で、動かせない証拠もあがっているんですからね」

「でも、真犯人がほかにあるとしましたら?」

鷲津は思わずドキッとして、

「うむ――」

「特ダネになるでしょう?」

「そりゃそうだ、たいした特ダネになる」

「あたし、真犯人を知っていますの」

「え、君が――知っている? どうして?」

「あたしが――あたしが須磨子姉さんを殺したんですもの」

冴子は水に流すようにあっさりと、抑揚のない調子で告白した。

3 女の執念

「なるほど、この家なら静かで人に盗み聴かれる心配はありませんね」

鷲津三平は小粋な造りの部屋を見廻した。S駅に近い小ぢんまりした小料理屋の二階である。というのは、いかに人通りが少いといっても道路上での立話をはばかる話なので、冴子の知り合いだという料亭にあがったわけである。

卓袱台《ちゃぶだい》の上には二、三本の銚子と料理が並んでいた。

「あなたはいけるんでしょう?」

鷲津が盃をさすと、

「では、一杯だけ……」

冴子はぐっと盃をほした。だがさすがに女である。白い手が神経的にふるえていた。

「しかし、考えてみると不思議ですね、犯人でもないのに夫の新一氏はどうして妻を殺したと白状したんでしょう?」

「それは新一さんがあたしをかばっていらっしゃるからですわ」

「うむ――」

「あの晩、あたしが姉の死体から引きぬいた短刀を持って、ぼんやり立っているところに新一さんが帰って来て、私のそうした姿を見たんですの」

「では、新一氏は君が真犯人であることを知っているわけですね。だが、君は東劇の歌舞伎を見に行っていて、帰宅して姉さんの死体を発見したと申し立てていたが、すると、あれは嘘だったことになりますね」

冴子は黙って頷いた。

「立派な計画的な殺人というわけですな」

「そうです。私には姉が一番憎かったんですの」

「どうして——?」

「姉の夫の新一さんは、最初は私の恋人だったのですわ。新一さんも私を愛しています。でも、姉さんの誘惑に負けた一夜の過失……その道徳的な責任を負って、妖婦的な姉と結婚したんですの。それなのに、姉さんは今もって昔の男と切れないで……実際、殺してもあきたらなかったのですわ」

「うむ、そこに殺人動機が伏在しているんですね。まったく門外漢の僕にも、つきつめたあなたの気持がわからないこともない。考えてみると、女の執念ッて怖しいものですな」

鷲津は盃をおいて嘆息した。

4 真犯人

冴子は頷いて、

「そうです。女の執念ッて、とても恐ろしいものですわ。でも、男の執念の方がもっと怖ろしいとは思いませんかしら?」

「何故ですか?」

何気なく鷲津は反問した。

「それをお話しいたしますわ、こういう怖しい話があるんですの。お聞き下さいますわね? ある男がいて——仮りにその男を鷹田とよんでおきましょう——その鷹田という男はある女と深い関係があったのです。でも、その相手の女というのは、鷹田より二つ三つ年上の、ちょっと変った妖婦型の女で鷹田が珍らしいタイプの男なので一時的な慰みのようなつもりで関係したのです。しかし、鷹田はもう熱病に罹ったようになって、女郎蜘蛛のような年上の女と離れられなくなってしまったのですわ。女は、お菓子をつまむようにちょっとした食慾を起しただけですから、すぐに鷹田がいやになってしまいました。執念深い男を振り捨てる手段として、別の男を誘惑して、さっさと結婚してしまいましたのよ」

鷲津はじっと冴子の聡明そうな澄んだ瞳をみつめた。この女は何を云い出すのだろうかと、幾分の困惑と好奇的な表情を浮べながら——。

「それで、鷹田と女との関係があっさりと切れてしまえば、怖ろしい悲劇は起らなかったはずです。でも、男女間の愛慾は、女が考えたように、そんな単純なものではありません。女の結婚後も、鷹田は女につきまとい、嫌がる女を待合やホテルに連れ出して相変らずの関係を続けたのです。

もちろん、女はその度に拒んだのです。けれども鷹田は自分との関係を女の夫に告げると脅迫して目的を達していました。女は鷹田を嫌う度合が強くなればなるほど、最初は大して好きでもなく結婚した夫を却って激しく愛しはじめたのです。ですから余儀なく男の云うなりになったわけですが、遂に鷹田に対してはっきりと肉体関係の絶縁を宣告したんですの。

その夜は、ちょうど、女の夫が留守で、同居していた女の妹も観劇に行って、女一人だけの家人の無人の晩でした。男は女のつれない態度に腹を立てて、女の家を訪れ、匕首で女を刺し殺してしまったのです。男は怖ろしい殺人罪を犯したのです。男がそのまま警察に自首したら、私はきっとその男に同情したにちがいありません。でも、その男は許し難い所業を残して逃れ去って何喰わぬ顔をしているんです。そして、何も知らない女の夫が保険金を詐取しようとしたという、有らぬ罪を着て殺人犯人として逮捕されたんですわ」

「うむ、そ、それで……」

鷲津は呻くように云って、先きをうながした。冴子はその彼をチラリと流眄《ながしめ》に見て、

「その鷹田の許し難い所業とはどういうことかと申しますと、断末魔に苦悶している女の腕を握って流れ出る血潮に指をひたし、『夫ガ殺シタ』と血文字を畳に書き残したことなんです。何も知らない善良な女の良人に殺人の罪を着せようとしたんですわ」

「む……」

鷲津は短い呻き声を洩した。その顔にかすかに膏汗が泛び上った。

「でも、その悪鬼のような男の企みは全然、失敗に終ったのです。というのは、観劇から帰った殺された女の妹が姉の死体を発見すると、雑巾でその血文字を拭き消してしまったんですわ」

「げえッ……」

鷲津は異様な叫びをあげた。冴子は一瞬に蒼白になった鷲津の顔を冷然と見ると、

「――で、その殺された女の妹が何故血文字を拭き消してしまったかと云いますと、もう明敏な新聞記者である鷲津さんはとっくにお悟りになったと存じますが……この話の妹というのが、実は私なんですわ。無実の罪に

陥った夫が姉の須磨子の夫の新一さんで……新一さんは、一足さきに帰宅した私が姉を殺したと誤解して、私をかばうために、有らぬ罪を告白したのです。結局、姉を殺した男の思う壺にはまってしまったのですわ。当夜は私と一緒に観劇に行ったのですけど、世間のおもわくを考えて、その事実をかくしているので、新一さんにはアリバイが成立しないのです」

冴子は昂ぶる感情をおさえるように一息ついた。

「もし、このままで過ぎたら、私には永久に姉を殺した真犯人が誰か、わからなかったと存じますの。でも、真犯人は重大な失策を演じたのです。鷲津さん、私は今日の夕刊を読みましたわ。その社会面のトップに特ダネ記事として載っていたのは、『妻の書き残した血書により夫の犯行曝露す、当局確証を握る』という記事でしたの。真犯人と私だけしか知らない『夫ガ殺シタ』という血文字のことが堂々と新聞に載っていたのです。

私はすぐに新聞社に問い合せてその特ダネ記事を書いた記者が誰であるかを知りましたの。その人は、もと姉が銀座で酒場を開いていた頃から執念深く姉の須磨子をつけ廻した人でした。私はその男の帰途を待伏せして、特ダネを買ってくれと、ある場所へ誘ったのですよ。男は私の計略にかかって、罠とは知らずにここにやって来ました。鷲津さん、おわかりになったでしょうね、あなたこそ、姉を殺した真犯人ですわ！」

「な、なに⁉ うむ、そ、それを知られたからにゃア、い、生かして……」

鷲津三平が、野獣のような本性を現して猛然と立ち上り、冴子に飛びかかろうとした刹那、廊下の障子がガラリと開いて、

「鷲津！　血迷うな、神妙にしろ！」

冴子としめし合せた刑事の捕縄がサッと飛んだのであった。

兇状仁義――次郎長捕物聞書之内――

一、兇状持ち

春とはいえ、朝夕はまだめっきりと肌寒かった。

「駿州のお貸元さんはこちらでござんすか」

とはいって来た旅人《たびにん》が一人、浅黒い顔つきで、妙に眼の鋭い男である。

「へえ、手前でござんすが……」

と、出迎えたのは、次郎長一家でも音に聞えた無法者、それでいて愛嬌者の森の石松である。

「お敷居うちごめんなすって……」

旅人は端折った口綿の袷の裾をおろしてほこりをはたき、抜いた鞘ぐるみの脇差を左手で鍔《つば》元をおさえて、上がり框に右手の三ツ指をつくと、

「お控えなすって――有難ござんす。手前生国と発しやすと関東にござんす。関東というても広うござんす。武州は川越在の雁金村に発しやす、秩父の山の吹きおろしにござんす……」

と淀みのない仁義、しかも兇状仁義といって身構えた姿勢には一分の隙もない。

（野郎、兇状持《きょうじょうもち》だ）

咄嗟に石松も内心に悟って油断のない身構えである。

「――手前姓名の儀は雁金の重五郎と発しやす。昨今かけ出しの若いもんにござんす。以後面体《めんてい》お見知りおき下さいましてお引廻しお願い申し上げげます」

「御丁ねいな御挨拶痛み入ります……まあ二、三日ゆっくりしてゆきなせえ」

兇状持とわかっても追いかえすわけにはゆかない。そこが常識では律し得ないやくざの世界である。

二、鍔音試し

ところが、清水一家に草鞋をぬいだ雁金の重五郎はそれ以来というもの、殆んど障子を閉めきって部屋から一

歩も出ようとしない。

「親分、あいつ変な野郎ですぜ」

「なんだ、石松」

「あの重五郎とかいう奴のことなんで。立派に兇状仁義をきりゃあがったが、どうもヘンな野郎なんで……」

石松は次郎長に一伍一什《いちぶしじゅう》を物語った。

「親分、怒っちゃいけねえ。実は、野郎をためしてみようと思うんで……」

と、石松は次郎長の耳に顔をよせた。

元来、兇状持の旅人は、仁義ひとつきるにも、普通とはちがっていざといえば直ちに切ってかかる覚悟を持っていなければならない。寝るにしても、仰向いて悠々と寝るわけにはゆかない。右の横腹を下にして脇差を抱いて寝る。ただ抱いているのではなく、柄を足の方にし、鞘を左手で摑み、両足を心持曲げて足指で柄頭《つかがしら》をおさえている。やはり、いざと云えば、右手を柄にかけると同時に、左手で鞘をはらって、切ってかかるためである。兇状持には日頃から、それだけの用意と覚悟があったわけである。

「それで真夜中に部屋を見廻るついでに野郎の部屋の前でパチンと鍔音をきかせてやるんで——もし起上って返事すりゃ相当貫禄のある奴だと思うんですが、寝ていて返事しなけりゃ、見かけだおしの野郎で相手にするまでもねえと思うんで……」

三、奇怪な死

その翌朝、次郎長が朝飯をすませて、楊枝をつかっていると、

「お、親分、た、大変だ」

と泡を喰って駈けこんできた石松。

「なんだ、石。お前の大変は耳にタコになっているぜ」

次郎長は傍らにいた女房のお蝶と顔を見合せて笑った。

「チェッ、やりきれねえ。親分、大変なんですぜ。野郎がノビてやがるんで……昨日話した雁金の重五郎ってえ旅人が咽喉《のど》を刺されて殺られてるんですよ」

そう云って、石松は、次のように語った。

——昨夜、離家《はなれ》に草鞋をぬいでいた旅人だけで、近所の藤屋という料亭で酒宴《さかもり》が開かれた。夜っぴて飲んで一同が帰ったのが今朝がたの卯刻半《むつはん》（七時）だった。ところが、雁金の重五郎だけは、酒宴に加ったが昨夜の亥刻《よっ》

半《はん》（十一時）に離家に帰って一人で寝た。もう一人離家には直助という、昔は相当なイカサマ師だったが、寄る年波と去年出た中風《ちゅうぶ》で、今ではここへ世話になったきり、寝たり起きたり、右の半身不随で漸く杖にすがって歩ける老渡世人がいたが、身体が不自由だから酒宴には最初から加っていなかった。

「ふむ、面白い。それから？」

次郎長は一膝乗り出した。

「それから、丑刻《やつ》（午前二時）ごろですよ。あっしは昨日も話しましたが、見廻りついでに、重五郎の部屋の外で、ためしにパチンと鍔音を聞かせやしたんで。すると、ちゃんと眼をさまして、——森の兄哥《あにい》、御見廻り、御苦労さんでござんす。と、はっきり挨拶しましたんで——」

「では、その時はまだ殺られちゃいなかったわけだな？」

「そうなんで。つまりは、丑刻《やつ》から卯刻《むつ》の間に殺されたにちがいないんですが、中風の直助は何も知らなかったと云ってるんで。まさか、身の不自由な爺さんが眼ざとい兇状持を殺せるわけはねえしね、なんとも変テコなこってすよ、親分……」

四、意外な事実

雁金の重五郎は兇状持の作法通りに右下に寝て脇差を抱いて横たわっていた。咽喉首《のどくび》にグサリと突きささった匕首《あいくち》。それが致命傷で、流れ出た血が布団を朱に染めていた。

次郎長は膝まずいて死体を調べた。まず匕首のささり方をじっと睨めるように見つめていた。それから右下になっている死体を仰向けに直すと、死体の周囲や着物の乱れなどに注意深く眼を注いでいたが、

「おや！」と鋭い眼が、死体の右側に転っている賽コロに射るように走ると、じっと次郎長の眼は焼きついたように動かなくなった。次郎長は死体を元の位置に直しながら、素早くその賽コロを掌に握り込むとそっと袂の中に落した。この次郎長の早業を誰も気がつかなかった。

「ところで、お客人がた——」

次郎長は鋭い一瞥を集まっている人々にくれると、

「見たところ、胴巻もそのまま残っているから、ただの盗ッ人の仕業とは思えねえ。どうしても下手人は、こ

の重五郎とかいう旅人に意趣遺恨のある者が殺ったにちがいねえ。しかも、その下手人は客人衆の中にいる。しかも二人だ！」

「お、親分、それはとんだ濡衣でサ」

次郎長の言葉を坊主くずれの渡世人がさえ切った。それを押さえて次郎長は、

「いや、俺の睨んだ目に狂いはねえつもりだ。物取りじゃねえから、決して悪いようにはしねえ。万事俺にまかせてもらいてえ」云い切ると、石松をつれて部屋を出て行った。

五、下手人

「親分、下手人はわかったんで……？」

「うん、……石、あの直助爺さんと平常《ふだん》一番仲よくしている客人は誰だか、お前知ってるかえ」

「へえ、さっき口を出した坊主崩れね、あいつは、まるで親子のように身体の不自由な爺さんの面倒を見てるんで……」

「そうか、石、すまねえが、直助爺さんとその坊主くずれをここへ呼んで来てくれ。一寸話してえことがある」

やがて直助爺さんと坊主くずれを石松がつれて来た。次郎長は、自分のズッシリと重い胴巻を二人の前に置くと、

「二人とも、これを持って故郷《くに》に帰ってやくざの足を洗いなせえ。坊さん、身体の不自由な爺さんだ。一生よく面倒を見てやってくんな……。わかったかい」

二人は、吃驚《びっくり》したように次郎長を見ていたかと思うと、直助爺さんは崩れるように両手をつくと泣き出した。

「親分、すみません。――あの重五郎という奴は、あっしのたった一人の伜《せがれ》を殺して逐電した憎い野郎なんで。思いがけなく同宿した。仇を討ちたくも身体がきかねえこの老《おい》ぼれ、事情を知ってこの坊さんが、酒宴にかこつけて奴に一服眠り薬を盛ってくれ、死人のように寝込んだところを刺したんですが――」

「わかってるよ。何も云わずに、すぐ草鞋をはくがいい」

「親分、あっしには、ちっともわからねえ」

石松は、爺さん達が出立したあとで、いかにも不審そ

うに次郎長に訊ねた。

「ははは。俺も飛んだ目明しの真似をしたもんだ。まず重五郎の死体の硬さからいって刺されたのはゆんべの亥刻《よつ》半（十一時）ごろにちがいねえ。だから、彼奴《あいつ》が藤屋から帰って来てからのことだ。余所《よそ》で殺られて担《かつ》ぎ込んだんじゃねえ。その時には爺さんだけしかいねえ。次ぎがあの匕首のささり方だ。爺さんは右手が不自由で左手でやった。切尖《きっさ》きの向きと刃の向きで、重五郎の右側から刺したことがわかる。左手じゃ左側からは刺しにくいからな。しかも死体の右側にこれが落ちていたんだ」

と云いながら次郎長は袂から、さっきの賽コロを出して見せた。石松は掌に受け取ると、不思議そうに転していたが、

「アッ、こりゃイカサマ賽だ！」

と思わず叫んだ。

「ははは。片目でもわかったかい。……賽から粉《こな》の出る粉引《こひ》き賽だ。落ちていたとこの布団の上にかすかに粉が引いていたんだ。爺さんは昔はイカサマ師だったってことがピンと俺の頭にきたんだ。もう動かせねえ……。あくまで白《しら》を切ったら、こいつを出して恐入らせようとしたんだが、その前に爺さん白状しちまったってわけさ。不自由な体だ。誰か合棒《あいぼう》がいると睨んだんだ」

「成程。しかし、わからねえな。あっしが鍔音をさせた時は、たしかに重五郎が返事をしやがったんですがね」

まだ石松は怪訝な顔をしている。

「ハハハ。石、お前、どこまでお目出度いんだ。そりゃ直助爺さんの声色だよ」

消えた裸女

変人画伯

晩春らしい夕靄が、海から這いあがって、腕のように突き出た岬を、明るく白ませている頃でした。私は海沿いの街道のほこりを浴びながら、終戦後、特異な画風をもって中堅画家と注目されるようになった佐上裕次郎画伯を訪れたのです。

片瀬や鎌倉のような湘南地帯特有な明るさがなく、娼婦の荒れはてた肌を思わせるような、ザラザラした感じの土地でした。いや、むしろ、そうした環境にあるからこそ、逆にあの妖艶な美しさをみなぎらせた裸体画が描けたというわけなのかもしれません。

探しあぐんで、駐在所にとびこむと、

「佐上裕次郎さんですな。ええと――ああ、女のハダカの画描さんじゃないですかな。それなら、この道を行けば宜しいですよ。すると、小さな橋があるでな、そこから道が二つに分れる。右へ行くと、間もなく松林の中に、赤い屋根の家が二軒あるがね。最初の方はフィリッピンで絞首刑になった沖山大佐の家でな。あの老大佐にはもったいないくらいのベッピンの若奥さん――いや若い未亡人が住んでいますじゃ。その裏ッかたの方が、おたずねの画描さんの家ですよ。ところで、なにか事件ですかな?」

話好きな老巡査は、ジロリと探るような眼を私に向けました。私の出した名前には、新聞記者という肩書が刷ってありましたが、とかく巡査というものは、新聞記者というと、事件を連想するらしいのです。私は微苦笑を禁じ得ませんでしたがこれあの奇怪な物語の発端になるとは思いもよりませんでした。

変死体

佐上画伯の家は、切り立ったような崖を中庭に抱いた小ぢんまりした平家建の洋館で久しく手を入れないためか、垣根は朽ち破れ、庭も荒れ放題になっておりました。

「ごめんください」

玄関に立って呼鈴をおしましたが、屋内には人の気配さえなく、しーんと静まりかえっていました。

「はて、留守かな?」

私は佐上画伯がたった一人で暮しているということを聞いておりました。そこで、玄関から雑草を踏み分けて、中庭の方へ廻ってみますと、すぐに眼についたのが、ガラス張りのアトリエでした。返事のないまま、私は何気なくアトリエの内部を、のぞきこんだのでした。しかし、その瞬間、

「あッ」

と叫んで、思わず棒立ちになってしまいました。部屋の中央に、ほとんど大の字になって仆れていたのが佐上画伯だったのです。もちろん、絶命してから、もう何時間もたった冷たい死骸でした。かッと眼をむいた死の形相の恐ろしさは、一生涯私の脳底にこびりついて離れないでしょう。以前に画伯の年齢は二十七、八歳と聞いたのですが、死体から受けた印象は五十、六十の坂を越えた老人のようにしか思えないのです。右手には、かたく画筆を握っておりましたが、パレットは足もとに投げ出されたままになっております。

こうして、アトリエの内部を見廻した私の眼は、やがてただの一点に集中されました。それは、画架に置かれた六十号大の未完成の裸体画だったのです。

未完の絵

佐上画伯は、妖艶な裸体画家として画壇に特異な地位を占めておりました。それですから、アトリエの中には、まるで肉体の展覧会場のようにさまざまな年齢の女が、思い思いの姿体で大胆なポーズをとったデッサンや書きかけの絵や、既に立派に完成された絵が所狭いばかりに置いてあったのです。それなのに、画架に置かれた未完成画に私が眼を惹かれたのは、何故でしょうか。

それが、ひときわ、優ぐれた手法で描かれた、裸体画の傑作だったからです。豊満な肉体の女が、白泡をかむ巌上に横たわった構図でした。それだけでは他奇のないものでしたが、波にゆらぐ黒い髪の毛から、片足を心持ひろげて爪先を海にひたした、そのリアリスチックな描法に、心憎くいまでに悩ましい情念にもえた肉体の各部を、画面一ぱいに描出して、赤い色彩を基調とした煽情的な色感が混然一体となって、なんとも云えない情感をそそる絵でした。

まったく魅せられたような気持で、私はしばらくの間息を呑んで、この未完成の裸体画を喰い入るようにながめていたのです。やがて、私は追われるように一散に駈け出しました。とにかく、変事を駐在所に急報しなければなりませんでした。

私の急報に、老巡査はJ町の開業医と共に現場に駈けつけました。型どおりの検屍が行われましたが、別に怪しい外傷もなく、佐上画伯の死因は、心臓麻痺と診断されたのでした。

だから事件は、平凡に幕を閉じようとしたのです。しかし、私は、あくまでも真相を探究しなければならないと、決意をかためていたのです。未完成の裸体画——この画の素晴しい効果は、決して空想の所産ではなく、どうしても眼前にモデル女を置いて、描いたものにちがいないのでした。

「モデル女はどこに行ったのだろう？」

アトリエの中には、ちゃんとモデルの横たわるベッドが備えつけられていました。それになんというても奇怪な事実は、四月の中旬、この二、三日は初夏のような暖い日がつづいたというのに、電気ストーブが赤々と燃えて、室内に汗ばむような温気が充満していたことでした。

お通夜

「ときにですな、もうそろそろ八時になりますが、あなたはどうなさるかな？」

検屍が終ると、老巡査が改めて私に尋ねました。

「さあ、どうしようもありませんが……」

「そうですか、そう伺えば気軽にお話しできるわけで——というのはですな、この佐上さんという方は、一人も身寄りのおありなさらん方で、いかがでしょう。これも何かの因縁でしょうから今晩、わたしとお通夜をしてくださらんかな？」

「それでは社に連絡をとってみましょう」

　私はＪ町郵便局から至急報の電話をかけて、本社に連絡して、ふたたび佐上画伯のアトリエに引きかえしてきました。

「あんた、カストリはいかがじゃ。今朝、密醸したのを、押収したのがあったでな、よろしかったら証拠品鑑定とゆきますかな」

「それは、こたえられんですなア」

　老巡査が持参したカストリを応接間で飲んでいるうちにいつしか夜は更けて、アルコールに弱い老巡査は、間もなくソファに毛布をかぶって、高いびきで寝込んでしまいました。

　実を云えば、私は意識して好きなアルコールをセーブして、老巡査を酔いつぶしたのです。老巡査が寝込んでしまうと中庭に面したアトリエにはいっていって、点燈してから、改めて綿密に現場の調査をはじめたのでした。しかし、これという新しい有力な手掛りを発見することは出来ませんでした。私はあきらめて、窓辺に歩みよって煙草に火をつけました。

　春の夜のおぼろ月が、いぶし銀色に波静かな入江の海を照し、ベックリン風の幻怪な風趣があたりに垂れこめておりました。

　と、その時、ふと背後に人の気配を感じて何気なくふり向きました。

「あッ」

　と思わず出る叫びを嚙み殺して、私は凝然として、部屋の一隅を、まじまじと見つめたのです。

イヴの女

　いつ現れたのか、モデル用の寝台に長々と身を横たえて艶然と微笑している女！　しかも、一糸も纏わぬ美しいイヴの姿を見て驚かない者はないでしょう。

「おや、どこかで見たような女？」

　と考える一瞬、未完成の裸女像との相似、云うまでもなく、あの問題の絵のモデルにちがいないのです。

　あの妖艶な美しい女！　まさに絵からぬけ出たように、こつ然と現れた不思議な女の魅力。胸に溢れるばかりに盛り上った形のよい乳房、胸から腰へくびれる曲線、ふっくり盛り上った下腹から豊かな大腿にかけての黒い陰影、あらわな薔薇色の肢体から発散する火のような官能！

私は、息詰まる感情をこめて、この不思議な女を凝視していましたが、やがて、泳ぐような足どりで女に近づきました。そして、喘ぐような口調で、

「き、きみは、誰だ」と声をかけると、

「えッ！」

その瞬間、女は女豹のような精悍さで、寝台を飛び降り、あっという間にアトリエを飛び出して行きました。

バタン！

と激しい音をたてて扉がしまりました。私は呆然として意外な女の出現と消失に、夢をみるような心地でその場に佇立しておりました。

捜　査

それにしても、あの奇怪な女は、佐上画伯の怪死事件の重要証人、いやその加害者だったのではないか？　と考えると、私はすぐに女のあとを追いました。しかし、たしかに女は、アトリエの隣室の画伯の居間にはいったはずなのに、煙のように消え失せているのです。窓にはきっちりと掛け金がおりていて、蟻一匹も這い出る隙間もありません。ついに捜索を断念して、夜の明けるのを待つより、ほかはありませんでした。

老巡査は、朝の八時ごろになって、ようやく眼をさましましたが、もちろん昨夜の奇怪な女の出現については、何一つ知らず。私の説明をきくと、

「このあたりには、昔九尾のキツネが棲んでいていろいろ人間にわるさをしたそうですから、きっとキツネが化けてきたものでしょうな」

と一笑にふしてしまうのです。が、私はかずかずの疑問を、なんとかして解かなければならないと思いました。

まず、佐上画伯の死体は、K市のP大学の解剖学教室に送られて、精密な解剖が行われることになりました。駐在所の本署からも捜査係員が出張して、現場の再調査を行いましたが、やはり目ぼしい手掛りは、発見されませんでした。

この日の夕方に、P大学から死体解剖の結果が報告されてきましたが、死因に不審の点なし——という意外な報告で、刑事たちも秘密裡に行われた捜査を打切って、

本署に引上げてしまいました。

　残ったのは、老巡査と私の二人だけですが、本署の連中が引上げたとなると、老巡査も捜査に気乗り薄で、結局、私一人が事件の最後のしめくくりを、つけることになったのでした。

　その夜――すでに私には、はっきりした目算がたって、佐上画伯のアトリエにこもったのです。少くとも、ある手段をもって、あの妖しい女に再会する確信をもっていたのでした。

花の蜜

　その夜更けてから、私は、佐伯画伯の絵具の汚れのついた仕事着を着て、右手には画筆、左手にはパレットを持って画架の前に立っておりました。明るい燭光のフラッド・ライトがアトリエにみちて、真昼のような明るさでした。

　古風な鳩時計が十時をつげた時でした。アトリエの扉がすらりと開いて、現れたのはあの昨夜の妖しいまでに艶冶な女でした。

　最初は何か警戒するようなけわしい表情で顔だけをのぞかせましたが、画家姿の私を見ると、表情をくずして部屋にはいって来て、モデル台の傍らに立ちました。今夜は、派手なワンピースを着ていましたが、それをぬぐとシミーズひとつになりました。私は裾からちらつく白い脛や、胸元にはずむ乳房のふくらみから、もうその下には何もつけていない肢体があると、すぐに想像することができました。

　女は軽く目礼すると、啞のように無言のまま、そのシミーズまで脱ぎはじめたのです。私は、電気ストーブの熱気で、思わず汗ばみ、息詰まるような興奮を覚えながら、女の一挙手一投足に、灼きつくように瞳をこらすのでした。

　女は羞らう様子もなく、シミーズを脱ぎすてて、モデル台に立ちました。背のすらりとした豊満な肉体を、惜し気もなく明るい光の中にさらけ出したのです。

「……」

　私は無言のまま、画架の前に立ちました。すると、女は美しい姿態を魚のように躍らせて、傍らの寝台の上にながながと寝そべりました。そして、まるで子供が駄々をこねるように寝転がったり、大胆に足をひろげて蹲んだかと思うと、エビのように思いきって背を曲げて、せ伸びしたり牝鹿の足のような大腿をふるわせて、跳躍するかと思うと熟しきった乳房を、ブランコのように震わせて、背中をまるめます。そんな時には、胴から急に豊かな曲線に包まれて、拡がる円い肌がぐっと視野いっぱいにまるで真白い脂ッこい肉獣の姿にひろがって見えるのでした。一閃、二閃千姿万態の官能のプリズム、何とも形容の出来ないネットリとした火のような激情が私の全身をおののかせるのでした。やがて、ゴヤのマヤ夫人のように、頬をほんのりと紅潮させ、愉悦に充ちた瞳をうっとりとうるませてから、放心したように瞼を閉じましたが、その紅い唇はしっとりとした艶やかな光沢を帯びて薄く開かれているのです。蜜蜂に蜜を吸われるのをまつ花のような風情で、心地よい触感と興奮に陶酔した女の姿は、死んだ佐上画伯が未完成のままに残した裸像、そのままの姿でありました。

慾情の果

私は妖しい肉体の魅惑に翻弄されて、じっと息をつめて見まもっていましたが、やる瀬ない悶えをもはや押えることができませんでした。足音を忍ばせて近づくと、矢庭に女の肢体を抱きしめて、ぐっと寝台の上に、倒れこんだのです。

その瞬間に女は眼を開いて私を見ました。

「あっ……」

鋭く叫ぶと女の肢体は、私の腕の中で、妖しいまでに繊細な曲線を描いて逃れようともがきはじめました。しかしもう罠の中に捕われた小鳥も同様の姿だったのです。

「放して！　あッ、あなたは……さ、佐上さんじゃないわ」と、その時、びっくりしたように、その裸女は叫けんだ。

「そうですよ。佐上画伯は昨日死んだのです」

必死に喰止めようとする女の裸体は、なおも激しく抵抗しました。

「き、君は佐上画伯を殺したろう？」

「わ、わたしが？　なぜ？」

「なぜって——教えれば止そう」

「だって、私には——私には覚えのないことですもの……」

「云えなければ、言わなくてもいいさ。その代り、君の身体の秘密を教えてもらうからね」と、耐えきれなくなった慾情に、喘えいでしまった。

こうして、狂乱と愛慾ののたうつ官能の一夜が明けたのでした。

×　×　×

やわらかい雨脚のなかにしだれ柳の新芽がふっくりとふくらみそめたある日、濠端を見下ろす警視庁の新聞記者室から出て来たT新聞のR記者は、そこまで話して、うまそうに紫烟をくゆらした。

「じゃ、モデルの美人が、やっぱり犯人だったのかい」

ときくと、

「いや、真相は、こうなのさ。ヘタに新聞記者の第六感を働かせたつもりで、佐上画伯が殺害されたように考えたのだがやはり心臓麻痺で死んだのが真相だったのだ。だから、最初から、なんの事はない。犯罪は無かったのだね。

モデル女というのは、隣家の沖山大佐の未亡人で終戦後生活のために佐上のモデルになっていたのだ。しかし、未亡人は裸姿を他人に見られるのを恥じて、モデル台に立つのは深夜に限られていた。

一方、佐上画伯というのは啞で、口のきけない男でね、すべて手真似の合図を使ったのだが、製作するときは、アトリエの電燈を点燈して合図することになっていた。夜の十時以後にアトリエに電燈がついて居れば、未亡人は、アトリエにやってくることになっていた。その通路が、戦争中、もしも非常時態になったり、爆撃で生埋めにあった時の用心にと考えられて、両家の中央に巧妙に掘られて、設けられた防空壕で、両家をつなぐ地下道になっていたのだ。佐上画伯の方の出入口は画伯の居間の羽目に扉がちょっと見ては分らないように仕掛けてあったので、一種の秘密通路みたいになっていたのだ。また蛇足につけ加えると、未亡人が非常な近視で、僕を佐上画伯と、うっかり取り違えたりしたのだがね」

「なんだ、それでは、猟奇犯罪実話にはならんじゃないか」

と、ものたらぬ表情をすると、

「いや、実はねえ、その若い未亡人は……」

と云いさしたところで、R君は、煙草をもみ消して立上ると、そこへ入って来た美しい二人づれの女が、コーヒーをのんでいる側へ、つかつかとよって行き、二十五六にしか見えない女優のような美しい女を、自分の前に腰かけさせ、にやりと、ひとつ笑うと、

「これが問題の、今お話しした新しいボクの家内さ、……さっきの未完成の裸女の絵も、結婚記念に保存してあるからね、ひまがあったら見に来てくれたまえ」ときれいな生ける裸女と微笑みあった。

肉体の魔術

寝る女

「先生、上野署の防犯主任から、ただいま、お電話がありました。昨晩、保護した女を診ていただきたい、のだそうです」

看護婦が診療室にはいってきて、そう告げた時、私は窓辺に立って、中庭の青桐を眺めていた。真夏の頃で、午前中の応診は、一段落をとげてほっとした面持で、煙草を喫っていた。

「すぐ行く――と伝えてくれたまえ」

私は診察衣をぬいで、白麻の上衣に着かえると、手提げ鞄をさげて、チカチカするような、激しい日盛りの舗道に出て行った。街路樹のプラタナスも、白いほこりを浴びて凋れている。喘ぐようなエンジンの響きを残して走り去るトラックのあとから、電車通りを横切って向い側にある上野署にはいり、防犯主任の部屋をのぞくと、

「やあ、いらっしゃい。どうも――暑いところを御苦労さまですな」

でっぷり肥った野口防犯主任が、ハンカチで額の汗を拭きながら立上った。

「どうしたんです?」

「実は、ゆうべ、上野公園のベンチに寝ている女を、本署に保護したんですが、それから今まで、ずっと眠りつづけなんですよ」

主任は不思議そうな顔をして、壁の電気時計を見上げた。正午に近い刻限である。けさの七時に、保護室付の巡査が収容した女をゆり起してみたのだが、一向に目をさまさず、そのまま眠りつづけているという話だった。

「睡眠薬でも、かくし持っていて、呑んだのじゃありませんか?」

「保護室に収容する前に厳重に身体検査をして、所持品は全部、保管箱にいれておいたのです。持っていたハンド・バッグには、現金が、七、八千円はいっていたそうです」

「すると、服毒自殺の疑いはないわけですな？　では、例の嗜眠性脳炎……眠り病……じゃありませんか？」

「しかし、全然、熱がないんです。脈搏も平常で、軽い寝息をたてて熟睡しているだけです」

「とにかく、診察することにしましょう」

主任を困惑させた、不思議な嗜眠症状の女は、その時は地階の保護室から、二階にある明るい医務室に移されていた。

「ほう、相当年をとったお婆さんですな」

私は、ベッドに横たわった女の、白髪を見て意外に思った。というのは、公園のベンチに寝ていて警察に保護された女――といえば、ノガミという場所柄から簡単にパンパン娘を、連想していたからである。

狂う女

「気狂い婆さんかもしれませんよ。着ているものから、持っているものまで、みんな若い女のものばかりなのに、どうです。この顔をごらんになって下さい――」

野口主任は、眉をひそめて老婆の顔を指した。驚いたことには、皺のよった顔に、色濃く白粉をつけて、ケシの花のように真紅に口紅を唇に塗っている。スウーツは、濃い臙脂の地に、白とクリームのプリント模様のワンピースで最新流行の仕立であった。老婆の姿を見ていると、滑稽と云うよりは、むしろグロテスクな、悲惨な感じを受けて顔をそむけたくなるのである。

「こんなパンパンを相手にする、酔狂な男もあるんでしょうかね？」

主任は、微苦笑して、私が老婆を診察するのを見ていた。脈搏に異常はなかった。眼瞼を裏返して見る。更に、婦人警官の手をかりて、女の上半身を裸形にして聴診して綿密に調べたが、やはり奇怪な嗜眠症状と、病態を一概に、診断することが出来なかった。

「ふーむ、どうも診断がつきませんね。老年者には珍らしい健康体だと思いますが……」

私は、文字通りに匙を投げた形で、リゾール水で手を洗った。

その時、今までぐっすり眠っていた老婆が、部屋に満ちた、明るい陽光に、眩しそうに眼を見開いた。そして、しばらくは、さめやらぬ夢を追うように、ぼんやり部屋の中を見廻していたが、やがてはっとしたように、ベッ

ドに起き直って、

「ここはどこです?」と怪しむように尋ねた。

「警察ですよ」

「えっ、警察――?」

老婆は、鸚鵡《おうむ》返しに喘ぐように呟いた。

「気分はどうかね? 嘔き気がするとか、頭痛がするようなことはないかね?」

「いいえ――」

老婆は、キョトンとして、眼をみはった。野口主任は、軽く咳ばらいをして、

「君は、昨夜、上野公園のベンチに寝ていたのだ。そんな年をして――しかも、女だてらに飲酒して、警察の手数をかけるなんて、すこし不謹慎すぎはしないかね?」

「お酒? いいえ、あたし、お酒なんか一滴も飲みはしませんわ」

「飲まないものが、どうしてベンチに寝ていたのだ?」

「えっ、あたしがベンチに寝ていた? いえ、そんな覚えはありませんわ」

老婆の態度には、物怯じした様子もなく、話しぶりは、若い女のようにキビキビして歯切れがよかった。

「ところで、君の名前は?」

主任は、警察手帳を開いて睨むように老婆を見た。

「染井由利子です」

「年齢は、いくつか?」

「二十三です」

「えっ、いくつだッて?」

「二十三歳ですわ」

妄想地獄

この五十の坂を、とうに越えたはずの老婆が二十三歳だとは、まったく狂女の妄想としか考えられなかったので、野口主任は、

「精神病院に、手配しなくてはならんかな?」

と思いながら、鉛筆の頭を噛んで質問をつづけた。

「君の現住所は?」

「ホテルです。東京のホテルですわ」

「東京だけではわからんね。どこのホテルなんだね?」

「名前は忘れました」

「忘れた?」

女はうなずいた。

「ええ、忘れたんです。よく注意しませんでしたので――。わたしは、昨晩、新潟から上京して、生れてはじめて東京へ来て、ホテルに泊りました。でも、上野駅から流しの自動車で小綺麗なホテルに案内されましたけれど、部屋をきめてスーツ・ケースをあずけると、待たせておいた車で、すぐに病院へ行ったのです。云い忘れましたが、ホテルや病院に案内してくれたのは私の知り合いの方で、新潟から一緒に来たのでしたけれど、病院に行って用事をすませてから、……それからは一向に覚えがありませんわ。こうして警察の御厄介をかけたのも知りませんでした。ですから、ホテルの名前も、はっきり思い出せません。どこにあるのかも見当つきませんわ」

「すると、本籍地は新潟県だね?」

「そうです」

「夫はあるのかね」

「ええ、ありました。二年前に結婚したのですが、夫と意見が合わず、この間、離婚しました」

「きみと一緒に上京した人の住所は?」

「病院に住込んでいるはずですが、その病院のあるところが、私には、はっきりいたしません」

「この東京に、そのほかに知り合いの者とか、身寄りの者があるかね?」

「ありません」

「では、いったい、どうして、東京に出て来たのかね?」

「自活するためですわ。そのために、夫と意見が合わずに離婚したのです。わたしは、映画女優になるつもりです」

「君が、女優に――?」

主任は、二の句がつげずに、とうとう鉛筆を投げ出して、老婆の皺だらけの顔をしげしげと眺め廻した。

「先生、二三日、この女をあずかってくれませんか?」

主任の依頼で、私は染井由利子という奇怪な老婆を、私の病院の病室に収容することにしたのである。同時に、野口主任は、都下の全警察に、染井由利子が投宿したというホテルの調査方を照会したのであった。それは、彼女がホテルの帳場にあずけた、スーツ・ケースの中に、数十万円の現金が、はいっていたと申立てたからである。

「どうせ、気狂いの妄想だろう、と思いますがね」

と、主任はもはや、大して問題にもしていなかった。

狂態

「しばらく安静にして、休んでいて下さい」

私は、染井由利子を病室にいれ、鎮静剤をあたえて、放っておくと、

「せ、先生、すぐ来て下さい。あの患者が、鏡を見て、急に暴れ出したんです。泣き喚いて、大変な騒ぎなんですから、――」

と、看護婦があわただしく書斎に駈けこんできたのは、彼女を病室に収容してから一時間もたたないうちだった。それをきいて、私が病室に駈けつけると、

「ああ、先生、――先生どうしたんでしょう、あ、あたしは……?」

染井由利子は、身もだえして狂乱したような眼を私に向けた。

「か、鏡を見て、はじめて判りました。あたしの顔が、――あ、あんなお婆さんに……」

彼女は、慄える手で、顔を蔽って啜り泣いた。

「落つきなさい。落つくんですよ」

私にも、女の狂態をどうしようにもなかった。

「せ、先生、私は気が狂ったのでしょうか? いいえ、ちがいます。ちがいます。私は決して――決して気狂いじゃありませんわ。正気です。正真正銘の正気なんです。先生信じて下さい」

「信じるにも信じないにも、わたしは精神科の専門医じゃないのです。その方面の方に診てもらったらどうですか?」

「信じていただけないのですか!」

彼女は、唇を嚙んで、ヒステリックに叫んだ。そして、慄える指にシガレット・ケースから抜いた煙草をはさむとライターで点火して、強いて気を落ちつけるかのように、たてつづけに紫煙を吐いた。やがて、彼女の蒼白な顔に、徐々に血の気が戻ってきた。

「失礼しました。あんまりびっくりしたもんですから――」

そう云って、染井由利子は激情の去った顔に、淋しい微笑を浮べた。

「何に驚いたんです?」

「いいえ、いいんです。先生ただお伺いしておきたいのは薬のことなんです。薬は体外に排出されれば、その

効力がなくなるのでしょう?」

「そうですね、それぞれの薬の持つ作用機序によって、違うとは思いますが——常識的には、大体、あなたのおっしゃる通りです。しかし、一概にそうだと云うことは出来ませんよ」

「でも先生、たとえば、催眠剤を飲んだとしますと、その薬理作用がなくなれば、眠りがさめますわ」

「そういう場合にはね。とにかく、平静な気持で、しばらくお休みなさい」

「ええ、そうします。でも、あたし、明日になれば、きっと見違えるようになって先生を驚かせますわ。私の本当の姿をお目にかけられると思いますの」

「は、は、は——まあ、楽しみにしておりますよ」

私は別段、深く気にもとめず、当り障りのない返事を与えて病室を出た。

注射

その翌朝、私が外来患者の診察室にいると、染井由利子が、看護婦に附添われてはいって来た。

「どうしましたか?」

「はい、けさはとても気分がいいのです。でも、あたし、鏡を見るのがこわいんです」

「何故ですか?」

「先生、けさの私は、昨日よりずっと若返って見えませんかしら?」

「そうですね、そうおっしゃると、とても若々しく見えますよ」

私は、お世辞のつもりで云った。

「まあ、やっぱり、やっぱり——」

「やっぱり、どうしたのです?」

「徐々に若返るんですわ」

「若返る? すると、あなたは、何かホルモン療法でも受けられたのですか?」

私は低級な婦人雑誌などにいわゆる「若返り」の秘薬とか、秘術などといった広告が出ているのを、見た記憶が、あった。凡ゆる女性にとって若さを失うことほど苦痛なことはあるまい。その女性心理を巧みに摑んで、インチキな療法を宣伝しているのを見て私は眉をひそめたことが、再三ではなかった。彼女の口吻から察すると、染井由利子もこの種の詐術的な療法を受けたのであろうか？

「いいえ、わたし、そんなインチキな広告に騙されはいたしません」

「しかし、何かを嚥んだのでしょう？」

「いいえ——痩せ薬を注射してもらったのですわ」

「ほう、痩せ薬を——？」

私は、痩せ衰えた彼女の肢体を、改めて眺めて、やはり狂人なのだろうかと、微苦笑した。

「注射したのは誰ですか？」

「離婚した夫ですの。夫は、大木梅太郎といって、もとは新潟のN大学の研究所におりました。しかし、二箇月ほど前から東京の病院に勤めることになったのです。私たちは御承知のような住宅払底時代で当分は別居して生活することになったのですが、その夫の留守中に幼馴染の山村さんに偶然お会いしました。山村さんはただ今は、R映画会社の監督をしている方で、郷里に映画のロケーションに来てお目にかかったのです。私は平凡に、夫と見合結婚をいたしましたが、山村さんとはおたがいに初恋のような感情を味った仲だったのです。そこへ、夫が帰郷しまして、山村さんとの仲に疑惑の眼をそそぎました。そうしたことから夫婦の感情がもつれて、とうとう夫とは離婚することにしたのです。そして、一昨晩夫と一緒に上京したのです」

「では警察で知り合いの人とおっしゃったのは、あなたの前夫なんですね？」

彼女はうなずいた。

「そうですの。夫のことは口にしたくなかったので申し上げませんでしたけど——。一緒に上京しましたのは、離婚書類に夫の印判を捺印するのと、山村さんに会うためだったのです。夫が寝泊りしている病院に参りますと、夫は改まった口調で申しました。お前は自分の研究に無関心だったが、自分が研究しているのは一種の痩せ薬なんだ、女優を志望するお前は、たしかに衆目を惹く美しい顔立ちだ、しかし、もう少し痩せて容姿楚々たる風情が必要なのではないか、と云って夫の研究完成したという痩せ薬を注射したのです。それから、あの警察の医務室で正気づくまで私は意識を失っていたのです」

彼女はそう云って、左腕の上膊部にある注射の痕を示した。それから強いて装った明るい笑顔になると、

「でも、注射の効力が無くなれば、きっともとのような身体になりますわ。先生、二三日のうちには、きっと、もとの身体に恢復しますわね？」

奇怪な真相

染井由利子の話は、私にはどうしても狂人の妄想としか考えられなかった。あくまでも、自分が若い女であって、いつかは、もとの若い肉体に恢復すると信じて、強いてつくった明るい笑顔が、しまいには泣笑いとなって泣きくずれた姿——それが私の脳裡に哀れな印象を、とどめたにすぎなかった。

しかし、この奇怪な老婆の事件も、ついに真相が判明するときがきたのである。

それは、彼女を収容してから三四日を経たある日の朝だった。野口防犯主任がチョコレート色のスーツ・ケースをさげて、私を訪れたのである。

「みつかりましたよ。あの女の旅行鞄が——」

「それでは、染井の話はまんざらの出鱈目ではなかったのですか」

「そうです。この鞄は、万世橋のPホテルにあずけてあったのですが、たしかに三十万円の現金が在中しておりましたよ。それに、女の写真や名刺がはいっておりましたから女の所持品に間違いありませんね」

「どんな写真ですか?」

「アルバムに貼ってありました。女優にしてもいいような二十二三位の美しいエキゾチックな容貌の女で、女の郷里の警察に照会してみますと、今年の春に写真館で撮ったものです。あの老婆に面影がそっくりなのですよ」

「すると、老婆が二十三の若い女に間違いないわけですか?」

「そうです。Pホテルの支配人も、女優ではないかと思いましたと、投宿した夜の女の顔や服装をはっきり記憶していました」

「では、一晩で若い美しい女が、醜い老婆に変ってしまったのですな? それでは、まるでアンデルセンの童話ではありませんか」

主任は、はっきりうなずいた。

「僕も、まったく信じられませんでしたよ。この置手紙を読むまでは——。しかし、その奇蹟を行った肉体の魔術師が存在していたんです。その方法は判りませんが、この置手紙を読んでごらんなさい」

そういって、主任は一通の封書を、内ポケットから取り出した。
「この手紙は、Ｐホテルに染井由利子を案内したという男が帳場にあずけて、あとで彼女に渡してくれるように依頼したものなんです」
私は、もどかしい思いをして便箋をひろげて、読んでいった――。

…………………

由利子よ
僕はお前に裏切られた夫だ。お前が映画女優になるという口実で、僕から山村のもとに去ることは明白な事実だと思う。しかし僕はお前を愛している。お前なしでは一刻も生きて行けないのだ。
僕が日夜、研究に歿頭したのも将来巨万の富を握って、お前を喜ばせたいためだったのではないか。しかるに、お前は憎むべき色魔山村のもとに去るのだ。お前がもっと、この僕の偉大な研究に、協力と理解を惜しまなかったら、こんな悲劇は起らずにすんだはずなのだ。
由利子よ。
苦節三年、僕はついに人間の生命力の謎を解いたのだ。しかし、研究を完成すると同時に、お前を失う僕の心を察してくれ。俺はお前を憎む。いや、お前を誘惑した山村を憎悪する。俺は、今こそ肉体の魔術師になったのだ。山村の如き人非人にどうしてお前の美しい肉体を献じられようか。
由利子よ、
鏡を見よ。お前のその醜い老いさらばえた姿こそ、俺の研究の成果なのだ。裏切られた夫の復讐だ。泣け、喚け。俺の前にひれ伏せ。お前が昔日の若さと美貌を取戻すためには、どうしても俺の奴隷とならなければならないのだ。

…………………

そして最後に「大木梅太郎」と署名して、「裏切った妻へ」と宛名してあった。

生ける屍

事件の真相は、今や明白である。妻に裏切られた夫が奇怪な薬品を注射して、美しい妻の肉体を一夜にして、見るもおぞましい醜い老婆の姿に変えてしまったのだ。
「俺は肉体の魔術師だ」

という言葉が、ジーンと私の網膜にやきついた。

それにしても、何という怖ろしい呪詛と憎悪であろう。これほど、恐ろしい夫の復讐があるだろうか。しかも、一瞬にして若い女の肉体を老化させた注射薬は果して何だろうか――?

染井由利子は、野口主任から前夫の置手紙を見せられ、それを読み終ると、ほっと吐息を洩して、じっとあらぬ方をみつめて、しばらく凍りついたように佇立したままだった。

やがて、野口主任は諭すような口調で、

「この手紙では、あなたが悔悟して夫の前に身を投げ出し、誠意をもって宥しを乞うなら、またもとの身体に戻してくれるようですね。我々はまず、大木梅太郎の所在を突きとめますが、それからは、あなた方の、夫婦の間の愛情で解決していただきたいと思います……」

「はい、悪かったんですわ、私が――。私さえ過ちを犯さなかったなら……」

主任は泣きくずれる染井由利子をさまざまに慰めて、本署へ帰って行った。

その夜である。看護婦が再びあわただしく私の書斎に駈けこんできた。

「せ、先生、大変です。あの気狂いのお婆さんが今日の夕刊新聞を見て、また暴れ出したんですわ」

私は二階の染井由利子の病室に駈けつけた。病室の扉を開けて、中をのぞき込んだ、私は思わずギョッとして敷居に棒立ちとなった。ああ、彼女の姿の何という変りようであろう。髪を蓬々とふり乱し眦を決して慄え戦く手に夕刊新聞を握りしめた姿は、悪鬼さながらの狂態だった。

「どうしたんです?」

「せ、先生、読んで下さい。これです。これが、あたしの夫なんです! ああ、もう私は駄目です」

慄える指でさし示した不鮮明な円い写真、それを説明した短い新聞記事は、次のようなものだった。

線路を歩いてひかる

五日午後十時ごろ千代田区須田町六ノ一五内分泌研究所技師大木梅太郎(三四)は、同町一ノ二先、電車道路を横切ろうとした際、渋谷発水天宮行市電――運転手横地太平――に刎ねられ、頭部を強打内出血のため即死した。

なお同氏は、内分泌(ホルモン)学の権威で、不老長生術の逆を行く「人工老成法」を研究、動物実験に成功して近くその成果を学会に発表することになっていた。

幽霊夫人

街の驟雨

佐奈田達夫という男には、芸術家特有のボヘミアン的な気質があった。しかも、資産家の息子という好条件に加えて、ちょっと女を惹きつける魅力があって、――われわれカラス仲間とはちがう美男子《ハンサム》の部類に属する奴だったから、巴里《パリ》にいた頃でも、モンマルトル辺の春婦に、

「Monsieur Sanada!」

と、大いに騒がれて、われわれ仲間を羨望させたものだった。

その佐奈田が最近、結婚した！

だから、相変らず女にもてない市黒慶吉などの口の悪い仲間は、

「奴もおしまいさ！　とうとう結婚という人生の墓場に仲間入りしやがったよ」

と、しきりに悪口雑言を並べたてる。だが、

「幽霊夫人は、さすがに奴がまいるだけあって美しいぜ」

と異句同音に感嘆これ久しゅうするのだ。

「幽霊夫人――？　いったい、そりゃ、どういうわけだ？」

と反問すると、奴等はただニヤニヤ笑っているだけである。ええ、ままよ、当って砕けろというわけで、僕はある日、当の噂の張本人の彫塑家佐奈田達夫を訪れた。

「仲間の奴等は、君の新婚の妻君を幽霊夫人だと陰口を叩いているが、そんなに幽霊みたいに痩せた、ミットもない女なら早々に離婚してしまえよ」

と遠慮なく談じこむと、佐奈田はニヤリと笑って、

「ははあ、――すると、君は何も知らないんだね。では、臆面もないが、いわれ因縁を話して聞かせようじゃないか」

と語ってくれたのが、以下に記するところの話なのである。

×

夕映えの夏空に湧いた汚れた綿のような灰色雲が、一瞬の間に茜色に燃えた空を塗りつぶしたかと思うと、大粒の、はげしい雨が舗道を叩きはじめました。

それは佐奈田がS画廊の画展を見て、ちょうど銀座四丁目の角まで歩いてきた時でした。慌てて地下鉄の入口に逃げこむと同時に、彼の肩先にぶつかるようにして若い洋装の女が駈けこんできたのです。ヘリオトロープの匂いに汗ばんだ女の体臭が交ってえもいわれぬ虹のような香りが鼻の先をかすめてゆく。不意に緞帳を切って落して官能の世界を覗かせられたような気持で、何気なく女の横顔へ視線を走せて、思わず彼ははっとしてそこに立止ってしまいました。

「き、君は——?」

「あら、佐奈田先生——」

女もびっくりした表情で立止りました。まったく意外な邂逅で、彼女は最近、経営難で解散したレヴュー劇団『新ヴィーナス座』の中条艶子だったのです。

劇団の解散後は、キャバレやダンス・ホールのアトラクションに出演しているという噂を聞いておりましたが、一座の花形の踊り子として全裸に近い凄艶な姿を強烈なフットライトの中に浮びあがらせて踊る、あの見る者の官能を痺れさせずにはおかないアクロバチックな踊りは、呼び物の額縁ショーの装置構成をひきうけていた佐奈田の記憶に未だ生々しく印象されていたのでした。

「やあ、しばらく……その後はどうしているの?」

「アトラクションに出ていたんですけど、思わしくなくて今は遊んでいるんですの。先生、彫塑のモデルになれないかしら?」

「願ったり叶ったりというところだね。それでは夕食でも食べながら相談しようか」

「ええ、お願い——でも、あたし、今夜はうんと飲みたいのよ。飲ましていただけて?」

佐奈田は黙ってうなずいたのでした。

女豹

中条艶子の整った顔には、どこかに近より難《にく》い鋭い剃刀の刃のようなものがかくれていました。そうした顔とはち切れるように成熟した肉体とが妙にチグハグな感じでしたが、銀座裏の酒場を飲み歩いて、強い洋酒を呷れば呷るほど、その鋭さは蠱惑に満ちた美貌の下にかくれて、何とも云えない情感がバラ色に上気した眼のふちあたりから全身に漲ってくる感じでした。

四、五軒の酒場を渡り歩いた頃、幾分酔の廻ったらしい艶子は、

「あたし、踊り子なんか、もう嫌になっちゃったわ。東京から逃げ出したいのよ」

と、何故か捨鉢気味に云って、濡れた紅い唇にグラスの酒を乾すのです。佐奈田が妙に媚《なま》めいた官能的なものを感じたことは云うまでもありません。

「ねえ、今晩、先生の家に連れて行ってくれない——?」

酒場を出ると、雨はすっかり霽《は》れ上って舗道の水たまりに街燈の灯が美しい灯影を投げていました。流しのタクシーを拾うと佐奈田は艶子を麻布の家に伴って参りました。

「婆や一人だけなんだ。もう寝てしまったから、なんのもてなしも出来ないけど、とって置きのオヴ・キングスがある。飲む?」

「ええ、いただくわ」

佐奈田は、クラフトのチーズの缶詰を開けて、オヴ・キングスの酒壜《デカンター》を酒棚からとり出しました。

艶子はぐったりと長椅子に腰をおろしましたが、佐奈田の官能をそそるような熱い息を吐くと、

「ああ、暑い。先生、もっと窓を開けて——」

「うん、今夜は少し蒸すようだね」

佐奈田は立上って窓辺に歩みよりました。しかし、実を云えば、昼間の蒸し暑さはすっかり、一しきりの夕立に洗われて何とも云えない清々《すがすが》しさだったのです。しかし、何故か息苦しい感じで、それは夜風に乗って漂ってくるむせぶような夾竹桃の花の香りのせいばかりとは云えませんでした。

「やっぱり暑いわ。いっそのこと裸になっちゃおうかしら——?」

佐奈田が肯定も否定もしないうちに、艶子は長椅子から立上って、牝鹿のように身を屈めると、無雑作にワンピースやシュミーズを脱ぎすてて、その姿勢から豊かな曲線に包まれた全裸の背部を佐奈田の方に向けて立上ったのです。

そして、くるりと佐奈田を振り向くと、モデルのようなポーズをとって、

「先生、どうかしら、このポーズは――?」

肩、ふくよかに盛上った脚の隆起、くびれた胴体から腹部に拡がる曲線、陰翳に包まれた下腹部から逞しく伸び出た美しい肢。痺れるような悩ましい体臭がぐっと佐奈田に迫って参りました。と思った次の瞬間、艶子は、長椅子に腰かけた佐奈田の腕の中に、牝豹のような美しい肉体を転げこませたのです。

「ねえ、先生――あたし、ずっと前から先生を愛していたのよ」

熱い唇を意識しながらも、情熱に身悶える女の肉体の重みに、佐奈田は暫くは、なすところもなく呆然としておりました。

裸死体

狂おしいような官能の一夜が明けました。

しかし、佐奈田ははっきり眼覚めたわけではありませんでした。そのおぼろげな半睡状態のうちに、何かえたいの知れない臭気を鼻に感じて、眼を開けたのです。窓のカーテンの隙間から洩れる仄かな光で、傍らに全裸の艶子が寝ているのが判りました。

昨夜、痺れるような陶酔から覚めて電燈を消して寝たまでは覚えていましたが、その後のことは佐奈田には、全然記憶がありませんでした。

「何の臭いだろう――?」

不審に思いながら、彼は何気なく寝ている艶子の裸身に手を触れたのです。

「あッ!」

何という冷たさでしょう。あの情念に燃えた艶子の身体は、氷のように冷く強直していたのです。ぞっと冷たい戦慄が背筋を走ると、佐奈田は慌ててベッドから跳び下りて窓のカーテンを開けました。

明るい朝の光で、まず佐奈田の視線を捉えたのは、艶子のむっちり盛り上った乳房の間にぐさりと突き立った彫塑用のナイフでした。胸を染め、シーツを染めた鮮血はベッドから滴り落ちて床の上に凄惨な血溜りをつくっております。ふと気付くと、佐奈田の着ているパジャマにもベットリ血痕が附着しているのでした。

予期しない恐ろしい惨劇の突発です!

兇器のナイフは、明らかに彼のアトリエにあったもので、このまま警察に報告すれば、どうしても彼は艶子殺しの嫌疑をまぬかれません。いや、ヘタをすれば、あっさり殺人犯人にされてしまうかもしれないのです。

「うむ、これは弱ったぞ」

佐奈田は額に八の字を寄せて、どうしたらこの苦境から遁れ得るかと必死に考えました。

彼は絶対に艶子を殺した覚えはなかったのですが、それさえも証明する手だてのない窮地に追いこまれているのです。それ故先決問題は何とかして死体を処置することと、こっそりと死体を運び出してどこかに遺棄してくることでした。だが、夜中なら不可能ではないが、この真っ昼間に死体を遺棄してくることなど、全く思いもよらないことであります。

佐奈田は考えあぐんで仄《かす》かに屍臭の漂う部屋の中に佇立しておりました。二日酔気味で頭の重い彼には恐怖と不安が渦巻く以外に、これという対策が少しも思い浮んで来ないのでした。考えを諦めた彼は血に染まったパジャマをぬいで、浴室にはいって行きました。それから頭から冷たいシャワーを浴びると、幾分かすっきりした気持になって、厚いタオルで身体を拭いておりましたが、その時、

「あ、そうか——」

と思わず呟いたほどの天来の妙案が浮んできたのでした。

それは探偵小説で読んだ記憶がある方法で、死体を石膏で塗り固めて隠しておく方法です。

彫塑家のアトリエに置かれた裸女の塑像が、まさか殺された艶子を塗りこめたものだと気付く者はないはずです。そのうちに機会をみて、死体を処置してしまえば艶子は謎の失踪を遂げたことになって事件のケリになってしまうにちがいない——そう考えると、幾らか平静な気分になって、佐奈田は寝室にもどってきたのです。

しかし、まだ完全に心配の種が一掃されてしまったわけではありません。昨夜、彼が艶子と銀座裏の酒場を飲み歩いた姿を認めて、警察に密告する者がないとも限らないのです。

一分一秒も無駄には出来ないぞ——と考えると、彼は大急ぎでズボンをはいて半袖の開襟シャツを着ました。そして死体の傍らに立って、ハンカチにナイフのつかをくるんで引抜くと、まずそれを机の抽斗の一番奥に隠したのでした。

「これで兇器の始末はついたが——さて、次は死体をアトリエに移す番だ。どうしたらよいかな?」

佐奈田がひとりごとのように呟いた時に玄関のかなたにあたって、誰かが訪れた合図の呼鈴の音がしたのでした。

私立探偵

ギクリとした佐奈田は部屋の中に立ちつくしました。午前八時——こんな早朝に誰にも会う約束をした覚えはありません。朝寝坊の彼の家への来訪者は午後に限られていたのです。すると、もう警察では艶子の奇怪な変死事件を感付いて調べにやって来たのだろうか……居ても立ってもいられないような焦慮に、冷汗がじっとり腋《わき》の下を流れます。

耳の遠い婆やが応待に出ている声を耳にしましたが、いつまでたっても佐奈田を呼びに参りませんでした。気になるので、彼は寝室の扉にしっかり錠をおろして居間にはいって行きました。すると、

「おや、もうお眼ざめでしたか」

婆やがびっくりした顔付で部屋にはいってきました。

「誰か来たのかい?」

佐奈田は強いて落着きはらった声で問いただしたのです。

「ええ、知らない方でございますよ。名前もおっしゃりません。ただ主人に会わせろ——とこうなんでございますよ」

「どんな男だね?」

「黒眼鏡などをかけた、ちょっと人相のよくない方ですから、御主人はおやすみ中だからお帰り下さいと申しましたのですが、どうでも取りつげといって承知しないもんですから——」

「それでは旅行中だとか、病気中だと云って面会を断るんだね」

佐奈田はほっと安堵の胸を撫でおろすと同時に、何故か腹立たしいような思いがしました。しかし、玄関に出て行った婆やはすぐにまた、居間に引返してきました。

「なんだね?」

「どうしても帰らないんですよ。この名刺を御主人に見せて、それから中条艶子の件でお目にかかりたいからと伝えてくれと申しております」

「えッ!」

佐奈田は思わずぎょっとして婆やの差出す名刺を見ま

した。それには、

――私立探偵　赤井五郎

と印刷してありました。それを見た瞬間彼はみるみるうちに血の気を失ってゆく自分を意識しました。見えない大きな手にぎゅっと心臓を掴まれたような恐怖を感じたのです。

「応接間に通しておいてくれ」

と平静な口調で云ってのけたつもりでしたが、語尾の慄えをかくすことが出来ませんでした。

艶子の件――と、殊更に云うからには、赤井という私立探偵は、事件の真相を見ぬいているにちがいないのです。どういう底意から面会を求めるのか、佐奈田には見当もつきませんでしたが、都合よく解釈すれば、赤井探偵はシャーロック・ホームズのような名探偵で、彼の冤罪を証明する有利な証拠を発見するためにわざわざ訪れてきたのかもしれないと考えられるのです。もちろん、これは一縷の望みにすぎないもので、大体、私立探偵などと偉そうに名刺を振り廻す者ほど喰わせ者が多いのです。人の秘密や弱点を握って脅迫がましい態度に出て、甘い汁を吸おうとするものです。ですから油断は禁物なのです。佐奈田が異常な恐怖を感じたのも、右のような理由によるものでしたが、彼が強いて装った平然たる態度で応接間に行きますと、果して赤井探偵は、最初から針を含んだような話振りで、じりじりと佐奈田の心奥に喰い入ってきたのでした。

「秋の展覧会を控えて製作に忙しいのだが御用件とおっしゃるのは――?」

佐奈田は相手の態度に反撥を感じながら冷たく切り出したのでした。

しかし、それにひるむような相手ではありません。ギヨロリと気味の悪い眼で佐奈田を見ると、

「えへへへへ」と、妙にいやらしい笑いを浮べて、「いや、昨晩はお楽しみで、御艶福まことにお羨しい限りですな。ところで用件と申すのは……なんでして、ただいま先生がさぞやお困りであろうと思料し、一臂《いっぴ》の力をおかしして色々御相談に乗ろうと存じまして、参上いたしましたので――」

「き、君は何か誤解しているんじゃないか」

「と、とんでもないことで――」と探偵はおうぎょうに手を振りました。「それでは率直に申しあげましょうかな。例の死体の処置についてのことなんで……」

「えっ、死体の処置?」

佐奈田は電気椅子に腰かけたような薄気味悪さをやっと押えたのでした。

「さようで、それを手前どもにおまかせ願えれば――と存じましてな。いや、依頼者の秘密を絶対に厳守いたしますのが、わが探偵社の信条でしてな。その点は十二分に御信用あってしかるべきなのですよ」

一癖も二癖もある口振りでした。しかし相手はすべてを呑み込んでいるらしいのですから、もはや隠していても仕方がない、却って相手の狡智を利用した方がよいのではないか――と佐奈田は決心いたしました。

「では、一切をおまかせしよう。だが、誤解しては困る。僕は絶対に艶子を殺した覚えはないんだからね」

「へへへ、よく承知しておりますよ」

「費用はどの位かかるかね?」

「そうですな。結局は、自殺としてケリをつけるつもりなんで、――司法主任を買収したり、その他なにやかで相当費用がかさみますが、どうです、五十万円位では?」

探偵は紅茶茶碗を手に取って、冷えた紅茶をうまそうにすするのでした。佐奈田は観念して五十万円の小切手を書きました。

墓地の幻

艶子の死体は箱詰にされて赤井探偵がどこかに運び去って行きました。しかし、探偵が自信満々として云った言葉通りに、果してうまく処置出来るかどうか? 不安は依然として佐奈田の心から拭い去られたわけではありません。気持を落着けようとしてアトリエにはいり、手がけた裸女の塑像の仕上げにかかりましたが、それがあの艶子の冷たい肉体の感触を思い起させて、到底仕事には身がはいりません。しかし、翌日の朝の新聞で次のような記事を読んで、佐奈田はやや安堵したのでした。

中条艶子(元新ヴィーナス座)自殺――新ヴィーナス座の元花形の踊子世田谷区松原一ノ四〇八中条艶子(二四)=本名笠原艶子=は×日朝三時頃自宅二階の間で短刀をもって胸を刺して自殺しているのを同十一時ごろ訪れた元ヴィーナス座俳優大木重次郎(二三)君が発見、S署に届出た。

同女は妖艶な踊りをもって人気があったが、同座解散後は都内のキャバレ、ダンス・ホールなどのアトラクションに出演物質的には恵れた生活をしており、遺書もなく、自殺の原因は不明である、なお元劇団の関係者によって葬儀を営み、遺骨は多摩墓地に埋葬されるはず

赤井探偵が意図したように、事件は自殺として片づけられたのでしたが、佐奈田はあの猟奇的な一夜の経験からゲッソリと憔悴して、夜な夜なあの血塗れの肉体を夢見てうなされるようになりました。

それは、ちょうど艶子が殺されてから初七日にあたる日の朝、佐奈田は宿命の導きとでも云うのでしょうか、あるいは一夜をともにした女の霊を慰めようとするつもりだったのかもしれませんが、多摩墓地の艶子の墓の前にぬかずいておりました。

木の香も新しい墓標に美しい花束を立て線香に火を移して、ゆらぐ香煙の中に膝まずいて、彼はじっと合掌瞑目しておりました。

すると、今更のように妖しい魅力にみちた艶子の肉体がなつかしく偲ばれてくるのでした。

その時です!

墓地の静寂を破ってヒタヒタとかすかな足音が近づいて来たかと思うと、それが佐奈田の背後でピタリと止まって、あのヘリオトロープの香りに交った悩ましい若い女の体臭が彼の全身をおし包むように匂ってきたのでした。

思わずふり返ると、そこには殺されて埋葬されたはずの艶子が艶然と微笑して立っていたのです!

ああ、白昼夢か、殺された怨念に迷い出てきた幽霊か――?

「あっ!」

と叫んだまま、佐奈田は激しい心の衝撃で、その場に昏倒してしまったのでした。

驚くべき真相

オール・ウエーヴのラジオから美しいメロディが静かに流れてくる。応接間はあくまでもフランス風な明るい飾りつけで、佐奈田の非現実的な幽霊物語とは対照的な雰囲気をかもしていた。

「それからどうしたんだ? 僕は幽霊なんか信じない

からね。その艶子は殺されたのではなく、実は身代りの女が殺されたのだというオチになるんじゃないか？」と僕は佐奈田に訊いた。すると、彼は、

「いや、殺されたことは確かなのさ」

とはっきり否定して、

「事件の真相は簡単なんだよ。中条艶子は邪恋に狂ったある男に殺害されたのだ。その男は陰険執拗な性格なので、艶子はいつも彼の求愛をしりぞけていたのだが、あの驟雨の日の夕方も男につきまとわれて逃げてきて、地下鉄の入口で偶然に僕に会ったわけだったのだ。

そんなことから、彼女は気がむしゃくしゃしていたので、一緒に酒場を飲み歩いた挙句、僕の家に来て泊ったのだが、嫉妬に燃えた男も執念深く僕等のあとをつけてきて、しかも、艶子のあられもない痴態を覗き見たのだからたまらない。可愛さ余って憎さが百倍というわけさ。艶子を刺殺して逃げたのだ」

「しかし、恋仇の君をどうして一緒に殺さなかったんだろう？」

「そこが犯人の狡猾なところだよ。僕から金を巻き上げようとかかったのだ。翌朝、私立探偵に変装して、意外な死体の発見に慌てている僕から死体の処置料などと云って五十万円を巻上げたのだ」

「すると、赤井という私立探偵は変装した犯人だったのだね。いったい、それは誰なんだ？」

「死体を発見したという俳優の大木重次郎さ」

「どうして判った？」

「よく云うじゃないか。犯罪者は犯行現場に近づきたがる心理がある——とね。大木は犯跡を隠蔽するとともに、僕から金を巻上げようとする一石二鳥を狙って訪れてきたのだが、彼は紅茶茶碗に指紋を残していった。それと兇器の彫塑用ナイフについた指紋が一致したのだよ」

「なるほど、それは動かせない物的証拠だね。それにしても、よく茶碗を洗わず保存しておいたものだね」

僕は感心して云った。

「必死だったのさ。自分の罪を遁れるためには、どうしても真の加害者を発見しなければならなかったんだからね」

「それから、白昼の幽霊の一件はどうなんだ？」

「いや、あれは幽霊や幻じゃなかったのだ。殺された中条艶子の双生児の妹だったのさ」

佐奈田がそう云った時に、応接間の扉が開いて、清楚

な夏の着物を着た美しい若い女がはいって来た。

「紹介するよ。これが家内の芙佐子――艶子の妹さ。口の悪いのは、僕が幽霊と間違えたので、幽霊夫人なんて云ってるが、――ところで、君はこれでも別れろなんてすすめるかね？」

僕が眼を白黒して逃げ出したことは云うまでもない。なるほど、たしかに幽霊夫人は美しい！

淫妖鬼

裸女発見

尖った、痩せた、そして真白い——幽霊のような山々、すでに晩秋の頃で、うすい雪をいただいた山の姿を見あげると、それだけでも薄冷たい風がスーッと気味悪く襟首をなでていく。英国ウェールズ地方の山深いヒヤフォードシャア州、そのワイ河の谿谷上流にあるヘイ（Hay）という田舎町での出来事だった。

その町はずれの小丘の中腹にある共同墓地に数名の黒い人影がうごめいて埋葬死体の発掘を行っているのである。読者はR・L・スティヴンスの「マークハイム」（死体盗人）の一場面を想起されるかもしれない。もう空はたそがれて、墓地をかこむ泥柳の梢の上にも陰暗とした黒雲が蔽いかぶさっているのだった。

「まるでグール（喰屍鬼）みたいだね。しかし、これもお役目だからしかたがないな。さあ、もう一息だから頑張ってくれたまえ」

そういって周囲の人々を激励したのは、当時スコットランド・ヤード（倫敦《ロンドン》警視庁）に、その人ありと知られた、クラッチェット警部である。

暗いカンテラの灯が鬼火のようにゆらめくなかで、やがて、ガチリと墓掘人夫の鶴嘴のさきが棺桶に触れた。

「よろしい。注意して蓋をあけるんだ」

掘り出された棺桶は、すでに腐朽して、板の破れから屍臭が嗅ってくる。だが、蓋をあけて見て、人々は思わず、あッ！　と驚いた。埋葬後、すでに十箇月を経て、誰しも見るかげもなく腐爛した死体を予期したのだったが、蒼白い月光に照らし出された女の裸死体は白蠟さながらの美しさだったのだ。美しい女の表情には生前の苦悶がありありと現れていたが、引きしまった若々しい肉体、乳房のふくらみから臀部への曲線、まるで生きているような濃艶さがあった。

クラッチェット警部は、仔細に女の裸死体を調べてから、

「珍らしいことだが、死体は蠟化している。外傷はないが、とにかく解剖してもらうことにしよう」

すぐに女の死体は死体運搬車に運びこまれたのである。

怪死事件

秘密裡に発掘された死体の女は、十箇月ほど前の二月中旬、普通の病死と診断されて埋葬されたもので、この女の死亡診断書を書いたのはヘイ町のヒンクスという開業医だった。そのヒンクス医師も、死体発掘に立会っていたが、クラッチェット警部の取調べに対して、さきに次のような陳述をしていたのである。

「女の死亡したのは、二月十三日でした。以前から神経症の痼疾《こしつ》にかかっていて、二年位前から往診して、一時は入院加療しておりました。しかし、死亡した日から数えて一箇月ほど前、一月十日には全快して退院しております。それが突然に急死したのですから、当時はちょっとおかしいなと思いましたが、なにしろヘイ町の有力者の奥さんで、また別にこれという怪しい筋合もありませんでしたので、胃と心臓の疾患による死亡と診断したわけでした」

そうした証言をきいた警部は、急に厳粛な態度になって、

「では、女が退院した当時は、身体的な故障はなかったはずですな？」

医師は黙ったままうなずいた。すると、警部は、

「ふーむ、ちょうど女の退院した一月十一日です。我々の推定犯人はデーヴィス薬局から多量の砒素を購入しているんです。事実は符合します。砒素で女を盛り殺したものにちがいないですな。実は、今まで内密にしておりましたが、先頃からアモリー・マーチン弁護士毒殺未遂事件を内偵中だったのですが、もはや事件は単なる未遂事件ではなく毒殺事件に発展したのです。ですから、このことは絶対に他言無用にお願いしますよ。私は従来通り、ロンドンの製造業者シムスの変名で当地に滞在して本事件の傍証をかためるつもりですから――」

こうしてクラッチェット警部は、ひそかに女の死体の発掘を行ったのだが、死体の女は、毒殺未遂事件の被害者であるマーチン弁護士と並称されるヘイ町法曹界の大立物ハーバート・ロー・アームストロング弁護士の夫人だったのである。

死体は所轄警察署に運ばれて警察医の執刀で解剖が行われ、取り出された内臓は壜につめて有名な毒物学者バーナード・スピルスペリイ博士のもとに送られた。その結果、警部の見込み通りに、脳その他の内臓器管から致死量（三グレーン）以上の砒素が検出されて、アームストロング夫人の死因は砒素中毒、すなわち毒殺と決定されたのであった。

毒チョコレート

さて、クラッチェット警部が内偵をすすめているマーチン弁護士毒殺未遂事件とは、どういう事件であろうか。この事件はアームストロング夫人の死体発掘が行われた日から一箇月ほど前の十月二十六日に起ったもので、動機不明の怪事件としてヘイ町警察が全力をあげて真相の究明につとめていたのである。

大体、前にも一言したように、アモリー・マーチンとハーバート・ロー・アームストロング両弁護士はヘイ町法曹界の双璧で、この両弁護士がある民事訴訟事件をめぐって原告被告側を代表して対立していたのであるが、結局は、アームストロング邸で両弁護士が会見して示談の交渉が成立した。それだけならお目出たい話であったが、会見を終ってマーチン弁護士が自宅に戻ると、どうしたことか、俄かに発熱して、はげしい嘔吐を催した。そこで、家人からの招電を受けて診察したのが前記のヒンクス医師であるが、この田舎の名（？）医先生にはさっぱり病因がわからない。

ところが、マーチン弁護士は、この年の六月十四日にグレース・デーヴィス（前記のデーヴィス薬局の娘）と結婚したのである。その関係で、義父にあたるデーヴィス氏がさすがに薬剤士という職業から、吐瀉物を化学的に分析してみると、そのなかにはっきり砒素の存在を認めたのであった。

「砒素中毒……？」

とおぼろげに判明すると、家人にはふと思いあたる一事があった。というのは、およそ一箇月ほど前の出来事で、甘い物好きのグレース・マーチン夫人宛に、差出人不明のチョコレートの小包が届いたことがあった。しかし、夫人は、折悪しく胃腸を悪くしていて、大好物のチョコレートであったが、それには手をつけずに戸棚にしまっておいたが、ある日、そのチョコレートの箱をあけて一箇を試食してみたのがグレース夫人の義妹であった。

「あら姉さん、このチョコレートは変な味がするわ。腐っているんじゃないかしら――?」

「そう、それなら食べないほうがいいわね」

と云っているうちに、夫人の義妹の顔がみるみる蒼白に変って、額にはジットリあぶら汗さえ浮んできた。

「やっぱり、チョコレートが腐っていて、あたったのね」

その時は、有合せの売薬を飲むと、間もなく恢復したので、別段に気にもとめなかったが、

「――あのチョコレートも怪しいですわ。きっと毒がはいっていたんですよ。チョコレートはまだ、そのままとってありますけど……」

グレース夫人の言葉に、奇怪なチョコレートをロンドンの内務省試験所に送って分析してもらうと、果して多量の砒素を検出したのである。そして精しく調べると、チョコレートの表面に小孔を穿ち、二個毎に二グレーンの砒素粉末を挿入して、小孔を暖めて塞いでおいたことが判ったのだ。

いたずらか――?

いや、いたずらにしては余りにも悪どすぎる。それ故、マーチン家に恨みをいだいた何者かが、一家の毒殺をはかって毒チョコレートを贈ったものと推定された。

事件はスコットランド・ヤードに通報され、敏腕をもって鳴るクラッチェット警部が事件を担当して極秘裡に捜査を開始したのである。

調査

ロンドンの製造業者シムス氏――という変名でヘイ町に潜行したクラッチェット警部は、まず被害者のマーチン弁護士を訪れた。

「個人的にですね、あなたに恨みをいだくような者の心当りはありませんか?」

「さア、別にありませんが……」

「アームストロング弁護士は?」

「この二月に奥さんを病気で亡くしましたが、ケンブリッジ大学の出身で、マスター・オヴ・アーツの学号を持っている人です。土地の名望家で、町の名誉職にも度々就任されています。私も親しく交際を願っていますが……」

「十月二十六日に、アームストロング邸で会見されて、帰宅してから、中毒を起したのでしたね?」

「そうです」

「会見のとき、何か飲食しましたか?」

「いや、別に……お茶を二杯に、小麦粉でつくったお菓子を一つ、どうぞ召しあがって下さいと勧められて食べたのですが……」

それからクラッチェット警部は、マーチン弁護士の養父のデーヴィス氏を訪問した。氏は警部の質問に答えて、

「実は、思いあたる節があるんですよ。御承知のように、劇薬の販売は法規で取締られていて、購入者の住所氏名は、ちゃんと台帳に記載しておかなければならない規定になっていますからね」

そう云って、デーヴィスは部厚い劇薬販売台帳をテーブルの上にひろげた。警部は台帳の頁《ページ》をくって、

「なるほど、これは重大な手掛りです。すると、奴さんは、今までに度々除草用薬剤の名目で、砒素を購入していたわけですね。購入した最後の日附は一月十一日――冬のさ中に、まさか除草することはありますまい。これだけでは、まだ決定的な証拠とは云えませんが、もっと深く突っこんで、調べれば確証が握れるかもしれません」

次いで、警部は、暮夜ひそかにヒンクス医師の門を叩き、医師と懇談しているうちに、病死したというアームストロング夫人の死因に多大の疑念を生じて、冒頭に述べたように秘密裡に死体の発掘が行われたのであった。

逮捕

年の瀬も押しつまった十二月三十一日の午後、犯人逮捕のすべての措置を講じたクラッチェット警部は、漂然とアームストロング弁護士の自邸を訪れた。

「御主人は御在宅かね?」

出迎えた召使には、官職入りのいかめしい名刺を手渡したが、応接室に通されて待つ間もなく、不審な表情を浮べて部屋にはいってきたのは、アームストロング弁護士で、背高い痩せた鷲のような鼻をした五十男だった。

「おや、シムスさんじゃありませんか。一二度、どなたかのパーティでお目にかかったことがありましたね。名刺にはスコットランド・ヤードの警部などといういかめしい肩書がありましたので、どなたかと存じたのです

が……すると、御身分をかくして、何か事件を調査されていたんですね」

「おおせの通りです。マーチン弁護士の一家毒殺未遂事件を探索しておりました」

「犯人の目星はおつきましたか?」

「つきました。それればかりではなく、あなたの奥さんを毒殺した犯人もわかりました」

「えっ、家内が毒殺された……?」

「そうです。砒素で毒殺されたのです。ところで、両事件の犯人ですが、それはハーバート・ロー・アームストロングあなた御自身なんです」

毒殺されたアームストロング夫人

犯罪動機

かくてクラッチェット警部に逮捕されたアームストロングは翌年（一九二二年）四月、ヘンフォード裁判所で陪審裁判に付されて、死刑の判決を受けた。上告は却下され、その六週間後、グルースター刑務所の絞首台で絞刑に処されたが、その死刑執行人は有名なジョン・エリスだった。

アームストロングの犯罪動機は、痴情による一種の復讐殺人とみなすことができる。すなわち、アームストロングは、かねてからデーヴィス薬局のグレース嬢に思いをかけ、同嬢と結婚しようという野心をいだいて、まず邪魔な存在の妻を毒殺、グレース嬢に接近する機会を狙っていた。しかし、グレース嬢は熱情に燃えた男が毒牙をみがいて近づこうとしているのだとは夢にも知らず、双思双愛のマーチン弁護士と結婚式をあげてしまった。虻蜂とらずという奴で、こうなると可愛さ余って憎くさが百倍、裏切られた恋の意趣晴しと、恋仇であると同時に、弁護士としては商売仇のマーチン弁護士を殺害しようとして毒チョコレートを匿名の小包で送ったものだった。

蛇足ながら、この淫妖鬼アームストロング事件について、曾て英国のグラスゴウ警察部内で生きているシャーロック・ホームズと評判されたゴーバン氏は次のように評している。

「――最初の犯罪を巧みに隠し得たので、犯人は大胆になり、不用意になったのであろう。第二の犯罪は、むしろ拙劣であったが、それでもなお、アームストロングは法律の網を遁れ得たかもしれないぐらいだったのである。それを適格に摑んだのは、クラッチェット警部の鋭敏なる探偵能力にほかならない……」

南海の女海賊

性の秘密

血なまぐさいフランドルの戦野《せんや》を照す夢みるような美しい月、草むらには名も知らぬ虫がすだいている。そのベルギーのツールネーに近い、とある部落に駐屯した英軍の先鋒部隊は、当時欧洲に勇名をはせた猛将軍マルボロー公麾下《きか》の精鋭を誇る騎兵部隊だった。

時はスペイン王位継承戦争のたけなわな頃である。初秋とはいえ、名ばかりの蒸し暑い夜、露営の夢は淡く、はかないものだった。

「はてな——?」

昼間の行軍の疲れに、天幕の中でぐっすり熟睡していたフレミングは、ふと何かの気配を感じて眼ざめたのである。

「何だろう——?」

じっと耳をすませたが、遠くの方から犬の遠吠《とおぼえ》が聞えてくるだけだった。

「異常はないな」

そう心の中で呟いた時だった。突然彼はぎょっとして天幕の扉を見つめた。その開かれた扉口《とぐち》に、黒い人影が蒼白い月光を遮切るかのように佇んでいたからである。

それを見ると、フレミングは、

「なんだ。あれは同僚のウイリアムではないか」

と、思わず気合抜けがして、

「おい、どこへ行くんだ、ウイリアム——」

と快活に声をかけようとして、慌てて口を噤んだ。というのは、フレミングはいま、足音を忍ばせて天幕を出て行く無二の親友に、最近、ある疑惑の念を抱くようになっていたからである。

同僚といっても、ウイリアムは半年ほど前に歩兵隊から転籍してきた新入兵だった。だが、フレミングは一眼、ウイリアムを見た瞬間、不思議なショックを感じたのである。また、ウイリアムもフレミングから同じようなショックを受けたように見受けられた。それが二人の仲を真実の兄弟のような親しさで結びつけたのだが、フレミングには今まではその理由を十分に呑み込むことができなかった。

容貌といい、性格といい、二人の間には水と油のような差異があった。精《くわ》しく云えば、フレミングは肩幅の広いがっしりした身体の持主で、男らしい凛《りり》しい容貌をしている。性格もたんたんとしていて、物にはこだわらない方である。ところが、ウイリアムは細面の、ブロンドの頭髪《かみ》も絹のように柔かい、また齢《とし》も十八、九の白面の美青年だった。どこかに女のような嫋《たおやか》さを感じさせる躰軀《からだつき》である。それ故に、身に合った美しい騎兵の軍装に長身の剣を陽にきらめかせて、逞しい栗毛の馬にまたがった姿は、過ぎ行く村々の若い女の胸を恋の炎でやきつくさずにはおかなかったのだが、彼自身は、木の股から生れた人間のように、そうしたものには全く無関心だったのである。しかし、情熱がないというのではない。彼の海のように碧《あお》い眼にも、しっとり濡れた唇のあたりにも、青春の情熱が燃えたぎっている感じだったのだ——。

とまれ、こうして正反対の性格の二人が睦み合う不思議さ、それは当然、部隊内の評判になっていたが、フレミングはウイリアムと親しくつきあえば、つきあうほど、ウイリアムの奇怪な行動に深い疑惑の念を持つようになったのである。それは真夜中に近い刻限になると、ウイリアムがいつの間にか、忽然と姿を隠してしまう事なのだった。毎夜のことではなく、数日に一度に限られていたが、

「どこへ何をしに行くのだろうか?」

フレミングは、いつかはウイリアムの行先を確めてやろうと心に決めていたのである。ついに、親友の秘密を知る機会が来た! ウイリアムは足音を忍ばせて、猫のようなひそやかな歩き方で天幕を出て行くのだ。フレミングはむっくり寝台から起きあがって、ウイリアムと同じように足音を忍ばせて天幕を出た。

白い乳房

紫紺《しこん》の夜空には明るい月が皎々《こうこう》と輝いている。ほっそりしたウイリアムの姿は、肩にあまる灌木の茂みをぬけて、村はずれの黒々とした森陰へ入っていった。

そこには、清冽な小川が流れていて、昼間ならば岸辺

に咲き乱れる山百合や紫のアネモネなどの美しい花々を観賞出来るのだが、いまはわずかに暗香浮動《あんこう》して、その所在を告げ知らせているだけだった。

ウイリアムは、その月光を砕く小川の畔《ほとり》に佇んだ。そして、しばらく四周《あたり》の気配をうかがうように耳をすませたが、その時にはウイリアムの後を尾けたフレミングは、暗い木立の間からじっと彼の様子をうかがっていたのである。

やがてウイリアムは草叢《くさむら》の陰にうずくまって、軍装を脱ぎはじめた。

「何のことはない。水浴をするのか。人騒がせな奴だなア。それなら、何も真夜中に来なくてもよいのに……」

フレミングは期待はずれの気持を味った。その時、ウイリアムは均勢のとれた白い裸身を月光の中に浮彫のように浮びあがらせて立上ったのだった。その瞬間、

「あッ！」

フレミングは何気なく彼の姿を眺めて、思わず愕然として、危く出る叫びを嚙み殺したのである。

ああ、何ということだろう、ウイリアムの胸に椀を伏せたように、夜目にも白くむっちりと盛り上った隆起が二つ――。

「ううむ、乳房だ！」

彼は喘ぐように呟いた。

まさしく熟れ切って溢れるばかりに盛り上った乳房だった。ひとすじくびれた下腹部、その下にVの字を描いたデルタ。フレミングの錯覚ではない。ウイリアムは完全に女だったのだ！

「ううむ、ウイリアムは男装の女だったのか。だからこそ、自分の裸身を見られないために、こうした真夜中に水浴に来たんだな」

フレミングには、今までのすべての疑問が氷解されたのである。同時に、ウイリアムに対する友情もまた多分に異性に対する恋情に近いものがあったと悟ることが出来たのだ。しかし、そうした窃視者《ぬすみみするもの》がいるとは知らないであるいは知っていたのかもしれないが水浴を終った彼女は、柔かな草の上に、仰向けに横になったまま、うっとり眼をとじていた。

無警戒な女の裸姿！　それは官能を刺戟するに十分な、なやましい姿態《すがた》だった。長い間の戦場生活に飢え渇《かつ》えていた野獣のような欲情が、勃然とフレミングの身内に湧いてきた。もう耐えることは出来なかった。彼は憑《つ》かれ

たように――息づかいも荒く、我知らず顫える足を踏みしめて、彼女に迫っていった。そして彼女の牝鹿のように柔軟《やわらか》な身体を息が切れるほど強く抱きしめようとした――その時である。

「ま、待って！　待って下さい」

欲情に顫えるフレミングの手を静かに押しとどめたのは、つと半身を起した女の手だった。彼女は決して眠っていたのではなく、見開かれた美しい瞳は、じっと熱い思いを罩《こ》めてフレミングに注がれていたのである。

「いいえ、実はお待ちしていたのですわ。ですから今夜は、わざと物音をたて貴方の眼をおさまして、人気《ひとけ》のないここへおさそいしたのですわ」

「えッ、わざと眼をさました――？」

「ええ、すべてをお打明けする機会を作りたかったからですの」

彼女の顔は嬌羞《はずかしさ》ですっかり赤くなっていた。伏せた瞳に睫毛が長く美しかった。

「私は、兄のウイリアムという男名を名乗り、今までは男装して――いいえ、そればかりではありませんの。女でありながら子供の頃から男として育てられてきたのですけど、本当はメリイ・リードという女なのですわ」

フレミングには、彼女の言葉の意味がよくわからなかった。しかし、女が自分を愛していること、自分もまた女を愛していて、現在、お互いの愛情が火のように燃え上っていることをはっきり知った。

「ぼ、僕も君を愛している！」

フレミングは彼女――メリイ・リードの温く柔な裸身《はだか》を、しっかりと逞しい胸の中に抱きかかえると、唇から首へ首から胸へ、乳房へと燃え狂うような接吻の雨を浴せたのだった。

疑惑の影

「ジャマイカの女豹」と怖れられた南海の女海賊メリイ・リードにも、このように甘したのしい恋のうま酒に酔いしれた青春の時代があったのだ。しかし、この物語を進める前に、彼女の性の秘密や、数奇な生い立ちを素描しておく必要があるだろう。

彼女の出生地は、ロンドン近郊の、名もない部落だったという。母は若い身空で寡婦《やもめ》になった。その時、彼女はウイリアムという生れたばかりの男の子を細腕にかかえていたのだが、幸か不幸か、その男の子が病死した直後に、彼女は父無し子を妊《はら》んで、口うるさい人々の眼を逃れ、秘かに生み落したのがメリイ・リードだったといわれる。

そこで、彼女の母は父無し子を生んだ事実をかくすために、メリイを男の子、つまり死んだウイリアムとして男装して育ててきたわけである。メリイは物心がつくようになると、いつしか自分の性の秘密を知って、自ら進んで男の子のように振舞ったという。彼女が十三才の時に、あるフランス人の貴婦人の侍童《じどう》になり、ついで英国軍艦の給仕になった。その頃から、彼女の生来の冒険癖と放浪性が漸く頭をもたげてきたのである。軍艦の給仕をしていても、せいぜい水夫になるのが関の山だとわかると、海軍での立身出世を諦めて歩兵を志願してフランドルに渡った。それから騎兵隊に転籍してフレミングと知り合ったのである。

二人の恋は、火のように燃えた。やがてフレミングは聯隊長に結婚届書を出して、首尾よく許可がおりると、メリイと結婚した。

この結婚によって、メリイは初めて女装に帰ったのである。二人の騎兵の陣中結婚が全軍に華やかな話題を提供したことはいうまでもない。師団長や聯隊長でさえ、結婚式には祝辞を読みあげるという騒ぎだった。多くの人々に祝福されて、彼等は軍隊を退き、ブレダ市で『三つの蹄鉄《スリー・ホース・シューズ》』という名の旅館兼料亭を開いたのだった。

夢のように幸福な新婚の生活！　メリイの美しさは輝くばかりの色艶を添えてきた。だが、結婚後二年、何という運命の皮肉であろうか。彼女の夫フレミングは、ふとした病気がもとで不帰の客となり、彼女の母と同様に彼女は若い身空で寡婦《やもめ》になってしまったのだ。ついで一七一二年のユトレヒトの和約である。英国の駐屯軍が本国に引揚げてしまうと、客足はピッタリと杜絶《とだ》えて、想い出の結婚衣裳さえ手離さなければならない生活の困窮、幸福の絶頂から絶望のドン底へ——ついに意を決したメリイは、ある日、家財を整理すると、再び男装の女に帰った。その夜おそく、飄然としてどこかへ姿を消し去ったのだった。

二度目の恋

メリイが行方不明してから数年が経つ——。

その頃、西印度《インド》諸島を舞台に、恐ろしい「海賊旗《ブラック・エンサイン》」をひるがえしてあばれまわる海賊船団があった。

首領《かしら》は本名をジョン・ラッカムといい、俗に『金巾《キャリコ》のジャック』といわれる、雲をつくような大男で、黒い眼と赤い頭巾を持った残忍酷薄な男だった。

その手下に小頭《こがしら》格をしている二十七、八の、潮風に焼かれ顔色は浅黒いが、眼鼻立ちのととのったビルという美貌の男がいた。身体つきは華車だったが、ピストルでござれ、剣でござれ、彼に敵対する者は一人もなく、海賊の仲間に入ると同時に頭角を現わして、荒くれ男を顎でつかう兄貴分に祭りあげられたのである。

しかし、その胸衣《チョッキ》の下に、柔い乳房が息づいているとは、首領《かしら》のラッカムさえ少しも知らない事だった。

ビルこそは、あのメリイ・リードの再生の姿だったのである。最愛の夫を失った悲しみと、無類の冒険癖が、いつか彼女を海賊の仲間へ入れさせたのである。西印度諸島の島々を根城に、今日は東、明日は西と獲物を探して洋上を漂泊して行く。血みどろの闘争と残忍な手段を選ばない詐術、そうしたスリルに満ちた生活、それ自体が、運命への復讐であり、彼女自身の失意と孤独を慰める手段だったのである。


一七二〇年八月のある日のことだった。その日も髑髏旗《ブラック・エンサイン》をひるがえした海賊船はジャマイカ島沖を航行中の貨物船を発見して襲撃した。その船に乗船していたのが二十四、五の、ジョンという若い船大工だった。

がっちりした体躯《からだ》、精悍な面魂《つらだましい》、こいつはものになるぞ——と悟った首領《かしら》の金巾《キャリコ》のジャックは、手下の『海坊主のコルナー』という海賊に眼くばせした。その合図にうなずいて、ジョンの前に仁王立ちになった、コルナーは頭は悪いが、腕力は十人力、それだけにすることが首領《かしら》のラッカムよりも惨忍で冷酷な男だった。

「おい、俺達の仲間へ入れ！」

いきなり本題を切り出した。

この頃、海賊船の掟として、見所のある者を見つければ、無理矢理に仲間に引き入れるのがならいだったが、実を云えばメリイ・リードもアメリカへ渡米する途中、便乗した商船が海賊船に襲れて、この手で海賊の仲間にひき入れられたのだった。彼女の場合には、それは願ったり叶ったりのことだったが、ジョンという若い船大工は、

「いやだ。たとえ殺されたって海賊の仲間へ入るものか！」

嚙んで吐きすてるように云って拒絶した。

「なに、若僧、俺の云うことがきけねえのか！」

そう叫ぶと同時に海坊主のコルナーのさざえのような拳固がとんだ。理屈などはこの男には通らない。腕力がすべてを解決すると信じ切っている男だった。

誰しもジョンがひとたまりもなく甲板に殴り倒されたものと信じたが、その一瞬に海坊主の振りあげた拳をうしろからヒョイと摑んだ者があった。

「うッ、だ、誰だ？」

真赤になった海坊主がキリキリ舞いして振りかえると、そこににっこり笑って立っていたのがメリイ・リードのビルだった。

「ふン、なにをしやがるんだ！」

「海坊主の兄貴、待ってくれ。無鉄砲なことをしてもらっては困るな。このジョンさんは船の修理には大事な船大工さんだ。万一にも乱棒なことをしては、船の修理にも手を欠くことになる。乱棒するよりも十分にもてなして、甲板の破れを一枚でも多く繕ってもらい、本国に無事に送り帰してあげるのが海賊道の仁義というものだ」

と息を入れて首領《かしら》の金巾《キャリコ》のジャックに顔を向けた。

「親分、この場はあっしにまかしてもらいたい。話はあとでゆっくりつけるつもりですが……」

「う、うむ、ビルにまかせよう」

さすが無法者のラッカムや海坊主のコルナーもメリイの道理には勝てなかった。

だが、何故、メリイはジョンの危難を救ったのだろうか。その答は簡単だ。ジョンの顔や姿が彼女の死んだ夫フレミングに生写しだったからである。彼女は一目、ジョンを見た瞬間、激しい平手打ちを喰わされたようなショックを受けたのだ。それがすさみ切った彼女の心に、また愛の感情を呼びさます結果になったのである。

決闘

それから数日後、海賊船は大アンチル諸島のある無人島に碇泊した。

海坊主のコルナーは、最近、急にノシあがってきたビルのメリイ・リードを憎みだした。メリイの鼻をあかすのは、メリイが必死に擁護しているジョンをネムらすことだと、コルナーは考えた。

しかし、メリイが要心深く、自分の部屋にジョンを寝起きさせているので、なかなかその機会がつかめなかった。

ある日のこと、ジョンは船虫に喰い荒された舷艙《ハッチ》の蓋を修理していた。

「おい、そんなブザマな手際で船大工たア、聞いてあきれるぜ」

コルナーが憎々し気に声をかけた。

ジョンは思わずむッとして顔色を変えた。

「あなたは船大工の仕事には素人だ。余計な口を出さないでください」

いったと思うと――

「なにを、生意気なッ」

がッと海坊主の拳《パンチ》が顎へ飛んできた。

「やったなッ」

ジョンは鑿《のみ》をとりあげた。

「ふん、やったがどうした？　若僧、俺さまと決闘するというのか？　こいつはおもしれえや、やるつもりか？」

罠《わな》だったのだ。それは海坊主のコルナーが無い智慧をしぼって考え出した策略だった。こうして、ジョンをメリイの目のとどかない無人島におびきだして嬲殺《なぶりごろ》しにしようという魂胆《こんたん》なのだ。若いジョンは、ついにその陥穽《かんせい》にはまってしまったのである。

それから間もなく、ジョンは海坊主やその手下に引き立てられて無人島に上陸した。

「おい、ピストルか、剣か？」

「剣をもらおう」

ジョンは決然として答えた。海坊主はせせら笑って、

「ふふん、どれ、お前の咽喉笛《のどぶえ》を一突きにしてお陀仏《だぶつ》にさせてやるかな」

と、ギラリと剣をぬきはなった。

「さあ、ゆくぞッ」

「おう」

必死の血戦だった。だが、腕の相異はどうすることもできなかった。ジョンはじりじりとおされていった。鮮血が腕から、腿から滴り落ちた。傷つきながらジョンは断崖のきわまでおいつめられた。

「うわッはッはッはッ、どうだ？　俺様の剣の錆になるか？　海に落ちこんで人喰鮫《タイガー・シャーク》の餌食になるか、さあ、突いて来るんだッ」

「なにをッ！」

海坊主の誘い手とは知りながら、ジョンの決死の反撃《ファント》は、油断した相手に浅い擦り傷を負せた。

「畜生ッ、しゃらくせえ真似をしやがって」

今度こそはジョンの咽喉笛を一突きにと、海坊主は力をこめて剣を突き出した。まさにジョンの生命は風前の灯火《ともしび》となった。その瞬間――

「待った！」

と、叫んで海坊主の剣をはねあげたのはメリイ・リードだったのである。

情熱の嵐

「うぬッ、邪魔だてする気か、それなら、手前《てめえ》も容謝はしねえぞッ」

海坊主は喚くように叫んだ。

「海坊主！　ジョンの代り妾がピストルで相手になろうじゃないか？」

メリイは、しかし、平然としていった。

「うむ、よし！　望むところだ」

海坊主は薄笑いをうかべて、腰のサックからピストルをぬきとった。安全弁をはずした。ピッタリと銃口をメリイの胸に向けた。

メリイもピストルをかまえた。二の銃口から煙が出た。二人が引き金をひいたのだ。砂浜を朱に染めて倒れたのは、海坊主だった。

この日からメリイは女海賊として、首領《かしら》のラッカムを凌ぐ勢威を礎《きず》き、彼等海賊団の上に女王のように君臨することになるのだが、海坊主のコルナーの死体が手下どもにかつがれて運びさられた。

メリイは我を忘れてジョンの身体を抱き起した。ジョンは、意識をうしなって倒れていた。あたりには、もう人影はなかった。だきおこしたジョンの身体から、ふと長い間忘れていた亡き夫との抱擁をメリイは連想した。恋しい夫に瓜二つの男、その男の体臭は、女ざかりのメリイの身体に強烈な刺戟となって、胸のうちに嵐のような愛情をよびさましたのだ。

「ああ……」

メリイはやるせない呻きを洩すと、ジョンの肩をしっかりと抱きしめて、男の唇へ自分の唇をそっと重ねたのである。その瞬間、意識を失っているとばかり思った男の腕に、意外と思われるほどの強い力が加ったのだった。

突差《とっさ》に唇を放すと、メリイは立ち上って、くるりと男に背を向けた。

ジョンは蒼白《まっさお》な顔をあげて、

「怒ったのですか？　気を失なったふりをして許してください。実は、僕はあなたが女だということを前から知っていたのです。一緒の寝室に寝起きさせて、いただいて、ある晩、あなたのはだけた夜着の間から二つのふくらみを見てしまったのです。それ以来、あなたを……」

「いいえ愛してはいけません。私の秘密を知られたのですから、もう何も隠す必要はありませんけど、一時の気持からそんな事を云ってはいけませんわ」

意外と思えるほど激しい言葉だった。

「でも……」

「そうおっしゃっていただけるのはうれしいんです。でも、よく考えて御覧なさい。私と関り合うことは、あなたが破滅の淵へおちることです」

「かまいません。僕は、あなたを自分のものにすれば、どうなってもかまわない！」

「いいえ、私は真面目なあなたを海賊の仲間に入れたくありません」

「いや、僕は離れない。僕は死んでも離しませんよ」

ジョンが激情にふるえながらメリイをだきしめた。火のように燃えた唇がメリイの唇に迫った。

メリイは目をとじた。そして心の中で叫んだ。

「私はこの人のものになろう！　そしてどんなことがあっても、ジョンを不幸にはさせまい……」

彼女は男の愛撫の腕の中へ欲情の嵐のようになって身体を投げかけていった。

阿修羅《あしゅら》の奮戦

メリイ・リードは、決して淫奔な女ではなかった。その生涯における二度目の恋がこうして結ばれると、

「教会の牧師の手で結ばれた結婚のように、良心的な立派なものだったのです」

と、後になって彼女が述たように、ジョンに対しては全く貞淑な妻としてつかえたのである。

が、そのうちに西印度諸島の周辺《まわり》を荒し廻る、いわゆる『ジャマイカ海賊』の取締りが厳しくなってきた。メリイたちは官憲の追捕の眼をのがれて、キューバ島の北

岸地帯からジャマイカ島の西北岸地帯を根城にするようになった。

それからまた更に東へ針路を向けて、ハイチ島を荒し廻り、再びジャマイカ島に戻って来たころは、メリイ・リードは『ジャマイカの女海賊』として海賊団の大姉御におさまっていたのである。

丁度そのころだった。メリイ・リードの海賊船がボルト・マリアの近海を航行しているとき、水平線上に現われた一隻のスクーナーを襲撃して貨物や女を掠奪した。久し振りの獲物に有頂天となったのも束の間だった。

海賊船現る！

この情報が直ちにジャマイカ島の知事のもとへ報告されて、海賊船狩りに勇名をはせていたキャプテン・バーネットの武装単檣帆船《スループ》が討伐に派遣されたのだ。

メリイ・リードの一味は、そうしたことは露知らず、新しい獲物を求めてジャマイカ島の西端ネグリグ岬へさしかかった時だった。キャプテン・バーネットの率いる討伐船とバッタリ鉢合せをしてしまったのである。

「あッ、と、討伐船だッ！」

驚いても間に合わなかった。討伐船の優勢な火器に制圧されて、海賊船の甲板は屍《しかばね》の山をきずいた。

この勢いに戦意を失った名ばかりの首領《かしら》ラッカム以下一味の海賊はたちまち数珠《じゅず》つなぎに捕縛されてしまった。

その中でただ一人メリイは、

「何という不甲斐なさだ、それ、かかれッ！」

と、叫びながら最後まで戦ったが、その奮戦もむだであった。

あッ！　という間に流れ弾に当って昏倒したところを逮捕されてしまったのである。

こうして、彼等一味は一網打尽にされて、サント・ヤゴの法廷の被告席に立つ身となったのだ。

それはメリイが船大工のジョンと結ばれてからたった僅かに三月目！　二人の幸福は泡のように儚《はかな》く消え果てたのだった。

最　期

彼等の公判が開れたのは一七二〇年十一月十六日だった。裁判長はニコラス・ロウス卿で、海賊首領のジョン・ラッカム以下の罪状がそこで逐一読みあげられた。

そして、いずれも絞首刑をいいわたされた。刑の執行は翌十七、十八の両日にわたって行われたが、それから中一日置いて十一月二十日、特別審理のメリイ・リードの公判が開かれたのである。

「あれが有名な女海賊だぞ。それにしても、美しい女だなア」

満員の傍聴席から、そんな囁きがもれた。メリイは裁判長の質問に、はっきりした口調で応答した。

「私の夫は海賊ではありません。彼等に捕れて使われていたのですから、絶対に無罪です」

口を極めてジョンの弁護をした。

その結果ジョンに対する海賊の嫌疑は晴れて釈放された。しかし、メリイには、死刑の判決が下された。

彼女はブロンドの髪をかきあげて、そのとき裁判長にいった。

「私も勇敢な海賊の一人として死ぬことが出来て嬉しいと思います」

だが彼女の死刑の執行は妊娠の徴候があったために延期されたが、その翌年の二月、ふとした風邪がもとで猛烈な風土熱病におかされたのが最期だった。

ジョンの胤《たね》を宿したまま！　メリイは獄舎で息を引きとった。


そのとき、メリイは二十九才。稀代の冒険女《アヴァンチュリエール》メリイ・リードのこれが終焉の譜であった。

評論・随筆篇

喰ふか喰はれるか

アナウンサア（勝てば本格、負ければ変格とかや、所は京の五條の橋の上、丑満時でありますが、隅もなき満月に照らされて蒲団きて寝たる姿の東山卅六峰はイト眩し気でございます。時は将に乱世探偵幕府末、本格変格二派の争いは日に激化し、今日この頃は常に血なまぐさい風が吹すさんでおります。この非常時にあたりまして、我放送局が多大の犠牲を払って本格変格派の血闘を中継致しまするこことはまことに意義深き何物かがあると存じまする次第なのであります。

ピストン堀口君の死闘以上の真剣勝負のトーナメント、果してあるかないか、放送子は、五條の橋のたもとにある柳の木の枝の間よりマイクロフォーンを前に待機しているのであります。ガリガリガアガアー《雑音》—

ヤヤッ、来ましたゾ。おヨロコビ下さい。

橋の向う側から一人変格派の者と相見えまする者、地上を這うが如く酒に酔いたるが如くよろりよろりと、そこらあたりに女の腐った片腕でも落ちてはいないかと、眼をみはり、鼻をヒコツかせて参りまするところは、断食したノラクロ君の如くであります。ヤッ!!

（アナウンサアは柳より落ちたらしい）

ドシイン、イテテテエ！　本格派が一人忽然と現れました。容姿タンレイなる男の子と見うけたるはミスヂヤヂメントか？

その差約七八十メーター、双方ともにお互の木竹的犬猿的存在を気付いた模様と相見えまして、歩速一分百三十歩の速足《はやあし》をもって次第に接近しつつあります。その差約三十メーター。何処《いずこ》にてか不吉なカラスの啼声——カアカアカア——エエあと十メーター。橋の中央で衝突する模様。五メーターでありますッ。四メーター、三メーター、二メーター、一メーター!?　ゴールイン。

●本格、マテエッ！　インチキ野郎メ！

○ナンダトオ？

●ヤイ、テメエ、「江戸川乱歩とか大下宇陀児とかいう奴等の書く所謂探偵小説はインチキだ」とヌカシたな。

このヘッポコ野郎！　ここであったが百年目、優曇華の花に盲亀の浮木だ。さアさ、潔く尋常の勝負におよべ！

　アナウンサア（スラリと抜いたダンビラは変格一文字丸、月光に冴えて発しまする刀身の光は、異妖な雲を呼び、一天俄にカキ曇って、シトリシトリと大雨沛然たるの気運はいよいよ濃厚となって参りました。
○女の肌をペロペロなめることを夢想する奴ばらが遺恨とは笑止千ばん。先ず名をなのりおれ！
●おのれ、不敵なチャンチャラ可笑し。我こそはエドガー・アラン・ポーの末孫にして変格探偵なり。
○我祖先エドガー・アラン・ポーを先祖よばわりとはアナおかし。お前はインチキだ。我こそ、エドガー・アラン・ポーの子孫なる本格探偵なり。
●吠ザイタリナ。ぬーけエー、刀を！　エエイッ。
　アナウンサア（いらだちたる変格氏、持ったる刀を振りかぶり、飛鳥のような早業で無雑作に横なぐり。カーンとばかりに本格氏の首がとんだと思いたるに、さにあらず、さッと飛びのいたる本格氏は持った扇を投げ捨てて、ぬけばたまちる本格一文字の迷刀をギラリとばかりに引き抜きました。
○ヨラバキルゾ！
●何を、コッチこそヨラバキルゾ。
○エエイ！
●オオ、切ッて来い。
○お前こそ来い、弱虫。
●聞こえませぬぞ、由良之介だ。とうッ！
　アナウンサア（紫電一閃、アワヤ本格氏、アケニ染ったと見えたは幻覚。体をかわしざまにヨロヨロッとフラダンスとなった変格氏の脳天メガけて、唐竹割。ああ、遂に真紅の火花。オヤ？　変格氏は生きております。さては危急の場合にも悠然として狼狽せず、打ち込む刀をうけとめたのであります。今は丁度鍔ぜりあいとなっております。吐く息は火の如く、五條橋は延焼するかもしれません。《急に新宿の某デパートメント・ストアの女アナウンサアの口調となる》消防夫の皆様へ申上げます。至急、五條の橋へお集りを願います。アナウンサアはウデダコになって待っております。水をブッかけて下さいまし。
●どうだ、まだヒネラレネエカ？
○お前こそだ。
●変格は探偵小説ではないとはどんな根拠があるんだ。
○そリャ、変格の中にも探偵小説と認められる奴もあるさ。
●成程、どんなのだ？
○例えば、「ルパンの逮捕」のような一人の犯罪者が罪悪を行う。そして一所懸命に犯罪の湮滅をはかるのだが、慧眼な探偵者によって最後の一行においてでも見破られるというような筋《ストーリイ》だ。
●では何故けなすのだ？
○貶しはしないぜ。我々は貴公等のを、猟奇小説とか、怪奇小説、神秘小説、犯罪小説とか云って、絶讃しているはずだ。ただ、探偵小説に本格変格などと区別するのは変格、貴公等が猟奇・怪奇神秘小説等を変格探偵小説とよんで、探偵小説の領分が広くなった、探偵小説は変格のある限り滅亡せん、などという怪気焔を是正するだけなのだ。大きな立場から見たとき、探偵小説の浮沈など問題ではないのだ。例えて言えば、ナチスのドイツを見給え。今後、何時の日か、ドイツは滅亡したと云えども、ドイツは純粋なるドイツ民族の国家《ステイト》として残るだろう。君等は探偵小説を滅すのが可哀相なので幾分でも領域を広くして救ってくれようとしているが、それはドイツ人がユダヤ人に対するが如く迷惑至極なことなのだ。
●ふーむ、成程、わかった。それでは探偵小説の名は貴公等に進呈することにしよう。

——（完）——

春閑毒舌録《はるのどか・きままのよせがき》

青地流介

1、ヴァン・ダインの短篇

本誌の旧号の何月号かに、三田正氏がヴァン・ダインを讃めると、中島親君が大いにそれに共鳴し、すると忽ちにして、たわごと生なる御人の乙にすました反駁があり、つづいて弥次郎兵衛と喜多八と申す、どっかで聞いたようなお名前の御両人が、わざわざ東海道は沼津の宿に足を止めて反駁文を認める。

大体、己れは碌な文章一つ綴れぬ癖に他人《ひと》様のものを云々するのからして我々の間違いで、しかもヴァン・ダインとかエラリイ・クィーンを正面切ってどっちが偉いかと論じているのをみると、間違いを通り越してむしろ笑止である。がこれも、議論好きな我々D・Sファンの通癖として差許されるとして、しかしながらその論ずるところ――いや、三田氏の如くたとい些《いささか》なりとも主人公の性格などを解剖しての上の意見なら、それはその人の説として謹聴しておくが、たわごと生なる人の如き「ヴァン・ダインとエラリイ・クィーンとどちらの作品がいいかと屡々話題に上るが、わいわい争論する必要はない。クィーンの方が数等優っているのだから。先ず両者の最大傑作『グリーン殺人事件』と『和蘭陀靴の秘密』を比較してみるがいい。またヴァン・ダインに『双頭の犬』『煙草容器の謎』の如き名短篇があるか」と、何の根拠も示さず変な啖呵を切られると、ちょっと考えさせられるし、そこへ持ってきて、弥次郎兵衛・喜多八の御両人までが、呑気に膝栗毛をつづけていればよいものを、御苦労千万にも沼津に草鞋を解いて、ヴァン・ダインを罵っている――となるとそろそろ、僕の体内に巣喰う、乱歩氏の所謂探偵小説の鬼奴が活動を始めて、いささか議論めいたことを云ってみたくもなる。

先ずたわごと生なる御人に訊きたいが、一体誰がヴァン・ダイン&クィーンの最大傑作が「グリーン殺人事件」と「和蘭陀靴の秘密」であると極めたのか？　それからしてが既に疑問だし、ヴァン・ダインに「双頭の犬」「煙草容器の謎」の如き名短篇があるかとの啖可はまことに颯爽とした名調子でなかなか結構だが、果して、それに対して何の疑義もないであろうか？

弥次郎兵衛・喜多八の御両人も大体同じようなことを仰しゃっているのだが、果してそうであろうか？

大体これは探偵小説というものへの各々の観念の相違で致し方のないことかも知れないが、現在「探偵小説」と謂われるものには、誰が何といおうと本格変格共に包含されているのは覆うことの出来ない事実であろう。本格変格の論は後章に説くとして、それらが共に探偵小説なる名称で呼ばれているのが厳然たる事実である以上、ヴァン・ダインのあの優れた短篇の、どこに批難されるところがあろうか。

クィーンの「双頭の犬」が典型的な短篇本格探偵小説として完璧に近いものであることは僕も認めるが、と同時に、ヴァン・ダインの短篇――「毒」とか「青外套の男」とか、そうしたものには、古典的な気品の高い犯罪史の一節として、むしろ絶讃に価するものがあると思う。本誌の新人たる某君など、僕に向って曰く、「それらの短篇こそ、むしろヴァン・ダインの本領ではあるまいか？」と。僕はそうまでも云わないが、例えば、旅をして、仮寝の宿の炉辺に老人の昔話を聞くような――そうした、何かものなつかしいようなしみじみとした感じ――それにも似た尽きせぬ滋味といったものがそれらの短篇にはにじみ出ている。しかも扱われた題材が古雅な匂いに充ちた欧洲の遠い過去の犯罪ロマンスなるにおいては、も早これが探偵小説壇に一つの椅子を要求するに何の不思議があろう。むしろ与えられることこそ当然であろう。

所謂本格物の盲信者は、或は、そういうものは探偵小説の範疇に入れるべきものではないと肩を怒らして答えるかも知れないが、断っておく、僕はそういうものを探偵小説の分野へ持ってこようというのではなくて、既にして探偵小説の領域の中には、そういう作物の取り入れられているのが否む事の出来ない現在の実状なのである。

もう面倒臭いから多くは云わない。ただ最後に一言、あの読物のよさも判らないで、ヴァン・ダインがどうのクィーンがどうの、など沙汰の限りだ。つつしまっしゃいと止めを刺しておく。

2、探偵小説の芸術性

もう大分以前のことになるが、本誌新人の一人たるO君から、既成作家某氏――仮りにQ氏としておく――の言葉として、僕は次のような意味のことを聞いた。

「……ぷろふいる八月号のP・O・P欄に、三田正君が、探偵小説に描かれたる殺人を云々して、――現今の探偵小説は余りにも安易に殺人を描いて、読者には何の恐怖も戦慄も感じられない。探偵小説に扱われる殺人というものは、もっとリアリスチックに描くことによって恐怖と戦慄を強調すべきだ――というような意味のことを言っているが、これは三田君の探偵小説に対する誤解から起った理論で、探偵小説というものは、そうした殺人現場などの描写に重点をおくものでなく、犯人は誰か、どうして殺されたかといったような、推理の面白さにあるのであって、題材として扱われる殺人そのものは、単にその謎を読者に提供する手段にすぎないのだから、その謎の解決に必要な手掛りとなるような事柄――プロットに必要なものだけを克明に書けばよいのである……」――と。

なるほど、これは本格派の理論として一応御尤もな言葉であるが、よく考えてみると、なかなかどうしてそうではない。結局これは所謂本格探偵小説盲信者の、一度は陥る皮相な見解にすぎない。

こんなこと、今少し文学というものを深く考えれば誰だってこの論旨の誤りなることは指摘出来ることだが、案外、この誤った観念を探偵小説の上にもっている人が多いらしいから、僕、一言さしていただく。

仮りに、ここに本格探偵小説のプロットが一つある。これには殺人があり、謎が生れ、手掛りが暗示され、名探偵の出現となって、事件が解決する。そして、この作者の目的とするところは、先のQ氏のいう如く、読者と作者の推理競争にあるとする。――この場合、Q氏の論法で行くと、発端の殺人の係《かかわ》りは、ただこの後半の事件解決に必要な、手掛りとなるようなものだけを描けばよいので、敢えてそれ以上、恐怖と戦慄の強調は不必要ということになる。――が、果してそれでよいかどうか？

この問題は今頃になって敢て僕如きがこんな偉そうにいうまでもなく、既にヴァン・ダインあたりが解決をつけてしまっていることだが、僕はここにその復習をしよう。

簡単に云って、本格探偵小説というものが、単に推理の面白さをのみ追うというのなら、前述の場合においても、敢えて殺人事件を題材とする必要はなく、例えば僕が今、原稿紙に向って書いている、この万年筆一本の紛失事件だって、結構なのである。それが殊更殺人事件を撰んだというには、それだけの理由がなければならないし、理由があれば、その理由を生かさなければならない。

その理由とは何か。

大体、現在のように、誰も彼もが探偵小説の材料は殺人事件に限るかのように殺人ばかりを扱うようになったのは、やはり我々の現実生活において、殺人というものが最も刺激的であるからであり、読者に与える感動もまた刺激的であるからだ。従って、その刺激的なものを描くには刺激的な筆調が必要であり、恐怖と戦慄もむしろ自然と生れようというものだ。発端の殺人が恐怖的に描かれてあればあるほど、その犯人を探し出そうとする読者の探偵本能は強調されるわけであるし、謎の解決によって与えられる読者の満足もまた、大きいといわねばなるまい。ただ単に推理の面白さを読者が望むというなら、その読者はクロスワード・パズルでも、また時々「新青年」あたりに掲載される「読者推理試験」といったようなもので充分満足出来るはずである。にも拘らず探偵小説が読まれるというのは、やはり単なる推理だけでなく、小説的面白さというものを読者は欲していると見て差支えない。

探偵小説もまた一つの小説であり、あらねばならぬ——そこに、探偵小説にも文章の必要性があり、芸術的であれとの理論も生れてくる。

芸術——なんて云ったって、僕はそんなに難しいことをいおうとするのではない。芸術とは何ぞや？　というような、芸術の本質論にまでなって来ると、今までに誰一人、それに対する絶対的定義を下した人もないんだし、問題は容易でなくなるが、僕が探偵小説において要求する芸術性というものを簡単にいうなら、文学的には講談よりも大衆文芸の方が芸術的だという意味においてである。もう一つ具体的に云えば、同じ大衆文芸の畠で、同じような題材を扱っていても、野村胡堂よりは吉川英治の方が小説家だといいたいのである。

要するに、作者が優れた小説家であるなら、勿論扱われる題材は殺人であろうと、将来、また万年筆の盗難であろうと構いはしない。要は、それが小説的に面白くあればよいので、殺人を扱えば殺人の興味を、万年筆の盗難には万年筆盗難の興味を――サスペンスを読者に与えることだ。そうしてそこに謎が築かれ、推理が生れる――だが、そのすべての上に、作者が小説であるという観念を忘れてはならない。殺人の恐怖すらも満足に描けずに、どうして固苦しい分析と演繹からなる推理を、面白い小説として描けようか。

――言葉は違っても、三田正氏の言おうとされたところも、大体においてこの僕の論と同じような意味のものではなかったろうか。

3、本格・変格・探偵小説論

相も変らず、甲論乙駁の本格・変格の論が姦しい。ところが、どれをとってみても、我田引水的な、我ままま気ままな論文の多いのに驚く。本格派は、本格以外に探偵小説は絶対にあり得ないとして変格を排除しようとするし、変格派は、変格もまた、探偵趣味さえあれば探偵小説に包含されるものだと、譲らない。僕にいわせれば、そのどちらもが、何の故にそれほど探偵小説なる名称に執着するのか、不思議に思えてならない。

本格擁護論の中で、一ばんハッキリしているのが、やっぱり甲賀三郎氏のものであろう。他の人たちのものは、ともすれば簡単に変格探偵小説を否定しようとするのに対して、甲賀氏は、変格物の存在価値は認めた上で、だが、変格物に探偵小説なる名称はふさわしくないから、何とか看板を代えて独立店を開くべし、という。至極公明なようだが、その実、態のいい追放政策、虫のいい云い草とも云える。

大体甲賀氏がいうところの本当の探偵小説とは、前章に述べたQ氏のものと同じような観念に出発した、推理的興味を第一義とするものであり、その以外は全然探偵小説に非ずとあるのだが、では――と僕は反問しよう。例えば、松本泰氏の「欺くべからず」を何の名称をもってすればいいのか――と。

西尾正氏の「陳情書」は怪奇小説と呼ぼう。

並木東太郎氏の「瘋癲の歌」は変態心理小説と呼ぼう。

光石介太郎氏の「綺譚・六三四一」は冒険小説と呼ぼう。

だが、松本氏の「欺くべからず」を何と呼べばいいのか？　松本氏の作はこれに限らず、殺人があり、謎があり、探偵がそれを追求して行きはするが、手掛りの暗示はなく、推理の建設はない。

前掲の新人の三作の中、「瘋癲の歌」は単に変態心理の描写につきるものであるから、探偵小説から除外されるとして、「陳情書」には二重人格の謎の追求があり、「綺譚・六三四一」は不思議な冒険の謎とその解決がある。探偵的興味があるという点で、この二作、及び松本氏の諸作も、僕は充分探偵小説の範疇に入れて差支えないと考える。

所謂本格探偵小説派が、どうして探偵小説を推理一つと誤解するのか、不思議でならない。探偵という語と、推理という語は同じではない。推理一つを生命とするなら、よろしく推理小説とするのがよいではないか。変格派と行動を共にするのがいやなら、何も他を排斥する必要はない。自分たちが、推理小説という新しい看板を掲げて、探偵小説店を出て行く方が早道であろう。

だが、しかしながら結局のところが、そういう風に、探偵小説を細かに分類し定義づけようとすると、その世界はますます狭い窮屈なものになるばかりであろう。そんなに狭い窮屈な世界から、いったい、何が生れようというのか。

探偵小説の世界よ、もっと拡かれ。

僕にしたって、何もこんな小さな議論を戦わしていたくない。要は、面白い探偵小説が読ましてもらいたいのだ。実際のところが、今日のように捉われた形ばかりの推理小説よりは、「十一の瓶」や「七つの燈」や「ジェニー・ブライス事件」や、その他諸々の傑れた探偵小説をむさぼり読んだその昔の日がなつかしまれる。そうした傑作が、もっともっと日本にも生れないものか？

（以上書き綴るところ、未だ醒めやらぬお屠蘇機嫌のたぶれ言、ぷろふいる社の求めに応えて気ままの八つ当り、先ずは御免候えとしかいう）

青地流介へ

青地流介へ

●まず冒頭にＱ氏の代弁者でないこと及びたわごと生の友人ではあるが自身ではないことを断っておく。

●探偵小説に芸術的要素の存在することは及ばずながらも僕も認めている。しかしそれは殺人をリアリスチックに書くためではなく、その犯罪の雰囲気《リタラリ・アトモスフィア》を描くに用いられるものである。君のように熱心な方は小栗虫太郎氏の〝黒死館殺人事件〟を二度も三度も耽溺的に読まれてはそのスバラシサに感服されたに違いあるまい。しかしながらこの長篇の殺人には何らのリアリスチックもなければ、登場人物はそれこそ中世紀の時代離れのした人々で、ちょっと注意すれば各人がてんでにお芝居ごっこをやっているのが至極明瞭に判明してしまうのである。では何故にこの作品がロマンチックで芸術的な探偵小説であったのか？　それは映画『会議は踊る』から採られたという描がかれたリタラリ・アトモスフィアと舞台が荘厳であり幽邃で、神秘的であり恐怖戦慄的であったからである。

●また、ヴァン・ダインの作品がエラリ・クイーンのより優れているという所以は勿論前述の雰囲気と文章が卓越しているからである。

●三田正は猟奇的なことを書くのを旨とするから残虐な殺人の現実描写を願ったものであろう。君にして精神病者のエロ小説論に迷わされざらんことを希う。（因みに殺人の刺激的であり恐怖戦慄的なものを求めらるるならばシドニイ・オーラー、フルバート・フットナア、ル・キュー、Ｆ・Ｌ・パカード、エドガー・ウォーレス、Ｊ・Ｊ・コニントン、Ｒ・カラム、Ｃ・ガーヴィス、Ｂ・トラヴン等々の英米作家の中に相当芸術的で面白い物がある）

探偵小説の浄化——厳正なる立場よりの批判

所謂変格探偵小説派と称せられる亡者共が最近ボツボツ抬頭し始めてきたことは探偵小説愛好家の一人として私は誠に残念である。

そもそも探偵小説はすべての小説を通じて最も理智的にして、それは単なる遊戯としてではなく、巧妙な謎が提出され、論理的に解決に導いて行く要素が強調されておらなければならぬ。

所が探偵小説化されたかに誤認される大衆化した悪魔文学（思えば諸君は乱歩、宇陀児等の通俗小説にその例を見るであろう所の猟奇小説）がしばしば変格探偵小説と誤認されるのである。それ等の作品は作者個人の血みどろの猟奇趣好が連綿として連続して人の眼を覆わしめるものである。

ここで私は吾早稲田大学の先輩たる乱歩氏を弁難攻撃するのではない。ただ氏の猟奇趣味を以て神聖なるべき探偵小説をけがさないようにと後輩をも顧ず忠告するのみである。

×

エドガー・ポーの全集をみると推理物語の中に分類されている作品は確か六つであったかと記憶している。それ等は一様に奇想天外な謎を提供している。しかしショット・ストーリイの探偵小説としては未だ不完全であったのである。探偵小説（長篇）が真に確立されたのはある意味ではつい最近であったとも見られ得るであろう。即ちポー時代は未だ富士山の麓にあったのが、ヴァン・ダイン、エレリー・クイーン等によって駒を頂上に進め得たのである。その間にドイル、ルブラン、ルルウ、チェスタトン、フイルポッツ、ノックス等の足跡が印せられていることは勿論である。

ところが我国の変格探偵小説論者はせっかく築きあげた高塔を破壊せんとしているのである。

彼等は自分の造った家を見て、さて余りに狭いのに吃驚し、外界の雄大なる風景を見、広漠たる青天井を仰いで、急に広壮なることを羨望して、その造ったばかりの家《スイート・ホーム》を壊そうとしている馬鹿者に譬えることが出来る。

されば私は彼等の如き愚者を葬れと叫ぶのである。と同時に真の探偵小説の愛好家は、甲賀三郎、チェスタトン、ヴァン・ダイン、エレリー・クイーン、ダグラス・トムスン、カロリン・ウエルズ、ドロシイ・セイヤース等々の正統なる探偵小説観に何等かの形式において声援すべきである。勤王方は危険に瀕しているのだ。江戸川、大下、水谷、木々、海野、夢野輩何者ぞや。彼等は探偵小説亡滅論者である。宜しく諸君は世界の探偵小説界から彼等を排除してしまうべきである。ユダヤ人を排斥したるヒトラーの大英断を想え!!

附記　我輩と議論したき者は東京新宿駅前の喫茶店チェリオに来りて栗栖と捜すべし。

海野十三私観

探偵小説家は或種の神秘研究家と云われるかもしれない。その特異な畑で木と竹を接木するような突拍子もない幻妙不可思議な一大魔術を行って見せて我々を第四次元の世界へ導いて行くのが海野十三氏である。

近頃丸善や三越にも来なくなったので、多分廃刊になったのかと思われるアメリカの荒唐無稽な科学小説を集めた雑誌（その名失念）に時折海野式のものを見かけたけれど、やはり日本の作家という点から海野氏の作品に好感が持てる。

海野氏の作品の特徴はエロティックである。それもロマンチックではない堕落し切ったエロティックなのである。

そういうような所から海野十三氏の作品は最も探偵味

が稀薄である。しかしそれでよいのではないか？　我々は面白い小説をのみ求めているのだから——無理に探偵小説と称する必要もない。

とにかく、海野十三氏の本領の発揮されている諸作は最近のものでは「人間灰」「キド効果」「不思議なる空間断層」「獏鸚」などであろう。「人間灰」の梗概を海野十三氏が小栗虫太郎氏に話されたものを、また小栗氏から私が聞いた時はその奇想天外なストーリイに呆然としたものである。

それから林髞博士が指摘されたように海野十三氏は手術のことを書くことが多い。例えば「俘囚」がそれであって気味の悪いものである。

一般に一部の文学青年的な探偵小説の読者は海野十三氏の文章は下手だと云う。酷い人はテニヲハが滅茶々々だと云う。しかし、それは海野十三氏が勉めてそういう風に書くことに腐心していることを洞察し得ない浅はかな考だと私は思っている。一晩、どういう小作品でもよいから、じっくりと読んで見給え。取扱われた題材と雰囲気をあらわすのにいかにそういうような語法がしっくりしているかはっきり頭にはいってくるはずである。

以上で支離滅裂ではあるが何となく海野十三氏の事を駄弁り、責任も果たし、これで惜しいけれども筆を擱く。

探偵味雑感

　私は今シュヴァリエの「巴里っ子《フォリー・ベルヂェール》」の試写会へ黒白書房の広川一勝氏の代りに行って帰宅した所である。この映画は探偵小説の「身代り」という一つのトリックを捉えて、コメディ的に甚だ面白く、構成されている。私がここに「巴里っ子」を引用するのは探偵小説における探偵味について一言してみたいと思うからである。

　探偵小説は極端に言うと小説化された謎々《パヅル》である。しかし読者が隠された犯人を骨を折って探求するのは愚の骨頂である。ベルグソンは直覚という言葉で、小説を読む者は現れくる小説のテーマを想像するものであると云っている。この程度において探偵小説の読者は筋を追うに過ぎない。しかしながら多く読むうちに作者の癖とかテクニックを無意識のうちに会得して第一章を読むうちに犯人を指摘することが出来るようになる。こういうことは探偵小説のファンにはよくあることと思う。例えば私の場合を引例するとヴン・ダインのカジノ殺人事件である。構成の要素として犯人を第一章に登場させることはヴン・ダインの探偵小説論とか七つの前作品によって推量出来る。それで私はアリバイの完全なようで不完全な人物に着眼したのである。そして呆気《あっけ》なく犯人の推定がついてしまったのである。しかし私は最後の頁まで面白く読んでいる。それは要するに、ヴン・ダインの巧妙な探偵味を無意識のうちに味っていたからであると思われる。

　映画「巴里っ子」にしても男爵の身代りとなったシャリエが悪漢で何か大きな犯罪を行いウイリアム・ポーエルの扮する気障な探偵が登場して探偵味を満喫させてくれた方がヴァランチイヌの唄を聞くより私には楽しかったに違いない。

創刊号を斬る

創刊号を手にとり、かつてのぷろふいるの味があるのに、なつかしさを覚えた。しかし創作は、イージー・ゴーイングなもので、余り感心は出来ない。唯若い新人のものを、どしどし紹介願いたいと思う。若松君のものなど、文章にも、筋の構成にも難点があり、沈黙後の進歩は認められない。しかし探偵小説に対する熱情は充分に汲みとれる。文章や構成に多少の難点はあっても、新人を守り育てるという意味で、トリックのすぐれたものは紹介してくれるようにしてほしい。軽気球の筆者には知性が認められない。土方か馬方の知的水準で、悪罵のみを放っているように思われる。和田光夫の時評も論理にむじゅんがある。一応文学時評らしい用語を用いながら筆者は探偵小説に対する無知識を暴露している。僕は芝山倉平の作品に、探偵小説に対する炎のような熱情を感じ、素材も新人としては、かなりたくみに書きこなしていると思うが——終戦後の新人としては、芝山倉平と飛鳥高に大いに期待していいと思っている。

故海野先生を悼む

私が海野先生と知合いになったのは、未だ先生が逓信省の電気試験所に勤めておられた頃である。まだ昨日のことのように思えるが、もう十数年以前になる。考えてみると、浅からず深からずのふしぎな御縁であった。

先生が「俘囚」という短篇集を黒白書房から刊行された時、同書房の故広川一勝君に依頼されて私はある変名で短文の海野十三論を書いた。そうしたことから故小栗虫太郎氏に伴われて、先生のお宅（当時は世田谷署の脇にあった）にお伺いしてお引合せして頂いたのである。

都新聞（現東京新聞）に入社してからも、先生の特許弁理士事務所（ラヂオ・テキスト・ビル）が目と鼻の先にある関係上、度々お伺いして忙しいお仕事のお邪まをしたものだったが、太平洋戦争が起り、ともに海軍報道班員に徴用されて先生はニューギニアの東、私は西の方面の作戦に従事して帰国後、一緒に東北方面の鉱山に講演して廻ったなつかしい想い出もある。先生は「ええ」という特徴のある合の手を入れられて話をされる。あの講壇に立たれた先生の姿は未だにありありと瞼の裏にやきついてはなれない。

私にとって故小栗虫太郎先生がきびしい父であるなら、海野先生はやさしい母のようにも観じられる。私が処女作を雑誌にこわごわ発表したときも、「九鬼澹《たん》君からきいた。自信をもって力作を大いに書いて下さい」と激励のお便りをよせられ、またこの初冬のある日、ある用件でお目にかかった際も、先生は、

「僕は処女作を発表してから二三年の空白時代をすごしたのだ。あせってはいけないね」と、噛んで含めるような創作上の注意をあたえられ、健康法にも有益な指示をあたえられた。一語々々肝に銘じて忘れられぬ言葉である。哀悼、辞なく、ただ故先生の霊魂安かれと祈るのみである。

乱歩文学の評価

文学も、芸術の場合でも、作家に対する評価は、時代によって変遷する。生前にいかに高く評価されていても、その死後、いつの間にか忘れ去られてしまう作家が少なくない。そういう中にあって、江戸川乱歩に対する、わが国探偵小説の代表作家としての評価は、永久不変のものであると、私は確信している。

乱歩の作家活動は大きく分けると、戦前と戦後に区分けされる。処女作「二銭銅貨」から「陰獣」などを頂点とする猟奇小説、翻案を交えた通俗長編小説（エンターテインメント）などを経て、中絶した「悪霊」にいたるまでの戦前の執筆活動、そして戦後は「探偵小説四十年」や「幻影城」などの海外探偵小説のアンソロジー的な紹介や解説、積極的な新人作家の発掘・育成活動、さらに宿命的な論敵であった甲賀三郎氏に代わる本格探偵小説・推理小説論の展開……などの諸活動である。

したがって、わが国の探偵小説は、江戸川乱歩によって初まり、江戸川乱歩によって終熄したのではないかと思われるほどである。巨大乱歩を踏み越え得る作家の出現は今後、期待できないのではないか、とさえ極言できるくらいである。乱歩は、文字通りに、〝探偵小説の鬼〟としての生涯を押し通し、不滅の業績を残した偉大な作家であったと、私は評価している。

私が探偵小説の魅力にとりつかれたのは、平凡社版の江戸川乱歩全集からである。当時としては珍らしい金色の表紙の本が妖しいばかりの魅力であったが、その内容はそれ以上のものであり、毎月の配本が待遠しくて貪り読んだものであった。とくに「二銭銅貨」や「D坂の殺人事件」などの初期の短編から、私は強い感銘を受けている。これらの短編はいずれも今日ではわが国探偵小説の古典であるが、このような本格もののほか、「陰獣」や「人間椅子」など、妖奇耽美の世界を描いた犯罪小説も、大きな魅力であった。単なる谷崎文学の亜流ではない、乱歩独特の猟奇小説のジャンルを切り拓いた傑作であろう。

私が乱歩先生に初めてお目にかかったのは、昭和九年か十年の二、三月ごろであったように記憶している。私はまだ学生で、乱歩氏が「悪霊」の執筆を中断されてから間もなくの頃であった。三、四人の探偵小説愛好家と一緒に、立教大学に近い池袋の私邸を訪問したのである。この中には、当時、「新青年」に彗星のように登場した小栗虫太郎氏も加わっていたように思うが、何千冊か、何万冊とも数知れない蔵書を収納した土蔵を見せていただいたのも、この時のことであった。薄暗い電灯の下で、芳年《よしとし》の無残絵のコレクションをひろげて見せていただいたときは、正直いって口ほどにもなく臆病な私は、あのドギつく極彩色に描かれた殺人シーンに背筋も凍る思いがしたものであった。

「人魚謎お岩殺し」を書いた小栗さんは、実際にお岩の仮面を手に入れられるなど、南北趣味が豊かであるとともに、無残絵についても造詣が深く、乱歩氏との間で、アンコウの吊し斬りなどについて大いに話がはずみ、その日午後七時ごろにお邪魔したのに、ようやく辞去したのは深夜一時に近い刻限になっていたように覚えている。

その頃、江戸川乱歩といえば、白昼でも薄暗い蔵の中に閉じこもり、ドクロの置物を置いた机に向って蠟燭のほの暗い光で原稿を書いている、無口で非常な人間嫌いである――というような伝説が流布されていたものであるが、聞くと見るとでは大変な違いで、実際の乱歩先生は病的人間どころか、極めて温好な、人なつっこい人柄であった。

乱歩氏は、このように同好の士と語り合うのが大変に好きだったらしく、戦前も広川一勝君のような、多くのマニア的なファンが私邸の門を叩いたものであるが、戦後も岩谷書店の事務所などで新人作家や同好者と探偵小説談義に花を咲かせるのを無上の喜びとしておられたようであった。

私は戦前、本格派に属していた関係上、乱歩先生とのおつきあいは、大学の先輩ではあったが、それ以上に深くは進まず、浅いままにすぎたが、戦後、九鬼澹氏のすすめで「Sの悲劇」を発表した際、激励のお便りをいただいて感激した想い出がある。

このような乱歩先生のご努力が、戦争によって壊滅した探偵小説文壇を再興し、空前のブームを喚起するきっかけとなったことは、周知のとおりである。

探偵小説は、鼻祖エドガー・アラン・ポーが〝幻想と怪奇〟の要素に〝謎解き〟の要素を結び合わせて確立したジャンルである。

乱歩は、その創作活動で、ポーの探偵小説のパターンを踏襲し、あらゆる形式に挑戦して、ユニークな〝乱歩文学〟を集大成したものである。したがって、その業績は不滅のものであり、偉大な天才的作家であるとの評価は、永遠に変らないものと確信する次第である。

わが探偵小説文壇

はじめに

長い間、新聞記者生活をしてきている私は、その職業上から知り合った人々とは、個人的なお付き合いをしないことを建て前としてきている。これはお互いの私生活までを知り合う親密な間柄になると、ジャーナリストとしての第三者的な姿勢や立場がくずれてしまう恐れがあるからである。

このようにして知己を得た人々の中には、例えばシャーロック・ホームズ研究家、長沼弘毅氏がいる。私が長沼さんと知り合ったのは戦争末期で、大蔵省の財政研究会（大蔵省記者クラブ）詰の頃であり、長沼さんは専売局長官だった。したがって、同氏とは塩の増産、煙草の配給問題などについて度々話し合ったものの、個人的な趣味である探偵小説についてては、ついに話し合う機会もなく終ってしまった。いまから考えてみると、たいへん残念なことをしたものだと思う。

さらに、文壇の大御所であった菊池寛先生や尾崎士郎、間宮茂輔、桜田常久、村上元三、土師清二、湊邦三、寒川光太郎、戸川幸夫……の諸先生など、多くの人々がいる。とくに、村上、間宮両先生とは、海軍報道班員として、赤道直下のアンボン島で数カ月、起居をともにし、駆逐艦「雪風」や水上機母艦「千歳」などに便乗して南方戦線を転戦したが、このような人々とは、その当時、同じ新聞記者仲間であった戸川君を除くと、作家対新聞記者としてのつき合いに終始したにすぎなかった。しかし、探偵小説文壇の甲賀三郎、小栗虫太郎、海野十三、木々高太郎の諸先生は、私にとっては熱烈な探偵小説ファンであった学生時代以来、特別な知遇を得た方々である。

今日、そのすべての方が故人になられてしまっているが、私としては、いずれの方々も欣慕してやまないのである。そういうことから、島崎本誌編集長のおすすめで、これら諸先生の想い出を駄文に綴ることにしたのであるが、これによって戦前の探偵小説側面史の一端を明らかにすることができれば幸いである。

「探偵趣味の会」のこと

私が最初にお目にかかった探偵小説家は、甲賀三郎先生であった。しかし、ご厚誼を受けた甲賀先生の想い出を書く前に、まず「探偵趣味の会」について触れておく必要がある。

この「探偵趣味の会」は、鮫島龍介氏が主宰された会である。昭和八年五月頃に創刊号が出た探偵小説専門誌〈ぷろふいる〉の東京在住の投書家や愛読者をメンバーとして結成された会で、その当時の私はまだW大学の学生にすぎず、栗栖二郎などの変名を用いては〈ぷろふいる〉の投書欄に投書していたのである。

鮫島さんは、甲賀先生の熱烈なファンであり、その作品はその後、甲賀先生の紹介で〈ぷろふいる〉誌に掲載されたように覚えているが、「探偵趣味の会」の初顔合わせの発会準備会は、その鮫島さんの高円寺のお宅で開かれたのであった。それは昭和九年の七月頃だったように記憶している。そして、その翌月に第一回例会が渋谷栄町の甲賀三郎先生の私邸で開かれ、第二回例会は、その同じ年の九月十五日、牛込・神楽坂にあった洋菓子店「紅谷」で開かれたのである。それ以来、毎月十五日を定例日として「紅谷」で例会を開くようになった。

　常連のメンバーは、蘭郁二郎、荻一之介、平塚白銀、中島親、鬼怒川浩（中島謙二）、大慈宗一郎、石田和郎らの諸兄と私であったが、戦後に再会し得たのは鬼怒川、大慈の両君だけで、会の創設者の鮫島さんは戦死されたということをきいた。この機会にご冥福を祈りたい。

　このように、「探偵趣味の会」は、甲賀三郎先生を中心とした探偵小説研究会として、また〈ぷろふいる〉の在京探偵小説ファンの集いとして順調に発展した。短い随筆や探偵詩、評論をのせた会報を出し、後には大慈君や私らの有志でお金を出し合って、薄ッペラな同人雑誌までを発刊するに至った。

　この頃、私が最も親交を結んだのは、大慈君や犯罪実話ものを書いていた鬼怒川君らであった。こういう諸兄とは、定例会で顔を合わせるほか、個人的にも自宅を訪問しあう親しい交りを結んだのであるが、「探偵趣味の会」自体には、やがて次第にヒビが入りはじめた。それは〈ぷろふいる〉誌上における甲賀・木々両先生の探偵小説論争が次第にエスカレートしていった結果、会のメンバーも甲賀派、木々・江戸川派に分裂して口角泡を飛ばす始末になったからで、ついには瓦解せざるを得ない破目におちいってしまったのである。

甲賀三郎先生のこと

　さて、私が甲賀三郎先生に初めて面識を得たのは、「探偵趣味の会」の正式な発会式を兼ねた第一回例会の席上であった。その時、会の主宰者の鮫島さんから、メンバーの一人一人を紹介されたのであるが、初めてお目にかかった甲賀先生は、探偵小説家というよりも、むしろ実業家タイプといった恰幅のよい躰軀で、明るい闊達な話しぶりが極めて印象的な方であった。

　その夜の話題の中心は、「完全犯罪」によって彗星のように登場してきた小栗虫太郎先生であり、その当時、〈新青年〉に連載中の「黒死館殺人事件」だったように思う。

「君たちが希望するならば、この席に小栗君をよんであげようか」

　と、甲賀先生は、小栗先生をわざわざ私邸に呼び出し、私たちに紹介する労をとってくださったのであるが、それが機縁となって、九月の第二回目の「探偵趣味の会」例会には、小栗先生が甲賀先生と一緒に出席されたのであった。

こうして、私は甲賀先生と面識の間柄となったのであるが、昭和十二年、W大学を卒業し、新聞記者を志望してM新聞の入社試験に応募したときのことであった。朝日や毎日などの一流紙では、とうていパスする自信がないので、M新聞を選んだのであるが、それでも受験志望者が五百人もあり、採用者は五人という狭い門であった。私自身は、いささか自信喪失気味であったある日、甲賀先生にお目にかかる機会があった。そこで、新聞社の入社試験についてお耳に入れると、

「どこの新聞社かね?」

「M新聞社です」

「それでは、私から新聞社の幹部の方にお願いしてみよう」

と、甲賀先生は、いとも気軽におっしゃったのである。しかし、履歴書を取り次ぐとか、そういうことが一切なかったので、私は正直のところ、先生の後援を全く期待していなかったといってよい。入社試験の結果は、幸運にもわずか五人の採用者の中に入って、入社が決まった。

その当時、このM新聞社の客員で、編集局長以上の強い権限を持っているといわれていたのが「瞼の母」で知られた長谷川伸先生であった。入社してから二、三日後、私はなんの前触れもなしに突然、その長谷川先生から呼ばれたのである。

「長谷川先生が呼んでいるから、行ってきたまえ。君は長谷川先生を知っていたのかね」

意外な顔をしているT社会部長から、そう云われたが、私としても、

「いいえ」

と、答えるよりすべがなかった。事実、それまで一面識もなかったのであるから当然である。それにしても、入社したての私に、部長や編集局長よりも権勢を持った、雲の上の存在であった長谷川伸先生が、どういう用があるのであろうか。後年、林房雄先生を面識がなかったとはいえ、西銀座裏のドブ川に叩き込もうとしたりした、無茶な武勇伝をも発揮しかねない血気の青年だった私としては、内心忸怩《じくじ》たるものがあり、死硬直をおこした死体さながらに、しゃちこばって長谷川先生の面前に伺候したものである。

そうすると、小柄な和服姿の長谷川先生は、

「甲賀君から話があったのは君か、――大いに頑張ってやって下さいよ」

と、和やかにいわれた。そこで、私は甲賀先生が「新聞社の幹部にお願いしてみよう」といわれた、その幹部が長谷川伸先生だったと初めて知ったのである。

甲賀先生は、また新聞社での私の身分を保証する身許保証人にもなっていただいたように記憶しているが、このように、何ともいえない、人情味の厚い一面を持った方だったのである。小栗虫太郎先生を〈新青年〉に紹介して、一目も二目も置いた存在とし、また大阪圭吉氏らを探偵小説文壇に送り出したのも甲賀先生だった。殊に、甲賀先生の晩年は、長谷川伸先生との親交が探かったように拝察するのである。

甲賀先生のご尊父（?）は、明治維新に際し、上野・彰義隊の一員として活躍されたのであるが、その秘話を長谷川先生が小説化して発表されているし、甲賀先生も長谷川先生が育てた新国劇のために探偵劇を書いている。甲賀先生の後期における創作の無駄のない簡潔な構文は、長谷川先生の影響を強く受けたものと、私は確信するのである。


長谷川伸先生は、私が入社してから間もなく、新聞社の客員を辞任されている。しかし、私の南方戦線への従軍に際し、

「お国のために、しっかりやりなさい。一緒に行く村上元三君を頼むよ」

と、おっしゃったお言葉がいまでも耳の底に残っている。その後、長谷川先生には拝眉の機会がなくすぎてしまったが、その代わりに、私の父が長谷川先生に幾度かお目にかかることになった。それは長谷川先生が〝瞼の母〟の墓所を作りたいというご希望があったからで、私の家の菩提寺の墓地を、檀家総代であった父がお世話したためである。

現在では、その長谷川先生も、私の父も、同じ寺院の墓地に永遠の眠りについているのだと思うと、私は長谷川先生との父子二代にわたる不思議な因縁をしみじみと胸に噛みしめるのである。

甲賀先生の想い出話が思わぬ脇道にそれてしまったが、私自身につながった甲賀先生の想い出話を、もう一つご披露してみたい。

それは日華事変が満州、北支から中支へ、さらに南支へと拡大した昭和十三年八月のある日のことであった。

甲賀先生から突然、

「至急の話があるから、来ないか――」

というお電話をいただいた。そこで、渋谷栄町の私邸に伺うと、

「実は、広東に行くことが決まったんでね――」

というお話であった。よく伺ってみると、長谷川伸先生を団長に、海音寺潮五郎、土師清二、湊邦三、北村透馬……といった、当時の大衆小説文壇の錚々たるお歴々が海軍作家集団を編成して、広東作戦に従軍するという。一行の世話役は副団長の甲賀先生がとりしきっているのである。


これは、先に菊池寛先生を団長に、純文学作家集団が初めて陸軍の漢口作戦に従軍した事例にならった海軍版ともいうべきものであるが、当時としては大特ダネニュースであった。私は、さっそく三面のトップ記事にして、スクープした。これは、いってみれば、ひよッ子記者一番手柄というところで、私は大いに面目を施したものである。こうして、当時を思いおこすと、甲賀先生は陰に陽に私を支援された恩情がしみじみと偲ばれるのである。

小栗虫太郎先生のこと

小栗虫太郎先生に最初にお目にかかったのが、甲賀先生の私邸であったことは、既に述べたとおりである。そのとき、甲賀先生から小栗先生の「完全犯罪」発表の経緯を話していただいたのであるが、甲賀先生が小栗先生の作品に初めて接したのは「寿命帳」だったということである。新人作家発掘に常に意を用いられていた甲賀先生は、暇さえあれば無名作家の投稿原稿に目を通されていたのであるが、そうしたある日、郵送されてきた分厚い原稿のページを開いていたのである。それが「寿命帳」で、甲賀先生は一読して、小栗先生が非凡な作家的才能の持主であると見抜き、そこで長編では発表がむずかしいと考えられたので、改めて短編を書くように小栗先生にすすめられた。それによって小栗先生が執筆されたのが、出世作「完全犯罪」（〈新青年〉昭和八年七月号掲載）だったのである。

私は、ここで敢えて〝出世作〟と書いたのは、「完全犯罪」が小栗先生の真の処女作ではなく、作家として初めて一本立ちされた記念すべき作品だからである。真の

意味の処女作は、大正末期に執筆された「紅殻駱駝の秘密」や「魔童子」などの長編である。また、昭和二年には、織田清七のペンネームで「或る検事の遺書」という掌編を〈探偵趣味〉に発表されているのである。

〈註〉「寿命帳」は〈ぷろふいる〉昭和八年十一月号・同九年一月号に掲載、「紅殻駱駝の秘密」は同十一年二月、春秋社から、「魔童子」は同年四月、黒白書房からそれぞれ刊行。

こうして、小栗先生は、「完全犯罪」によって、探偵小説文壇にデビューすると、「紅殻駱駝の秘密」などで用いたアイデアやトリックを活用し、新しい構想のもとに「後光殺人事件」「夢殿殺人事件」「失楽園殺人事件」「聖アレキセイ寺院の惨劇」を次々と発表された。そして、これらの作品の集大成として完成されたのが、わが国本格探偵小説の金字塔である「黒死館殺人事件」〈新青年〉昭和九年四月号―十二月号連載）である。

この「黒死館殺人事件」が完結してから間もない頃、小栗先生はしみじみとした口調で、

「これをもって、本格探偵小説の筆を折るよ」

と、私に述懐されたことがあった。こうして、先生の作風はスリラーへ、伝奇小説へ、魔境小説へとがらりと変っていくのであるが、こうしたお言葉は、不治といわれた心悸亢進症に悩んでおられた小栗先生として、その探偵小説に対するすべての情熱と鏤骨の努力を凝集し、畢生《ひっせい》の大業として完成され、もはやいつ死期に臨んでも悔いはないというご心境を秘かに吐露されたものであろう、と私は忖度《そんたく》したのであった。

したがって、当時の私には、「黒死館殺人事件」はポー以降ヴァン・ダインに至る世界の探偵小説の群嶺を圧して屹然と聳え立つ一大巨峰であり、探偵小説の聖典であった。そればかりでなく、小栗先生の体臭そのものなのである。それ故、戦時中、海軍報道班員として転戦した際にも、私は「黒死館殺人事件」の初版本を、小栗先生の形見として、肌身から離さず携行した。比島や西ニューギニアの殺伐たる戦場にあっても、ほの暗いランプやロウソクの灯のもとに本書をひもとくとき、恩師とも仰ぐ小栗先生の風丰《ふうぼう》が髣髴として目のあたりに泛び、どんなにか慰められたかしれなかった。

桃源社版の「黒死館殺人事件」（昭和四十九年刊）の後記の中で、渋澤龍彦氏が〈戦時中、彼の知り合いの若

い探偵小説愛好家は、召集されて戦地へ出かけるとき、ただ一冊、すでに幾度も読み返した「黒死館殺人事件」を背《はい》のうのなかに入れていったという〉と記述されているのであるが、兵隊が私物を携行することは軍律で厳しく禁止されていたのであるから――将校や士官は別としても――よもや私以外の余人とは思えない節があり、多分、私のことを誤伝されたままに記されたのではなかろうか――？　その記念すべき初版本は、〝わが家の宝物〟として、いまでも書架におさまっているのである。

いま、その昔を回顧してみると、私の学生時代には三日を置かずに小栗先生の門を叩いたものであった。小栗先生のお住居は、最初は玉川電車の三軒茶屋駅から迂余曲折した狭い道を徒歩で約二十分もかかるところにあった。小栗先生のご子息の宣治君が、その当時を回想して〝ションベン長屋〟と、書いているのであるが、その野原の中の古びた妖鬼の棲むような陋屋《ろうおく》が小栗先生のお住居だったのである。

私が畏友の利根川君と大慈宗一郎君をさそって、初めてその草屋に小栗先生をお訪ねしたのは、甲賀先生に紹介されてから間もなくの頃であったように思う。黒光りした柱も傾きかけた八畳間の真ン中に、立派な黒い紫檀の卓袱台《ちゃぶだい》を机がわりに置いて、それに向ってキチンと正座したまま、小栗先生はわれわれを出迎えられたのであった。

床の間から畳の上まで、書籍や雑誌がうず高く雑然と積まれていて、足の踏み場もない有様に、まず眼をみはったが、小栗先生の江戸ッ子らしい気易い応対から、話がはずみ、玉川電車の終電車に間に合うかどうかという午前零時すぎまでお邪魔してしまった。それからが私の病みつきのはじまりであった。新宿花園町にいた利根川君をさそい出しては、小栗先生のお宅を訪ねるようになったのである。

しかし、それから間もなくのこと、小栗先生は、三軒茶屋駅に近い、太子堂の二階家の新居に移転されたのである。新しい家では、二階の八畳間が先生の仕事場兼応接間となった。その部屋で目を惹くのは、専用書架にギッシリと詰まった「エンサイクロペディア・オブ・ブリタニカ」であった。こうして、私の小栗先生詣では、太平洋戦争直前まで続いたのであるが、その都度、小栗先生は、いやな顔もせずに、玄関に出迎えてくださるのである。

「執筆は真夜中だから、いつ来てもいいよ」

という小栗先生のお言葉に甘えては、足繁く足を運んだ。いま、考えると、厚顔無恥も甚だしく、まことに冷汗ものであるが、尊敬おくあたわざる小栗先生に接していることが、私の無上の喜びだったのである。その当時、〝探偵小説サロン〟といってもよいくらいに、多くの人々が小栗先生宅を訪れた。妖異な画風をもった茂田井武画伯らも、小栗先生の魅力にとりつかれた一人であったろう。

話題は豊富であった。その幾つかを拾ってみると、オッカルチズム、シェークスピア劇、鶴屋南北、ジョセフ・フーシェ、フランス革命、ロンドン塔、三日天下のジューン・グレイ姫、モーツァルト、映画、精神分析、早慶戦史、そして先生が大嫌いだった雷の話……など。そうした話の中に、戯曲を読めとか、横光利一の「紋章」を読んだかなどと、それとなく作家作法を教示していただいたものである。

それにもかかわらず、不肖の弟子たる私は、いまもって恩師・小栗先生の付託にこたえ得ないのであるから、誠に汗顔の至りである。

海野十三先生のこと

私が海野十三先生の知遇を得たのは、小栗先生に紹介していただいたのがはじめであった。

正確な日時の記憶はないが、例によって利根川君らと連れ立って、小栗先生を訪れたとき、「これから海野さんのところに行くのだが、よかったら一緒に行かないか」というお誘いを受けたのである。渡りに舟で、われわれは小栗先生のお伴をして、海野先生のお住居に参上したのであった。

そのお住居は、太子堂の小栗先生のお宅から歩いてもそう遠くない、玉川電車の若林駅の近くにあった。玄関を入ると、すぐ左手が三畳間くらいの狭い応接室兼書斎だった。突然のぶしつけな初対面の訪問者に対して、海野先生は小栗先生と同様に快く招じ入れてくださったのは、大いなる感激の思い出となっている。

その当時、海野先生は、執筆の本拠を都心に持っておられたのであるが、場所は日比谷公園に近い田村町の交叉点の脇にあった木造二階建の事務所の二階で、そこに特許弁理士事務所を開設されていたのである。その建物は現在では戦災で焼けてしまい、日石本社ビルが堂々と聳え立っているが、海野先生は毎日、その事務所に若林の自邸から手弁当をさげて通い、執筆されていたのである。それ故、特許の方のお客さんは、あんまりなかったのではないかと推測されるのである。

私の勤めたM新聞社が、その事務所の近くにあったので、度々訪れたのであるが、いつも閑散としたものであった。しかし、海野先生は、ザラ紙に刷られた同盟通信の海外科学ニュースの内報の綴りを手に、いつも熱心にメモされたり、執筆されている姿を、しばしばお見かけしたものである。

海野先生の「俘囚」や「地球盗難」などの作品は一見、荒唐無稽の奇想天外のものと受け取られがちであるが、実は同盟の科学ニュースにヒントを得て、小説家としての空想を加味して完成されたものである。先生の作品がSF小説の先駆として、今日でも新鮮さを失わない理由の一つは、こうして当時の最先端の科学知識に根拠を置いたものであったからである。

このような海野先生の該博な知識は、医薬品にも及んで、無類の〝薬品マニア〟といってもよいくらいの一面があったことを知る人は、極めて少ないようである。

陸軍報道班員としてピナンに行かれた小栗先生も、海軍報道班員として濠北・西ニューギニア戦線に従軍した私も、出発に際しては、海野先生からキニーネや新薬のアルバジル（ズルフォンアミド剤）などの携行医薬品のリストを作っていただいたものである。海野先生は私に次いで海軍報道班員としてラバウルに従軍されたが、リュックサックいっぱいの医薬品を携行されたように聞いている。その結果、真にめざましい活躍を示され、無事に内地に帰還された。その海野先生と一緒に、東北地方の鉱山を巡回講演して歩いたことも、いまは私の懐しい遠い想い出となってしまったのである。

木々高太郎先生のこと

木々高太郎先生が海野先生のおすすめで処女作「網脈膜視症」を発表されたのは、〈新青年〉昭和九年十一月号であったから、小栗先生の「完全犯罪」の発表に遅れること約一年半であった。

両極端ともいえる作風の小栗先生と木々先生が親密な間柄となったのは、海野先生が仲立ちになったことは、いうまでもない。それが小栗・木々・海野の三先生の責任編集になる探偵小説専門誌〈シュピオ〉が誕生する契機となったのである。

木々高太郎こと、林髞先生は、その当時、既に慶大医学部の大脳生理学の権威であり、条件反射で知られたソ連のパヴロフ博士の高弟でもあった。

そのお住居は、目黒の柿ノ木坂の閑静な一角にあったが、私が戦前に初めてお訪ねしたのはどういうキッカケであったか、すっかり忘れてしまったので詳《つまび》らかではない。したがって、私がしばしば木々先生の門を叩くようになったのは、戦後の二、三年間である。

その戦後に、海野先生も丘丘十郎のペンネームを使用されたように、私もGHQによって戦争協力者として公職追放の内定を受け、住みなれた新聞社を退社せざるを得なくなってから、間もない頃であった。

戦後の混乱期なので、経済的にも苦しく、私は自活の道を必死に模索していたのであるが、その時、木々先生から某出版社の校正の仕事を紹介していただいたりした。また、先生が戦時中に執筆された少年少女向けの科学小説の校訂の仕事もお手伝いするなど、身にあまる親身のお世話を受けたのである。

さらにその頃、復刊した〈ぷろふいる〉誌の九鬼澹編集長から探偵小説の執筆をすすめられ、「Sの悲劇」などを寄稿したが、それを丹念に読まれた木々先生が、いろいろに批評され、幾度か激励のお言葉をいただいた。やがて新聞界に復帰した私には、小説を執筆する時間と余裕がなくなってしまい、ご期待に応えられなかったのは残念であるが、慈父のような木々先生の暖い思いやりのお気持は、いまでも強く感銘しているのである。

横溝先生に会わざるの弁

私は、本格派の巨匠・横溝正史先生には一度しかお目にかかった記憶がない。

それは昭和二十三年の夏ごろで、横溝先生が疎開先の岡山県から上京し、東京に居を移されてから間もない頃であったように思う。〈宝石〉に発表された『本陣殺人事件』が戦後初めての本格探偵小説として注目を浴び、『獄門島』の構想に入られた頃ではなかったかと拝察しているが、そのような真夏の暑い土曜日——土曜日とはっきり覚えているのは、その頃、城昌幸氏の主宰した〈宝石〉が岩谷書店から発行されており、当時の新鋭作家や魑魅魍魎《ちみもうりょう》の如き幾人かのマニアックな探偵小説ファンが東京・芝西久保巴町にあった岩谷書店編集部に集まり、江戸川乱歩先生を中心に歓談するのが常例となっていたからであるが、——その席になんの前触れもなく、ヒョッコリ、横溝先生が姿を現わしたからである。江戸川先生とは予め打合せがしてあったらしいが、他の者には意外な邂逅であり、私はたまたまその席に居合わせて、横溝先生の風丰《ふうぼう》に接する機会を得たのであった。

しかし、江戸川先生と横溝先生は戦後初めて顔を合わせ、旧交を暖めあう会話を交したあと、両先生ともに早々に席を立たれたので、話し合う機会もなく、横溝先生の眼には私の如きは路傍の石と同じ存在にうつったにすぎなかったであろうと思う。

その後、〈りべらる〉などのカストリ雑誌に執筆していた鬼怒川浩君が広島から上京してきた。彼は戦前に同好の志として私と一緒に甲賀三郎、小栗虫太郎、海野十三の諸先生宅を訪ねた仲間であり、その当時は広島通産局に勤めていて、所用で上京した機会に、かねて文通して、作品に眼を通していただいている横溝先生のお宅に伺うつもりであると話してくれた。本格派の驍将《ぎょうしょう》、甲賀三郎先生亡きのちにおいては、横溝先生に期待するところ大なるものがあるというのが、私の家で酒をくみ交しながらの鬼怒川君の気焔であった。

戦前、『真珠郎』などを書いた頃の横溝先生は、長野県の諏訪湖畔で療養中の身体であったため、春秋社や黒白書房などの諸先生の出版記念会などにも、ついぞ出席することもなく、また大の乗物嫌いであるとのことで、めったに外出することもなく、斯界の大先達であるにもかかわらず、横溝先生には親しくお目にかかることがなかった。「君も一緒に行かないか」と、鬼怒川君に誘れたときには、天にも昇る気持であったが、折悪しく所用のため、私は同行できなかった。そうしたわけで、いまもって横溝先生の謦咳《けいがい》に接し得ないでいる私である。

戦前、私は無類の本格探偵小説ファンであると同時に、横溝先生や夢野久作先生の大のファンでもあった。私が真に探偵小説に傾倒するようになったのは、戦前に博文館が〈新青年〉の姉妹誌として、また海外探偵小説の翻訳紹介誌として発刊した〈探偵小説〉を入院中の芝白金の伝研病院で手にしたのが機縁となったものであるが、同誌の二代目の編集長が横溝先生であり、初めてエラリイ・クイーンの『和蘭陀靴の秘密』を紹介され、私に本格探偵小説——謎解き小説への眼を開かせていただいただけに、戦後の本格探偵小説の偉大な業績とともに欣慕してやまない次第である。

とくに、こうした本格物は、ビーストン、ルヴェル流の、いわゆる変格物の域を脱したものであるだけに、意義が深い。戦前の作品が最後に息切れしてしまう弊があったのに対し、(特に『呪いの塔』において、然り)、戦後の『本陣殺人事件』以下の諸長篇は、最後まで弛みのない緻密なストーリイの構成といい、非凡な雰囲気描写と相まって、わが国本格探偵小説の古典であるというにふさわしいものである。先頃、本誌の別冊特集号で再読し、戦後の混乱期に、これだけの大傑作をものされた横溝先生の探偵小説に対する情熱に、改めて頭がさがる思いがしたものである。

もちろん、トリックは目新しいものではない。例えば、『本陣殺人事件』は、クリスティの『アクロイド殺し』の亜流であり、ドイルの『ソア橋事件』に類似したものであると指摘した批評家があるが、探偵小説のトリックは、エドガー・アラン・ポー以来、幾多の作家によって全部掘りつくされてしまったといっても過言ではない。したがって、トリックや類似のストーリイ構成だけをもって〝横溝もの〟の真価が失われるものとは、私は考えない。これは松本清張先生の『点と線』をF・W・クロフツの亜流として、また角田喜久雄先生の『高木家の惨劇』をシムノンの亜流として指摘するのと同じ愚を犯したものであろう。

とくに、最近は、いわゆる社会派の凋落とともに、本格探偵小説が改めて脚光を浴び、横溝先生の諸作品が再評価される機運にあることは喜びに堪えない。

また、クリスティの本格探偵小説『オリエント急行殺人事件』の映画化が成功したことから、『本陣殺人事件』が映画化され、わが国にも本格的な探偵映画が誕生する機運となったことも欣快に堪えない。

横溝先生がますます健在であって、健筆をふるわれることを願って、この稿の責を果たすことにする。

解題

横井 司

1

江戸川乱歩が『探偵小説四十年』（一九六一）で、小栗虫太郎登場のことを記した次の箇所は、『黒死館殺人事件』のカノン化をうながした文章としてよく知られている。

小栗君は処女作以来、引きつづいて力作を発表し、昭和九年四月号から「新青年」に執筆した長篇「黒死館殺人事件」に至って、同君の純探偵小説的作品の頂点を示したかの観があった。私の知っている或る年少の探偵小説愛好者で、昨年末召集せられて戦地（シナ）へ出かけた人があるが、その人はただ一冊、すでに幾度も読み返した「黒死館殺人事件」を背嚢の中へ入れて行ったということを聞いている。この人にとって、探偵小説「黒死館」は恐らく「聖書」に似た意味を持っていたのである。これは一つのお話であるが、小栗君の神秘文献に関する奇異にして豊饒なる知識と、超常識の怪奇なる論理学は、ある種の探偵小説愛好者を熱病のように惹きつけたと同時に、一般読書界に一つの驚異を与えたといっても過言ではなかった。（引用は『江戸川乱歩全集 第28巻／探偵小説四十年（上）』光文社文庫、二〇〇六から）

澁澤龍彦は、桃源社版『黒死館殺人事件』（六九）の解説で、右の乱歩の文章を引いているが、この「或る年少の探偵小説愛好者」は、現在では江戸風俗研究家の花咲一男であることが確定されている。花咲は連載中の『新青年』を切り取った自家製本を携行していったのだという（黒田明「背嚢の中の探偵小説――花咲一男と『黒死館殺人事件』」『SR-MONTHLY』二〇一一年一二月号）。ところが当時もう一人、『黒死館殺人事件』の初版本を戦地へと携行していった愛好者がいた。それが、ここに初めて作品集が編まれることになった水上《みずかみ》幻一郎である。

2

　水上幻一郎は一九一六（大正五）年七月二九日、東京都に生まれた。別名・栗栖《くりす》二郎。本名は山本源一。戦後になって結婚を機に細合《ほそあい》と改姓したという（若狭邦男『探偵作家追跡』日本古書通信社、二〇〇七による）。若い頃から『新青年』などを読み、探偵小説に親しんでいたようだが、「真に探偵小説に傾倒するようになったのは、戦前に博文館が〈新青年〉の姉妹誌として、また海外探偵小説の翻訳紹介誌として発刊した〈探偵小説〉を入院中の芝白金の伝研病院で手にしたのが機縁となったものである」と、後に水上自身、回想している（「横溝先生に会わざるの弁」『幻影城』増刊号、七六・五）。伝研病院というのは伝染病研究所の通称で、現在の東京大学医科学研究所である。雑誌『探偵小説』の創刊は一九三一（昭和六）年九月で、水上が「私に本格探偵小説――謎解き小説への眼を開かせていただいた」（同）という、エラリー・クイーン Ellery Queen の『和蘭陀靴の秘密』*The Dutch Shoe Mystery*（三二）の連載が始まったのが翌三二年四月号からであった。

　三三年に『ぷろふいる』が創刊され、同誌が中心となって神戸や大阪、名古屋などの各地で愛読者や投稿家を中心にした「探偵趣味の会」が結成された。三四年には東京の愛読者を中心とした「探偵趣味の会」が結成され、当時早稲田大学に在学中だった水上もこの会に参加し、常連のメンバーである蘭郁二郎、荻一之介、平塚白銀、中島親《したし》、鬼怒川浩、大慈宗一郎、石田和郎らと知り合った。この会は「短い随筆や探偵詩、評論をのせた会報を出し、後には大慈君や私らの有志でお金を出し合って、薄ッペラな同人雑誌までを発刊するに至った」と、後に水上は回想している（「わが探偵小説文壇」『幻影城』七五・九)。ここで言及されている「会報」が『新探偵』であり、「薄ッペラな同人雑誌」が『探偵文学』であった。前者の『新探偵』は、江戸川乱歩によれば「新聞紙型の刊行物」で「発行所は東京、探偵作家新人倶楽部、編集者は野島淳介君で」「二三号発行されている」という(「探偵小説雑誌目録」『幻影城』岩谷書店、五一・五。引用は『江戸川乱歩全集 第26巻』光文社文庫、二〇〇三から)。『新探偵』から『探偵文学』へと発展解消した経緯は、『ぷろふいる』三五年五月号に掲げられた「『探偵文学』創刊」というマニュフェストに次のように書かれていることからうかがえる。

本誌は同人の顔触れを見ても解ること丶思はれるが、元の「探偵作家新人倶楽部」の同人の大部分によつて、新たに産声を揚げたものである。

同倶楽部からは従来、機関誌として「新探偵」といふパンフレツトが出されてゐたが、或る特定の作家に中心を置き過ぎ、排他的の色彩の強い編輯方針に傾いた為、其れでは却つてその作家としても有難迷惑を感じられるのではないか、といふやうなことから編輯者と同人との意見が疎隔し、大部分の同人が編輯者を残して新しいグループをつくつて、改めて機関誌を出すこと丶なつたものである。

斯うした経緯からも本誌は変格だとか、本格だとかさういつた一党一派に偏せず、各人が各自の特色を充分に出して、おもふまゝに振舞ひ、信ずるまゝに論じる——といふことをモツトーとして進んで行き度いと思ふ。

ほぼ同じ内容が『探偵文学』創刊号(三五・三)の編集後記に服部元正によって書かれており、『ぷろふいる』のマニユフェストはそれを流用したものだろう。

水上の「わが探偵小説文壇」によれば、『新探偵』を編集していたのは鮫島龍介で、甲賀三郎の「熱烈なファンであり、その作品はその後、甲賀先生の紹介で〈ぷろふいる〉誌に掲載されたように覚えている」という。同じエッセイの中で水上は、後に「探偵趣味の会」が「〈ぷろふいる〉誌上における甲賀・木々両先生の探偵小説論争が次第にエスカレートしていった結果、会のメンバーも甲賀派、木々・江戸川派に分裂して口角泡を飛ばす始末になった」ため「次第にヒビが入りはじめ」「ついには瓦解せざるを得ない破目におちいってしまった」

と書いており、こうした対立の萌芽が、『探偵文学』創刊なのかもしれないと想像させる。右に引いた「『探偵文学』創刊」に掲げられている同人には栗栖二郎の名前もあり、創刊号の同人名簿中にもその名前を確認できる。したがって水上幻一郎が『探偵文学』同人であった時期があることははっきりしている。だが、創刊号に「喰ふか喰はれるか」という、本格・変格の対立をからかうような戯文を掲載した以外には寄稿しておらず、第二号に掲載された同人名簿にはその名が見られない。これらのことから、早いうちから『探偵文学』同人を抜けたのかもしれないと想像される。その後の水上の軌跡を考えれば、変格探偵小説寄りの、あるいは木々高太郎寄りの『探偵文学』同人とは、波調が合わなかったことは充分に想像されるのである。

　右に述べた通り、『探偵文学』に戯文的な文章を発表して後は、『ぷろふいる』の読者投稿欄「P・O・P」(PROFILE OF PROFILE の略）に短いエッセイを寄せたり、広川一勝主宰の雑誌『月刊探偵』に海野十三論を書いたりしたくらいで、その後は大学卒業と就職活動で多忙になったためか、投稿などの執筆活動からは離れている。ただし、その間に、「探偵趣味の会」での活動を通じて甲賀三郎を始め、小栗虫太郎、海野十三、木々高太郎らと面識を持ったようだ。

　一九三七（昭和一二）年、都新聞に入社。五百人中五人しか採用されないという難関をくぐり抜けての入社だったが、その際には、同社の客員であった長谷川伸への甲賀三郎からの推挽が与ったようだ（前掲「わが探偵小説文壇」）。鮎川哲也は、「青髯の密室」を採録したアンソロジーの解説で、この当時の水上にふれて「当時は紀行、歴史、それに航空機についての記述が多く、ミステリーは書いていない」と紹介している（『幻のテン・カウント』講談社文庫、八六・一二）。

　四二年には海軍報道班員として濠北・西ニューギニア戦線に従軍。その際に携帯したのが、小栗虫太郎の『黒死館殺人事件』であったという（鮎川哲也「新・幻の探偵作家を求めて14／『黒死館』を抱いて戦地へ・水上幻一郎」『EQ』九四・五）。この時、村上元三と共に従軍した縁で、「阿蘭田八郎とか山本湖太郎とか、その度に新しい名前を用いて」「長編の股旅小説を書いたこともある」と述べているが、発表時期や媒体は不詳（前掲「『黒死館』を抱いて戦地へ・水上幻一郎（註）」）。

　海軍報道班員として南方に向かった水上は、帰国後、同じく海軍報道班員としてラバウルに従軍した海野十三と共に、「東北地方の鉱山を巡回講演して歩いた」という（前掲「わが探偵小説文壇」）。その後、再び報道班員として戦地に向かったのか、徴兵されたのかは詳らかではないが、前掲『探偵作家追跡』において若狭は「その後、徴兵先のインドネシアで終戦を迎え」たと伝えている。そして、一九四六（昭和二一）年に帰国して結婚したという。この結婚を機に改姓したことは先に述べた。

戦後、「GHQによって戦争協力者として公職追放の内定を受け、住みなれた新聞社を退社せざるを得なくなっ」た水上が、「自活の道を必死に模索していた」ころ、木々高太郎の紹介で「某出版社の校正の仕事」をしたり、木々が戦時中に執筆した「少年少女向けの科学小説の校訂の仕事」をしたりしたという（前掲「わが探偵小説文壇」）。また鮎川哲也からインタビューを受けた際には次のように答えている。

神田に中山書店というのがありまして、木々高太郎先生の少年物なんかを書き直したりしていました。代作もやりました。編集の方がきて、小説をたのまれます。そして、あなたの名前ではなくて誰それさんの名前で出しちゃうよといわれるんですね。ああいいよ、稿料さえくれたらというわけです。ですからその時分には代作が沢山あります。（前掲「『黒死館』を抱いて戦地へ・水上幻一郎」）

ここで中山書店と言われているのは、正しくは、中山三郎平が経営する神保町にあった高志書房のことである。同書肆から刊行された『緑の秘密国』（四九）のあとがき「少年少女諸君へ」には、「この小説は、かつて、ある少年科学雑誌に、科学小説として連載したものを書きあらためたもので、そのため友人水上幻一郎君にたいそう手数をかけた」と記されている（なお、同作品は、一九三九年一月から翌年二月にかけて『子供の科学』に連載された『緑の日章旗』を改題したもの）。

『緑の秘密国』の発行は一九四九（昭和二四）年十月だが、その頃にはすでに水上幻一郎としてデビューを果たしていた。だからこそ「友人水上幻一郎君」と書かれているわけである。小説家としてデビューしたのは、戦後版『ぷろふいる』の編集に携わっていた九鬼澹《たん》に執筆を勧められたからのようだが（前掲「わが探偵小説文壇」）、「住みなれた新聞社を退社せざるを得なくなって」「自活の道を必死に模索していた」水上のことを知って、生活の足しになるようにと手を差し伸べたのかもしれない。あるいは水上自身が話を持ち込んだものだろうか。

その小説としてのデビュー作「Sの悲劇」は、『ぷろふいる』一九四七年十二月号に掲載され、翌年には『ぷろふいる』の改題後継誌『仮面』に「二重殺人事件」、「蘭園殺人事件」、「青鬚の密室」などの本格探偵小説を載せた他、『妖奇』に猟奇小説「女郎蜘蛛」を発表。さらには『ロック』の「一万円懸賞　探偵小説原稿募集」に「火山観測所殺人事件」を投じて、薔薇小路刺麿（鮎川哲也）の「蛇と猪」と共に次点に入選し、四千円の賞金を得ている。

翌四九年になると、前年とは一転して本格ものの執筆量は減り、猟奇小説や犯罪実話の執筆が増えてくる。そして五〇年に旧作「青鬚の密室」の改稿版を発表したのを最後に、小説の筆を断ってしまった。その理由は、新聞界に復帰することができ「小説を執筆する時間と余裕がなくなってしま」ったからであった（前掲「わたしの探偵小説文壇」）。鮎川哲也は「青鬚の密室」を採録したアンソロジーの解説で「私淑した小栗虫太郎、海野十三の諸氏が相ついで物故したのを機に筆を断った」（「若き日のライバルたち」『ミステリーの愉しみ　第2巻／密室遊戯』立風書房、九二・一二）と書いているが、これは水上本人の言によるものか、あるいは鮎川の想像なのか、はっきりしない。その後は、鮎川編のアンソロジー『幻のテン・カウント』（前掲）や右の『ミステリーの愉しみ第2巻／密室遊戯』に掲載された著者略歴に、新聞界に復帰して後は「産業用ロボット業界の振興につとめた」（引用は後者から）と記されているのみで、詳しいことは分からない。

雑誌『幻影城』七五年四月号で「本格探偵小説」特集が組まれ、「青鬚の密室」（初稿版）が再録された際、巻頭言「〝本格探偵小説〟の特集について」の中で「本名は山本源一郎、都新聞の記者であったこと以外は不詳」と紹介されていたが、この再録がきっかけとなって健在であることが判明したようで、同年の同誌に「乱歩文学の評価」、「わが探偵小説文壇」といったエッセイを寄せた他、中編「毒の家族」を書き下ろしている。その後、『幻影城』の終刊と共に再び連絡は途絶えたが、鮎川哲也編のアンソロジー『紅鱒館の惨劇』（双葉社、八一）に「火山観測所殺人事件」が採録され、それをたまたま入院先の病院の書店で目にした水上が出版社に連絡してきて、健在であることが分かった。だが再び探偵小説の筆を執ることはなく、「摩崖仏、石窟美術像に興味を抱き、毎年のようにインド、中国、東南アジア訪問の旅にでる」（鮎川哲也「若き日のライバルたち」前掲『密室遊戯』）といった晩年だったようだ。二〇〇一（平成一三）年四月二日、歿。

（註）阿蘭陀八郎という作家が『仮面』、『妖奇』に犯罪実話ものを書いているが、その内の「毒殺魔」（『仮面』四八・六、『妖奇』五〇・八）は、水上名義の「淫妖魔」（後出）と同一作なので、阿蘭陀は水上の別名義だろう。とすると、『別冊宝石』に捕物帖を発表している山本湖太郎も水上の別名義かもしれない。確認が遅れたので、残念ながら両名義の作品は今回未収録とせざるを得なかった。諒とされたい。

3

水上幻一郎の作品群、特に園田郁雄教授シリーズは、「ヴァン・ダイン風のきっちりとまとまった」スタイルを踏襲した本格ミステリであるといわれる（鮎川哲也、前掲「『黒死館』を抱いて戦地へ・水上幻一郎」）。水上の作中にもたびたびS・S・ヴァン・ダインS. S. Van Dine（一八八七～一九三九、米）への言及が見られた。だが、探偵小説のデビュー作「Sの悲劇」からすでに変態性欲をモチーフとし、たびたび畸形や特異体質のキャラクターを登場させたことを鑑みれば、ヴァン・ダインよりは、その日本的変奏である小栗虫太郎の作品、ことに『黒死館殺人事件』からの影響を無視することはできまい。その意味では、作家として自分の世界を作り上げるところまでいかず、アマチュアリズムあるいはディレッタンティズムの作家としてのスタンスに終始したという印象は拭えない。『宝石』という、いわば戦後探偵小説の表舞台に登場しなかったのは、前章で述べたように、新聞界に戻って多忙になったという理由の他に、自身をそう位置づけていたからでもあろうか。

あるいは「わが探偵小説文壇」の冒頭でいわれているように、「ジャーナリストとしての第三者的な姿勢や立場がくずれてしまう恐れ」から、あえて作家としての筆を断ったものかも知れない。

本書はそんな水上の、現在判明している作品を全て収めた、初の作品集である。本叢書既刊の狩久、宮原龍雄、岡村雄輔などとは別の形で、第二次大戦後の探偵小説文壇を彩った本格ミステリ作家の軌跡を辿っていただければ幸いである。

以下、本書に収録した各編について解題を付しておく。作品によっては内容に踏み込んでいる場合もあるので、未読の方は注意されたい。

〈創作篇〉

創作篇ではまず、代表的なシリーズ探偵である園田郁雄教授シリーズと、同傾向の作品である「毒の家族」を本格ミステリ編として前半にまとめ、その他のノン・シリーズ作品や実話などを後半に回して、それぞれ発表順に収めた。

「**Sの悲劇**」は、『ぷろふいる』一九四七年一二月一〇日発行号（二巻三号、通巻五号）に掲載された。単行本に収録されるのは今回が初めてである。

園田郁雄教授の初登場作品である。同教授の名前は、オースチン・フリーマン R. Austin Freeman（一八六二〜一九四三、英）のシリーズ探偵であるソーンダイク博士をもじったものであろう。

鮎川哲也は本編のタイトルについて「このタイトルは九鬼編集長がつけてくれたもので、作者自身はSの意味するものがわからずにいた。後年になって倒錯した性のことだと知ったという」と、その内幕を紹介している（「解説」前掲『幻のテン・カウント』）。

「**二重殺人事件**」は、『仮面』一九四八年二月一日発行号（三巻一号、通巻六号）に掲載された。単行本に収録されるのは今回が初めてである。

「**貝殻島殺人事件**」は、『仮面』一九四八年三月二〇日発行号（三巻二号）に掲載された。単行本に収録されるのは今回が初めてである。

初出時には本文タイトルに「読者へ挑戦」と角書きが付けられ、「犯人探し探偵小説！　漁色家黒川算次郎の殺害者は何者か？／読者よ解答を与えて下さい！」という惹句が掲げられていた。

「**蘭園殺人事件**」は、『仮面』一九四八年四月一五日発行の春の増刊号（巻号数記載なし）に掲載された。単行本に収録されるのは今回が初めてである。

「**青鬚の密室**」は、『仮面』一九四八年六月一日発行号（三巻四号）に掲載された。単行本に収録されるのは今回が初めてである。

「**火山観測所殺人事件**」は、『ロック』一九四八年九月一日号（三巻五号、通巻二一号）に掲載された。後に、鮎川哲也編『紅鱒館の惨劇』（双葉社、八一）、ミステリー文学資料館編『甦る推理雑誌1／「ロック」傑作選』（光文社文庫、二〇〇二）に採録された。

『ロック』一九四七年八・九月号（二巻八号）に告知された「一万円懸賞 探偵小説原稿募集」に投じ、次点に入選した作品である。規定枚数は五十枚以内。締切りは同年の十一月二十日で、賞金は一等一名五千円、二等二名二千五百円。選者は木々高太郎、角田喜久雄、海野十三、水谷準の四名だった。結果は翌四八年八月号に発表され、各選者の選評が掲載されている。編集部の経過報告には「応募原稿二百余通の中から七篇を選んで水谷準氏に見て頂き、更にその中から、水上氏、薔薇小路氏、伴氏、夢座氏の作品四篇を他の選者の方々に読んで頂きました」とある。

水谷準の「選評」によれば予選を通過した七編は以下の通りである。

楢木重太「金曜日の十三日」
同　　　「なんぢやもんぢや」
高木彬光「初雪」
伴　道平「遺書」
夢座海二「津々良博士の換魂術」
薔薇小路刺麿「蛇と猪」
水上幻一郎「火山観測所殺人事件」

薔薇小路刺麿は後の鮎川哲也の筆名で、これが小説のデビュー作にあたる。高木彬光の名前があることに驚かされるが、『刺青殺人事件』が岩谷書店から刊行されたのは四八年六月のことで、本懸賞が告知された時点ではまだデビュー前であった。「初雪」のプロットやトリックは不明だが、後に同タイトルの作品が『妖奇』五〇年二月号に発表されている。

水谷は楢木・高木の作品について「三つとも筆は達者だが旧きに過ぎるのを難とし、結局新人の意味から最後に四篇が残つたわけだ」と二次選考の経緯を述べた上で、新人の四編について述べている。水上の作品については以下のように記している。

「火山観測所」は既に新進として他誌にも活躍中の作者のものであるが、従来の型から踏みだしてゐないこと、犯罪の背景の特殊性に小説的必然性を与へ得なかつた為に作り物となつた難が強く感ぜられた。

海野十三は「火山観測所殺人事件」に85点を与え、次のように評している。

小説としては、他の三作に比し、破綻もすくなく、すらすら読める。まづ及第作。
欠点をいふと、かういふ方面の研究に永く従事してゐる学者が、こんな種類のことで殺人罪を犯すやうなことは実際に有り得ないことで、学者界の実情を知らない不自然の作であり、且つ読んで不愉快である。ドレスのイニシャルの件はうまく扱つてあるやうでゐて、やはり作為くさい。
その他の嫌疑なすくりの細工も小細工に過ぎる。尚、かういふ驚異舞台を利用するなら、もつと有効なやり方があらうと思ふ。

ちなみに「蛇と猪」は75点であった。
角田喜久雄は、「蛇と猪」に85点を与え、「火山観測所殺人事件」は80点とした上で、次のように評している。

この枚数には無理な材料である。そのため、筋を追ふのに精一ぱいで折角の苦心が浮き上つて来ない。殊に犯人の出現が唐突に過ぎ、動機の説明が不充分で興味半減する。しかし、この作者はもつと良いものを書ける力量をもつた人だと思ふ。後作を期待する。

木々高太郎もまた、「蛇と猪」に80点と高得点を与え、「火山観測所殺人事件」は70点とした上で「とも角よめる。ただ内容が新鮮味がない。こねあげた感じ」と評している。

「**青酸加里殺人事件**」は、『妖奇』一九四八年一一月号（二巻一一号）および一二月号（二巻一三号）に掲載された。単行本に収録されるのは今回が初めてである。

「**神の死骸**」は、『ロック』一九四九年五月一日発行号（四巻二号、通巻二六号）に掲載された。単行本に収録されるのは今回が初めてである。

「**青鬚の密室**（改稿版）」は、『妖奇』一九五〇年七月号（四巻七号）に掲載された。後に、鮎川哲也編『幻のテン・カウント』（講談社文庫、八六）、鮎川哲也・島田荘司編『ミステリーの愉しみ　第2巻／密室遊戯』（立風書房、九二）に採録された。

本作品が改稿され『妖奇』に載ったいきさつについては、鮎川哲也が『幻のテン・カウント』の「解説」で次のように書いている。

この短篇は数年後に「妖奇」に再録されることになる。同誌の編集長は本田喜久夫氏といい、主として通俗ミステリーを載せた雑誌である。（略）

「ぼくの弟と本田氏の息子さんが同級だったんです。二人の雑談のなかで兄が『青鬚』を書き直したいといっているという話がでたのでしょう。それがきっかけで『妖奇』に再録されたようです」水上氏の話を掻いつまんで記すとそんなふうになるのだが、その辺のいきさつが作者自身もう一つハッキリしないようである。

『ミステリーの愉しみ　第2巻／密室遊戯』の解説「若き日のライバルたち」でも、同様のエピソードを伝えている。

「毒の家族」は、『幻影城』一九七五年一二月号（一巻一二号）に掲載された。単行本に収録されるのは今回が初めてである。

一読して分かるとおり、「青酸加里殺人事件」のリメイクである。探偵役はＱ大学犯罪学研究所所長にして法医解剖学の泰斗である尼子富士郎博士に変っているが、園田郁雄教授とほとんど変わらないキャラクターだ。もしかしたら園田シリーズをすべて尼子シリーズにリメイクする計画があったのかもしれない。

以下は、本格ミステリ以外の創作、実話作品などである。

「新版『女の一生』」は、『週刊朝日』一九三三年二月一二日号（二三巻九号）に山本源一郎名義で掲載されたのち、『男渡世物語』（週刊朝日文庫、三三）に収録された。

初出誌の掲載年月日の確認が遅れたため本書では週刊朝日文庫版のテキストを収めている。初出は「悪の華本当にあつた事」という総題の下、様々な執筆者によって書かれた連載記事の一編で、「貞操に寄生する男の末路」という副題が付され、被害者・青山惇子の顔写真も掲げられていた。

本作品については、若狭邦男『探偵作家追跡』（日本古書通信社、二〇〇七）において「『男渡世物語』（この書名が、戦後、股旅物と誤解されることになる）所収の中篇を探偵・犯罪物語として満十八歳の時に書いた、という水上との会話を思い出した」と紹介されているので、水上の初めて活字になった作品であることが分かるのだが、十八歳の時点でなぜ『週刊朝日』に執筆する機会があったのかは不明である。あるいは同誌が募集していた懸賞実話小説に投稿したものであろうか。

「**女郎蜘蛛**」は、『妖奇』一九四八年六月号（二巻七号）に掲載された。目次には「犯罪小説」と角書きされている。単行本に収録されるのは今回が初めてである。

「**兇状仁義――次郎長捕物聞書之内**」は、『小説世界』一九四九年三月号（二巻三号）に掲載された。単行本に収録されるのは今回が初めてである。

本作品は「独特豆版面白読物」のひとつ「豆捕物」として書かれたものである。「豆」というのは今でいうショートショートの感覚であろうか。水上には珍しい時代推理もので、「次郎長捕物聞書之内」という副題が付されていることから、シリーズ化を意図していたことをうかがわせるが、他にも書かれたかどうかは不詳。

「**消えた裸女**」は、『犯罪雑誌』一九四九年七月号（二巻四号）に掲載された。単行本に収録されるのは今回が初めてである。

「**肉体の魔術**」は、『ネオ・リベラル』一九四九年九月号（三巻五号）に掲載された。単行本に収録されるのは今回が初めてである。

「**幽霊夫人**」は、『妖奇』一九四九年九月号（三巻一〇号）に掲載された。目次および本文には「探偵小説」と角書きされている。単行本に収録されるのは今回が初めてである。

「**淫妖魔**」は、『新しき夫婦と生活』一九四九年一一月号（一巻一号）に掲載された。目次には「愛慾実話」、本文には「異色実話」と角書きされている。単行本に収録されるのは今回が初めてである。

ハーバート・R・アームストロングが起こした事件は、アントニイ・バークリー Anthony Berkley（一八九三～一九七一、英）の『毒入りチョコレート事件』*The Poisoned Chocolate Case*（二九）のモデルにもなっており（若島正「バークリーと犯罪実話」『ジャンピング・ジェニイ』国書刊行会、二〇〇一による）、ドロシー・L・セイヤーズ Dorothy L. Sayers（一八九三～一九五七、英）の『毒を食らわば』*Strong Poison*（三〇）や、ディクスン・カー John Dickson Carr（一九〇五～七七、米）の『緑のカプセルの謎』*The Problem of the Green Capsule*（三九）中で行われるフェル博士の毒殺講義でも、その名を確認することができる。

「南海の女海賊」は、『奇抜夜話』（中央書館発行）に掲載された。同誌は発行年月日や巻号数の記載がないため、初出年度不詳である。同誌には香山滋「魔海の使者」（五〇）が再録されているので、少なくとも五〇年以降なのは明らかだろう。本文には「妖奇凄艶」と角書きされている。単行本に収録されるのは今回が初めてである。

男装の女海賊メリイ・リード Mary Reed（一六八五頃～一七二一、英）は実在の人物である。やはり男装の女海賊アン・ボニー Anne Bonny（一七〇〇～一七二一、英）と共に、ジョン・ラッカム John Rackam（一六八二～一七二〇、英）の手下だったそうだが、本作品にアン・ボニーが登場しないのは、水上が参照した資料によるものか。あるいは、作品の効果を考えてのことだろうか。

〈評論・随筆篇〉

「喰ふか喰はれるか」は、『探偵文学』一九三五年三月号（一巻一号）に栗栖二郎名義で掲載された。単行本に収録されるのは今回が初めてである。

初出時にはタイトルに圏点が付されており、「新形式諷刺漫話小説」と脇書きされていた。当時の本格派・変格派の意識と対立が戯画的に描かれていることから、創作というよりは戯文的な評論と判断して評論・随筆篇に収録することにした。

「青地流介へ」は、『ぷろふいる』一九三五年四月号（三巻四号）の投稿欄である「P・O・P」に栗栖二郎名義で掲載された。単行本に収録されるのは今回が初めてである。もともとタイトルはなかったが、冒頭の一文をその代わりとした。

本文の最後にあげられている作家名の原綴と生没年は以下の通り。

シドニイ・ホーラー Sydney Horler（一八八八～一九五四、英）。初出では「オーラー」と表記されているが、これはホーラーの誤りだろう。『世界大衆文学全集』（改造社）の一冊として刊行された『秘密第一号』*The Mystery of No. 1*（一九二五）の邦訳で知られる。フルバート・フツトナア Hulbert Footner（一八七九～一九四四、カナダ／米）。『新青年』三七年二月増刊号にに「女探偵」が訳されている。ル・キュー William Le Queux（一八六四～一九二七、英）。邦訳多数。F・L・パカード Frank Lucius Packard（一八八七～一九四二、米）。邦訳不詳。エドガー・ウォーレス Edgar Wallace（一八七五～一九三二、英）。邦訳多数。J・J・コニントン J. J.

Connington（一八八〇～一九四七、英）。『当りくじ殺人事件』*The Sweepstake Murders*（三一）他が訳されている。R・カラム Ridgwell Cullum（一八六七～一九四三、英?）。邦訳不詳。C・ガーヴィス Charles Garvice（一八三三～一九二〇、英）。邦訳不詳。B・トラヴン Bruno Traven（一八八二～一九六九、米?）。邦訳不詳。

邦訳が確認できない作家は原書（あるいは海外雑誌）で目を通したものだろうか。

なお本書には参考までに、水上が反論した青地流介の**「春閑毒舌録《はるのどか・きまゝのよせがき》」**（『ぷろふいる』三五・三）も併せ収録した。単行本に収録されるのは今回が初めてである。青地流介は、同誌に「セントルイス・ブルース」（三五・八）などの創作を発表することになる平塚白銀の別名。

青地が冒頭であげつらっている三田正（西尾正）と中島親への言及は、『ぷろふいる』三四年九月号に掲載された三田の「貝殻」に対して、十一月号の読者投稿欄「談話室」で中島が感想を寄せたやりとりを踏まえたものである（共に『西尾正探偵小説選I』に既収）。たわごと生の「乙にすました反駁」とは『ぷろふいる』三四年十二月号の「P・O・P」欄に掲載された「爆撃機」であり、そこで、たわごと生は次のように述べていた。

▲ヴアン・ダインとエラリイ・クヰーンと、どちらの作品がいゝかと屡々話題に上るが、わい〳〵争論する必要はない。クヰン方が数等優つてゐるのだから。先づ両者の最大傑作「グリーン殺人事件」と「和蘭陀靴の秘密」を比較して見るがいゝ。またヴアン・ダインに「双頭の犬」「煙草容器の謎」の如き名短篇があるか。本当に力のある作家は短篇でも長篇でも良いものを書く筈だ。

また、弥次郎兵衛、喜多八の「反駁文」とは、同じ号の「P・O・P」欄に掲載された「P・O・Pの御常連よ　大きなことを云ふな！」である。そこで弥次郎兵衛、喜多八は次のように述べていた。

中島親よ、近頃毎号現はれる君の熱心さには充分の敬意を表してゐる。但し、三田正が「世評に逆つてヴン・ダインをエレリー・クヰーンの上に置いた」と云つて、まるで天からの御神託でも聞いたやうに喜んでゐるのはおかしい。

世評がヴン・ダインをクヰーンの下位に置いたとい

ふやうなことは風の便りにもきいた覚えはない。が、仮りに両者を比較してみるなら、探偵小説を書き始めたのば《ママ》ヴン・ダインの方が先輩だからそこのところは年功といふやつから云つて、一目おいてやるのも人情であらう。けれど、お気の毒ながらこの二作家の進境に於いては、長篇は勿論、殊に短篇に至つてはお話にならぬ大差だ。クヰーンの第一作「ローマン・ハツト」より次ぎ々々に出るものに、自己の欠点を補はんとする精進ぶりは、実に同情に値するものがある。而も短篇作家としての彼は、堂々一流短篇作家に伍して聊も遜色を見ない。「双頭の犬」に於ける落ち付きと探偵小説的雰囲気を出したものが幾人ある。之れに反して一方ヴン・ダインはどうだ。彼の最近の作を列べて見るに、形式は勿論少しでも進境の跡を見る事が出来るか［。］あれでは井上良夫や秋野菊作が愛想を尽かすのも尤もな次第だ。最近作「カジノ・マーダー・ケース」を読んでみたが、前愚作「ドラゴン」に劣ること万々。尚彼の短篇と来たら到底その比ではない。この位のことは先刻御承知のことかは知らぬが、一言書き加へて置く次第。三田正のヴン・ダイン崇拝論を一も二もなく有難く頂戴して引き下がるやうでは探偵小説批評家を以て任ずる中島親にしてはちと迂滑《ママ》に過ぎるやうだ。も少し落着かれてはどうか。

たわごと生にしても弥次郎兵衛、喜多八にしても、クイーンの短編「双頭の犬」を褒めているのが、当時の読み手の意識を感じさせて興味深い。「煙草容器の謎」は現在「チークのたばこ入れの冒険」The Adventure of the Teakwood Case として知られている作品であり、正しくは「巻煙草容器の謎」という邦題で、『新青年』三三年八月増刊号に訳載された。「双頭の犬」The Adventure of the "Two Headed Dog" は『ぷろふいる』三四年九月号に訳載された。青地が言及しているヴァン・ダインの「毒」Poison および「青い外套の男」The Man in the Blue Overcoat は『新青年』二九年一二月号に訳載された。

青地が第二章の冒頭で引いた、既成作家Q氏の言葉中に言及されている三田正の文章は「戦慄やあい！」（前掲『西尾正探偵小説選I』に既収）。第三章の最後にあげられているのはそれぞれ、「十一の瓶」*The Green Eye of Goona*（一九〇四）はアーサー・モリスン Arthur Morrison（一八六三〜一九四五、英）の、「七つの燈」

The Circular Study（一九〇〇）はアンナ・キャサリン・グリーン Anna Katharine Green（一八四六〜一九三五、米）の、「ジユ《ママ》ニー・ブライス事件」*The Case of Jennie Brice*（一九一三）はM・R・ラインハート Mary Roberts Rinehart（一八七六〜一九五八、米）の作品である。

「**探偵小説の浄化――厳正なる立場よりの批判**」は、『ぷろふいる』一九三五年七月号（三巻七号）の「P・O・P」欄に栗栖二郎名義で掲載された。

水上のこの投稿に対して翌八月号の「P・O・P」欄に、小此木夢雄の「栗栖二郎に促す」という反論文が載っている。

我々同友が、君に反省して貰ひたい事は先づ君の言ふ、乱歩に対する批判で有る。これは私感でもない通俗化と言ふ言葉は、まるで乱歩の体の一部分、爪の先きつぽ切り知らぬ雅幼《ママ》な妄罵に過ぎぬ――冷徹な頭脳の持主の様な、ガチ〳〵した文章で、迷浄化論を堂々のべて居られる様だが、柄になく軌道のはずれた事ばかり言ふ人でしたね。大分に探偵小説に対する研究も、詳しい様だが、今更、変格亡者もないもんだと思ふ。第一、A・ポー、の本格作品云々は、およそD・S尋常二年生の第一歩――古いセリフぢやないですか。本格探偵小説然りだ――君の様な妄輩の偶像によつて、我等愛する家も崩壊されると云ふのが、本当ではないでしょうか？――物事は、或る事以外によつては、正功《ママ》法で行く可きだと思ふ。カラメ手君の形式には私感の憤懣が、加味されて居て、およそキザだ――

君には乱歩の「悪霊」の魔薬もきゝめがない所から察して――古臭い人間は古くさい人間らしく黒岩涙香の作からじつくりくり返して考直して来た方が利口なやり方だと思ふね。新めて言ふ、流線型流線型――

附記

こんな事で更めて、新宿くんだり迄足を運ばす事も無駄だらう、それより図書館で新鮮な名論随筆に頭を費した方が楽しいかも知れないね――

「**海野十三私観**」は、『月刊探偵』一九三五年一二月号（一巻一号）に栗栖二郎名義で掲載された。単行本に収録されるのは今回が初めてである。

「**探偵味雑感**」は、『ぷろふいる』一九三五年一二月号（三巻一二号）の「P・O・P」欄に栗栖二郎名義で掲載された。単行本に収録されるのは今回が初めてである。

「巴里っ子」とあるのは、フランス出身のアメリカ映画俳優モーリス・シュヴァリエ Maurice Chevalier（一八八八〜一九七二）主演の映画『シュヴァリエの巴里っ子』Folies Bergère（一九三五、米）で、「ヴアランチイヌの唄」Valentine はシュヴァリエの持ち歌のひとつ。映画のオープニング・タイトルおよび劇中での歌唱シーンは、現在 YouTube で観ることができる（http://www.youtube.com/watch?v=-wCZLRoPWGg&feature=related）。

「**創刊号を斬る**」は、『新探偵小説』一九四七年七月二〇日発行号（一巻三号）の投稿欄「言ひたいコトを言ふページ」に栗栖二郎名義で掲載された。単行本に収録されるのは今回が初めてである。

「若松君」とあるのは若松秀雄、「軽気球」は創刊号のコラム欄のタイトルである。芝山倉平は、『新青年』の新人推薦作品として「電気機関車殺人事件」（四七）が紹介された。また飛鳥高は、『宝石』の短編懸賞に「犯罪の場」（四七）を投じ、入選してデビュー。芝山は右の一編のみで消えたが、飛鳥は後に『細い赤い糸』（六一）で日本推理作家協会賞を受賞し、進境著しかった。

「**故海野先生を悼む**」は、『探偵作家クラブ会報』一九四九年六月号（通巻二五号）に掲載された。同号は「故海野十三氏 追悼特別号」だった。同号は後に日本推理作家協会編『探偵作家クラブ会報』（第1号〜第50号）（柏書房、九〇）および海野十三の会編著『海野十三メモリアル・ブック』（海野十三の会発行・先鋭疾風社発表、二〇〇〇）で復刻されている。

「**乱歩文学の評価**」は、『幻影城』一九七五年七月増刊号（一巻七号）に「乱歩私観」として掲載された。単行本に収録されるのは今回が初めてである。

「**わが探偵小説文壇**」は、『幻影城』一九七五年九月号（一巻九号）に「探偵文壇裏面史」として掲載された。単行本に収録されるのは今回が初めてである。

「**横溝先生に会わざるの弁**」は、『幻影城』一九七六年五月増刊号（二巻六号）に「正史私観」として掲載された。単行本に収録されるのは今回が初めてである。

「淫妖鬼」「南海の海賊娘」の掲載誌を『裏窓』研究会から提供していただきました。記して感謝いたします。

［解題］**横井 司**（よこい つかさ）
1962年、石川県金沢市に生まれる。大東文化大学文学部日本文学科卒業。専修大学大学院文学研究科博士後期課程修了。95年、戦前の探偵小説に関する論考で、博士（文学）学位取得。共著に『本格ミステリ・ベスト100』（東京創元社、1997年）、『日本ミステリー事典』（新潮社、2000年）、『本格ミステリ・フラッシュバック』（東京創元社、2008）、『本格ミステリ・ディケイド300』（原書房、2012）など。現在、専修大学人文科学研究所特別研究員。日本推理作家協会・本格ミステリ作家クラブ会員。

青地流介（平塚白銀）氏の著作権継承者と連絡がとれませんでした。ご存じの方はお知らせ下さい。

水上幻一郎探偵小説選《みずかみげんいちろうたんていしょうせつせん》　〔論創ミステリ叢書64〕

2013年6月15日　初版第1刷印刷
2013年6月20日　初版第1刷発行

著　者　水上幻一郎
監　修　横井　司
装　訂　栗原裕孝
発行人　森下紀夫
発行所　論 創 社
〒101-0051 東京都千代田区神田神保町2-23 北井ビル
電話 03-3264-5254　振替口座 00160-1-155266
http://www.ronso.co.jp/

印刷・製本　中央精版印刷

Printed in Japan　ISBN978-4-8460-1248-9

論創ミステリ叢書

① 平林初之輔Ⅰ
② 平林初之輔Ⅱ
③ 甲賀三郎
④ 松本泰Ⅰ
⑤ 松本泰Ⅱ
⑥ 浜尾四郎
⑦ 松本恵子
⑧ 小酒井不木
⑨ 久山秀子Ⅰ
⑩ 久山秀子Ⅱ
⑪ 橋本五郎Ⅰ
⑫ 橋本五郎Ⅱ
⑬ 徳冨蘆花
⑭ 山本禾太郎Ⅰ
⑮ 山本禾太郎Ⅱ
⑯ 久山秀子Ⅲ
⑰ 久山秀子Ⅳ
⑱ 黒岩涙香Ⅰ
⑲ 黒岩涙香Ⅱ
⑳ 中村美与子
㉑ 大庭武年Ⅰ
㉒ 大庭武年Ⅱ
㉓ 西尾正Ⅰ
㉔ 西尾正Ⅱ
㉕ 戸田巽Ⅰ
㉖ 戸田巽Ⅱ
㉗ 山下利三郎Ⅰ
㉘ 山下利三郎Ⅱ
㉙ 林不忘
㉚ 牧逸馬
㉛ 風間光枝探偵日記
㉜ 延原謙
㉝ 森下雨村
㉞ 酒井嘉七
㉟ 横溝正史Ⅰ
㊱ 横溝正史Ⅱ
㊲ 横溝正史Ⅲ
㊳ 宮野村子Ⅰ
㊴ 宮野村子Ⅱ
㊵ 三遊亭円朝
㊶ 角田喜久雄
㊷ 瀬下耽
㊸ 高木彬光
㊹ 狩久
㊺ 大阪圭吉
㊻ 木々高太郎
㊼ 水谷準
㊽ 宮原龍雄
㊾ 大倉燁子
㊿ 戦前探偵小説四人集
(別) 怪盗対名探偵初期翻案集
(51) 守友恒
(52) 大下宇陀児Ⅰ
(53) 大下宇陀児Ⅱ
(54) 蒼井雄
(55) 妹尾アキ夫
(56) 正木不如丘Ⅰ
(57) 正木不如丘Ⅱ
(58) 葛山二郎
(59) 蘭郁二郎Ⅰ
(60) 蘭郁二郎Ⅱ
(61) 岡村雄輔Ⅰ
(62) 岡村雄輔Ⅱ
(63) 菊池幽芳
(64) 水上幻一郎

論創社